# 中医学子
# 早成明医的捷径

## ［名师评点版］

主　编　刘超颖

学术指导　李士懋

中国中医药出版社
·北京·

图书在版编目（CIP）数据

中医学子早成明医的捷径 / 刘超颖主编 . —北京：中国中医药出版社，
2016.1

ISBN 978-7-5132-2863-3

Ⅰ.①中… Ⅱ.①刘… Ⅲ.①随笔—作品集—中国—当代
Ⅳ.① I267.1

中国版本图书馆 CIP 数据核字（2015）第 261946 号

中国中医药出版社出版
北京市朝阳区北三环东路 28 号易亨大厦 16 层
邮政编码　100013
传真　010 64405750
三河市西华印务有限公司印刷
各地新华书店经销
＊
开本 710×1000　1/16　印张 18　字数 263 千字
2016 年 1 月第 1 版　2016 年 1 月第 1 次印刷
书号　ISBN 978-7-5132-2863-3
＊
定价　40.00 元
网址　www.cptcm.com

如有印装质量问题请与本社出版部调换
版权专有　侵权必究
社长热线　010 64405720
购书热线　010 64065415　010 64065413
微信服务号　zgzyycbs
书店网址　csln.net/qksd/
官方微博　http：//e.weibo.com/cptcm
淘宝天猫网址　http：//zgzyycbs.tmall.com

# 《中医学子早成明医的捷径》
# 编　委　会

| | | | | |
|---|---|---|---|---|
| **主　编** | 刘超颖 | | | |
| **副主编** | 卢翠荣 | 王志民 | | |
| **编　委** | 李志强 | 王利红 | | |
| | 张　旭 | 刘晶晶 | | |
| **协　编** | 李　聪 | 姜卫茹 | | |
| | 赵童颖 | 王明欣 | | |
| **指导老师** | 李士懋 | 田淑霄 | 董尚朴 | 牛兵占 | 靳红微 |
| | 吕志杰 | 李春香 | 张德英 | 花金芳 | 刘保和 |
| | 阎艳丽 | 王四平 | 周计春 | 韩红伟 | 方朝义 |
| | 金淑琴 | 张再康 | 周爱民 | 班光国 | 吴凤全 |
| | 刘　真 | 杨继军 | 龚　克 | 吴中秋 | 王志民 |
| | 宿　娜 | | | | |

博学求源

博学求源，医法自然；
厚德济世，和合致中。
孔祥骊
二〇一四年十月三十一日

积极探索现代院校教育与传统师承教育相结合的人才培养模式，为振兴河北中医药事业提供智力支持。

周春来

2014年10月30日

# 序

## ——早成明医的捷径

国家科技部"'十二五'名老中医治则治法传承项目"牵头人、首都医科大学附属北京中医医院王玉光主任医师前来"李士懋名医传承工作室"考察时，见到随诊的在校学生独立诊治的病例时说："这些学生的诊治水平不亚于主治医师。"听此言我心头一震，疑惑地问："真的吗？"王玉光先生肯定地说："真的。"

我是河北中医学院的一名老师，老师的心愿无非是希望自己的学生成才。若果如王先生所言，未毕业的在校学生就能达到主治医师的水平，真可谓后生可畏，中医振兴有望了。

出版本书的目的，就是用学生诊治的病例和撰写的论文展现他们的水平，印证王先生的佳评。这不仅为中医教育的改革提供了实践的模板，也为中医成才之路的探索提供了空间。

前辈任继学先生曾说："不到六十不懂中医。"此话确有深意，然亦反映中医成才之难，总不能干了一辈子，到退休年龄才懂中医吧。这就提出了一个重大问题：中医成才之路该怎么走？

中医几千年，成才道路有二：一是传统的家传，自学和师徒相授；二是现代教育模式。现代教育与传统教育如何结合，这是一项繁重的系统工程，各地都进行了许多有益的探索。本室这些随诊学生（多数来自河北中医学院扁鹊医学社）成才之路较快的原因有四：

一是早期接触临床，将理论与实践紧密结合；

二是我们传授的平脉辨证思辨体系是一条正确的道路，可少走弯路；

三是平脉辨证是一条学习中医的捷径，只要掌握了脉诊，百病皆可应对，故成才快；

四是采用三步教学法，放手让学生独立诊治，老师把关，这迫使学生独立思考，学以致用。这些方法倘能对中医教育改革起到推动作用则幸甚。

再者，扁鹊医学社的同学都是热爱中医的优秀学生，常相互探讨问题，并在校领导和老师的支持下，定期举办中医论坛，对全校同学颇有影响，活跃了全校的学习气氛，这对巩固中医院校学生的专业思想起到了榜样、模范作用。

祝扁鹊医学社越办越好，真正成为明医摇篮，为振兴中医学多出人才。

国医大师：李士懋
2014 年 6 月 10 日

# 目录

# 第一章 "早成明医"的心路历程

**编者按:**

畅销书《名老中医之路》系列,讲述的是"大医精诚"的历程。

本书是"中医学子之路"纪实,讲述的是"早成明医"的捷径。

本章精选了河北中医学院扁鹊医学社部分同学"学用中医、早成明医"的心路历程。

当然,在"早成明医"捷径的背后,是诸多名老中医与中青年专家的默默付出。老一代名老专家悉心指导、手把手带教,新一代青年学子锐意上进、大胆跟师实践,为中医教育的改革,提供了实践的模板,也为中医成才之路的探索,提供了空间。

# 明医之路：梦想与信念开始的地方

河北中医学院中医系 2005 级　赵家有

2005 年 9 月 6 日，身负家人的期望，我来到了河北中医学院读书。第一学期学习的课程主要是中医基础理论，或是与中医有缘，也许是自己的勤奋好学，我很快对中医产生了浓厚的兴趣，只要有空闲时间，就去图书馆看书，做笔记。至今，我仍然保存着那本稚嫩的笔记本，权作勤奋苦读的纪念和鞭策。

大一下学期，我成为河北中医学院扁鹊医学社的一员，开始了幸福的医学生之旅。回首往事，每一位扁鹊医学社的成员都对学社赞不绝口。

扁鹊医学社得到了名誉社长李士懋老师以及刘保和、阎艳丽和张德英等诸多老师的支持和关爱。扁鹊医学社成员在诸多老师指导下，培养了浓厚的中医兴趣，并坚定了中医信念，李老为此甚是满意与欣慰。与此同时，李老多年来非常关注中医的传承，扁鹊医学社模式也许是中医传承的一种有益探索和可推广的做法。鉴于此，李老号召扁鹊医学社成员抒写成长经历，编纂成册，耄耋之年仍为中医事业传承不懈努力，殚精竭虑。虽自恐内功不够，成书误人，但深受李老鼓舞，斗胆写写自己的学医之路，希望对中医学子有所帮助。

## 一、迎新聚会——学术盛宴

扁鹊医学社新成员加入后，医学社历届社员齐聚一堂举办迎新聚会。历届社员轮流发言，或讲述自己跟师心得，或寄语新社员，或回忆学医心路，或为扁鹊医学社更好地传承中医献言献策等，完整地呈现了中医学子成长的历程，使每位社员都在心中勾勒出自己成长的路线，明确方向，坚定信念。对于新成员，这是一次激发兴趣、树立目标、种下梦想的起点。

## 二、常规活动——水滴石穿

常规活动，每周六医学社的成员须集体交流本周的学习心得，与学校开设课程同步，大一成员集体讨论中药，大二成员集体讨论《内经》，大三成员集体讨论《伤寒论》，并且背诵本周所掌握的知识。这是一个互相监督的利器，是一个思想碰撞的舞台，正是这监督、碰撞的过程，日积月累，不知不觉中积累了丰富的中医知识，并树立了坚定的中医信念。

常规活动，这是扁鹊医学社默默努力、日积月累、甘受寂寞的最佳体现和学习中医的有效途径。

## 三、跟师学习——坚定信念

大三成员拥有了一定的基础知识，利用课余时间，与我校老师和我社指导老师临床实习。李士懋、刘保和、田淑霄、阎艳丽、花金芳、张德英等老师倾囊相授，毫无保留。各位老师均有自己独特的经验和理论特色，效如桴鼓，视患者如亲人的高尚医德，无不影响着医学社成员。

李士懋老师带教过程中，让我为患者开方，之后他再开方，对比之后，我再详细分析其中不同，如此日积月累，提高了我辨证论治的能力。李老学术主张辨证论治以脉诊为中心，临证也确实如此，深受李老影响，我临证也以脉诊为中心。

田淑霄老师是我跟诊的第一位老师，她慈祥的面容，一丝不苟开处方的神情，对患者的叮咛，永远镌刻在我的脑海。在我总结田老师治疗卵巢囊肿、子宫肌瘤经验时，她坐在床上，把几十年的治疗验案一一摆出，为我提供病案。田老师自己写书都未曾如此查找，我深受感动。

刘保和老师海纳百川的学术品德、永无止境的探索精神深深鞭策和感动着每位跟师的学生。刘老师辨证论治强调"抓主症"，其精于脉学，长于腹诊，治病开方非常精准，效如桴鼓绝不是过奖之誉。刘老师治病过程一边思考，一边教学，把自己辨证论治的思考过程和盘托出，跟诊的学生在此熏陶下，很快培养了中医思维，熟悉了刘老师的辨证论治思路。

张德英老师力主脾实证，推崇经典，尽管提出了很多独树一帜的观点和理论，但是，在跟张老师学习过程中，我深深体会到张老师学必有源、源为经典、有理有据提新知、踏踏实实验临床的理念。

李士懋老师经常鼓励年轻人坚持中医信念，很少批评我们。大二时，我冒昧地提出"肝主卫气"的说法，李老师非常担心我学错方向，毫不客气地指出我的错误，为我纠正。与此同时，刘保和老师、张德英老师在一定程度上认可了"肝主卫气"。各位老师为我学医付出了很多心血，我非常感谢！

在无数个跟诊的日子里，经历了成百上千的成功案例。扁鹊医学社成员拥有了丰富知识储备，经常与带教老师产生共鸣，经过各位老师的指导，成员们加深了对中医理论的理解，坚定了中医信念。

### 四、专题讲座——登堂入室

扁鹊医学社经常邀请跟诊的老师对成员进行专题讲座，通过专题讲座，系统地学习老师的学术观点和理论。跟诊时的困惑也迎刃而解。中医理论水平和临床水平得到了很大提高。

### 五、中医论坛——牛刀小试

每年扁鹊医学社都会举办中医论坛。中医论坛是河北中医学院十多年来坚持不懈的学术活动，全体学生几乎全部参加。由扁鹊医学社成员撰写自己学医心得、跟师经验总结等论文，送各位老师初审，各位老师的评语对于成员调整学习思路具有重要的意义。通过初审后，根据成绩确定演讲选手。首先选手宣读论文，评委老师点评，选手回答评委老师的提问。通过中医论坛，活跃了校园学术氛围，激发了同学们的学习热情。

## 抄方：从大一到读博的那些记忆
### 河北中医学院中医系 2002 级　马明越

我从事中医学缘起于在考高中时，由于患上心肌炎西医治疗效果不佳，最终由中医治愈而对中医学充满了极大的兴趣，在高考时就毅然选择了中医学专业。由于在高中课余时已经对中医学的一些知识有所涉猎，因此在大一学《中医基础理论》时，别的同学总是入不了门，搞不清五脏六腑、阴阳五行，我却感觉老师的讲解极其实用，如沐春风，轻松而快乐的学习激发着我的兴趣，促使我向更深的阶段探索。

整个大一生活基本上都是在苦读中度过的，我每天都将课上所学认真复习，并将其加以深化扩展。需要感谢的是几位老师，记得课间时我总是抓紧一切时间请教老师问题，现在想想确实有些不应该——老师上完一节课已经十分劳累，课间稍微休息后还要上下一节课，我却把老师们仅有的一点儿休息时间全占用了。讲授《中医基础理论》的牛兵占教授（后来又教《内经》）是我经常请教的老师之一。他主攻中医文献方向，但对中医学很多理论有自己的看法，对某些疾病的中西医结合焦点把握得也非常到位。可以说，牛老师对我中医启蒙点拨颇多，至今是我非常尊敬的老师之一。我们师生的关系也很好，每有专著出版，牛老师总是签好名后赠送我一本，这样提携后学的好老师，我将感激一生。

还有很多老师都教给了我很多的知识：教中药的李春香教授讲起课来很是利落，特别强调中药古籍中对药性的阐述，同时在课上还介绍一些临床经验，非常受用；教方剂的王永梅老师（已故）曾经到北京中医药大学进修，讲授方剂课程时常常向我们介绍王绵之教授的经验，同时还将王洪图先生的《黄帝内经临证指要》介绍给我看，使我受益匪浅；教中医诊断的田元祥老师当时对我特别好，每次课前提问时常常叫我的名字，有一次我有事没有来上课，田老师还两次在课堂上问起我。课下田老师带我出门诊，这是我第一次跟随老师出门诊，当时心情异常兴奋。田老师临证疗效不错，善于运用柴胡疏肝散加减，且攻补兼施、寒热并用，给我留下了深刻的印象。

图书馆是大学中的一个重要资源，我比较会应用这一资源，记得大一刚开学不久，我就认识了当时图书馆中管理期刊的一位老师，并在期刊阅览室阅读中医经验文章。还曾带着申晓伟同学一起摘抄、复印朱良春先生《虫类药应用经验》。当时图书馆并未进行开架借阅，教师阅览室同时是样本书阅览室，里面书籍较全。我与管理员李慧敏老师关系很好，经常利用课余时间帮忙擦地后在里面看书。记得刚上大一时因为在那里看到《文魁脉学》后，如获至宝，将学生证抵押后连抄一夜，直至次日方将书中大部分内容抄完归还。现在想来，其实当时完全可以复印，但对知识的强烈渴求使自己没能想起，也可见当时学医之刻苦。

"熟读王叔和，不如临证多"。在系统地学习了中医学专业知识后，跟师学习就变得更为重要了。河北中医学院当时还没有独立，是河北医科大学的二级学院，在全国中医界排名也非常靠后。但是这其中不乏临床大家：李士懋老师、田淑霄老师、赵玉庸老师、刘保和老师、花金芳老师、杨牧祥老师、薛芳老师、阎艳丽老师、张德英老师……这些老师不但理论知识非常扎实，而且个个都有非常过硬的临床本领，对于各种疑难杂病，常常能妙手回春，取得很好的疗效。后来我到过北京、南京、天津等一些中医相对发达的大城市，跟过一些老师抄方，也很难找出太多的超过上述诸位老师的名医。

大二下半年的时候，我选择性地跟随几位老师抄方学习：分别有李士懋老师、薛芳老师、花金芳老师等，后来又间断跟随赵玉庸老师、刘保和老师、吴凤全老师和田淑霄老师等名医学习，其中还较长时间地侍诊于杨牧祥老师左右，以上这些老师对我的教诲颇多，将使我受益终生。

每一位老师都有自己的学术见解，也都有自己擅长诊治的疾病。李士懋老师比较强调平脉辨证，对仲景之经方推崇备至，当然对升降散之类的时方用得也是出神入化。记得跟随李老师学习时，总是老师先诊脉，后由每位学生轮流诊脉，然后再将自己的体会与老师的"标准答案"进行对比，这样确实感觉提高得很快。田淑霄老师专长妇科，精于治疗闭经、痛经，她的经验方至今我还在使用，效果真的不错。两位老师最大的特点就是平易近人，从来不摆专家的架子。学生只要想跟着抄方学习的，几乎没有被拒绝的，因此他们出门诊时跟诊的学生是最多的。

杨牧祥老师临证时有很多经验方，常常在辨证的基础上对其进行加减使用。如他治疗心血管疾病的一首方，首先用桂枝甘草汤辛甘化阳补充心阳，再配合生脉散补充心气、心阴；在此基础上，根据患者的临床表现分别配以宽胸化痰的瓜蒌、薤白；活血通络的桃仁、红花或枣仁、茯神、远志等养心安神的药物，常常取得较好的疗效。

"独学而无友，则孤陋而寡闻"，只是一个人钻研，常常会局限自己的视野。正在踌躇于找不到可以共同学习共同进步的同道时，同学申晓伟把我介绍给了扁鹊医学社。记得当时扁鹊医学社刚从读书会分离出来，时任社长的冯卫星师姐当时就将我安排入社，还请我带着我们年级的同学学习中药。

我入社后，首先感觉到了大家庭的温暖，每位社员的地位都是平等的，不像某些社团有所谓上下级之间的关系。社员们的目标是一致的，也是十分单纯的——就是要学好中医。有了这么多志同道合的朋友，我可以尽情地发挥自己所能，同大家一起提高中医水平。同时在冯卫星师姐的大力支持下，我们配合张艳娟师姐对社团进行了较大幅度的改革：制定出每学期活动的内容，特别强调随师临证的重要作用，重新规定招新时间等。这些重要的变化不但使得每位社员更加受益，也在一定程度上规范了社团行为，提升了社团在学校中的影响力。

后来我被推免试攻读硕士研究生，期间曾跟随胡玉琴老师抄方，胡老师的父亲胡东樵先生生前是石家庄名医，一生活人无数。胡老师早年毕业于北京中医学院，后来又得其父亲真传，临床疗效较佳，病人也比较多。胡老师方子不大，用药多有出奇之处，对我临床诊病影响较大。读硕士期间，我也经常回到社团，社里的师弟师妹对我们老社员也很尊敬，我和申晓伟同学多次参加中药、方剂的集体学习，受益匪浅。

再后来我考上了南京中医药大学，在那里攻读医史文献专业博士。南京中医药大学坐落在古都金陵，被称为"现代中医高等教育的摇篮"，其中不乏中医大师。我在上学期间随从多位老师学习。更为重要的是，在上学期间我利用探亲的机会在唐山市独立出门诊，大约诊治了上千人次，虽然不敢说有很好的疗效，但确实是治好了一些疾病，增长了临床经验。攻读博士期间，我还是抽时间回到社里，师弟师妹的热情接待使我感动，最使我感激的是在做博士论文时，需要建立一个比较大的医案数据库，三千多份医案都是由社里的师弟师妹帮我录到电脑里的，可以说，没有社里师弟师妹的帮助，我是无法完成博士学位论文的。

下边谈一点我学习中医的不成熟体会。中医治疗疾病方法是多样的，一条路走不通换一条路往往就能取得较满意的效果。但是疾病的发生、发展常常是有一定规律性的，贵在于错综复杂的临床表现中找到每位患者所患疾病的共性和个性。学习《中医诊断学》时我们知道中医诊病的原理有一条是知常达变，所谓知其常，才能更好地把握疾病的变化（疾病的复杂性）。如治疗脾胃疾病时，一定要做到脾胃分治：区分好脾与胃二者之间不同的致病特点。如患胃病时，一般临床表现以脘胀为特点，这时用药就一定要遵循"凉润通降"的思路，特别是强调"六腑以通为用"，在此基础上，再根据患者的具体表现，灵活进行加减用药，常常能取得较好的疗效。

病机在疾病的诊断、治疗当中都具有非常重要的地位。特别是临床上面对一些疑难杂病时，正确而又有序地理清患者错杂的病机是非常必要的。我们在学习《中医内科学》时，介绍的每种疾病的病机是较为单纯的，但是临证时，患者所表现出来的病机往往是错综复杂的，这就要求我们在详细收集四诊资料的基础上仔细梳理。特别是一些病理产物致病，如痰浊、瘀血等，常常是很多疾病都有的，这时一定要分清主次，在确立治疗方法时予以兼顾。

药物是我们中医战胜疾病的重要利器之一，我们在学习的同时一定要掌握好每味药物的共性与个性，特别是其在一些方中的特殊作用。很多用药的特殊经验掌握在一些老中医的手中，需要我们广泛跟师学习，并广泛阅读，才能学到手中。其实中医界提出的"读经典、跟名师、做临床"是成就名中医的必由之路，实际上就是我们传统中医成才的"读书、跟师、临证"的另一种表述方式，这种方式还是非常适合我们年轻中医学习、提高医疗技术的。

在中医的路上我已经走了12年，以后还有更长的路要走，我想有了师友的帮助，加上自己辛勤的努力和为患者服务的信念，做一名合格中医的理想还是能够实现的。

# 我的学医之路

河北中医学院中医系 2006 级　刘少灿

## 一、初涉中医，充满疑惑

2006 年的夏天，我幸运地接到了河北医科大学的录取通知书，录取的专业是中医学。对于中医一知半解的我就开始憧憬美好的中医之路了。

《中医基础理论》是我最早接触的中医教材，当老师讲到阴阳五行等知识点时，我一头雾水，这么抽象的东西，怎么理解，能用来治病吗？随着学习的深入，我的困惑越来越多……

## 二、结缘扁鹊，研习经典

在大一的下学期，我有幸成为了"扁鹊医学社"的一员。扁鹊医学社主要以四大经典及四小经典为学习内容，对每个社员的要求非常严格，每周检查指定的背诵内容、每月写一篇学习心得、每两周活动讨论一次、每周末晚上自由交流等。刚开始很不适应，压力很大，看着其他同学都有轻松的周末，相当羡慕。但是后来就慢慢习惯了，经常沉浸在中医的海洋里，有时看书一坐就是一整天。随着知识的点滴积累，对中医的理解也逐渐加深，很多疑惑也慢慢地解开了，于是对中医的兴趣越来越大了。李士懋老师经常跟我们讲：在中医的道路上，每解决一个问题、一个困惑，你就前进了一步。

## 三、学术争鸣，百花齐放

### （一）活动讨论

扁鹊医学社是由大一到研究生各个阶段的社员组成，由高年级引导低年级的社员学习，这样低年级的社员起点就比较高，而且少走了很多弯路，进步就比较快。医学社鼓励学术争鸣，对于一个问题，每个人都可以有不同的观点、看法，每周末的自由交流和每两周的一次活动，是我们讨论最为激烈的时候，各种想法互相交流，开拓着每个社员的思路。

### （二）心得体会

考验社员能力的事情来了——写文章。要表达一个观点，你得查阅好多资料，从古到今以及各个医家的论述，还要结合自己的心得体会，再组织好语言，才能将一篇文章写好。也正是那几年的锻炼，现在自己想写点什么东西还是比较轻松的。

### （三）中医论坛

除了动手，还要动口——宣讲论文。医学社每年举办一届"中医论坛"，邀请资历深厚的几位老教授作为评委，现场对参赛选手的论文进行点评提问，选手予以回答。我有幸作为选手，参加了两届论坛，并深有体会：除了文章要写得好，论坛举办前还要背诵论文，熟悉与文章相关的经典条文，思考评委老师会提哪些问题，怎么回答比较圆满等，虽然紧张，但收获颇丰。

### （四）网络交流

为了便于社员随时交流，医学社建立了 QQ 群，并定期在群里讨论，这样能够利用网络这个便利条件，将历届的社员聚集到一起，共同讨论，共同提高。以后还打算建立一个聊天室，定期语音讨论，每期安排一个专题，选定几个社员发言，其他社员补充提问等。

### 四、跟师学习，接触临床

跟师学习，能够将书本里面的知识运用到临床。有了名师的指点，社员们会少走很多弯路。我在大学期间就跟随过李士懋、田淑霄、赵玉庸、薛芳、张德英、刘保和、杜惠兰等名医出门诊，这些老师都对我们社员很好，很尽心尽力地教我们。也正是他们的无私奉献，才有了医学社的今天。在这些老师中，对我影响最大的是李士懋老师和张德英老师。

李士懋老师是我跟诊学习的第一位老师，是我的中医启蒙老师。从大二的暑假开始，我放弃假期回家的机会，跟着李老出诊、摸脉、抄方。每次跟诊回来后赶紧查阅《中医诊断学》《中药学》《方剂学》《伤寒论》等书，思考老师怎么辨证和处方的。老师治病的有效率很高，为许多病人解除了病痛。每次看到病人治愈后满怀欣喜的脸庞，我从内心里佩服李老师的高超医技，同时也增加了我学习中医的信心。正是在跟李老学习的两年多里，我的中医辨证论治思想和整体治疗水平得到了很大的提高，当然每个跟随李老师学习的社员肯定都有同样的感触。李老师在耄耋之年仍为中医事业传承不懈努力，号召我们将13年来医学社的成长之路加以总结，编纂成册，以启后者。李老师为我们医学社的健康发展和中医事业可谓是呕心沥血啊！感恩李老！

张德英老师是我的研究生导师，几年的朝夕相处，恩师在学习、生活的各个方面像对待自己孩子一样给了我无微不至的关怀和照顾，教会了我很多做人的道理和治病救人的方法。在这几年期间，我的人文素养和医学水平均得到了升华。恩师渊博的学识、高尚的情操、务实的治学态度深深地感染着我，我将秉承恩师的学术思想，并将其发扬光大，不负恩师的厚望。

恩师如父，感谢每一位教育过我的老师！

## 五、独立出诊，学以致用

俗话说："师父领进门，修行在个人。"评判一个医生水平到哪个程度，很大程度上取决于你独立诊治病人所取得的疗效。我从大二开始，就给亲戚、朋友和同学看病，不放过任何一次实践的机会。刚开始是照葫芦画瓢，按照跟诊老师的诊治思路来开方，或者是照搬《方剂学》上的原方，有的效果比较好，但大多数没什么效果。自己独立治病跟盲目抄方的感觉是不一样的，自己治过的病例印象比较深刻，效果好，好在哪里？效果不好，问题出现在哪里：辨证不对？方证不相应？哪个药用错了？病人没有遵循医嘱……一系列问题就出来了。随着自己学习的深入，对疾病的认识也逐渐加深，辨证水平也跟着提高，再加上医师资格证下来后自己独立出门诊实践，接诊的病人多了，经验愈加丰富，疗效也跟着就提上来了，病人也就随着多起来了。

## 六、精勤慈悟，融会贯通

"精""勤""慈""悟"这四个字是张德英老师给河北中医学院成立后征集校训方案时所写的，是对如何学医和为医的高度总结。我感觉很实用，在这里与大家分享。

精：①指"虔诚、专一"，热爱学业，专心不二。②指"细致，严密"，治学求精，严谨、高超。③指"明"，明白事理，做人明，做事明。④指"精神、精气"，中医的独重、特色。⑤名医孙思邈有"大医精诚"之语劝。

勤：①学医数年，几乎从零开始，必须勤奋，方能学到位。②勤学、勤记、勤问之外，更需勤于实践，要不辞辛苦。③勤有"帮助"之意，互相帮助，互助共进。④学子程度参差，或有怠学之人，此勉之。⑤中医乃"大道"——"上士闻道，勤而行之"（《老子》）。

慈：①医乃仁术，求死扶伤，先有仁慈之心，才定学医之志。②有仁慈之心，则同学和、同事和、师生和、大家和，毕业后则同行和、家庭和、社会和。③当今社会"奸、毒、戕、仇"无所不有，医患之间"仇、怨、猜、忌"时生，唯慈能消诸恶。

悟：①指"理解，明白"，中医经典，言简意赅，一词多义，或半隐半露，学者务必探微，索隐，务求明白。②指"觉悟"，觉悟人生，淡泊名利，然后方能治学、救人、济世。③指"启发"，师启发生，生生互相启发，观事、格物尽受启发，乃中医治学之道。④指"悟性"，中医多有"抽象"之处。一份悟性，一份收获；悟性高则医术高。

为医者倘能从这四字下手，成为一名明医则指日可待。

与同道共勉！

# 思考中的中医路

河北中医学院中医系 2006 级　董妍

一路走来感觉选择中医这条路很是幸运。大学五年，研究生三年，工作半年，对于中医学习有领悟也有纠结。

关于辨证论治的思考。辨证论治是中医的精华，是中医的特色。首次接触中医时发现有的老师注重脉诊，有的老师注重舌诊，有的老师注重腹诊，不一而从。尤其是遇到舌脉不一致时，该何去何从，从舌还是从脉？

开始的时候很是迷茫。中医辨证到底怎么辨证，一点头绪也没有。遇到一个病人不同的老师开出不同的方，说出不同的理论。我不禁问自己该怎么办，中医该怎么学？

此时扁鹊医学社映入了我的眼帘，加入扁鹊医学社，能够有幸接受名师指导以及和诸位师兄师姐同门一起学习，是我一生最大的幸运。"读经典、做临床"是我们的宗旨。刚开始并不是很理解，每天背诵中药、方剂、穴位，背诵《内经》《伤寒论》《温病条辨》《难经》《神农本草经》《濒湖脉学》，不仅要背诵课本上的，更重要的是要背诵全部的原文，比一般同学辛苦自然不言而喻。课余周末我们都在图书馆查阅资料，每周六的下午大家畅所欲言，一起讨论学习，这是大学最快乐的时光。在背诵的过程中，慢慢地对辨证论治有了粗浅的认识。我们必须打好基础，把地基打牢，才能盖得起辨证论治这座高楼大厦。学习中医离不开背诵的基本功。经过一年多的背诵，我们有幸可以跟随名师出诊，观察名医的理法方药。席间遇到典型的舌脉以及证型老师都会认真讲解，诊后把病案抄回去认真研究，逐一分析老师的理法方药，探索辨证论治的方法。这样我们完成了学校学习的第一阶段：读经典、做临床。

第二阶段开始初试牛刀，给自己、同学、亲戚、朋友看病积累初步的临床经验，其中既有成功的喜悦也有失败的沮丧。第三阶段继续背诵经典，跟师学习，并且开始整理老师的经验变成论文，并与同学师兄师姐一起讨论。由于大家跟随不同的老师，这时候又出现了观点的碰撞，面对同一份医案，每个人的解释竟然都不一样，每个人的解释也都很有依据，每个人的出发点也都不一样，有的从舌入手，有的从问诊入手，有的从脉诊入手，有的从方证入手，到底何去何从，迷惑又来了。辨证论治到底是什么？我们相互探讨，询问老师，逐渐发现，辨证论治不管用什么方法，均是寻找病机的过程。不管路相不相同，但最终都能到达目的地。

关于中西医的思考。曾经认为中医是万能的，西医根本就是一种头痛医头脚痛医脚的医学。不以人为本，不因人制宜，同一种病大家都用同一个治疗方案。因此上西医课不听讲，下课也不看，把所有的精力都投入到中医中去。也曾经达到过一种偏执的状态，摒弃一切西医的理论、西医的实验。直到研究生阶段，导师告诉我：中医不万能，西医也不万能，二者都是时代的产物，都有其一定的局限性。中医不能固步自封，自古中医也不是固步自封的医学。从《神农本草经》的 365 味中药到《本草纲目》的 1892 种之巨，吸收了许许多多外来药物。西医没有深入学习中医，所以持有偏见，认为中医是玄学，是经验医学。中医也没有深入学习西医，同样对西医也存在偏见，认为其头痛医头，脚痛医脚。

因此作为新一代的中医人，我们应当在继承中医传统的基础上，多多吸收先进知识，发扬中医，为解除人类病痛服务。在现阶段，中西医结合最常用的是西医的病与中医的证相结合。西医的诊断治疗应当规范，中医的辨证论治也应当纯正。

# 山重水复疑无路，柳暗花明又一村

河北中医学院中医系 2011 级　王成鑫

学中医三年，真切说，着实是难的。比学习其他科目真是要难很多。中医学是几千年的积淀，不知自己的一生究竟能探知多少。前贤王好古曾著《此事难知》，结合自己的中医求学路，读之真觉实乃肺腑之言。懵懂三年来，惭愧的是尚未丝毫领会陈念祖的"实在易"。

学习中医，对其理论的认知是第一关，此难之一。

中医理论源远流长，博奥玄深，要对其有个清楚的认识，诚非易事，理论的攻关往往让人望而却步。初涉医理，对基本概念的理解很费功夫，因为都不是能够通过实验来形象感知和推理的。必须善于建立传统思维，学习古人的长处来理解这些概念，这可能要更加广涉书籍，尤其是传统文化中的经典书籍。有一种文化的感知力，可能会对中医的学习有相当大的益处。从某种程度说，一个好的合格的中医学生，有必要具备一定的中文水平，虽不能及中文系专业的人，但总要有一个较好的基础。我们要学习的毕竟是医理，是探索人之生理、病理，当然首先是中医观念下的理，要深入理解的话就必须集中精力投向我们的中医典籍，势必沉醉其中。

学习中医理论似乎要忍受比其他理论攻关更为艰难的孤寂，当然是在达到乐学的境界之前。所以每每触及汗牛充栋般的典籍，在为之深感未解而苦时，我总不免稍稍悲观过，如此山重水复般无路望寻，不知要探究到何时。难道一定是皓首穷经吗？例如学习仲景学说一年余，直至现在有时还为某一条经文而颇费功夫，上下尽览，可能也是惶然；探讨一个方证，前后联系，探赜索隐，其内部之义不知何时才能知晓一二。但面临这样的困难境地却仍是潜入其中，可道是"读之千遍万遍也未厌倦"。我想中医学子但凡有丝毫对中医的信心，若立志普救含灵的话，刻苦攻坚的心理是要有的，坐十年二十年的冷板凳功夫是要有的。无论如何需要承认的是，所有科学文化理论的学习终究要走过这样一段艰难探索的时期。假若非天才之人，必是勤思苦学。如此犹未寄幸鬼神通之。我们的中医理论学习似乎"更高一筹"，待博涉精专之后，方可窥见中医之一斑。

理论已然如此，临证若求一效，更非易事。

对于尚在初学阶段的我们而言，最幸莫过于多跟名家学习，有机会随名家侍诊，有这样的机遇颇为有益。但对个人而言，曾经试探性的临证，之后感觉真是路尚远矣！从老师那里学来的经验是固定的，但在经验背后隐含的思路思维却是灵活的，是几十年的功夫之事。这对于心浮气躁之人来说，可称之恐怖！医学的目的在于实践，当自己面对患者时，为寻一合理有效证治，却是要拿出真功夫的。从理论到临证的跨越，必是相当长的积累。

仲景"勤求古训，博采众方"，在前人的理论经验上，不知经历了多少次救治而成大论。从这里明白，但凡想利用医学知识为人类求点幸福，本就该是善始善终之事，也许在临证中要经历无数次锤炼。一效得来诚非易，换得心头苦后甘。不是理论甚好，就能够通变万灵，去应对所有的问题。也许一次临证的未效，足让人痛定思痛，面壁深思！对医者而言，理论上的思考与归纳终于在临证中得到验证，看到患者痛苦消失时，一股欣慰涌上心头，这才是对于医者最高的褒奖。这样反复探索的路永无止境，但路终究要走，而且是愈走愈深入。偶然间应用一个经方，见收效大半，是可喜之事，更多却是"医之所病病方少"。临证经年，才知天下无可用之方。但就是为了一次收获，也未尝放弃。柳暗花明，待行至深处，可望一村。

我认为这条路子就是难的，天生不敏，学习吃力是客观的，三年学习中医的最大感受也是如此。从理论学习到临证亲历诸如上述，半无虚言，但仍是充满信心的。难不是退却的借口，只是刻苦的理由。所谓"山重水复疑无路，柳暗花明又一村"。因为看到了延续几千年的瑰宝仍在闪闪发光，因此要做的，首先是对中医的自信，是我们中医人的自强。追寻着古今贤者良医的印迹，苦思善悟，任重道远。

# 自己开中医诊所的人生思考

河北中医学院中医系 2001 级　张艳娟

　　小师弟和小师妹们邀请我写一篇从医心路，回想起从 2001 年考入河北中医学院至今已经 14 个年头。14 年来我没有把大部分精力用在中医专业的学习与提高上。时光如白驹过隙，转眼已进入而立之年，才觉得自己所学得的中医知识只不过是皮毛而已，每当面对自己临床上的失败，面对患者失望的眼神，就迫不及待地想提高自己，但临床技能的提高怎能一蹴而就？我经常在思考——这个中医之路我该怎样走下去？

　　2006 年我从河北中医学院毕业后响应国家号召去了贵州支边，在那里我成了医院唯一的中医大夫。那一年的独立应诊我完全是被"赶鸭子上架"，总之是失败的病例远多于成功的。经过一年的独立应诊我多少得到了一些锻炼。回到家乡后我在一家县中医院工作了一个月，每天跟着大家查房写病历，中医已经西化，除了中医门诊，在别处已看不到中医的影子。我一心只想从事自己喜欢的中医，于是我陷入了迷茫，不知道自己的路该怎样走下去。应该是太年轻太执拗，我没有留在医院工作，心想一定要开一家中医诊所，运用中医为老百姓看病，于是又回到我所敬爱的老师周围，跟随老师出中医门诊，希望能够得到快速提高。因为基础没有打好，总觉得收获不大。拿到医师资格证后我硬着头皮回家开业。

　　从 2008 年开业至今，我经历过不少的挫折，人也沉稳了很多。于是常常静下来思考，思考我的人生，思考我所从事的中医。我这一生不想碌碌无为，一辈子只想把一件事做好。那就是运用中医解决患者的病痛，尽自己的绵薄之力能够继承中医这个伟大的事业。那么如何继承中医事业，

第一章 "早成明医"的心路历程

17

就我而言唯有学好、运用好这门科学，而只有学好才能再谈运用好。

走了这些年的弯路才真的明白我们中医要想看好病，一定要在中医理论的指导下，这是个最基本的原则，如果抛弃了中医理论的指导，干一辈子中医也只是稀里糊涂一辈子。中医理论这个大框架是建立在中医经典之上的，以往我将四大经典束之高阁，说来真是惭愧。前一段时间参加了一个培训项目，有幸聆听了安徽省中医院杨骏院长对中医学子的教诲，他教导我们读四种书：一是读课本，课本是国家召集诸多中医专家学者精心编著而成，能够帮助我们建立一个最基本的中医理论框架，尽快入门；二是读经典；三是读文史哲；四是读现代科学知识。这四点我极其认可，学中医需要深厚的文学功底，也需要理科的逻辑推理。我没有深厚的文学功底，对现代科学知识更是知之甚少，为了弥补自己的不足，我从复习初中的数理化学起。我是个笨人，所以采取这个笨办法，不管笨还是巧，全都是为了得到提高。我给自己制定了学习计划，每天除了看病就是读书。我的诊所没有一片西药，不是我排斥西医，一来个人水平与能力有限，二来我立志于做好中医，我庆幸自己这个笨人，经过了这些年，却一直坚持走中医的道路，尽管路曲折了一点，却是走出了自己的路。

有的师弟师妹们临近毕业会打电话给我，说想自己开中医门诊。我建议师弟师妹们不要走我这条路，现在就业形势严峻，以研究生的身份毕业就业的路子要宽一些。所以我建议考研，即使不考研我也建议先找一家医院工作一段时间，积累一些临床经验，多了解西医对疾病的诊断治疗，以及疾病的临床转归。同时不放弃对中医的学习，不管在医院有没有用武之地千万不要放弃中医，待到时机成熟时，再选择走自己的中医之路。

日出而作，日落而息，象法天地，合于阴阳，人生活在阴阳五行中，不以名利为出发点，视患痛为己痛，以中医经典为主充实自己，沿着自己的中医之路实实在在走下去。

# 第二章 "明医头脑"是怎样炼成的

**编者按:**

如何能够在中医院校读书的时候,就成为梦寐以求的"明医"?

这就需要辨证论治"头脑风暴"的不断洗礼。

以河北中医学院"扁鹊医学社"为例,该社团持续举办"中医论坛"。同学们宣讲的论文,均是自己独立撰写完成,或阐发中医理论,或记录中医临床治验,或谈及传统文化。虽然是一己之见,但却是作者点滴心得。然而这些思想上的火花,并没有一瞬即逝,国医大师李士懋等优秀名师的互动评点,为这一火花添油加柴,最后汇编成《中医论坛》学刊。

星星之火可以燎原。

# 从纸上谈兵到临床亲历 "补中益气汤甘温除热"

河北中医学院中医系 2003 级　郭玉茹

（本文为作者大学三年级所作，原载于 2006 年 10 月第四期《中医论坛》）

　　补中益气汤是金元四大家之一的"补土派"代表李东垣的代表方，主治之一是气虚发热，为甘温除热的代表方。初学方时，作为一名涉猎中医学知识不久的学子，吾深深质疑此方之效，认为发热应该用寒凉药清其热，怕冷才用温热药温其寒，这才是《内经》所论的"寒者热之，热者寒之"的原则，也才顺应自然界的规律。就像夏天穿单衣、冬天穿棉袄，这才是常理，而李杲竟是让人夏天穿棉袄？病人本来就发热，还用甘温之品补益之，岂不是"火上浇油""伤口撒盐"吗？百思不解之余，只有去找李东垣要个说法。

　　李杲在《内外伤辨惑论·卷中》曰："内伤脾胃，乃伤其气，外感风寒，乃伤其形……唯当以甘温之，补其中，升其阳……盖甘温能除大热，大忌苦寒之药泻胃土耳。"而创补中益气汤，方药如下：

黄芪〔一钱〕　　炙甘草〔五分〕　　人参〔三分〕　　升麻〔三分〕　　柴胡〔三分〕

橘皮〔三分〕　　归身〔酒洗三分〕　　白术〔三分〕

用法：上药叹咀，都作一服，水三盏，煎至一盏，去渣，早饭后温服。

　　补中益气汤的创立遵循着《内经》治则中"劳者温之""损者益之"的治虚原则，而不是违背了"寒者热之，热者寒之"治实证的原则。因为虚实不同，所以治疗原则各异，这正是中医辨证论治思想的体现。并不是见热清热，因为这里叙述的发热，并非实火，而是脾胃气虚，清阳陷于下焦，郁遏不达的发热，内伤不足的疾病须用补法。

　　李杲在《脾胃论·卷中》中亦曰："若饮食失节，寒温不适，则脾胃乃伤，喜怒忧恐，耗损元气，既脾胃气衰，元气不足，而心火独盛，心火者，阴火也，起于下焦，其系系于心，心不主令，相火代之；相火者，下焦包络之火，元气之贼也，火与元气不两立，一胜则一负，脾胃气虚，则下流于肾，阴火得以乘其土位。"脾胃为后天之本，肾为先天之本，后天不能滋先天，则下焦元气不足，清阳陷于下，郁而发热。只有补益后天之本，滋其化源，才能祛除疾苦。

补中益气汤主治内伤脾胃所致的气虚发热：身热，但热势不甚高，自汗，渴喜热饮，气短乏力，舌淡胖，脉虚大等。发热病因病机上已述，而脾胃虚及其子则肺气不足，故短气乏力；肺不布津，津不上承则渴饮，但喜热饮等。方中重用黄芪为君，黄芪补气偏于走表，补肺实卫而止汗，又能升举脾胃之气。又用白术、炙甘草、人参补中，助黄芪健脾补气，走表走中的补气药同用以甘温补气除热。气血同源，气虚久则及血，加入当归养血和营，又用升麻、柴胡升阳明、少阳之清气，提中焦下陷之清阳，清阳升则浊阴降。李杲曰："胃中清气在下，必加升、柴以引之。"陈皮理清浊相干之乱气，防补药壅滞气机，碍胃。

理已言明，但终觉是纸上谈兵，临床疗效怎样？直到吾随师出诊，亲见吾师用此方治病之效，才深信李杲不曾欺吾后人。但用此方必须遵循中医的辨证论治，对证出方才能彰显其效。据此我把对此方的一点儿观察记下。

1.与单纯的外感发热相鉴：外感发热与恶寒并见，伴头痛，身痛，脉浮。气虚发热则身痛，自汗，热势不甚，脉无力等。《医贯·主客辨疑·伤寒论》中说："李东垣《脾胃论》与夫《内伤外感辨》深明饥饱劳役发热等症俱是内伤，悉类伤寒，切戒汗下。"

2.与阴虚发热相鉴：阴虚发热为五心烦热，手足心热甚于手足背，有汗而为盗汗，同时伴潮红，舌红少苔，脉多细数，与本方所治发热亦不同。

3.本方不仅治内伤脾胃的气虚发热，亦可用于气虚之人兼外感，但须酌加解表之品，相伍为用。

4.气虚发热者舌淡胖有齿痕或无，脉无力。

仅引田淑霄老师临床验案一例：

商某，女，38岁，已婚。

2006年3月26日初诊：自述每上午自感发低热已五六年，劳累后加重，用体温计测量37℃，疲乏无力，二便正常，就诊前曾每发热时用西药退热，后又反复，希望能解除病痛。

脉无力。舌淡胖有齿痕。

辨证：脾虚发热。

治法：甘温除热。

方宗：补中益气汤。

| 黄芪 15g | 炒白术 10g | 升麻 6g | 柴胡 8g | 炙甘草 6g |
| 归身 15g | 党参 15g | 青蒿 30g | 陈皮 7g | |

4 剂，水煎服。

3 月 30 日二诊：服药后不觉发热，但希望巩固疗效再服几剂，吾师上方，去青蒿，又开 4 剂。

临床上只要辨证为气虚发热或气虚之人兼外感，用此方稍稍加减，必有佳效，如果辨证准确，自不必畏惧甘温之品助热。正所谓有故无陨亦无陨。

**老师评语：**

*温而治热，此正吾中医之妙用，善思不择，为大将临故巧用兵，明别中西，学中医从兹入门庭。*

*张德英*

# 另辟蹊径：巧用附子治湿热

河北中医学院中医系 2004 级　王超

（本文为大学三年级学生所作，原载于 2007 年 10 月第五期《中医论坛》）

湿热证是湿邪和热邪相互为患而引起的常见病证，内感外伤均可导致。湿热相合，病变以脾胃为中心，既可上扰蒙蔽清阳，亦可下注二阴，或流注于经络关节……全身上下，无处不达。湿为阴邪，热为阳邪，湿热相合，如油入面，蕴郁胶结，难于速化。临床治疗常采用清利湿热之法，化湿、利湿兼以清热。但有时效果不著，迁延缠绵，此时若于方中酌加附子温通阳气，扶阳逐湿，则可收佳效。

盖湿为阴邪，宜芳香温化；热为阳邪，宜苦寒清解。湿热相合，温化则恐助热，清解则碍湿化，治疗易左右牵制，难于速解。薛生白《湿热病篇》曰:"夫热为天之气,湿为地之气,热得湿而愈炽,湿得热而愈横。湿热两分,其病轻而缓;湿热两合,其病重而速……"叶天士在《外感温热篇》中亦云:"或渗湿于热下,不与热搏,势必孤矣。"故湿热证治疗的关键在于使湿热两分,而使湿热两分,着重在于祛湿,湿祛则热孤,而无狼狈为奸之虞。

湿热证又有湿重于热、湿热并重、热重于湿之分,其治疗略有差别,同中有异。热重于湿者,宜据热之多寡把握清热与祛湿的比例,因为此时湿渐化热,治疗相对较易。唯热盛有伤阴之弊,此时应慎用温燥之药。湿重于热和湿热并重者均应以祛湿为首务,此时可适当运用温阳药,温通阳气而祛其湿。理由如下:其一,湿热易困阻清阳,阻滞气机,阳为湿困,郁伏而不得外达。正邪不相两立,正却则邪胜,故湿热难祛。其二,湿为阴邪,易耗伤人体阳气。如叶天士亦云:"且吾吴湿邪害人最多,如面色白者,须要顾其阳气,湿胜则阳微也。"其三,湿热为患的病人多先有脾胃内伤、中阳不足的病史。诚如薛生白《湿热病篇》中云:"太阴内伤,湿饮停聚,客邪再至,内外相引,故病湿热。脾主为胃行津液者也,脾伤而不健运,则湿饮停聚,故曰脾虚生内湿也。此皆先有内伤,再感客邪,非由腑及脏之谓。"脾胃内伤是湿热形成的前提,而中气的盛衰决定着湿热证的转归。"中气实则病在阳明,中气虚则病在太阴",且"若湿热之证,不挟内伤,中气实者,其病必微"。故湿热证迁延不愈者多有中阳不足的病机。其四,许多医生临床治疗湿热病证多用大苦寒之药,往往容易克伐阳气或冰伏湿热,使湿热之邪更难祛除。《素问·生气通天论》云:"阳气者,若天与日,失其所则折寿而不彰。"阳气是人体的根本,人体的一切机能均赖于阳气的温煦和推动。故治疗当于分解湿热方中加入温阳之品,一则温通人体阳气,二则补已损之阳。使"离照当空,阴霾自散",只要阳气布达,则湿邪可速化,湿祛则热孤,清热亦速。纵使邪热暂得温而烈,但宁热勿寒,湿祛则清热较易。因湿性黏滞,较之热邪,则湿难祛而热易除。

温阳药当首选附子。一般温阳药只具温通之性,而附子为温补阳气之第一品要药,既可通阳,又可补已损之阳,正合病机。汪昂《本草备要》曰:"其性浮而不沉,其用走而不守,通行十二经,无所不至。能引补气药以复散失之元阳；引补血药以滋不足之真阴；引发散药开腠理，以逐在表之风寒；引温暖药达下焦，以祛在里之寒湿。"张洁古曰："治湿药中少加之，通行诸经，引用药也。"故在分利湿热方中加入附子，可振奋机体阳气，使阳气复常，气化归恒，且借其辛散之力，而达到扶阳逐湿之目的。

附子毕竟为辛甘大热之品，我们当巧用其性，以免伤阴化燥。运用当把握两点：一是合理配伍。近贤祝味菊说："我用附子可任我指使，要它走哪条经就走哪条经，要它归哪一脏即归哪一脏。奥秘就在于药物的配伍与监制，引经与佐使。"如他治高热病人，只要有阳气不足，均予扶阳，清热与扶阳并重。并创造了许多独特配伍，如附子与枣仁、知母、地黄，尤其是附子与石膏同用，一以扶阳，一以清热，使其各行其道。附子与清热药同用，医圣仲景治肠痈之薏苡附子败酱散，即已开先例，借附子通阳破积消癥。后世名家也多有发明。当代名老中医朱良春治疗风湿热痹，亦用附子，常用附子配苍术、白术、黄柏、蚕砂、忍冬藤、萆薢、薏苡仁、萆草。他说："此际用附子，一方面是因为本有湿邪存在，湿为阴邪，湿盛则阳微，另 方面，因湿热缠结，阳气被遏，故借附子之大辛大热通阳。"姜春华教授认为许多慢性疑难杂病，特别是许多慢性炎症用常法清热解毒不效，原因即在于久病体虚而湿热火毒病邪不解。他从仲景乌梅丸、薏苡附子败酱散等诸方中得到启发，打破常规，温清并用，补泻兼施，异病同治，如他治白塞氏病，用附子配党参、黄芪、甘草、淫羊藿、黄连、黄芩、丹皮、蒲公英、半枝莲而效，即其范例。二是注意用量。当用小量，取其温通助阳之功，而避其伤阴化燥之弊。

以下兹举 3 则病案以助说明：

**病案 1：**刘某，男，49 岁。

2007 年 4 月 16 日初诊：患者自去年 12 月始咳嗽、发热、盗汗，经省二院、市胸科医院查：肺部炎症。输激素治疗后身痛甚。现发热 37.5℃～38.5℃，偶至 39℃；身痛，每日服感冒胶囊，出汗后缓解；头晕，咳嗽，胸闷，脘胀，食差，寐差，阵觉身热，恶寒，大便可。

脉弦濡数。舌尚可，苔黄腻。

辨证：湿热阻遏。

治法：清热化湿，通经络。

处方：

| | | | | |
|---|---|---|---|---|
| 川朴 10g | 常山 8g | 草果 8g | 槟榔 10g | 苍术 12g |
| 黄芩 9g | 知母 6g | 菖蒲 10g | 青皮 9g | 秦艽 12g |
| 威灵仙 12g | 地龙 15g | 滑石 15g | 海风藤 18g | 炒苍耳子 12g |

6 剂，水煎服，日 3 服。

4 月 13 日二诊：症状略有减轻，效不显，咳嗽加剧。辨证属湿热阻遏无疑，前方略作加减，大法不变。后每诊据症略作加减，服药 1 个月余，其间病情时好时坏，缠绵不愈。

5 月 21 日三诊：发热 37.5℃～38℃之间，身痛减轻，汗少，尚咳，身无力，食便尚可。脉弦濡数，舌苔白腻微黄。

处方：

| | | | | |
|---|---|---|---|---|
| 青蒿 30g | 川朴 9g | 常山 8g | 草果 8g | 槟榔 10g |
| 菖蒲 10g | 黄芩 12g | 知母 7g | 石膏 30g | 滑石 18g |
| 秦艽 12g | 威灵仙 10g | 海风藤 30g | 防己 10g | 石膏 30g |
| 炮附子 10g | 生黄芪 12g | 干姜 5g | 生晒参 12g | |

7 剂，水煎服，日 2 服。

药后诸症减轻，身力增。后渐撤黄芩、石膏等清热药，以益气温阳、燥湿利湿为主，继服两月而愈。

（选自李士懋老师临床医案）

**按**：本病例西医诊断病因不明，疑为结缔组织病，迁延近半年而不愈，服大量激素以致鼻梁骨塌陷。中医辨证属湿热阻遏无疑，然始用清热化湿通经络之法，虽合达原饮芳香温化，但历经月余而乏效。实乃久病伤正，机体抗邪无力。后加入附子、干姜、生晒参、黄芪温阳益气乃大见成效，最终治愈。

**病案 2**：60 年代初，褚某之子患风湿热，高烧不退，全身瘫软，卧床不能动，周身疼痛。先延数医治疗，效果不显。后请张灿玾教授诊治。察患者舌苔黄腻厚浊，此乃湿热内炽，湿困热伏之象。方用《金匮要略》之桂枝芍药知母汤。始附子用量较小，后逐渐加重至八九钱，同时加重知母、白芍的用量。连服数剂之后，患者舌苔大片脱落，体温下降，疼痛减轻，肢体恢复了活动能力。

（引张灿玾教授病例）

**按：** 此患者证属湿热内炽，湿困热伏。此热属邪热，乃因真阳不布，邪热炽盛所致。若真阳得以布化，则湿邪可祛，热邪亦得退。附子辛甘大热，能温肾助阳，可助真阳布达。又因附子乃燥热之品，有竭阴之弊，故加知母、白芍以佐之。

**病案3：** 有钱君者，年三十余岁，平素嗜酒与膏粱之品，大便经常秘结，为日既久，湿浊内蕴，血行不畅，胸腹部皮肤出现疙瘩，颜色鲜红，瘙痒甚剧，只得用手抓破，皮破出血，始能缓解，以后蔓延全身，辗转反侧，不能入眠，心甚苦之，疡医诊为湿邪蕴久化热，入于血分，发为湿疹，用清热化湿凉血之药，如生地黄、赤芍、龙胆草之属，服药2剂，湿疹较淡，瘙痒未减，疙瘩硬结，精神委顿，不思纳谷，心中烦闷。经西医用针药亦乏效，后由友人介绍给祝医生诊治。

处方：

海风藤 15g　白鲜皮 12g　地肤子 12g　荆芥 9g　漂苍术 9g
大黄 9g　　生薏苡仁 9g　生姜皮 9g　苦参 12g　黄厚附片 9g（先煎）
枳壳 12g　　谷芽 9g　　活磁石 30g（先煎）
6剂，水煎服。

（引祝味菊病例）

服药后大便通畅，湿疹隐退而愈。

**按：** 此患者确属湿热发疹，疡医辨证无误，唯不该过用寒凉药，致湿热羁留不去。正如祝师曰："湿疹之为病，肠胃湿浊引起者居多，病人服凉药太过，阳气受折，病发不愈，用附子以鼓舞阳气，帮助气血流通，苦参、海风藤为治湿疹要药，大黄以导便，使病毒下行，其他药达其相辅相成之效，故是病愈矣。"

湿热证多缠绵难愈，我们若能从其病机出发，巧妙地配伍附子温通助阳，往往可获佳效。以上是愚之管见，恳请同道批评指正。

**老师评语：**

治湿热证，多用苦寒之品。又有湿邪非温不化之说，故又多用芳香化湿之药。而本文用附子，温通阳气，扶阳逐湿，却有新意，附子号大热之品，病案的方中，均有寒凉之品佐之，故配伍得当。

田淑霄

# 大胆猜测小心求证：论肝主卫气

河北中医学院中医系 2005 级　赵家有

（本文为大学二年级学生所作，原载于《中国中医药报》2007-12-3）

## 一、卫气的来源

《灵枢·营卫生会》云："人受气于谷，谷入于胃，以传与肺，五藏六腑皆以受气，其清者为营，浊者为卫。""卫出于下焦"。经文说明水谷精微和先天精气为卫气的物质基础，但是卫气不是在胃和肾中形成，而是在肝中形成。

《灵枢·五味》云："谷始入于胃，其精微者，先出于胃之两焦以溉五脏，别出两行营卫之道。"显然"两焦"联系着"胃"与"五脏"，胃通过"两焦"达到输送水谷精微"溉五脏"的功能。《素问·经脉别论》云："食气入胃，散精于肝，淫气于筋。食气入胃，浊气归心，淫精于脉。"综合两段经文，显然肝、心与"两焦""营卫之道"是对应关系。肝即卫之道，心即营之道。

《素问·痹论》云："卫者水谷之悍气，其气慓疾滑利。"营卫之气都由水谷精微化生，为何独卫气具有勇悍、急疾的特性？愚认为是因为肝的气化作用。

"食气入胃，散精于肝"，"肾足少阴之脉，起于小指之下……其直者，从肾上贯肝膈。"（《灵枢·经脉别论》）张锡纯亦说："肝为肾行其气"，水谷精微与先天精气在肝汇合，由肝的气化作用最终形成卫气。"肝者，将军之官，谋虑出焉"。（《素问·灵兰秘典论》）王洪图教授说："肝具有保护人体的功能。"《明堂五脏论》亦云："肝者，捍也。"水谷精微与先天精气在肝汇合，由于肝的气化作用，所以卫气才具有保护人体、抵抗外邪的功能。肝是"将军"，是刚脏。所以卫气具有勇悍、急疾的特性。

"阳气者，精则养神，柔则养筋"。(《素问·生气通天论》) 那么阳气处在精的状态是一个什么状态？《素问·六节藏象论》说："肾者，主蛰。封藏之本，精之处也。"这说明阳气处在封藏的状态就是处在精的状态。卫气是人体的阳气，卫气处于封藏状态，人就会睡觉。那么卫气封藏何处？愚认为封藏于肝，"行阴分，复合于目，故为一周"，卫气封藏于肝达到其养神功能，所以"肝出谋虑"。

## 二、卫气的运行

卫气形成于肝，所以卫气的运行必然从肝开始。《灵枢·卫气行》云："是故平旦阴尽，阳气出于目，目张则气上行于头，循项下足太阳，循背下至小指之端。"所以阳气即卫气，目为肝之窍，肝为阴尽阳生之脏，所以卫气出于肝。"其散者，别于目锐眦，下手太阳……下足少阳……循手少阳……注足阳明……下手阳明"。(《灵枢·卫气行》)"木曰敷和"，"敷和之纪，木德周行……其政发散"。(《素问·五常政大论》)"东方生风，风生木，木生酸……其政为散，其令宣发"。(《素问·五运行大论》)"卫者，水谷之悍气也，其气慓疾滑利，不能入于脉，故循皮肤之中，分肉之间"。(《素问·痹论》)"卫气者，出其悍气之慓疾，而先行于四末分肉皮肤之间而不休者也"。(《灵枢·邪客》) 五段经文综合考虑，说明卫气散于六阳经、四末、皮肤、分肉是在肝的"发散"作用下完成的。

"其至于足也，入足心，处内踝下，行阴分，复合于目，故为一周"。(《灵枢·卫气行》)"昼日行于阳，夜行于阴，常从足少阴之分间，行于五藏六腑"。(《灵枢·邪客》)"熏于肓膜，散于胸腹"。(《素问·痹论》) 从上述经文不难得出肾是卫气由阳(六阳经、四末、皮肤、分肉) 入阴(五藏六腑、胸腹) 的关口，最后回到肝，完成"为一周"的运行。那么卫气在肾中是如何敷布于五藏六腑？ 显然是通过"熏于肓膜"，肓膜即膜原，《素问·疟论》云："邪气薄于五脏，横连膜原也。"对此张隐庵注曰："膜原者，横连脏腑之膏膜；即《金匮要略》所谓'皮肤脏腑之文理'，乃卫气游行之腠理也。"《灵枢·本脏》云："肾合三焦膀胱，三焦膀胱者，腠理毫毛其应。"说明毫毛应于膀胱，腠理应于三焦。《金匮要略》云："腠者，三焦通会元真之处，为血气所注；理者，皮肤脏腑之纹理也。"那么三焦、膜原、腠理构成了一个系统，分布于阴阳、表里、内外之间。《难经·六十六难》云："三焦者，原气之别使也，主通行三气，经历于五脏六腑。"所以肾通过"熏于肓膜"将卫气敷布于五藏六腑。最后"复合于目，故为一周"。

### 三、肝主卫气的应用

1. "饮酒者，卫气先行皮肤"。(《灵枢·经脉》)因为肝主卫气，饮酒会助肝散卫气，所以卫气先行皮肤。《灵枢·论勇》说："黄帝曰：怯士之得酒，怒不避勇士者，何脏使然？少俞曰：酒者，水谷之精，熟谷之液也，其气剽悍，其入于胃中则胃胀，气上逆满于胸中，肝浮胆横。"饮酒能使"肝浮胆横"。"夫酒者，大热有毒，气味俱阳，乃无形之物也"。(《脾胃论·论饮酒过伤》)所以"饮酒者，卫气先行皮肤"。

2. 因为肝主卫气，所以外感病可以从肝治。桂枝汤证是风伤卫证，"此外伤于风，内开腠理，毛蒸理泄，卫气走之，固不得循其道，此气剽悍滑疾，见开而出，故不得从其道，故命曰漏泄"。(《灵枢·营卫生会》)"阳者，卫外而为固也""风客淫气，精气乃亡，邪伤肝也"。(《素问·生气通天论》)三段经文合参，风气通于肝，故风伤卫气，其属阳，其性开泄，导致卫气亡散，遂发热恶风，营阴失去卫气的固护，遂汗出。桂枝汤由桂枝、白芍、甘草、生姜、大枣组成。因肝主卫气，白芍味酸入肝，其性收敛。故其能收敛卫气，以防卫气亡散，复其固守营阴之职；桂枝、生姜辛散外邪；大枣、甘草健中焦脾胃，补营卫气之源。"发生之纪，是谓启陈。木疏泄，苍气达，阳和布化，气乃随……其政散……其味酸甘辛"。(《素问·五常政大论》)组成桂枝汤的药物其味恰是酸甘辛。

**老师评语：**

敢于思考，是年轻学子的优势，创新必须具备四条标准，不是一拍大腿，心血来潮就能造出一个新的理论。

这四条标准是：

1. 是有理论渊源。

2. 是有理法方药的完整体系。

3. 是对临床实践者有巨大指导意义。

4.是能传承，并被他人实践所证实。

本文言肝主卫，虽不全错，但片面。卫的升发敷布，是一个五脏六腑皆参与的复杂过程，肝仅是其中之一。卫气根于肾，后天生于中焦，宣发敷布于上焦。已经形成理法方药具备的体系，且经大量实践所证实，肝仅在升发疏泄这一环节起作用，应对中医理论全面理解，不能以偏概全，说鹿亦有四条腿就是马，恐难成立。

李士懋

# 敢对权威说不：中药功效拾遗

河北中医学院中医系2005级　张颖　赵家有
（本文为大学五年级学生所作，原载于《中国中医药报》2010-02-24）

## 一、辛夷：助肝升发

张延模主编的《临床中药学》将辛夷编入解表药，归肺经。笔者认为辛夷最主要的功效是助肝升发，当归肝经。

《神农本草经百种录》认为："辛夷与众木同植，必高于众木而后已，其性专于向上，故能升达清气，又得春气之最先，故能疏达肝气。"

辛夷又名迎春花、木笔花。古人命名原则为"名务实"，顾名思义，其也可入肝。

《灵枢·卫气行》曰："是故平旦阴尽，阳气出于目，目张则气上行于头。"此处"阳气"当理解为卫气，"目"有两种解释：一为精明穴，二为眼睛。根据"目张"，"目"当理解为眼睛。平旦卫气出于目，阳主动，所以人醒目张。"平旦"与肝相应，目为肝之窍，"阳气出于目"，赖肝之升发。辛夷助肝升发，所以能助"阳气出于目"。笔者曾以辛夷为君，治愈两例晨起眼睛不易睁开的患者。

## 二、金银花：入肝良药

《本草撮要》认为："金银花味甘，入手太阴足厥阴经。"《玉楸药解》

第二章　「明医头脑」是怎样炼成的

认为："金银花味辛，微凉，入手太阴肺、足厥阴肝经。凉肝清肺。"可见金银花归肝前人已有论述。笔者亦认为此药善入肝，为入肝良药。

《难经·四十一难》曰："肝独有两叶，以何应也？然，肝者，东方木也，木者，春也，万物始生，其尚幼小，意无所亲，去太阴尚近，离太阳不远。故令有两叶，亦应木叶也。"

金银花，药用花蕾，色黄白。花蕾与"万物始生，其尚幼小"相应，色黄白与"意无所亲"相应。该药轻清，《中医升降学》认为："调肝气用药，当轻清，盖非轻不灵，非轻不捷，非轻不活也。"故金银花为入肝良药。

### 三、黄芪：助肝补气

笔者认为黄芪为补气良药，以其为基础，加减变通，自拟黄芪、柴胡，黄芪、生姜，黄芪、陈皮，黄芪、桂枝，黄芪、辛夷等补气药对。而其补气作用是通过入肝胆以助相火化水谷、助肝之升发实现的。

《杂病源流犀烛》曰："肝和则气生，发育万物，为诸脏之生化。"《医贯》曰："饮食入胃，犹水谷在釜中，非火不熟，脾能化食，全借少阳相火之无形者也。"《血证论》曰："木气之疏泄，食气入胃，全赖肝木之气疏泄之，而水谷乃化。"综合以上论述，不难看出，转化水谷时肝胆发挥至关重要的作用。

陈修园所著《神农本草经读》认为："黄芪气微温，禀少阳之气，入胆与三焦。"《医学衷中参西录·论人身君火相火有先天后天之分》论曰："桂枝、黄芪并用又善补少阳相火（即胆中寄生之相火）。"张锡纯在《论肝病治法》中认为："黄芪其性温升，肝木之性亦温升，有同气相求之义，故为补肝之主药。"《长沙药解·黄芪》曰："黄芪清虚和畅，专走经络而益卫气。"保卫人体之气，与将军之官同性相求。黄芪入肝胆以助相火化水谷，相火不足，肝升不及则用之。

### 四、桂枝：擅治"肺咳"

《本经》谓牡桂（即桂枝）开端先言其主咳逆上气"。(《医学衷中参西录》)笔者认为此"咳逆上气"为"肺咳"，"皮毛者，肺之合也，皮毛先受邪气，邪气以从其合也，其寒饮食入胃，从肺脉上至于肺则肺寒，肺寒则外内合邪，因而客之，则为肺咳"。(《素问·咳论》)。"中焦亦并胃中，出上焦之后，此所受气者，泌糟粕，蒸津液，化其精微，上注于肺脉，乃化而为血"。(《灵枢·营卫生会》)。两段经文对比，"寒饮食""从肺脉上至于肺"而为内邪，而"肺脉"为成血之处。所以笔者认为"肺寒"的本质为血寒，桂枝辛温，既散外邪又温"肺寒"(即为血寒)，为治"肺咳"的妙药。

"小青龙汤原桂枝、麻黄并用，至喘者去麻黄加杏仁而不去桂枝，诚以《本经》原谓桂枝主吐吸，吐吸即喘也。"(《医学衷中参西录》)小青龙汤证为风寒束表，水饮内停证，"肺咳"也是"外内合邪"("皮毛先受邪气，邪气以从其合也""其寒饮食入胃")，《素问·咳论》曰："肺咳之状，咳而喘息有音，甚则唾血。"故小青龙汤去麻黄加杏仁而不去桂枝。有血证忌用桂枝之说，值得商榷，血证当分虚实，正如缪希雍所言："病有是证，证有是药，各司其存，不相越也，此古人之定法，今人之轨则也。"

**老师评语：**

此论有新意，可取。

李士懋

# 李东垣与张德英：跨越时空的对立相承

河北中医学院中医系 2006 级　　王兵　刘少灿
（本文为大学四年级学生合作撰写，原载于《中国中医药报》2010-9-2）

李东垣与张德英虽生活在不同的年代，但二者都重视脾胃中土，都根据当时社会生活环境、民生状况，以及《内经》《伤寒论》之理，结合自己临床实践，发展和升华了脾胃学说，并且各自临证的理法方药呈对立相承之势——跨越时空的对立相承。

李东垣的脾胃内伤虚损学，主要阐发《内经》"土者生万物"理论，将四脏之病统一于脾胃虚病变之下；张德英之脾实痰盛理论思想，主要阐释《内经》"膏粱厚味，酿生痰浊"之理，将四脏之病统一于脾胃痰盛病变之下。

李东垣对脾胃虚证，治在补土，立补脾益胃，以升元气；甘温之，以除大热；升阳散火，以泻阴火之法，创制补中益气汤、升阳益胃汤等许多新方。张德英对脾胃实证，治在泻土，立泻土降浊、繁木制土、生金消土之法，创制木疏汤、化金汤等许多新方。

李东垣为金元四大家之一，创立了补土学说；张德英为河北中医学院教授，开立泻土学说。二者在很多方面具有相似之处，都重视中土以化万物之理，都围绕脾胃与四脏关系展开论述，只是虚实各异，一重补土虚，一重泻土实，故而在理法方药上又有许多对立统一之处。然而东垣补土学派已尽人皆知，但是张德英泻土之说却杳无人提。

笔者有幸跟随张德英老师学习，观其临证理法方药完备，疗效神奇，屡起沉疴，较之东垣补土学说可谓不相伯仲，故而浅疏此文，对泻土学说加以梳理，并与补土学派略作对比。

## 一、皆源于《内经》《伤寒论》

东垣的脾胃内伤虚损学，主要阐发《内经》"土者生万物"理论。东垣曾自述"幼自习《难》《素》于易水张元素先生"，他不仅重视《内经》《难经》的学习，而且对于《伤寒论》亦有精深研究，曾言："著论处方已详矣，然恐或者不知其源，而无所考据，复以《黄帝内经》，仲景所论脾胃者列于左。"其在阐述脾胃学说之时，理论依据皆出《内经》，仅就其代表著作《脾胃论》开篇的"脾胃虚实传变论"一节中，就有14处援引《内经》原文，另外在其他如《内外伤辨惑论》《兰室秘藏》《医学发明》《活法机要》等著作中，也多次以《内经》《伤寒论》理论来阐发自己的观点，如"人以水谷为本""有胃气则生，无胃气则死""胃虚则脏腑经络皆无所受气而俱病""胃虚元气不足诸病所生"等。上述学术观点以及他所提出的甘温除热、升阳泻火等用药法度，皆是在继承《内经》《伤寒论》基础之上的创新与提高。

张德英之脾实痰盛理论思想，主要阐释《内经》"膏粱厚味，酿生痰浊"之理。张德英深究经旨，认识到早在《内经》时代，已经述及脾有实证，《灵枢·本神》便明确提出："脾藏营，营舍意，脾气虚则四肢不用，五脏不安；实则腹胀，经溲不利。"并且当时亦有痰证之理论雏形，譬若《素问·奇病论》中"帝曰：有病口甘者，病名为何？何以得之？岐伯曰：此五气之溢也，名曰脾瘅，夫五味入口，藏于胃，脾为之行其精气，津液在脾，故令人口甘也，此肥美之所发也。此人必数食甘美而多肥，肥者令人内热，甘者令人中满，故其气上溢，转为消渴，治之以兰，除陈气也。"张德英解为：五者，土之数，五气者，土气也。五气之溢，乃为土家之实，土实则壅，导致"中满"，土壅气机阻滞生热，导致"脾瘅"，皆因"数食甘美""膏粱厚味"所致，治当取兰，兰者，青也，草以兰名，木胜可知，脾实痰盛，制以木药，木能克土之理。

此外，张德英对于仲景《伤寒论》亦是推崇备至，临床常用茵陈蒿汤、大承气汤、小承气汤、瓜蒌薤白半夏汤、半夏厚朴汤、小陷胸汤、射干麻黄汤等加减化裁，以疗痰证。并且在此基础之上根据"格物致知"思想，对于仲景所用化痰药物，如黄芩、竹茹、苏子、桔梗、枳实、厚朴、瓜蒌等，提出了新的认识。

## 二、皆是应时而生

任何一个时期，都有其特定的时代产物，中医学的发展亦是如此。各朝各代皆因当时自然、社会、生活、环境不同而催生出不同学说流派，极大地丰富了中医学的理论，促进了中医学的发展。

金元时期，经方派势力很大，治病照搬古方，因而误治致死者不少。而东垣却结合当时的社会状况，考虑到许多人得病并非外感风寒，而是因为战乱频繁，疾病流行，人们在兵荒马乱之中，颠沛流离，劳役过度，起居无时，饮食不调，饥饱无度，加之精神恐惧紧张，进而损伤脾胃，耗散元气，导致各种疾病发生。所以东垣在治疗上重视脾胃，提倡甘温补益、升阳益气，创制补中益气汤、升阳益胃汤等许多新方，活人无数。

今时之世，天下太平，社会和谐，科技发达，物质丰富，人民生活水平大为提高，精米白面代替了昔日的五谷杂粮，膏粱美食，醇酒厚味，终日不乏，胃纳丰足。而且人们少有劳作，多处安逸，遂多见大腹便便、形体丰腴、肉多臃实之人。如此营养摄入过多，消耗太少，多余营养积痰酿浊，壅滞脾胃，危害四脏，导致各种病证发生。所以张德英在治疗上也重视脾胃，提倡泻土降浊、繁木制土，创制木疏汤、化金汤等许多新方，以疗众疾。

### 三、脾虚证与脾实证之机

东垣论脾虚，强调"人以胃气为本"，提出"内伤脾胃，百病由生""脾胃之气既伤，而元气亦不能充，而诸病之所由生也。"认为脾胃为元气之根本，为升降之枢纽，元气又是人身立命之根，脾胃虚损，脾清不升，胃浊不降，必致元阳之气无以达于四旁他脏，故有"肝之脾胃病""心之脾胃病""肺之脾胃病""肾之脾胃病"之说。东垣将四脏之病统一于脾胃虚病变之下，通过治脾胃以疗四脏，执简驭繁，堪称妙法。

张德英论脾实，提出"脾有实证，痰浊即是""痰害四脏，百病由生"，认为痰源水谷，生于中土，温升于心肺，凉降于肝肾，而阻气血，危害四脏，故而谓"五脏皆可见痰，非独在脾也"。张德英将四脏之病统一于脾胃痰盛病变之下，治脾胃痰实，以疗四脏，开创治病之新法门。

### 四、治法方药据脾之虚实各异

东垣论脾虚，以补土升阳为主，认为只有谷气上升，脾气升发，元气才能充沛，四脏功能才能发挥，生机才能活跃，阴火才能潜藏。张德英言脾实，以泻土降浊为要，认为痰浊属阴，性喜下趋，故而治疗当顺其性，助其凉降，泻痰降浊。浊阴得降，清阳自升。

东垣对于脾虚及其所致的各种病理改变，治在补土，所立治法主要有三种：补脾益胃，以升元气；甘温之，以除大热；升阳散火，以泻阴火。补脾益气升元，乃为东垣临床治疗疾病的总则，观其所制之方，多含此意。如《兰室秘藏》"胃脘痛门"草豆蔻丸中人参、黄芪、豆蔻、益智仁补脾益气，柴胡、陈皮以升元气。甘温除热，即是"以辛甘之补其中而升其阳"，选用甘温之药补益脾胃，升其元阳，从而使阴火戢敛，不乘土位，热自得除，代表方如补中益气汤。升阳散火，针对脾虚中气下陷，元阳不能上行阳道，下焦阴火上乘充斥肌表腠理，不得发越，具体用法即在甘温益气基础之上配伍辛散之药，发散郁遏之阴火，代表方如升阳散火汤、升阳益胃汤等。补脾胃，升元阳，泻阴火，三者或单独运用，或兼二、兼三配合使用，因病而定，无有定法。其《脾胃论》记载的第一个方"补脾胃泻阴火升阳汤"，即是三法的有机结合。

张德英对于脾实及其所致的各种病理改变，治在泻土，所立之治法亦主要有三种：泻土降浊、繁木制土、生金消土。痰证即为脾土之实，实则泻之，治疗当予泻土为主，因痰之体属阴，阴当沉降，故以降浊为顺，代表方如大承气汤、小承气汤。繁木制土，乃据五行制克之理提出，木能克土，土实则当制之以木，代表方如仲景之茵陈蒿汤、张德英之木疏汤。生金消土，乃据五行消长之说创立，痰既为土家之实，故生其金而消其土，使痰浊正化，代表方除大承气汤、小承气汤、保和丸、二陈汤外，张德英还自拟化金汤。另外，土实克水，然而水盛亦能反侮脾土，故而尚有增水反制之法，补肾水以反制脾之痰浊。然补肾之药，恒多滋腻，反助痰湿，故而张德英常用三子养亲汤等籽类药以化痰补肾，增水制土。同时，他圆活变通，因势利导，如其在皮者，发之，创透表汤；其在经者，通之，创通决汤；其在上者，引而越之，创引越汤。以上诸法，或单独应用，或合多法融于一方，视其病之特点而遣用之。

### 五、重视根据季节和升降之理用药

药物得天地四时之偏，故能纠正人体阴阳五行之偏。东垣与张德英在用药之时往往考虑季节的变化对疾病的影响。东垣在其《脾胃论》中专论一节"随时加减用药法"加以说明，如其在论述调中益气汤加减时，指出治疗腹痛，春月尤宜加白芍；夏月宜加酒黄连、酒黄柏、酒知母；秋冬之月宜加吴茱萸；冬月不可用白芍，只宜加干姜或半夏佐以生姜。诸如此类随季节变化加减用药之论不胜枚举。张德英用药亦是遵循四时气候更迭规律，随时加减方药。大凡春月多用茵陈、生麦芽、柴胡等升发之药，助肝疏泄；夏月多用黄芩、栀子、败酱草、赤芍、红藤等清热凉血之药，泻除心火；长夏多用神曲、菖蒲、藿香等清暑化湿之药，助脾运中；秋月多用贝母、半夏、瓜蒌、茯苓、厚朴、白芍、郁金等凉降之药，助肺肃敛；冬月多用牡蛎、牛膝、楮实子、山药、沙参、玄参等敛藏补肾之药，助肾闭藏。

东垣用药，味多量少，配伍巧妙，尤精升降浮沉之理，其立论虽以元阳不升为主，但并不忽略气机不降，往往升提阳气和潜藏阴火、下气利水之药同用。"升"为组方之本，"降"为权宜之变。升提之药主要为柴胡、升麻、葛根，次为防风、羌活、藁本、蔓荆子、川芎之类；潜降阴火之药为黄芩、黄连、黄柏、石膏之类；下气利水之药为青皮、陈皮、厚朴、枳壳、泽泻、茯苓之属。张德英处方用药也非常重视药物升降浮沉相配，毋使太过，适得其反。比如高血压患者，气虚明显时，常用黄芪配伍代赭石或加川牛膝，无使升发太过而致血压骤升；肝虚用柴胡、生麦芽、茵陈补肝之时，不忘加入山药、玄参固摄肾精，防止肝木升发太过，耗伐肾精。在用附子、肉桂温补阳气之时，酌加生牡蛎、白芍，使阳气得补而潜藏。

## 六、皆重视脉诊

《难经》云："独取寸口，以决死生。"故历代医家无不重视脉诊，李东垣、张德英亦然。根据史料记载，东垣治病有四个环节，即辨脉、识证、明经、处方。病人求医，东垣首先诊脉，辨明脉象之后进行诊断，随即告诉病人患有何证，然后从经典中引出原文，同时加以分析、对照，证明自己的诊断与医经论述毫无二致时，方才执笔处方。东垣单凭脉象，即能识证处方，可见其尤精脉诊。

张德英诊病之时，亦最重脉象。他通过研读《内经》，并结合自己多年的临床实践，已能做到指切寸口，证明于胸，旋即处方用药，效若桴鼓。他尤善诊查四时平脉及其太过与不及，以此辨别病位深浅，病情轻重，及其发展转归。并且重提浑脉，以复《素问·脉要精微论》"浑浑革至如涌泉"中"脉浑"之旨。同时他还自创"滞脉"，以释痰证脉象变化。盖痰证之脉，初则为滑，渐至成浑，发展为滞，终变为涩，物极必反，涩久亦可转滑。滑为痰滞，涩为痰瘀互结，故旦见涩脉，治当化痰活血同施。

## 七、小结

东垣与张德英生活年代虽有八百年之隔，但二者都重视脾胃中土，都根据当时社会生活环境、民生状况，以及《内经》《伤寒论》之理，结合自己临床实践，发展和升华了脾胃学说，并且各自临证的理法方药也呈对立相承之势，如果东垣补土学说为阳的话，那么张德英泻土学说则为阴，阴阳对立统一，缺一不可。脾实与脾虚并提，泻土与补土共用，如此脾胃学说才算完备。

**老师评语：**

中医的发展，有两条道路，一是几千年代有发展的传统道路，如仲景、金元四大家、温病学等。都对中医的发展做出了巨大贡献。一是用现代科学方法、手段的研究。

传统的发展，必须具备四个条件。

一、学有渊源，有经典依据。

二、有完整的理法方药体系。

三、对实践有重大指导价值，经得住实践检验。

四、能为他人所传承，并能重复验证。

现代有很多所谓创新，并不符合上述四条标准，尚称不上创新。

传统的创新发扬与现代科研的随机对照、重复方法不同，所以难于立项，更看说科研成果、获奖等。这是"西方科学为唯一科学"思想在作怪。中医几千年，是靠传统中医创新道路发展过来的。我并不排斥现代科研，中西文化毕竟要并存、碰撞、交融。我提倡以"症"为桥梁，以"证"为核心，以中医基本理论为指导，结合现代科研手段，寻找切入点，是可以互相结合的。一方对应西医一个病的研究，对中医发展无大裨益的。

判断不同研究发扬的道路、方法正确与否，衡量标准为"对中医的发展有无裨益"。

应该变通那种"以西方科学为唯一科学"研究方法。应承认传统中医的发扬是科研，应予立项、获奖。张德英先生的脾实论，就是对中医理论的创新与发展，符合上述四条标准，尽管还有美中不足之处，有待提高完善，但无疑是有价值的发扬。我愿深入学习张先生的学说，并为之鼓与呼。

此文总结得很好，文字也有气势，是篇好文章。

李士懋

# 刘保和应用血府逐瘀汤验案举隅

河北中医学院中医系 2006 级　彭智平　刘少灿

（本文为大学四年级学生合作撰写，原载于《中国中医药报》2010-1-15 和
《辽宁中医杂志》2012-1-18）

　　刘保和老师为河北中医学院教授，师从印会河。从事临床与教学工作至今已 40 余载，临床善于问诊、抓主症，屡起沉疴，治疗疑难病证常出奇制胜。笔者有幸侍诊于刘保和老师，临床悉听其教导，渐有所得。现将刘保和老师应用"血府逐瘀汤"的临床经验总结如下：

　　血府逐瘀汤出自清代王清任的《医林改错》，乃为其诸多祛瘀汤（通窍活血汤、膈下逐瘀汤、身痛逐瘀汤等）中所治症目最多的一方。方有当归、生地黄、桃仁、红花、枳壳、赤芍、柴胡、甘草、桔梗、川芎、怀牛膝共 11 味药组成。其中，桃仁、红花、赤芍、川芎、怀牛膝、当归能活血化瘀，同时怀牛膝又能祛瘀通经、引血下行，当归又能补血养血，配合生地黄凉血清热，使瘀去而不伤正。方中又佐柴胡、枳壳以疏肝理气，桔梗开宣肺气为诸药之舟楫，能载药达于胸中血府，桔梗与枳壳相配又能调理胸中气机升降。诸气药旨在气通血活，全方共奏活血化瘀、行气止痛之效，治疗血府血瘀证。王清任本人用此方治疗头痛、胸痛、胸不任物、天亮出汗、灯笼病等多种证候。

　　王清任对气血理论的发挥及其临床应用可谓淋漓尽致，然对血府之瘀血在其《医林改错·气血合脉》说中仍然慨叹："惟血府之血，瘀而不活，最难分别。"笔者对此深有体会。初随刘保和老师临诊过程中，见其用此方治疗多种疑难病证，疗效甚佳，他运用此方有以下指征：患者觉平素周身沉困而重，休息特别是睡眠后加重，活动后减轻；敲击右胁肋牵引剑突下疼痛，伴或不伴剑突下压痛；脉涩滞不畅，尤以右寸涩象明显；发病开始时向前推 5 年，多有外伤病史。

　　刘保和老师验案举隅：

**验案 1：牙痛**

任某，男，50岁。

2009年8月12日初诊：患者自觉满口牙痛，左侧甚，痛窜至耳根，痛时按之加重，且觉木、胀。有糖尿病史5～6年，一直服用西医降糖药，面色黧黑，询问病史，知5年前在厕所安装灯泡时从凳子上摔倒，当时疼痛难耐。

脉沉涩不畅。敲击右胁肋牵引剑突下痛。舌淡红，苔薄白。

处方：血府逐瘀胶囊1盒，按说明书服用，并嘱其30分钟以后来告诉效果。

病人服药后20分钟即来曰："牙已不痛。"

按：《活法机要·坠损》提出："治登高坠下，重物撞打，箭镞刀伤，心腹胸中停积郁血不散，以上、中、下三焦分之。"患者从高处摔倒，致瘀停胸胁，又因摔倒时惊恐，肾亦受损，故可判断其病位在中、下二焦。而且糖尿病乃土之有余，土盛则克水，久则水亏。肾又主骨，齿为骨之余，肾水亏虚，且上行之路亦被瘀血阻滞，因而牙失荣而痛乃作。面色黧黑亦乃肾水不能上承所致。故用血府逐瘀汤活血、疏通肾经，使肾水能达于上而使牙痛除。然其糖尿病已久，非一朝一夕所能奏效，当需缓图。

**验案 2：头痛**

严某，男，26岁，军人。

2009年3月22日初诊：患者头痛，自2008年11月份部队"拉练"之后出现。喜按后脑，两眼发困，两耳发热。纳可，寐可，二便正常，询问病史，知5年前因训练，鼻子受过外伤，鼻骨骨裂2次。

脉细涩。敲击右胁肋牵引剑突下痛。舌质暗，苔薄白。

处方：

| | | | | |
|---|---|---|---|---|
| 当归10g | 生地黄10g | 桃仁10g | 红花10g | 赤芍10g |
| 枳壳10g | 桔梗10g | 柴胡10g | 怀牛膝10g | 川芎6g |
| 炙甘草6g | | | | |

7剂，水煎服，每日1剂。

3月29日二诊：头痛程度已减一半，余症均减，续服原方7剂，后因他病来诊，知此病已愈。

**按**：鼻居面中，为阳中之阳，是血脉多聚之处，又是清阳交会之地。头为诸阳之会，清阳所居之位。此即《内经》所说的"清阳出上窍"。鼻子受伤致瘀血留阻于阳经，阻碍清阳上升之道而发头痛，久之瘀血郁积于胸中。其头痛喜按、两眼发困均为清阳不升之征。两耳发热乃经络不通，局部郁热之象。然其"拉练"为诱发诸症之因，故用血府逐瘀汤去其瘀滞，畅其气机，使清阳之气得升而诸症见愈。

**验案 3：口中香**

吴某，女，35 岁。

2009 年 3 月 1 日初诊：患者自觉口中香，如吃了黄豆感，自今年春节后发作。月经提前 4～5 天，色黑有血块，末次月经为 2009 年 2 月 26 日。身不定处有憋胀感 7～8 年，揉捏则嗳气。

脉涩滞不畅。舌质暗。敲击右胁肋牵引剑突下痛。

处方：

| | | | | |
|---|---|---|---|---|
| 生地黄 10g | 桃仁 10g | 红花 10g | 当归 10g | 赤芍 10g |
| 枳壳 10g | 桔梗 10g | 柴胡 10g | 川芎 10g | 怀牛膝 10g |
| 炙甘草 6g | | | | |

7 剂，水煎服，每日 1 剂。

3 月 8 日二诊：自述口中香已除，已无不适，故嘱停药。因此人为药房内员工，随访至今未复发。

**按**：《素问·金匮真言论》云："中央黄色，入通于脾，开窍于口……其臭香。"又因足太阴脾经"挟咽，连舌本，散舌下"，且"脾主味"，故口中香乃脾之病。妇人多忧悲郁怒，多致肝气郁结，久之使血络瘀阻，肝病传脾而出现脾经症状。此即《金匮要略》所云："见肝之病，知肝传脾。"7 年前患者身不定处有憋胀感，揉之则嗳气，肝气郁滞之象可证，久之则病脾而出现口中香。血府逐瘀汤亦可视为由四逆散和桃红四物汤加怀牛膝、桔梗组成。四逆散疏肝解郁，桃红四物汤活血化瘀，怀牛膝、桔梗升降相因、斡旋气机而使郁结得开、瘀血得化而诸症皆除。

**验案 4：失眠**

达某，女，38 岁。

2008 年 8 月 6 日初诊：患者寐差自 15 岁开始，夜过 21 点以后即入睡难，入睡后次日清晨 2 点左右即睡不实，4 点必醒，寐中外界稍有动静即醒。月经前 10 天面长痤疮，白带正常。咽滞（自觉因说话多引起）。19 岁时曾患心肌炎，现遗留心肌炎后遗症，疲劳时易犯头晕（西医诊为梅尼埃综合征），日犯 1 次。血压低，饥时心慌，出虚汗已 10 年。二便调，纳可。

脉沉细涩。敲击右胁肋牵引剑突下痛。舌淡红，苔薄白。

处方：

| | | | | |
|---|---|---|---|---|
| 生地黄 6g | 桃仁 6g | 红花 6g | 当归 6g | 赤芍 6g |
| 枳壳 6g | 柴胡 6g | 怀牛膝 6g | 炙甘草 6g | 川芎 4g |
| 桔梗 4g | 生黄芪 15g | 党参 10g | 麦冬 10g | 五味子 6g |

7 剂，水煎服，每日 1 剂。

经随访，患者药后多年痼疾有所好转，此后一直按此方抓药，现已愈。

**按：** 古人云："阳入于阴则寐，阳出于阴则寤。"患者初因阴阳不和而入睡难，渐为瘀血阻络，留于胸中，使阳不能入于阴而致失眠。阳降不得，便亢逆而上，发为痤疮，经后消退缘其部分瘀血可借月经而排出体外。日久则气阴两虚，而出现头晕、心慌、出虚汗之症。然胸中瘀血乃其疾病发展的根本原因，故治疗仍当活血化瘀以治其本，方用血府逐瘀汤，佐以生脉饮、黄芪培补气阴，使气行则血行，水足则舟行。

瘀血证的一般证候如刺痛、拒按、夜间痛甚、肌肤甲错、舌有瘀斑、脉涩诸症皆为医者所熟知。但就血府逐瘀汤证而言，其病位在血府，由敲击右胁肋牵引剑突下痛，可知"血府"即为胸胁膈间。刘保和教授还用此方治疗过心悸、咳嗽、脱发、头摇等多种疑难病证。凡具备血府逐瘀汤的指征，刘保和教授即用此方，不拘于何病，临床效如桴鼓。

**老师评语：**

血府逐瘀汤，余亦常用，用以治头痛、失眠倒不足为奇，但用于治牙痛、口中香，颇奇。按语解其机理，亦言之可信。刘老师能活学活用，值得学习。

李士懋

# 李士懋教授对头汗一症治验实录

河北中医学院中医系 2006 级　朱振红

（本文为大学三年级学生所作，原载于 2009 年 11 月第七期《中医论坛》）

李士懋教授是河北中医学院教授、博士生导师、国家高徒导师，临证四十多年以脉诊为核心，坚持辨证论治的原则，对头汗一病具体辨治，每获殊效。笔者有幸侍诊，现简析其验案，以飨同道。

## 一、阴盛格阳，阳气外浮之头汗

安某，女，50 岁。

2002 年 6 月 1 日初诊：头痛、头昏约四五年。胸闷、气短，无力，身窜痛，足跟痛，阵燥热头汗出，汗后头身冷，经事已乱，素便秘。曾诊为心肌缺血、糖尿病、高血压。即刻血压 180/110mmHg。

脉迟，阴脉弱，阳脉拘紧。舌淡黯。

辨证：阳虚阴盛。

治法：温阳，解寒凝。

方宗：真武汤。

| | | | | |
|---|---|---|---|---|
| 茯苓 15g | 白术 12g | 白芍 12g | 桂枝 12g | 炙川乌 12g |
| 麻黄 5g | 细辛 6g | 半夏 12g | 当归 15g | 肉苁蓉 18g |
| 干姜 6g | 山茱萸 12g | 炮附子 15g（先煎） | | |

31 剂，水煎服。

8 月 10 日二诊：头未昏痛，足跟痛、身窜痛、阵热汗出均除，胸闷减未已，便已畅。血压 140/90mmHg。脉沉小紧无力，关脉如豆。舌淡。阳未复，寒未尽，继予温阳散寒。

处方：

| | | | | |
|---|---|---|---|---|
| 巴戟天 12g | 肉苁蓉 12g | 麻黄 4g | 干姜 6g | 生晒参 12g |
| 炙黄芪 12g | 山茱萸 12g | 茯苓 15g | 细辛 4g | 当归 12g |
| 白芍 12g | 川芎 8g | 白术 10g | 桂枝 10g | 炮附子 12g(先煎) |

10剂，水煎服。

**按：**《素问·宣明五气》篇第二十三条曰："五脏化液：心为汗，肺为涕，肝为泪，脾为涎，肾为唾，是谓五液。"汗者，津液所化也。如桂枝汤服后，遍身漐漐微似有汗者佳。《素问·五癃津液别第三十六》曰："水谷入于口，输于肠胃，其液别为五。天寒衣薄则为溺与气，天热衣厚则为汗。"水谷入口，津液各走其道，腠理开者，汗出，正是平人之正汗也。《伤寒论》第366条曰："下利，脉沉而迟，其人面少赤，身有微热，下利清谷者，必郁冒汗出而解，病人必微厥，所以然者，其面戴阳，下虚故也。"《伤寒论》第236条曰："阳明病，发热汗出者，此为热越，不能发黄也；但头汗出，身无汗，剂颈而还，小便不利，渴饮水浆者，此为瘀热在里，身必发黄，茵陈蒿汤主之。"汗出不遍及全身，或左或右，或上或下，或但头汗出，身无汗，是邪汗之谓也。头汗乃临床常见之邪汗。头汗又有虚实之不同，有阴证阳证之别。此病例属阴证之虚阳浮越之头汗。下焦阴寒盛，阳不安其位而扰于外。古人有"龙雷火动"，用于此，亦不为过。相火浮动，源于阴气太盛格阳所致。《素问·生气通天论》曰："阴者，藏精而起亟也；阳者，卫外而为固也。"又曰："阳强不能密，阴气乃绝；阴平阳秘，精神乃治；阴阳离决，精气乃绝。"若阴气寒盛，阴不和于阳，或阳气虚浮，出现格拒之象。若锅底之火微，而现盖之虚气出，则需加薪添柴。于之人体，则喻之下焦阳虚，而现虚阳上浮之头汗，此时需引阳回坎中，亦须扶助肾中之元阳。

本例脉迟，阴脉弱，阳脉拘紧，且舌淡黯，乃阳虚阴霾痹阻于上。阵燥热头汗出，汗后头身冷，亦依此病机解。李老师谓阳证脉按之有力，阴证脉按之无力，属下焦阳虚，故现阴火上冲之头汗。此之阴火，不可水灭，不可直折，故温暖下元，肾水不寒，龙火自潜。故以真武汤佐土制水，壮肾中阳，引阳回坎中。现症头痛头昏，身窜痛，足跟痛，皆阴寒痹阻经络所致，故加麻黄、桂枝、细辛、炙川乌散寒，解寒凝。至于后现脉沉小紧无力，表明邪未尽除，正未全复，佐以人参、白术、黄芪补气扶正。李老师又认为阳气浮动，故加山茱萸，愚认为正是取阳根于阴中之义也。

## 二、气虚之头汗

陈某，女，65岁，任丘人。

2006年6月23日初诊：头胸自汗，已约10年，冬夏皆汗。下体凉，膝痛，胃遇寒则嘈杂不适。每日便四五次，尚成形。

脉沉小缓滑，按之减。舌嫩红，苔薄。

辨证：阳气不足，痰浊内蕴。

治法：益气温阳，佐以化痰。

方宗：补中益气汤。

| | | | | |
|---|---|---|---|---|
| 生黄芪15g | 党参12g | 白术12g | 茯苓15g | 炙甘草8g |
| 柴胡7g | 升麻5g | 当归12g | 半夏10g | 橘红9g |

炮附子15g（先煎）

10剂，水煎服。

7月11日二诊：汗已少，下体凉减约十分之九，现膝痛。

处方：上方加炙川乌12g、巴戟天12g、淫羊藿10g。10剂，水煎服。

7月28日三诊：汗已少，如常人，下半身冷、膝痛除，便日2次。口糜已五六年，约每月发作一次。

脉缓滑。舌嫩苔薄。

处方：

上方加肉桂5g。14剂，水煎服。

后未再来诊。

**按**：气虚不固，津液外泄，致头胸自汗。李杲在《脾胃论·卷中》中亦曰："若饮食失节，寒温不适，则脾胃乃伤。喜怒忧恐，耗损元气，既脾胃气衰，元气不足，而心火独盛。心火者，阴火也，起于下焦，其系于心，心不主令，相火代之；相火者，下焦包络之火，元气之贼也，火与元气不两立，一胜则一负，脾胃气虚，则下流于肾，阴火得以乘其土位。"脾胃为后天之本，肾为先天之本，后天不能滋先天，则下焦元气不足，清阳陷于下，郁而发热，而现气虚之头汗、身汗。此病之脉缓滑无力，又沉小，说明气鼓动无力，气虚所致。缓滑，按之减，则说明气虚生痰生湿，脾虚运化不足所为。方中黄芪补脾肺之气，以固表止汗；白术、炙甘草、人参助君药健脾补气。又因气血同源，气病久则及血，故加当归补血，养血和营。加升麻、柴胡者，是以升提阳明、少阳之气，提中焦下陷之清阳，阳升则浊阴自降，痰湿自消，头胸自汗乃解。至于二诊加巴戟天、炙川乌、淫羊藿等药，是因下焦为元阳之根，补下焦之元阳，元阳固，虚阳外浮之证自解，又取其通经达络之功，除膝之寒痛矣。

### 三、湿热蕴蒸之头汗

赵某，男，37 岁，辛集人。

2006 年 8 月 18 日初诊：患结肠炎已 13 年，重则每日下利一二十次，努责不爽，夹脓，腹胀痛。现已缓解，大便溏，每日二三次，腹略胀痛，头汗如洗，四季皆然。

脉弦濡滑数且盛。舌苔薄黄腻。

辨证：湿热蕴蒸。

治法：清化湿热。

方宗：甘露消毒丹合白头翁汤。

| | | | | |
|---|---|---|---|---|
| 白豆蔻 8g | 木通 7g | 木香 8g | 藿香 12g | 石菖蒲 10g |
| 黄连 12g | 秦皮 10g | 茵陈 30g | 土茯苓 40g | 滑石 18g（包煎） |
| 地榆 15g | 川白头翁 12g | | | |

21 剂，水煎服。

9 月 11 日二诊：汗已止，便已成形，因痔疮，魄门不舒。

脉弦濡数，已不盛，舌可。

处方：

上方加粳米 12g。7 剂，水煎服。1 剂作 4 次服，日服 2 次。

**按**：湿者，阴之类；热者，阳之象。阳陷阴中，热蒸湿动，但因湿性黏腻，欲动非动，与热邪交蒸，湿热上蒸而头汗，湿热下迫而作利，阻遏气机而腹胀，努责不爽。此之头汗与前二例不同，此头汗之出，黏腻之性显，用手触之，略着手不去，不似水之流动自如。此头汗又与虚阳上浮之头汗如洗不同，此汗触之湿、热、黏，彼汗摸之凉、寒，汗大如豆，汗出无根。若投锅中两把米，煮久，水与米混合，即使阳迫阴动，此时阴凝柔之性，也会阻之上蒸。象之人体，痰瘀湿阻，或现但头汗出，身无汗，小便不利之身黄；或现"病者如热状，烦满，口干燥而渴，其脉反无热，此为阴伏，是瘀血也，当下之"（《金匮要略·惊悸吐衄下血胸满瘀血病脉证治第十六》）；或现"阳明病，下血谵语者，此为热入血室，但头汗出，当刺期门，随其实而泻之，濈然汗出者愈"。（《金匮要略·妇人杂病脉证并治第二十二》）

此例为湿热内蕴。湿蕴体内，方宜清化，不可强发之、下之。但热气去，湿气存，非良工之所为也。《伤寒论》第 236 条曰："阳明病，发热汗出者，此为热越，不能发黄也；但头汗出，身无汗，剂颈而还，小便不利，渴饮水浆者，此为瘀热在里，身必发黄，茵陈蒿汤主之。"仲景不愧医之圣人也，其清化湿热之法，为后世治温病之渊薮。李老师擅用甘露消毒丹，凡病时疫，湿热交蒸不解，先投甘露一试。方中茵陈、藿香、滑石、川木通、白豆蔻皆为湿邪蕴遏而设，李老师守方守药，其效或速或缓，妙在"辨治"二字。

## 四、热郁胸膈之头汗

胡某，女，51 岁。

2003 年 9 月 23 日初诊：心烦胸闷，常卧寐中憋醒，阵烘热汗出。心电图：T 波：Ⅲ、avF、V$_5$ 倒置。脉沉滑数。舌可。

辨证：热郁胸膈。

治法：清透胸膈郁热。

方宗：栀子豉汤合升降散。

| | | | | |
|---|---|---|---|---|
| 栀子 12g | 豆豉 12g | 枳实 9g | 蝉蜕 5g | 僵蚕 12g |
| 姜黄 10g | 连翘 15g | 丹参 12g | 生蒲黄 10g（包煎） | |

7 剂，水煎服。

9 月 30 日二诊：烦热，汗减，胸憋未作，觉左胁下支结。脉转沉滞而滑。

辨证：痰郁气滞。

治法：豁痰行气通阳。

方宗：瓜蒌薤白桂枝汤。

| | | | | |
|---|---|---|---|---|
| 瓜蒌 12g | 薤白 12g | 枳实 9g | 桂枝 12g | 丹参 18g |

28 剂，水煎服。

10 月 28 日三诊：诸症消失，心电图大致正常。

脉缓滑。

处方：上方加半夏 10g。14 剂，水煎服。停药。

**按：**"阳加于阴谓之汗"。（《素问·阴阳别论》）阳属气，无形，而阴有形。阴静阳动，如锅中之水，水之上蒸外达，必有锅底之火温煦方可达之。若盖之，则必郁于内，阳动迫之，上下捣动。譬之人体，肺为华盖，若心肺之气被郁，则可现热郁于内，不能达于外，或现"心中懊恼，饥不能食，但头汗出者，栀子豉汤主之"。（《伤寒论》第 228 条）或现"发汗，若下之而烦热，胸中窒者，栀子豉汤主之"。（《伤寒论》第 77 条）此"胸中窒""心中结痛"者，正是火郁之象。阳气郁遏不达，升降出入不畅，则失其冲和之性，郁而化热，此即"气有余便是火"之谓。《内经》谓："火郁发之。"此"发"非发汗之谓，为"散"之义，给火邪以出路。升降散恰为郁热者而设。顾名思义，升降之机疏，火郁之象除。费伯雄曰："凡郁病必先气病，气得流通，何郁之有。"此方中僵蚕为君，升清散火，清热解郁；蝉蜕宣毒透达；姜黄活血解郁；大黄推陈致新。四药总理气血之郁，清升浊降，郁伏于体内之热自可透达于外而解。此例之烘热汗出，正是火郁之外现。简言之，内之气机调，外之汗自解。此外，李老师认为火郁之脉，当沉而躁数。躁乃独阳无阴，热邪亢盛。若火热闭郁重者，脉亦可见伏象、沉细象，不可一概而论，需灵活变通。

## 五、瘀久化热伤阴之头汗

杜某，男，63 岁。

2001 年 5 月 8 日初诊：数度患疟，巨脾。每日下午低热汗出，伴恶寒，已半年余。气短难续，心慌无力，体位变动时尤甚。虚羸消瘦，食欲不振。

阳脉弦数，尺沉弦劲而细数。舌淡红，瘀斑。面色晦暗。

辨证：瘀久化热伤阴，阳亢动风。

治法：活血软坚，滋阴潜阳，平肝息风。

方宗：鳖甲煎丸。

炙鳖甲 30g　　夏枯草 15g　　干地黄 15g　　水蛭 10g　　　牡丹皮 12g

桃仁 12g　　　红花 12g　　　山茱萸 15g　　银柴胡 9g　　　龟甲 30g（先煎）

土鳖虫 12g　　姜黄 10g　　　西洋参 15g　　黄芩 9g　　　　海藻 15g

赤芍 12g　　　白芍 12g　　　生牡蛎 30g（先煎）

7 剂，水煎服。

5 月 15 日二诊：近两日未见寒热，他症亦减。

脉弦稍数，寸偏旺，尺已不弦劲。舌已不淡，呈暗红，有瘀斑。

处方：继予上方加昆布 15g。28 剂，水煎服。

6 月 13 日三诊：一直未见寒热，食增，心慌气短渐轻。

处方：继服上方。10 剂，轧面服。

**按：**"病疟，以月一日发，当以十五日愈；设不差，当月尽解；如其不差，当如何？师曰：此结为癥瘕，名曰疟母，急治之下，宜鳖甲煎丸"。（《金匮要略·疟病脉证并治第四》）古人谓此热型为"灯笼热"。此之疟，似疟非疟，而假之以疟名，实为瘀血滞久之低热汗出，时发时止，发有定时，此例每日下午发者，以阳欲入阴之时，阴虚不足以摄阳，阳外扰所为。此之阴虚，原因何在？若锅中之水过少，则只会越蒸越少，越蒸越干。化阳之阴不足，只得求于其他，此时头汗出不甚，面赤头热之象反显。于之人体，瘀血不去，新血不生。法当祛瘀生新。君鳖甲者，取其透络逐瘀达邪；伍土鳖虫、水蛭者，竣逐积久之瘀血；佐牡丹皮、桃仁、红花者，通经达络活血；又佐夏枯草、海藻者，取其化痰软坚之功；瘀久化热必伤阴动阳，故加干地黄、山茱萸补益肾阴；龟甲为血肉有情之品，大补精血；生牡蛎平肝潜阳。李老师认为脉沉细劲数，乃肾水已亏，水亏不濡，肝亢化风，故脉弦劲。活血化瘀治其本，养阴退蒸治其标，历月余而热除。由此可知，瘀血久积，亦可致头热汗出。

## 六、热入血室之头汗

孟某，女，11 岁。

2006 年 8 月 29 日初诊：发热已 5 日，体温 39.5℃左右，往来寒热，头晕，汗出，胸闷，恶心，不欲食，嗜睡。恰月经初潮，小腹痛，血较多，夜则谵语。

脉弦数。舌红，苔灰黄。

辨证：热入血室。

治法：清解少阳，佐以凉血活血。

方宗：小柴胡汤。

| | | | | |
|---|---|---|---|---|
| 炙甘草 6g | 柴胡 10g | 黄芩 9g | 半夏 9g | 羚羊角 3g |
| 党参 10g | 紫草 18g | 青蒿 30g | 水牛角 30g | 丹皮 10g |
| 大枣 6 枚 | 生姜 5 片 | | | |

2 剂，水煎服。1 剂日 4 服。

8 月 30 日二诊：药后畅汗，寒热除，尚头昏，胸痞，恶心，不欲食，倦怠，经血已少，腹已不痛。

脉弦数已缓。舌红，苔黄腻。

辨证：少阳郁结，三焦不利，湿热内泛。

治法：疏达枢机，畅利三焦，清热化浊。

方宗：小柴胡汤合甘露消毒丹。

| | | | | |
|---|---|---|---|---|
| 石菖蒲 8g | 茵陈 18g | 连翘 12g | 紫草 15g | 黄芩 9g |
| 柴胡 9g | 藿香 10g | 半夏 9g | 滑石 15g（包煎） | |

3 剂，水煎服。1 剂日 3 服。

9 月 1 日三诊：已无不适，经净。脉弦缓，苔退。停药。

**按**：少阳主枢。此"枢"与脾胃升降之"枢"有别。此"枢"为气机之枢，彼"枢"为阴阳之枢。少阳枢机不利，或气病，或血病，气病及血，血病及气，需分虚实。《伤寒论》第 97 条有云："血弱气尽，腠理开，邪气因入，与正气相抟，结于胁下。正邪分争，往来寒热，休作有时，嘿嘿不欲饮食。脏腑相连，其痛必下，邪高痛下，故使呕也，小柴胡汤主之。"接着仲景又在第 101 条云："伤寒中风，有柴胡证，但见一证便是，不必悉俱。"可见，少阳枢机不利所现病证之广之杂，此时抓主症即可。叶香岩《外感温热篇》有云："如经水适来适断，邪将陷血室，少阳伤寒。言之详悉，不必多赘。但数动与伤寒不同，仲景立小柴胡汤，提出所陷热邪，参、枣挟胃气，以冲脉隶属阳明也。此与虚者为合治，若热邪陷入，与血相结者，当从陶氏小柴胡汤去参、枣，加生地黄、桃仁、楂肉、丹皮或犀角等。若本经血结自甚，必少腹满痛，轻者刺期门，重者小柴胡去甘药。"如锅中之水多米少，或若锅中之水过多，则会溢之外出，此外出之水气，比之人体则为汗与水邪并存也。热蒸不甚，火热上炎，而现开锅之状，喻之人体，"但结胸，无大热者，此为水结在胸胁也，但头微汗出者，大陷胸汤主之"。(《伤寒论》第 136 条)或"伤寒五六日，已发汗而复下之，胸胁满微结，小便不利，渴而不呕，但头汗出，往来寒热，心烦者，此为未解也，柴胡桂枝干姜汤主之"。(《伤寒论》第 147 条)

此例"往来寒热，头昏汗出，胸闷，恶心"，气火下迫，水中热泡出，比之人体，火迫血行，经血多。若锅中之米多水少，热蒸水亏，越蒸越黏，小柴胡之力微矣，必加峻烈之药如抵当汤、桃核承气辈，破血逐瘀。再诊，李老师加甘露者，源于三焦同属少阳，少阳郁结，三焦气化不利，迫血结血，而动水成湿所致。

除上述头汗治验外，李老师对阴虚之头汗者，用黄连阿胶鸡子黄汤治之；血虚之头汗者，用当归六黄汤、当归补血汤合生脉散治之；对热邪陷入阴分而现夜热早凉之头汗者，用青蒿鳖甲汤、秦艽鳖甲散治之；对实证胃热上攻之头汗者，用承气类诸如调胃承气汤、大承气汤之属治之；对肺热兼阳明之头汗出者，用凉膈散急清中上焦之热以治之；对于寒热错杂，上热下寒或一阵儿冷一阵儿热，厥阴之气上冲之头汗者，用乌梅丸治之，滋肝之体，温肝之阳，敛肝之性。

愚随李老师出诊之余，总结李老师头汗治验，因知识学识有限，不足之处，还望同道斧正。

**老师评语：**

头汗类型颇多，然不外虚实两类。实者，热蒸于上；虚者，或正虚不固，或虚阳上越，皆可头汗出。然其中又有辨证之异，兼杂之殊，故须谨守病机，治病求本，不是一方一法可包治所有头汗。辨之之要，在于脉诊。此文诸案，析辨明彻，辨治亦佳，是篇好文。

李士懋

# 麻黄何以"破癥坚积聚"

河北中医学院中医系 2006 级　王兵

（本文为大学五年级学生所作，原载于《中国中医药报》2011-9-15）

《神农本草经》首言麻黄"破癥坚积聚"，其后诸家本草对此功效少有提及，直至明代陈实功《外科证治全生集》制"阳和汤"一方，大倡其用，才逐渐为临床医家所重视。本方温阳散寒，补血通滞，治疗一切阴疽、流注、贴骨疽、鹤膝风等病。后世师其法而不泥其方，取本方麻黄配熟地黄之意，用于治疗癥瘕积聚等证，疗效颇彰。方中麻黄一物，一方面能开发腠理，发越阳气，宣散血络寒凝郁结；一方面能消积化瘀，深入癥积，破阴祛疽，实乃治疗癥瘕积聚之良药。

《灵枢·百病始生》曰："积之始生，得寒乃生，厥乃成积。""肠胃之络伤，则血溢于肠外，肠外有寒，汁沫于血相抟，则合并凝聚不得散，而积成矣。"此言积之所生，但已包括癥瘕积聚形成之埋。癥瘕积聚的形成大多因为感受外邪，循毫毛而入腠理血络，凝滞津液，壅遏血液，而致"津液涩渗，著而不去"；血液瘀结，留而不散，津血合并凝聚，遂致"积皆成矣"。然究其发病之脏腑，当以肺为主。《素问·经脉别论》曰："食气入胃，浊气归心，淫精于脉。脉气流经，经气归于肺，肺朝百脉，输精于皮毛，毛脉合精，行气于府。府精神明，留于四脏，气归于权衡。"《素问·至真要大论》曰："诸气膹郁，皆属于肺。"一旦风寒之邪外侵肌表毛腠，肺气膹郁，宣发肃降功能失职，无以朝动百脉之血，百脉应当包括经脉和络脉。经脉络脉之血无气以动，迟滞不行，加上寒邪凝泣，遂成寒瘀阻遏之势，壅于在表之皮毛血络或滞于四脏血络，日久而成癥瘕积聚。

《灵枢·百病始生》曰："壮人无积，虚人则有之。"《灵枢·五变》曰："皮肤薄而不泽，肉不坚而淖泽，如此则肠胃恶，恶则邪气留止，积聚乃作，脾胃之间，寒温不次，邪气稍至，蓄积留止，大聚乃起。"邪之所凑，其气必虚，癥瘕积聚之发，多有阳气内虚在先，阳气不足，更易感受寒邪。《灵枢·本脏》曰:"肾合三焦膀胱,三焦膀胱者,腠理毫毛其应也。"寒邪外侵太阳膀胱腠理经络,内通三焦,下达肾脏,闭阻肾阳上煦之路,耗损肾中真阳。此亦即《伤寒论》中太少两感之机理。《素问·至真要大论》曰:"诸寒收引,皆属于肾。"寒闭肾阳,阳气不能温煦推动一身血络,而致诸络引急,同时肺气朝动诸络气血失职,故而癥坚积聚成矣。

麻黄"破癥坚积聚"功用,针对其形成机理,体现在以下四个方面:一宣肺气;二通血脉;三振肾阳;四散寒凝。麻黄味辛性温,入肺要药,开宣肺气,通达膹郁,而使肺气得以舒展,朝动百脉之血,无使壅滞为瘀。经曰:皮毛者,肺之合也。同时借其轻扬宣肺达表之功,驱散肌表毛腠寒邪,诚如《日华子本草》所言"调血脉,开毛孔皮肤。"《本草崇原》言:"植麻黄之地,冬不积雪,能从至阴而达阳气于上,至阴者,盛水也,阳气者,太阳也。"麻黄能够入肾,宣通肾中寒闭,发散外侵之寒,同时振奋肾阳,通达三焦,开发腠理,且其中空似络,入于络脉,活血通滞,解散寒凝,调畅血脉。如此肺肾阳气得以交通,天地之阳气交感,表里三焦寒凝血瘀散去,血络畅达。麻黄之用,诚如徐灵胎《神农本草经百种录》所言:"能透出皮肤毛孔之外,又能深入积痰凝血之中,凡药力所不能到之处,此能无微不至。""以其迅捷之性,温通阳气,气通瘀散,则其病可去"。

麻黄用于"破癥坚积聚",量宜大。临证防其量大发汗耗气伤阴,可以配伍熟地使用,诚如前人所言"麻黄得熟地黄则通络而不发表"。余国俊先生认为麻黄煮沸40分钟以上,即使用至100g,亦不会发汗,何来大汗亡阳之虑,大量麻黄经久煎之后,其发汗解表之功荡然无存,而通络活血之力分毫无损。况且仲景《伤寒论》亦有麻黄用大量者,取效甚捷。另外麻黄"破癥坚积聚",服药时间比较长,但是只需配伍得当,亦无妨碍。田淑霄治疗子宫肌瘤、乳腺增生等属于中医"癥瘕积聚"病证时,即喜用麻黄配伍熟地,长期服药,效佳。

**老师评语:**

麻黄可以发越阳气,解寒凝,故可破癥瘕积聚。麻黄配熟地黄,则熟地黄不腻,麻黄不过汗,配伍甚妙。麻黄其用甚广,不仅仅是发汗、宣肺、利小便。

李士懋

# 越辨越明：浅议"风为百病之长"

河北中医学院中医系 2006 级　王兵
（本文为大学五年级学生所作，原载于《中国中医药报》2011-9-23）

"风为百病之长"源自《黄帝内经》，《素问·风论》曰："风者，百病之长也，至其变化乃生他病也。"王冰注曰："长，先也，先百病而有也。"《素问·骨空论》亦曰："风者，百病之始也。"外感六淫，风淫为始，风邪为外感疾病初起的主要邪气。印会河主编的高等医药院校教材《中医基础理论》释为："风邪为六淫病邪的主要致病因素，凡寒、湿、燥、热诸邪多依附于风而侵犯人体，如外感风寒、风热、风湿等，所以风邪常为外邪致病的先导。"诸家对于"风为百病之长"的认识概括起来主要为：风邪为外感六淫之首；风邪为外邪致病的先导；风邪常与他邪兼夹为患；风邪所致病证变化多端。这些认识的共同之处在于认为"风为百病之长"中的"风"指的是外感六淫之风邪。笔者认为此种观点似有不妥之处。盖"百病"应当包括了一切外感与内伤杂病，《内经》既然明言"风为百病之长"，那么"风"也理应为"外感病之长"和"内伤杂病之长"，如此"风"就不应该单指外感六淫之风邪，还应包括内风。"外风为外感病之长""内风为内伤杂病之长"，合而言之即"风为百病之长"。

## 一、外风为外感病之长

外风主要指外感六淫之风邪，是由四时气候变化失常，风气太过或者不及而成。风本为春季之主气，但四时皆可见之，四时风气太过或者不及，或者非其时而有其气，皆可侵入机体而成外感病证。外风致病极为广泛，外可伤及肌表经络，内可损及脏腑筋节，临床常见以下病证。

1. 风邪袭表

肌表为人体一身之藩篱，风邪入侵，首犯肌表，导致卫气失和，玄府启闭失常，营卫失调。若单纯风邪为患，可见汗出恶风、鼻鸣干呕等症，方选桂枝汤，解肌祛风，调和营卫；若兼夹寒邪，则可见恶寒无汗、肢节疼痛等症，方选麻黄汤，发汗解表，祛风散寒；若兼夹热邪，则可见微恶风寒、咳嗽、身热不甚等症，宜用桑菊饮，辛凉祛风解表；若兼夹湿邪，则常见恶寒发热、肢体酸痛等症，宜用九味羌活汤，发汗散风祛湿。

2. 风邪犯肺

风邪入里，侵袭肺系，肺气失宣，咽喉鼻窍不利。若风寒偏甚，常见恶寒发热无汗、咳嗽痰稀、鼻塞流涕等症，可用止嗽散，疏风宣肺，化痰止咳；若风热偏甚，可见发热、微恶风寒、咳嗽咽痛等症，方用银翘散，疏风透表，清热解毒；若风燥偏甚，可依据燥邪的温凉之性，分别选用桑杏汤或杏苏散，疏风润燥。

3. 风客肌腠

风邪侵袭肌腠，邪气与卫气搏击于肤表，则可见到风疹，隐疹，时发时止，皮肤瘙痒，或者斑疹呈点片状、团块状，甚者可见湿疹等症，方用《外科正宗》之消风散，疏风养血，清热除湿。

4. 风邪中络

正气不足，经络空虚，风邪乘虚入中经络、肌肤，经气阻滞，筋脉肌肤失养，则常见口眼㖞斜、舌强不能言语、手足不能运动、肌肤麻木、时有恶寒发热等症，方取大秦艽汤，祛风清热，养血活血。

5. 风胜行痹

风邪与寒、湿或热邪相合，侵袭筋骨关节，痹阻经络气血，故可见到肢体关节游走性疼痛、屈伸不利、活动受限等症，可以选用防风汤或蠲痹汤，祛风通络，散寒除湿。

6. 风水相搏

风邪袭表，肺气闭塞，宣降失常，通调水道失职，水液不能下归肾与膀胱气化而出，聚于头面四肢，所以可见眼睑浮肿、甚则四肢全身皆肿、恶寒发热、肢节酸楚、小便不利等症，治宜《金匮要略》越婢加术汤，疏风清热，宣肺行水。

7. 风窜肠腑

素体湿热之人，外感风邪，与湿热相混，壅遏大肠，损伤阴络，阴络伤则血内溢，故而临床可见"肠风"，便前出血，色鲜势急，可以选用槐花散或槐角丸，疏风理气，清肠止血。

## 二、内风为内伤杂病之长

内风与外风不同，它不属于六淫的范畴。内风的含义有二：①内风即风气内动，属于"内生五邪"，是病机概念，主要指体内脏腑阴阳气血失调，阳气亢逆变动的病理状态。通常包括肝阳化风、热极生风、阴虚风动、血虚生风四种。此外瘀血痰浊等病理产物积聚日久，亦可阻滞气机，导致阳气运行不畅，亢逆变动而生内风。②内风指具体病证的名称。叶天士在《临证指南医案》中言"内风乃身中阳气之变动"，人身之中，五脏六腑皆有阳气生化运行不息，五脏六腑之阳气亢逆变动皆能化生内风，故而《素问·风论》有心风、肝风、脾风、肺风、肾风、胃风等病名的记载。

1. 肝阳化风

肝肾阴亏，水不涵木，浮阳不潜，肝阳上亢，甚则阳亢化风，风动而气血逆乱，故临床可见头目眩晕、肢麻震颤，甚者突然昏仆、口眼㖞斜、半身不遂等症，治宜镇肝息风汤，滋阴潜阳。

2. 热极生风

外感温热病邪，邪热炽盛，煎灼津液，伤及营血，燔灼肝经，常可见高热、神昏躁扰、手足抽搐、发为惊厥等症，可用羚角钩藤汤，凉肝息风，增液舒筋。

3. 阴虚风动

邪热久耗，真阴渐亏，筋脉失于濡养，虚风内起，而见手足蠕动、神倦脉弱、形体消瘦、五心烦热、颧红盗汗等症，方选大定风珠或者复脉汤，滋阴息风。

4. 血虚生风

久病血虚，或者急、慢性失血，营血亏虚，筋脉失养，血络不荣，常见眩晕面白、肢体麻木不仁、筋肉跳动，甚则手足拘挛不伸、皮肤瘙痒、爪甲不荣等症，治取四物汤，养血祛风。

5. 血瘀、痰浊生风

血瘀生风、痰浊生风临床提得比较少，但是确实存在。王清任《医林改错》言："中风半身不遂，偏身麻木是由气虚血瘀而成。"其言血瘀而致中风。杨仁斋指出"瘀滞不行，皆能眩晕"，血瘀亦可导致眩晕，此外朱丹溪有言"无痰不作眩"。而中风、眩晕皆为内风之象，此处内风乃为血瘀、痰浊久积而化。临床上应该根据具体病证遣方选药，如血瘀生风可用血府逐瘀汤化裁，痰浊生风可用温胆汤加减，随症施治。

### 6. 五脏六腑风病

五脏六腑风病主要见于《素问·风论》，另外也散见于《素问·评热病论》《素问·大奇论》等篇中。《内经》虽然没有给出每种风病的具体治疗方药，但是却将每个风病的具体症状详尽记载，如论及脾风的症状为"多汗恶风，身体怠惰，四肢不欲动，色薄微黄，不欲食，诊在鼻上，其色黄"，此症与《伤寒论》中太阴中风病所述之症极为相似，可以应用桂枝汤治疗，其他脏腑风病皆可变通而治。

**老师评语：**

所论平正公允，可采。

李士懋

# 田淑霄运用补中益气汤经验

河北中医学院中医系　2006 级　王兵

（本文为大学四年级学生所作，原载于《中国中医药报》2010-3-24）

田淑霄教授为河北中医学院教授，博士生导师，第三、四、五批全国老中医药专家学术经验继承工作指导老师，河北省大名医。田教授临床善以补中益气汤加味治疗各种疾病，效果确切。笔者有幸跟随田教授学习，略有心得，浅述如下。

补中益气汤为金元四大家之一的李东垣所创，原为主治脾胃气虚发热的代表方。病由脾胃中气不足而起，治疗当补益脾胃元阳之气，升阳举陷，恢复脾升胃降的正常生理功能。方中黄芪、党参、白术、甘草即为四君子汤之意，补中健脾，益气和胃，大补脾胃元阳之虚。黄芪补气于外，扶助卫气向内以固中气；党参补气于内，鼓舞中气而向外以驱邪，散敛相配，攻守结合，更添"脾之正药"（陈修园语）白术，药中"国老"甘草,而成峻补中气之祖。脾胃后天之气得补,则肾中先天之气自当徐徐而生。且又加入柴胡、升麻升提肝脾之气,以助下陷之清阳上升,而达上逆之浊阴自降之功。肝脾得升,肺胃自降,人体气机自然流通,周身而无碍滞。另外方中佐以当归身,入于血分,与以上气分之药相伍,而有补血和营、调和气血之效;陈皮理气,防止补药太多壅滞气机。田淑霄深谙东垣之旨,临床常以脾胃立论,活用补中益气汤治疗遗尿、癃闭、产后发热、乳泣、乳痈、阴吹、崩漏等各种病证,皆能得心应手。

兹举田淑霄老师 3 例病案以飨读者:

1. 虚人感冒

曹某,女,25 岁。

2008 年 3 月 26 日初诊:自述经常感冒,今日又感冒,自觉发热、恶寒,有时寒热交替出现,鼻塞,流涕,背部发凉,食欲减退,经常失眠,腹泻,经期加重。

脉重按无力。舌淡,苔薄白。

辨证:虚人外感。

治法:补中,解表。

处方:补中益气汤加减。

| 黄芪 10g | 炒白术 10g | 牛蒡子 10g | 升麻 6g | 柴胡 8g |
| 党参 10g | 当归身 10g | 甘草 6g | 苏叶 10g | 荆芥 10g |
| 板蓝根 20g | 陈皮 8g | 桔梗 10g | 黄芩 8g | |

3 剂,水煎服。

3 剂之后诸症减,再服 3 剂而愈。

**按:**患者平素体质较弱,脾胃中气禀赋不足,土不生金,肺气亦虚,卫表不固,"邪之所凑,其气必虚",故而容易感受风寒之邪而发感冒。《素问》曰:"清气在下,则生飧泄。"此患者经常腹泻即为脾之清阳下陷所致,流涕则为浊阴上逆所生。背部发凉为脾胃元阳不足所致;恶寒发热,乃为风寒外束,肺卫气虚,邪正相搏而致。田淑霄认为凡见此种脉无力的虚人感冒皆可以用补中益气汤加减治疗,屡用屡效。

2. 产后汗出

牛某,女,38 岁。

2009 年 5 月 20 日初诊：患者产后已有 1 年半左右，曾于产后洗澡受风，即出现怕风，畏寒，汗出，而且天气越冷，汗出越厉害，一直持续至今。眼睛干涩疼痛，足跟痛，食欲差，时有胃胀，二便尚可。

脉细尺弱。舌淡，苔黄。

辨证：气血亏虚，卫表不固。

治法：补气养血，固表。

处方：补中益气汤合玉屏风散加减。

| | | | | |
|---|---|---|---|---|
| 炒白术 10g | 当归身 15g | 黄芪 15g | 陈皮 8g | 升麻 6g |
| 麻黄根 10g | 浮小麦 40g | 柴胡 8g | 党参 10g | 甘草 6g |
| 鸡血藤 30g | 党参 15g | 菊花 10g | 桑叶 10g | 炮附子 8g (先煎) |
| 山茱萸 20g | 枸杞子 20g | 防风 10g | 茯苓 10g | |

7 剂，水煎服。

药后汗出稍减，遂以原方服用 1 个月余，已经基本不再出汗。

**按：** 患者自汗出乃为产后气血大亏，触冒风寒，汗孔大开，津液漏泄所致。产后气血亏耗，脾胃生化不及，气血无以濡养皮毛腠理，复因阳气不能卫外，卫表不固，风寒之邪乘虚而入，腠理开泄，津液外渗为汗。而且天气愈冷，汗出愈甚，更是卫阳虚损之象。脾胃气血久虚，后天不养先天，渐致肝肾皆虚，所以出现眼睛干涩疼痛，足跟痛，脉细尺弱。田淑霄谨守病机，投以补中益气汤补脾益气，以助气血生化之源，合用玉屏风散益气助卫，固表止汗。同时加入麻黄根，重用浮小麦加强益气敛汗之力；炮附子温振全身阳气，助阳固表；山茱萸、茯苓、枸杞子、菊花、桑叶等品直接滋补肝肾，清肝明目；鸡血藤补血活血，通络止痛，和补肝肾之药疗足跟痛。诸药合用，共奏补中益气、固表止汗、温补肝肾之功。

3. 尿失禁

张某，男，78 岁。

2008 年 11 月 5 日初诊：尿频，尿急，尿失禁 3 年，逐渐加重。面色淡白，四肢浮肿，腰、髋、腿痛，并且无力，行走不便。纳可，眠差。

脉缓无力。舌淡，苔薄。

辨证：脾肾阳虚，气虚不摄。

治法：益气健脾，温阳。

处方：补中益气汤合苓桂术甘汤加减。

| 炒白术 10g | 黄芪 10g | 陈皮 8g | 升麻 6g | 当归身 10g |
| 柴胡 8g | 党参 10g | 桂枝 10g | 山茱萸 20g | 茯苓 10g |
| 甘草 6g | 葛根 10g | 益智仁 15g | 狗脊 20g | 川断 18g |
| 砂仁 8g | 桑螵蛸 10g |

7剂，水煎服。

以上方随症加减服药2个月余，已能自行控制排尿。

**按:**《灵枢》曰："中气不足，溲便为之变。"患者高年，脾胃元阳之气渐衰，中气不足，固摄无权而致尿失禁。患者面色淡白，四肢浮肿，舌淡苔薄，脉缓无力，一派脾胃气虚之象。中气不足，则下焦先天肾气失养。肾与膀胱相表里，"膀胱者，州都之官，津液藏焉，气化则能出矣"，故以补中益气汤培补后天以养先天为主。肾气不足，膀胱气化开阖失司，尿遂自出，兼用苓桂术甘汤以助下焦膀胱气化，使其开阖有度。同时培中土又能生肺金，人体之中，肺为气之主，为水之上源，通调水道，下输膀胱，以助津液气化，则尿有所制。再加桑螵蛸、益智仁等温肾缩尿，狗脊、川断补肝肾、强筋骨，砂仁温胃行气，如此中下之气得补，膀胱气化正常，尿失禁得以控制。

**老师评语：**

东垣之甘温除热，填补了中医的一项空白，是对中医的重大发展。东垣救治者，乃疫病，三个月死逾百万且地域波及河北、河南、山西，这无疑是一场瘟疫流行。热证当用补中益气汤，已发生嬗变。主要用于三种情况：一是虚人外感，二是气虚发热，三是脾虚诸症。东垣以"健脾升清"治病，对中医是一大贡献，因而成补土派之鼻祖，对后世影响巨大。

文中曰："田淑霄老师认为凡是此种脉无力的虚人感冒皆可以用补中益气汤加减治疗，屡用屡效。"这是重要的经验总结，我作为田教授老伴，深知此言不诬，疗效确切。对气虚的杂症，如产后汗出，气虚不固的尿失禁等，田教授广为应用，经验值得很好继承发扬。

李士懋

# 桂枝芍药知母汤心悟

河北中医学院中医系 2006 级　董　超

（本文为大学三年级学生所作，原载于 2009 年 11 月第 7 期《中医论坛》）

"诸肢节疼痛，身体尪羸，脚肿如脱，头眩短气，温温欲吐，桂枝芍药知母汤主之。"（《金匮要略·中风历节病脉证并治第五》）

桂枝芍药知母汤方：

桂枝四两　　芍药三两　　甘草二两　　麻黄二两　　　生姜五两

白术五两　　知母四两　　防风四两　　附子二枚，炮

上九味，以水七升，煮取二升，温服七合，日三服。

## 一、病因病机阐释

本条论述历节病日久正虚邪盛渐次化热证。陈修园《金匮要略浅注》云："风湿之邪，合而流注于筋骨，搏结于关节，阻碍气血流通，致诸肢节疼痛肿大。因痛久正气日趋衰弱，邪气反而益盛，故身体逐渐消瘦。头昏目黑，是风邪上犯。短气呕恶，是湿阻中焦。湿无出路，流注下焦，故脚肿如脱。"笔者认为，此乃风寒湿痹其营卫、筋骨、三焦之病。风寒湿邪郁而化热，阻抑营卫、气血流通，三焦通路不畅，筋骨关节失濡，不通不荣而痛，正邪相搏亦痛。营卫受阻，肌肉失养故消瘦。风与湿邪上犯，清阳不升而头眩，此乃上焦病；湿阻中焦，气机不利而短气，胃失和降而呕恶，此乃中焦病；病久不解，湿无出路，留恋化热，湿热下注而脚肿如脱，此乃下焦病。

## 二、治法方药简析

"邪之所凑，其气必虚"。风寒湿邪侵袭人体而受病，正气必有不足。本篇第四条言"寸口脉沉而弱，沉即主骨，弱即主筋，沉即为肾，弱即为肝"，可知肝肾不足。第六条言"少阴脉浮而弱，弱则血不足"，可知阴血不足。第七条言"盛人脉涩小，短气自汗出，历节疼不可屈伸，此皆饮酒

汗出当风所致"，可知气虚湿盛。第九条言"味酸则伤筋，筋伤则缓，名曰泄；咸则伤骨，骨伤则痿，名曰枯，枯泄相搏，名曰断泄。荣气不通，卫不独行，荣卫俱微，三焦无所御，四属断绝，身体羸瘦，独足肿大"，肝主筋，肾主骨，可知肝肾俱已虚极，营卫三焦亦因之而俱病也。加之风寒湿邪乘虚而入，邪阻气机，营卫更为不和，三焦不畅亦甚，则病作矣。日久不愈，更伤正气，如此邪气愈来愈盛，化热伤阴，故必以驱邪、扶正、养阴之法方能奏效。

桂枝，辛甘温之品，可温通筋脉，温助阳气。"经脉者，所以行气血而营阴阳，濡筋骨，利关节者"。(《灵枢·本脏》)风寒湿邪客于经脉，气血不通，以其辛温宣散之力，开腠理以祛风湿，和营卫以暖肌肉，活血脉。如此，"血和则经脉流利，营复阴阳，筋骨劲强，关节清利矣"。(《灵枢·本脏》)且肝主筋，"诸筋者皆属于节"。桂枝辛散入肝，可引药力直达病所，驱除流注关节之邪气，助三焦通畅，营卫之行如常。桂枝能降逆气，其味甘，善和脾胃，使脾气之陷者上升，胃气之逆者下降，治"头眩短气，温温欲吐"。恐其辛热，知母佐之，无碍也。

方中四两桂枝与二两甘草相合，比例为2∶1，取桂枝甘草汤之意，用量增倍乃气厚则发热，辛甘化阳，大补心阳之用。《素问·阴阳别论》曰："肝之心谓之生阳"，重用桂枝入肝，助"所生之心阳"补而不滞。心阳充盛，心气调畅，必助三焦通，营卫和。何以言之？第一，"手少阴气绝，则脉不通"。(《难经·四十四难》)"心痹者，脉不通"。(《素问·痹论》)何为脉？《灵枢·决气》曰："壅遏营气，令无所避，是谓脉。"且营卫之气相伴并行，"营在脉中，卫在脉外，营周不休，五十而复大会，阴阳相贯，如环无端"。(《灵枢·营卫生会》)是以手少阴心气不足，失于调畅则营卫之行失和也。第二，心乃五脏六腑之大主。"主不明则十二官危，使道闭塞而不通，形乃大伤"。(《素问·灵兰秘典论》)笔者认为，此"道"即"三焦"，乃通行人体上下内外前后左右之道路是也。且"三焦者，原气之别使，主通行三气"。(《难经·六十六难》)此三气乃宗气、营气、卫气。是以主明则其"道"即三焦方通，营卫之行不失其常。故桂枝甘草汤调心阳，通心气，推动营卫气血畅行于三焦而布达周身，温分肉，肥腠理，司开合。又《本草思辨录》言："甘草，中黄皮赤，确是心脾二经之药。然五脏六腑皆受气于肺，心为一身之宰，甘草味至甘，性至平，故能由心脾以及于他脏他腑，无处不到，无邪不祛。"由此，桂枝、甘草二药用于桂枝芍药知母汤中，既驱邪又扶正，恰中病机，有的放矢。但凡驱邪，必给邪以出路。"桂枝甘草汤纯乎辛甘，反能止汗，以甘过于辛也，辛若兼苦，则发汗斯峻"。(《本草思辨录》) 故方中麻黄，取其辛苦、发汗之用，使邪气随汗而解。仅用二两小发其汗，不悖仲景"若治风湿者，发其汗，但微微似欲出汗者，风湿俱去"之旨也。

芍药，味酸微寒，《名医别录》言其主通利血脉。血脉通利则筋骨肌肉无失其养。或问："芍药之酸有敛邪之弊乎？"非也。"关节一病，非可一汗而愈者，故又以芍药从而敛之，使宛转于肢节而尽去疾"。(《本草思辨录》) 况仲景早已明示："盖发其汗，汗大出者，但风气去，湿气在，是故不愈也。"故笔者认为，治风湿之邪无论邪居表里肌腠关节，汗解乃是正途，但切忌为求速效而大汗。恰如桂枝汤取遍身漐漐微似有汗者益佳，切不可令如水流漓，病必不除。方中芍药配甘草，酸甘化阴，柔筋缓急而止痛。合桂枝、甘草、生姜，又有桂枝汤调和营卫之意。伍白术，一补脾阴，一补脾阳，脾健则后天之本壮，营卫气血生化，泉源不竭矣。

知母，苦甘寒，配芍药养阴清热。"人受气于谷，谷入于胃，以传与肺，五脏六腑皆以受气，其清者为营，浊者为卫"。(《灵枢·营卫生会》) 营卫之气皆化源于中焦脾胃，需传与肺方能使五脏六腑受气，可知肺宣发肃降正常，营卫方能各司其职以养脏腑。知母入肺，助其宣降，和营卫也。取类比象，知母皮外有毛，故除皮毛邪气；肉厚皮黄，兼得土气，故外可达肌表，内可至脾土，助"脾气散精，上归于肺"，一则"通调水道，水精四布，五经并行"，以除脚肿；二则载药力敷布周身，于皮毛处驱邪外达，从汗而解。

方中白术尚能健脾祛湿，"其肉白，老而微红，味复带辛，能由脾及胃而达肌表"。(《本草思辨录》) 与大辛大热附子配伍，使水从表除，由肾达脾及胃而至肌表以汗而解。如此，白术、附子、桂枝、甘草四药相合，乃甘草附子汤祛风除湿、兼走表里、扶正达邪之旨也。白术伍麻黄亦并行表里之湿。"防风，辛甘温，随诸经之药所引而入，治风湿要药。附子可引补血药滋养不足之真阴，引发散药驱逐在表之风寒，引辛温药祛除在里之冷湿"。(《得配本草》)如此，附子引芍药滋养肝肾之阴，引麻黄、桂枝、防风逐在表之风寒，引白术、防风祛除在里之冷湿。纵观汤中所纳诸药，寒热辛苦并用，驱邪扶正并举，则三焦畅，营卫和，病必除矣！

### 三、病例

笔者研习中医之日尚短，然"读经典，拜名师，勤临床"时刻铭记。暑期跟随李士懋老师出诊过程中，幸得治验一例，现述于下。

郑某，女，63岁，已婚。

2009年7月31日初诊：腰痛，有下坠感，膝盖以下凉，腰椎间盘突出近5年，可活动。

脉弦拘徐，尺略差。舌可。

辨证：寒痹。

治法：温阳散寒通经。

方宗：桂枝芍药知母汤。

| 炮附子15g | 细辛6g | 防风8g | 白术9g | 炙川乌15g |
| 桂枝12g | 知母6g | 白芍15g | 巴戟天12g | 肉苁蓉12g |
| 麻黄7g | 生姜10g | | | |

3剂，水煎服。3小时服1煎，取汗，汗透改1日1剂。

8月3日二诊：1剂汗即出，药后诸症皆减，脉滑拘减，左无力，舌可。原方加生黄芪12g、当归12g，14剂，水煎服。

**按：**此案脉弦拘，乃风寒湿邪痹阻经脉，血行不畅之象，宜桂枝芍药知母汤温通经脉，祛风除湿。脉徐，膝盖以下凉，乃寒著，加炙川乌散寒，乌附麻辛桂姜汤之意。尺略差，加巴戟天、肉苁蓉补肾强筋骨。肾阳敷布，需通过三焦运行全身，内至脏腑，外达肌表，故方中加辛散雄烈之细辛，取麻黄附子细辛汤助肾阳、畅三焦之意，则周身汗出，风寒湿邪自表以汗而解。二诊诸症皆减，脉仍无力，正气仍虚，加黄芪、当归以补气养血，扶正固本。

仲景创方完美精当，李老师临床运用效验颇著，笔者心悟尚为浅薄，恳请诸师批评提点。

**老师评语：**

本文对桂枝芍药知母汤的病证病机论述颇为详尽，但在方药分析中，对附子、桂枝、麻黄等温化寒湿之力论述较少。本方治风湿类风湿均有显效，值得研究。

花金芳

# 小药治大病：浅谈龙骨牡蛎之功效

河北中医学院中医系 2007 级　崔源源

（本文为大学三年级学生所作，原载于 2010 年 10 月第 8 期《中医论坛》）

吾在诵读《伤寒论》时，对先哲精湛医术很是钦服，常常惊叹先哲辨证之周全，用药化裁之巧妙。吾愚昧不才，对《伤寒论》使用龙骨、牡蛎二味药饶有兴趣，以下就浅谈自己对此二药的认识。

在《伤寒论》中，龙骨在条文中出现有三，牡蛎出现有四，二者相伍出现有三，依次为第 107 条："伤寒八九日，下之，胸满烦惊，小便不利，谵语，一身尽重，不可转侧者，柴胡加龙骨牡蛎汤主之。"第 112 条："伤寒脉浮，医以火迫劫之，亡阳，必惊狂，卧起不安者，桂枝去芍药加蜀漆龙骨牡蛎救逆汤主之。"第 118 条："火逆，下之，因烧针烦躁者，桂枝甘草龙骨牡蛎汤主之。"第 147 条："伤寒五六日，已发汗而复下之，胸胁满微结，小便不利，渴而不呕，但头汗出，往来寒热，心烦者，此为未解也，柴胡桂枝干姜汤主之。"综上四条，不难发现，每条都有"惊狂""烦惊""烦躁""心烦"等神志词语，配伍龙骨、牡蛎以治之。吾不禁思考，莫非此二者可治疗精神疾病？既然问题来自《伤寒论》，那么还是从《伤寒论》谈起。

第 108 条论述少阳兼有三焦疾病之证治。以小柴胡汤化裁和解少阳表里错杂之邪，在胆为惊恐，以龙骨牡蛎镇胆气之怯，平胆气之惊。刘渡舟说过，此方治疗癫痫病、精神分裂症及小儿舞蹈病，效果都很好。

第 112 条伤寒误治以致亡阳、惊狂之证。桂枝、甘草补心阳，加龙骨、牡蛎收敛心神。

第 118 条是上条之轻证，吾不再多言。

第 147 条是伤寒误治邪入少阳，气化失常，津液不布之证。小柴胡汤加减和解少阳，牡蛎咸寒软坚，可去肝胆之结气。

经过分析，龙骨、牡蛎确实可治精神疾病。但是，导致精神疾病的因素很多，外感六淫、七情内伤、跌仆金创、痰饮瘀血等均可使精神异常。那么，龙骨、牡蛎二药可以治疗哪方面的疾病呢？我们先来了解一下此二者的性质。

《神农本草经百种录》对龙骨的解释甚详，言："龙得天地纯阳之气以生，藏时多，见时少。其性主动而能静，故其骨最黏涩，能收敛正气。凡心神耗散、肠胃滑脱之疾，皆能已之。"与仲景《伤寒论》第 112 条不谋而合。"况且，阳之纯者，乃天地之正气，故在人身亦收敛正气，而不敛邪气，所以仲景于伤寒之邪气未尽者亦用之"。此言入里。继续说道："人身之神属阳，然神非若气血之有形质可补泻也，故治神为最难。龙者乘天地之元阳出入，而变化不测，乃天地之神也。以神治神，则气类相感，更佐以寒热温凉补泻之法，虽无形之病，不难治矣。"由此可见，龙骨为治神之品，同气相求，直入病所。而神有魂与魄之区分，《易经》曰："游魂为变"，随神往来者谓之魂。《白虎通》曰："魂，犹伝伝也，行不休于外也，主于情。""魂，阳神也"（《说文》）。既然龙得天地阳气而出入不测，可见，与魂之性相合，且肝乃魂之所居也，则龙骨收敛肝气以治魂。

再看《神农本草经》："其味甘，平，主心腹鬼疰，精物老魅，咳逆，泄痢脓血，女漏下，癥瘕坚结，小儿热气惊痫。"陈修园对此解释明了："凡心腹鬼疰，精物，皆属阴气作祟，阳能制阴也；肝属木，而得东方之气，肝火乘上，则为咳逆，奔于下则为下痢脓血，女子漏下，龙骨敛潜肝火，故皆治之；且其变幻莫测，虽癥瘕坚结难疗，亦穿入而攻破之；至于惊痫癫痉，皆肝气上逆，挟痰而归进于心，龙骨能敛火安神，逐痰降逆，故为惊痫癫痉之圣药。"所以，因肝气上逆，魂不守舍，或兼痰浊扰神，皆可以龙骨治之。故《别录》言："养精神，定魂魄，安五脏。"

再看牡蛎，《神农本草经》曰："主伤寒寒热，温疟洒洒，惊恚怒气，除拘缓，鼠瘘，女子带下赤白，久服强骨节，杀邪气，延年。"对于"惊恚怒气"，张隐庵认为："牡蛎，假海水之沫凝结而成形，禀寒水之精，具坚强之质。太阳之气，生于水中"，"南生东向，得水中之生阳，达春气之木气，则惊恚怒气矣"。张锡纯同样认为："牡蛎咸寒属水，以水滋木，则肝胆自得其养，且其性善收敛，有保合之力，则胆得其功而惊恐自除；其质类金石，有镇安之功，则肝得其平而恚怒自息矣。"

至此，龙骨与牡蛎之性质已明了，概括言之，以肝气上逆，以致精神迷乱者，皆可用龙骨牡蛎治疗，一潜一降，一收一敛，潜降之中又具开通之力，收敛之余而不敛邪气，潜镇之中兼有滋养之功，真可谓治疗精神疾病之神品。

此二者，治疗精神疾病确有变幻莫测之力，张锡纯用之可谓炉火纯青：思虑生痰而致神志不宁，用以龙蚝理痰汤；心中气血虚损致惊悸不眠，用以安魂汤；肾虚不摄，冲气上干，用以参赭镇气汤；小便频数，遗精白浊，用以澄化汤或清肾汤等，用之甚为巧妙。

以下是吾治疗两则病例，以供分析：

**案1：**郭某，女，28岁，已婚，职业：服务员。

2010年8月10日初诊：该患者善忘，已十多年，近日加重，叮嘱之事瞬间即忘，心情抑郁寡欢，遇事则痛哭流涕。西医诊断：抑郁症。有子，已4岁，此子产后1个月时，恶露干净。之后经行4天，量少，有血块，时头痛头晕，乏力，口干，纳眠正常。

脉细涩数而无力。舌淡红，少苔，中有裂纹。

辨证：血阻胞宫，肝经失养，气血不充。

处方

| | | | |
|---|---|---|---|
| 生龙骨 30g（先煎） | 桂枝 10g | 熟地黄 20g | 生山药 30g |
| 生牡蛎 30g（先煎） | 莪术 10g | 党参 20g | 鸡内金 6g |
| 生石膏 20g（先煎） | 三棱 10g | 知母 10g | 炙甘草 6g |

5剂，水煎服。

8月15日二诊：患者自述头痛减三四成，心情较好，乏力减轻，感觉比服西药见效快，仍口干。

处方：

| | | | |
|---|---|---|---|
| 生黄芪 30g | 沙参 20g | 麦冬 10g | 生龙骨 30g（先煎） |
| 生山药 30g | 三棱 10g | 知母 10g | 生牡蛎 30g（先煎） |

| 莪术 10g | 鸡内金 6g | 熟地黄 20g | 炙甘草 6g |
| 党参 20g | 桂枝 10g | 生石膏 20g（先煎） | |

5 剂，水煎服。

可惜患者因调换工作，今后未再见面。

**按**：三棱、莪术、鸡内金行气活血化瘀；生龙骨、生牡蛎滋阴重镇安神；熟地黄、山药、党参补养气血；石膏、知母滋阴清热；桂枝降逆气，升清气；炙甘草调和药性，故诸症好转。

**案 2**：袁某，男，40 岁，已婚，职业：厨师。

2010 年 8 月 1 日初诊：患者近两周左半侧头痛，左上肢麻，双腿憋胀，重则难以上楼，心烦，口渴，小便黄，因工作原因出汗甚多。体胖。有高血压病史，但未服用西药。

脉沉弦数而有力。舌红，苔黄腻。

辨证：肝火夹痰上逆。

处方：

| 柴胡 10g | 半夏 10g | 莪术 6g | 生龙骨 30g（先煎） |
| 白芍 20g | 牛膝 10g | 三棱 6g | 代赭石 10g（先煎） |
| 枳实 10g | 桂枝 10g | 知母 10g | 生石膏 20g（先煎） |
| 甘草 6g | 芦根 20g | 山茱萸 15g | 生牡蛎 30g（先煎） |

5 剂，水煎服。

8 月 6 日二诊：患者头痛已除，腿不胀，手麻减三到四成，心烦减轻。继续服用原方。

**按**：四逆散散肝火，加半夏有温胆汤之意。龙骨、牡蛎降肝火并为"逐痰之品"（张锡纯）；代赭石、牛膝降上逆之气血；桂枝降浊气；以山茱萸加强酸敛之性，佐三棱、莪术行气活血；石膏、知母清解内热，故诸症皆减。

**老师评语**：

该生对于龙骨牡蛎的功效引经据典，格物致知，分析合理透物，并能学以致用。有志于中医者，当以此参考学习。

韩红伟

# 小议白术——刘渡舟验案中的深意

河北中医学院中医系 2007 级　王春霞

（本文为大学四年级学生所作，原载于《中国中医药报》2011-5-9）

白术，苦，温，色黄，为脾家之要药，能健脾化湿，固表。《名医别录》认为白术能"利腰脐间血"，笔者认为"利腰脐间血"可理解为健脾祛湿，湿去则血自行。

《灵枢·决气》曰："中焦受气取汁，变化而赤，是谓血。"白术为中焦的要药，能够健脾除湿，湿气去，则脾气自升，清阳上达于肺，而致上焦出气如雾，熏肤，充身，泽毛，氤氲于全身。气行则津液自布，若不行则滞留某处，水液阻滞则血道不通，正如《金匮要略》中言："经为血，血不利则为水。"

《金匮要略》中有一方为甘草干姜茯苓白术汤，治疗寒湿引起的水肿，其临床表现为"身体重，腰中冷，如坐水中，形如水状……腹重如带五千钱"。用甘草、干姜以温中，茯苓、白术健脾化湿，以达燠土以制水之功效，临床用于治疗寒湿带下、妊娠水肿、腰间不利皆可达到理想效果。带脉循行于腰腹，其循行与第十四椎相平，围身体一周，总束诸脉；带脉不引，宗筋不用。因此白术又是妇科常用药。《本经疏证》认为"水阻于腰脐间，妊娠至五六月时，多有子肿之证，白术是必用之"。《傅青主女科》中也常常用白术治疗带下、浮肿之类，方用补中益气汤加减，取健脾升阳除湿之效。因此，笔者认为在治疗腰痛时不可一想便是肾虚，对于腰部不利，或水肿，或冷，或下肢不适，辨证属中焦的，不妨用用白术。

《刘渡舟验案精选》中有一案例值得一提：

迟某，男，50 岁。其病为腰腿、两足酸痛，恶寒怕冷，行路则觉两腿发沉。切其脉沉缓无力，视其舌硕大，苔白滑。

沉为阴脉，属少阴阳气虚也；缓为湿脉，属太阴脾阳不振也。

处方：

茯苓 30g　　白术 15g　　干姜 14g　　炙甘草 10g

服 12 剂，则两足变热，恶寒怕冷与行路酸沉、疼痛之症皆愈。

（选自《刘渡舟验案精选》）

此例辨为肾着病，所以采用温脾阳以治水的方法。刘渡舟是伤寒大家，辨证用药准确，着实令人敬佩。

**老师评语：**

一提腰痛，便云肾虚，临床比比皆是，寒湿下注肾腑而病者，论者罕知。此文对白术的功效、肾着汤的机理理解正确。文虽小，然有心得，可采。

李士懋

# 并非标新立异：从心论治月经病

河北中医学院中医系 2007 级　高国建

（本文为大学二年级学生所作，原载于 2009 年 11 月第 7 期《中医论坛》）

后世医家治妇科病多从肝、脾、肾三脏着手，其临床效果较为满意，但也有一些妇科病如经水不调、崩漏、闭经及不孕等从肝、脾、肾三脏论治却屡治不愈，患者深受其苦，医者望洋兴叹。笔者希冀从中医奠基之作《黄帝内经》中找出一些治疗妇科的思路，并非为了标新立异，仅以使其更好地服务于临床，解除患者的疾苦为盼。理论能很好地指导实践是一门学科能存在、传承的最大动力。笔者做此文，意在说明心在调治妇科病过程中起举足轻重的作用，试论之。

中医把阴阳交感看作宇宙的根本规律。阴、阳二气相互作用方能产生丰富多彩的物质世界。在人体而言，阴阳相感可谓心肾相交，水火相济，妇人唯有达到"心火下达肾水，使肾水不寒；肾水上济心火，使心火不亢"的状态方能月经按时来潮，孕育生命。朱丹溪《格致余论》曰："《易》曰乾道成男，坤道成女。夫乾坤，阴阳之性情也……父精母血，因感而会，精之施也。血能摄精成其子，此万物资始于乾元也；血成其胞，此万物资生于坤元也。阴阳交媾，胎孕乃凝。"

《素问·上古天真论》曰："二七而天癸至，任脉通，太冲脉盛，月事以时下，故有子。"《重广补注黄帝内经》王冰注："'癸'谓壬癸，北方水干名也。""天"者，阳也，火也，在人为心。《素问·生气通天论》曰："阳气者，若天与日，失其所则折寿而不彰。"高士宗《黄帝内经素问直解》注："天癸者，男精女血，天一所生之癸水也。"故笔者认为"天癸"为女子年龄达一定阶段后心肾相交所化生之物。"天癸至"为妇人月事以时下的一个必要条件，而另外两个则为"太冲脉盛"与"任脉通"。《素问·骨空论》曰："任脉者，起于中极之下，以上毛际，循腹里……冲脉者，起于气街，并少阴之经，夹脐上行，至胸中而散。"《重广补注黄帝内经素问》注："中极者，谓脐下同身寸之四寸也。言中极之下者，言中极从小腹之内上行，而外出于毛际而上，非谓本起于此也……气街者，穴名也，在毛际两旁鼠蹊上，同身寸之一寸也。言冲脉起于气街者，亦从小腹之内，与任脉并行，而至于是，乃循腹也。"说明冲脉、任脉皆出于小腹之内，而小腹之内即女子胞的位置，即为女子子宫所在。《灵枢》亦曰："冲脉任脉皆起于胞中。"冲脉起于胞中，为总领诸经气血的要冲，有调节月经的作用。任脉亦起于胞中，既调节月经，又有促进女子生殖功能的作用。《说文解字》注："任，保也"，本义为抱，引以称保，司保护承担胞胎的职责。故有"冲为血海，任为胞胎"之论。

胞宫与心有何必然联系？《素问·评热病论》曰："月事不来，胞脉闭也，胞脉者属心而络于胞中。"张景岳《类经》注曰："胞即子宫，相火之所在也，心主血脉，君火之所居也。阳气上下交通，故胞脉属于心而络于胞中，以通月事。"高士宗《黄帝内经素问直解》注曰："中焦取汁，奉心化血，血归胞中；胞脉者，属心而络胞中。"故笔者认为：心取中焦之汁，奉其神而化赤为血；胞脉又属心而络胞中；冲脉、带脉皆起于胞中，故心中所化之血可经胞脉下注胞中，充养冲、任二脉，使其执行调节月经孕育胎儿的功能。唯有心阴充盈，心阳之气旺盛，胞脉通畅无阻，妇人才能月事以时下，孕育胞胎。

心病则诸多妇科疾病随即而生。在《内经》中称心为"君主之官""五脏六腑之大主"。主不明则九野皆乱，故有"主不明则十二官危"之论。笔者将通过以下案例阐述观点：

## 一、心脾之气郁结致月经不调

**案例：**周某，心脾不宁，经行先期，心悸寐少，舌心光剥，脉细数。气分亦怯，养血毋庸重滋。

| | | | | |
|---|---|---|---|---|
| 人参须五分 | 牡蛎一两 | 天冬钱半 | 大白芍三钱 | 大麦冬两钱 |
| 龙齿三钱 | 杜仲四钱 | 生甘草四钱 | 柏子仁三钱 | 炒枣仁三钱 |
| 青蒿二钱 | 生谷芽五钱 | 五味子九粒 | | |

又诊，迭进养血安神之剂，诸恙皆轻，拟守前法。

| | | | | |
|---|---|---|---|---|
| 白荷花露一两 | 生洋参钱半 | 青蒿一钱 | 生甘草一钱 | 大麦冬两钱 |
| 龙齿五钱 | 鲜藕节一两 | 柏子仁三钱 | 枣仁两钱 | 谷芽三钱 |
| 生白芍两钱 | 钩藤三钱 | | | |

（选自《珍本医书集成·花韵楼医案》）

**按：**《素问·阴阳别论》曰："二阳之病发心脾……女子不月。"《类经》注："二阳，阳明也，为胃与大肠二经。"然《灵枢》曰："大肠小肠皆属于胃"，故此节所言则独重在胃耳。盖胃与心，母子也，人之情欲本以伤心，母伤则害及其子；胃与脾表里也，入则劳倦，本以伤脾，脏伤则病连于腑。故凡内而伤精，外而伤形，皆能病及于胃，此二阳之病所以发于心脾也。"心主血而藏神，脾主思而统血。思虑过度，劳伤心脾，暗耗阴血，情志欠舒，心脾之气郁结，心中阴血亏耗而不行，致月经量少色淡，甚则闭经。朱丹溪《脉因证治》曰："经脉不行者，血生于心，因忧愁思虑则伤心，心气停结，故血闭不行，左寸沉结，宜调心气，通心经，使血生而自通。"清代名医李修之说："女子不月，夫心统各经之血，脾为诸阴之首，二阳乃母子之脏，其恒相通也。病则二脏之气乖涩，荣血无以资生，故地道不行，由心脾之气不充也。"《濒湖脉学》曰："数脉为阳热可知，只将君相火来医。""细脉萦萦血气衰，诸虚劳损七情乖"。《傅青主女科》认为妇人经期提前多热，错后多寒。此案属气血虚而生热的征象，故法宜补心脾气血，开其郁结，兼以清热。该患者月经先期，因心脾两亏，气血不足，血虚则生热，故脉象细数；气血不足，心神失养，故心悸寐少；脾气不足，胃阴受损，故舌中光剥无苔。气虚不固，经行先期，宜补心脾，养气血。此案养血的目的在于补心健脾，而不是滋补阴血为主，故云"养血毋庸重滋"。处方以天冬、麦冬、五味子、白芍敛心之营阴；以枣仁、柏子仁、牡蛎、龙齿养心安神；杜仲兼顾冲任；麦芽长胃气；青蒿清血虚之热；少量人参兼顾气血。诊即诸症皆轻，再诊稍加重滋阴凉血药之比重。

## 二、心火过亢，心肾不交致月经不来

**病例：**唐某，女，三十岁，未婚。

月经淋漓不止已半年许，妇科检查未见异常。伴心烦不得卧，惊惕不安，自汗沾衣。索其前方，多是人参、黄芪等温补与涩血固经之药，患者言服药效果不佳。切其脉萦萦如丝，数而薄疾，视其舌光红无苔，舌尖红艳如杨梅。细思其症，脉细数为阴血虚，数为火，此乃水火不济，心肾不交，阴阳悖逆之过。治应泻南补北，清火育阴，安谧冲任为法。

黄连10g　　阿胶12g　　黄芩5g　　白芍12g　　鸡子黄2枚

此方服至5剂，夜间心不烦乱，能安然入睡，惊惕不发。再进5剂，则崩血已止。

（选自《刘渡舟验案精选》）

**按：**《素问·痿论》曰："悲哀太甚，则胞络绝，胞络绝则阳气内动，发则心下崩，数溲血也。"张景岳《类经》注："络者，子宫之络脉也。"五志之"悲"先引心系急而致胞络不通，不通则心之气血不能下达于胞中，气机停滞，郁而化火。《丹溪心法》曰："五志过极，皆能生火。"火为阳邪，易伤阴液，心包络之火愈亢，则心之营血愈亏。火性主动而喜走窜。《素问·至真要大论》曰："暴注下迫，皆属于热。"火热下注，迫胞中气血下涌，便发崩漏下血之症。其脉象应为阴脉不足，阳脉有余。《素问·阴阳别论》曰："阴虚阳搏谓之崩。"《重广补注黄帝内经素问》王冰注曰："阴脉不足，阳脉盛搏，则内崩而血下流。"太仓公淳于意的《诊籍》里记载一个"火齐汤"，据考证即三黄泻心汤。古人用它治疗妇人心火不降导致的胞脉闭，月事不来。《儒门事亲》记载一妇人血崩，服泽兰丸、黑神散、保安丸、白薇散等补之皆不效。此妇人因悲哀太过则心系急，肺布叶举，而上焦不通，热气在中，血走而崩，戴人用大量黄连解毒汤，后加白芍、当归等养阴血之品，数剂收效。该患者月经淋漓不断已半年余，其脉萦萦如丝，数而薄疾，舌光红无苔。法宜清泻心火，兼滋补阴血。《素问·生气通天论》曰："阴不胜其阳，则脉流薄疾，并乃狂。"可知此月经淋漓不止属阴血虚而心火独亢，前医反以人参、黄芪温药医之，为抱薪救火，焉能奏效？陈士铎《辨证录》云："夜不能寐者，乃心不交于肾也……心原属火，过于热则火炎于上而不能下交于肾。"故此患者属心肾不交，水火不济，治当泻南补北，交通心肾，投以《伤寒论》黄连阿胶汤。方用黄芩、黄连上清心火；鸡子黄、阿胶滋养阴血；白芍养血敛阴。配黄芩、黄连则泻火不伤阴，配鸡子黄、阿胶则益阴之力更强。阴复火降，心肾交通，正合病机，故数剂而愈。

### 三、心阳虚，气滞血瘀致不孕

**病例**：道光癸未年，直隶布政司素纳公，年六十，因无子堪忧，商之与余。余曰：此易事耳。至六月，合其如君服此方，每日五剂，至九月怀孕。至次年甲申年六月二十二日生少君，今七岁矣。此方更言险而不险之妙。此方去疾、种子、安胎尽善尽美，真良善方也。

少腹逐瘀汤

| 干姜二分炒 | 元胡一钱 | 小茴香七粒炒 | 赤芍两钱 | 川芎两钱 |
| 官桂一钱 | 五灵脂两钱炒 | 蒲黄三钱 | 当归三钱 | 没药两钱研 |

水煎服。

（选自《医林改错·少腹逐瘀汤说》）

**按**：《素问·生气通天论》曰："阳气者，若天与日，失其所则折寿而不彰，故天运当以日光明。"心为五脏六腑之大主，为阳中之太阳，坐镇于上，使群阴安伏不动。当妇人经后或产后，血弱气尽，腠理开；若再有心阳虚，不能坐镇于上而摄群阴，风寒之邪则乘虚而入，客于胞中，凝于胞外，上迫于肺，则使心气不降，致胞脉闭而月经不下，发生腹痛、闭经、不孕等病证。故《素问·评热病论》曰："今气上迫于肺，心气不得下通，故月事不来也。"其脉象应为沉涩或沉滑。《濒湖脉学》曰："无力而沉虚与气，沉而有力积并寒""滑脉为阳元气衰，痰生百病食生灾，上为吐逆下蓄血""涩缘血少或伤精……寒湿入营为血痹，女人非孕即无经"。《素问·调经论》曰："血气者，喜温而恶寒，寒则泣不能流，温则消而去之。"故法宜温阳散寒，活血化瘀。如《医林改错》中的少腹逐瘀汤。《本经疏证》说："桂枝用之之道有六：曰和营，曰通阳，曰利水，曰下气，曰行瘀，曰补中。"王好古说："干姜心脾二经气分药也。"张元素说："干姜其用有四：通心助阳一也；去脏腑沉寒痼冷二也；发诸经之寒气三也；治感寒腹痛四也。"故本方用官桂、干姜温壮心脾之阳，使心阳旺，胞脉自通，温经活血，祛瘀散寒，使胞脉得通，心气得下；当归、川芎养血活血，使化资有源；蒲黄、五灵脂加强行气活血化瘀之力；小茴香、元胡温暖下元，使心气及所化之血沿胞脉达于胞中，则月经自调，种子安胎皆可也。

岐黄之道，至精至奥，包容万事万物之理。笔者识闻甚浅，敢以管蠡之见，妄事窥乎！仅于读医学典籍之际，随所见而记之。凌邋拉杂，前后重复，异同互见者触目皆是，贻笑大方。

**老师评语：**

历代治月经病从心而论者甚众，"心"主神志，主血脉，与现代医学心理影响月经有相合之处。

牛兵占

# 何以事半功倍，且看风药应用

河北中医学院中医系 2007 级　王春霞

（本文为大学三年级学生所作，原载于 2010 年 10 月第 8 期《中医论坛》）

风药是具有类似风特性的药物，大多具有升清、疏散、透达的功效。其代表药物有升麻、柴胡、羌活、防风等。张元素最早提出了风药，以及药物归经、引经报使学说。李东垣在此基础上加以发挥，在治疗脾胃病时多加风药，引脾气轻清上达诸经。后世又在此基础上加以扩展，把祛风解表、祛风除湿、息风止痉之类的药归为风药。确实风药不局限于疏风和解表，临床上很多疾病在治疗中若酌加风药会收到事半功倍的效果，所以在此我想谈谈对风药的应用。

## 一、风药的特性

首先要了解风的特性，在中医基础中我们都知道，风性轻扬开泄，风性善动，主疏泄。《素问·五运行大论》曰："东方生风，风生木，木生酸，酸生肝"，风气通于春，每到三月，春风和煦，万物生长，欣欣向荣。那么对应人体就是肝，肝主疏泄，秉少阳春生之气，肝者，将军之官，保卫人体，所以在治疗时，不要忘记顺肝之性，张锡纯的镇肝熄风汤里尚不忘加茵陈以疏肝。而风药正是禀赋了风的特性，能引药入经，直达病所。风药大多都能胜湿、化湿。我们可以想象地上一片水，若来一股微风，则水会慢慢消散。另外，风药多具有疏泄的功能，能调畅人体气机，疏通气血津液。

## 二、风药的分类

风药大体有辛温、辛凉之分。

辛温：羌活、独活、防风、荆芥、白芷、细辛、藁本、川芎、苍术等。

辛凉：桑叶、菊花、薄荷、蝉蜕、僵蚕等。

## 三、风药的应用

### （一）痒

痒是一个症状，很多皮肤病都会见到痒，而加风药往往有效，其中机理，试述之。

《灵枢·刺节真邪》中曰："搏于皮肤之间，其气外发，腠理开，毫毛摇，气往来行，则为痒。"可以看出痒是腠理开，邪气入导致的。这里的"气"联系上下文应是卫气，"卫气者，出其悍气之慓疾，而先行于四末分肉皮肤之间"。（《灵枢·邪客》）卫气正常则充皮肤，肥腠理，司开合，而此时若感虚邪贼风，扰动卫气，气往来行，便为痒。正如《金匮要略》中说："风强则为隐疹，身体为痒，痒为泄风，久为痂癞。"此时用风药则风气去，营卫调畅。所以桂枝汤调和营卫，一定程度上也可止痒。后世用荆芥、防风，发清阳、宣腠理以止痒。若风夹湿邪也可导致痒，如妇女外阴的瘙痒，外洗方中常加荆芥、防风，取风能胜湿之意。举一病例试论之。

患者，女，17岁，住武汉市武昌区，学生。

1992年4月某日就诊：发病3天，全身散在性起芝麻样小丘疹，发痒。

脉虚，苔薄。

处方：

防风10g　　荆芥10g　　川芎8g　　茯苓10g　　炒枳实10g

桔梗10g　　当归10g　　赤芍10g　　党参10g　　炙甘草10g

上10味，以适量水煎药，汤成去渣，取汁温服，日2次，服药2剂而愈。

（选自《李今庸临床经验辑要》）

**按：**方中当归、川芎、赤芍调肝血，取"治风先治血"之意，配桔梗、枳实一上一下疏通气机，因脉虚，加炙甘草、党参调补中焦，防风、荆芥则能祛风散邪，引诸药于体表，营卫得通，气血调和而愈。

### （二）泄泻

将风药运用到调理脾胃，李东垣可谓发挥得淋漓尽致，验证于临床中，则是要注重升清阳。有种说法是《伤寒论》强调胃降，而李东垣注重脾升。我们来看补中益气汤的组成，黄芪、人参益气，柴胡、升麻升阳。正如《脾胃论》中曰："脾胃不足之证，须用升麻、柴胡苦平之薄者，阴中之阳，引脾胃中阳气行于阳道及诸经"，脾宜升则健，喜燥恶湿。但最易感湿，用风药则能胜湿，振奋脾气；而且土得木而达，借风药之升散，应肝木条达之性，发挥正常疏泄功能。《素问·经脉别论》云："饮入于胃，游溢精气，上输于脾，脾气散精，上归于肺。"若脾虚湿困，则不能散精，出现清浊升降失常的现象，或头晕，或泄泻。东垣认为"诸风之药，皆辛温，上通天气"，"味之薄者，诸风药是也，此助春夏之升浮者也"。所以现在治疗泄泻，升清阳是一重要治法。如痛泻药方，是治疗清晨痛则泻，泻后减的方。清晨乃肝升发之时，用白芍养肝之阴，防风助肝升发，使脾气健运，陈皮、白术健脾，所以我认为与其说是"培土泻木"，不如说是助肝升、健脾运以止泻。

现举一病例试论之。

李某，男，48岁，素有肝炎及胃窦炎病史多年，中脘痞胀，形寒便溏，面色淡白少华，肢软乏力，脉细，舌淡苔薄腻，投平胃散加减无效。

处方：

| | | | | |
|---|---|---|---|---|
| 升麻 6g | 半夏 6g | 佛手 4.5g | 沉香曲 9g | 陈皮 6g |
| 枳壳 6g | 大腹皮 9g | 婆罗子 9g | 香橼皮 9g | 苍术 9g |
| 白术 9g | | | | |

二诊：药后腹胀已消，诸症遂减，再以升清降浊，鼓舞中州，升麻重用，续进 7 剂，诸症皆除。

（选自《中国百年百名中医临床家·颜德馨》）

**按：**此例重在脾阳不升，清浊升降失常，津液不得正常疏布，在脾不在胃，所以平胃散无效。用升麻以升阳；苍术、白术健脾燥湿；半夏、陈皮以祛痰；香橼皮、大腹皮、佛手乃轻灵之品，善疏肝理气，消胀除满。

### （三）风水

水液代谢需要肺的宣肃、脾的升清、肝的疏泄、肾的气化等协调发挥作用。对于风水在《内经》中已有论述。如《素问·评热病论》曰："帝曰：有病肾风者，面胕痝然壅，害于言，可刺不？岐伯曰：虚不当刺，不当刺而刺，后五日其气必至。帝曰：其至何如？岐伯曰：至必少气时热，时热从胸背上至头，汗出，手热，口干，苦渴，小便黄，目下肿，腹中鸣，身重难以行，月事不来，烦而不能食，不能正偃，正偃则咳甚，病名曰风水。"就是说肾风病治疗不当，可发展为风水。另外在《素问·水热穴论》也提到"肾汗出逢于风，内不得入于脏腑，外不得越于皮肤，客于玄府，行于皮里，传为胕肿，本之于肾，名曰风水。"在这一篇中提到诸积水，其本在肾，其末在肺。也有将风水分别论述的，如在《素问·平人气象论》中曰："面肿曰风，足胫肿曰水。"《金匮要略》水气病篇对风水症状的描述："目窠上微拥，如蚕新卧起之状，其颈脉动，时时咳，按其手足上，陷而不起。"种种描述，联系现在临床的疾病，类似西医诊断的肾病的水肿，因此在治疗上如果加上祛风的药，应该会收到一定的效果。通过看一些医案，有的医家比如赵玉庸老师，就是这么用的，下面试举赵玉庸老师的一个病例。

陈某，男，39岁，干部，慢性肾炎十余年，下肢水肿，蛋白尿，给以利尿药及中药利水药治疗水肿无好转，就诊时双下肢水肿，肤色黯黑，皮肤甲错，小便色黄量少，大便干，口渴不欲饮，舌暗，苔白腻，脉弦。

处方：

| | | | | |
|---|---|---|---|---|
| 桃仁 10g | 红花 10g | 赤芍 15g | 当归 12g | 川芎 10g |
| 丹参 20g | 泽兰 10g | 生地黄 10g | 猪苓 20g | 水蛭 5g |
| 地龙 10g | 僵蚕 10g | 茯苓 15g | 乌梢蛇 10g | 鬼箭羽 12g |
| 益母草 30g | | | | |

14 剂，水煎服。

服药两周后水肿逐渐减退，继续治疗半年余，蛋白尿逐渐减轻。

选自（《中国百年百名中医临床家·赵玉庸》）

**按：**肤色暗黑、皮肤甲错、口渴不欲饮、舌暗都是明显的血瘀体征，用桃红四物汤以活血。《金匮要略》中有"血不利则为水"之说，血瘀导致津液不能正常输布，表现为下肢水肿、大便干，则酌情添加利水药，方中加泽兰、茯苓、猪苓利水以化瘀。而加水蛭、地龙、乌梢蛇、僵蚕这些血肉有情之品，正是赵老用药的特色，善用虫类药搜风活络化瘀，体现叶天士"久病入络"思想。叶天士曾对这些虫类药这样评价："飞者升，走者降，所到之处，血无凝滞，气可宣通。"这些虫类药在一定程度上也有风的特性，属风药范畴，其走窜之性，无处不到，可以宣通脏腑，和调气血，通利关窍。同时也提示我们在利水活血的同时加上风类药的意义。

另外风药在止痛、解表、化湿等方面都有很好的效果，如治疗头痛的川芎茶调散，取"高巅之上，唯风可到"之意；刘完素的防风通圣散可以治四时感冒。但要注意的是，风类药大多辛温，多燥多升，易耗津液，升阳，所以在用时一定要分清寒热虚实，辨证应用。

**老师评语：**

风药的应用内容非常丰富，若能详加论述，可写成一大篇文章或一本专著。

风药皆辛，辛味药能行、能散、能解郁。东垣乃善用风药者，以治百病，以后可进一步学习。研究风药，深入探讨，必将对中医发扬有所裨益。

李士懋

# 习李士懋温阳法治喉痹

河北中医学院中医系 2008 级　赵丽萍　祝子贝

（本文为大学二年级学生合作撰写，原载于《中国中医药报》2010-6-7）

临床上见到咽喉肿痛，医者多用连翘、银花、射干等清热解毒之品，认为咽喉肿痛乃风热上扰或火热之邪上攻而致。但阳虚也会造成咽喉肿痛，其病机有二：一为阳虚寒盛或阳虚寒客致使经脉凝涩而咽喉疼痛，治当温阳散寒；二为阳虚虚阳上浮，熏蒸咽喉，当温阳以引火归原。

河北中医学院李士懋教授宗仲景之旨，数十年临床恒以脉诊为中心，辨证灵活，症见咽肿喉痹时，若病家脉沉弦拘紧且按之无力或减，则辨为阳虚寒凝；若病家尺脉沉而无力，寸关脉显浮滑之象且按之减，则辨为阳虚虚阳上浮。

**病案 1**：李某，男，27 岁。

2005 年 2 月 11 日初诊：数日前外感后暴喑至今。症见畏寒肢冷，加衣被后稍减，鼻流清涕，咽干痛，腰骶疼痛，背紧沉。服板蓝根冲剂、感康等不效。

脉沉无力，尺弦紧。舌淡苔白。

辨证：阳虚，寒邪直中少阴。

治法：温阳，散寒。

处方：麻黄附子细辛汤加减。

麻黄 5g　　甘草 6g　　　细辛 6g　　　干姜 5g　　　炮附子 10g（先煎）

6 剂，水煎服。

药后得愈。

**按**：失音、咽痛原因繁多，此人为阳虚外感，寒邪直中少阴。《伤寒论》少阴篇："少阴病，始得之，反发热，脉沉者，麻黄附子细辛汤主之。"其人脉沉无力，尺弦紧。沉而无力则为阳虚，尺为阴位，"弦则为减，减则为寒"（《伤寒论》），紧亦主寒。《灵枢·经脉》云："肾足少阴之脉……循咽喉。"寒邪直中少阴，寒邪循经凝滞经脉，则喉痹或失音。李士懋投以麻黄附子细辛汤合四逆汤，以四逆汤急温下焦已虚之阳，所谓"益火之源，以消阴翳"是也；麻黄附子细辛汤中以麻黄散寒，细辛入肾经，引领麻黄入肾，散肾经直入之寒，使邪达表自外而解，有逆流挽舟之意。

然李士懋教授临床以麻黄附子细辛汤所治绝非太少两感而已，李士懋教授常言："纵无表证，但见阳虚寒凝，亦可用麻黄发汗，散其直中寒邪。"其言得矣！

**病案 2：** 患者，女，24 岁。

2010 年 3 月 9 日初诊：自觉口齿热，咽痛，脸红，头晕无力，腰痛，四肢冷。

脉弦减。寸关略显浮。

辨证：为阳气不足，虚阳浮动。

治法：温肾阳，引火归原。

方宗：附子汤。

| 肉苁蓉 10g | 白术 10g | 茯苓 15g | 巴戟天 10g |
| 山茱萸 15g | 干姜 5g | 当归 12g | 炮附子 6g（先煎） |
| 仙灵脾 10g | 肉桂 4g | 白芍 12g | 党参 10g |

3 剂，水煎服。

1 剂后咽痛口热则消，3 剂后余症皆减。

**按：** 脉弦减，弦减为阳气不足；寸关略浮，可知肾阳虚，虚阳上浮，虚火上窜至口中则口齿热，熏蒸上焦则咽痛、面红。故以附子、干姜、肉桂等温补肾阳；肉苁蓉、巴戟天佐诸阳药，亦可填补肾精，"精化为气"，从而使阳气化生有源；山茱萸收敛浮越之阳，使所温之阳安于下焦。

**病案 3：** 笔者有感于温阳法治喉痹之奇，适逢同学因咽痛就诊，遂大胆治之。

李某，女，21 岁。

2010 年 4 月 28 日初诊：咽痛，有痰，易咳出，色深；尿频，夜晚睡前甚；申时脸烘热。

尺脉弱甚。寸关有洪滑之象，按之无力。

辨证：肾阳虚，虚阳浮越。

治法：温肾阳，引火归原。

方宗：肾气丸。

熟地黄 15g　山茱萸 12g　桂枝 10g　山药 12g　炮附子 6g（先煎）

1 剂，水煎服。

4 月 30 日二诊：自述咽痛已愈。以上方加减继续为其治疗尿频。服 3 剂后尿频愈。

**按：** 肾禀真阴真阳，先天之本，一有亏虚，诸症丛生。《灵枢·经脉》云："肾少阴之脉……循咽喉"，肾阳亏虚，浮越于上，循经上炎，则有咽痛、潮热之象；"膀胱者，州都之官，津液藏焉，气化则能出矣"。（《素问·灵兰秘典论》）膀胱所藏津液经肾气化，其浊者出为小便。肾阳虚馁，气化失司，"饮一斗，小便一斗，肾气丸主之"。（《金匮要略》）方用肾气丸加减，于大队滋阴药中加入桂枝、附子，"少火生气"，复其气化之职；又附子大辛大热，于坎水真阴之中生阳，引火归原，气化得复，诸症如失。

**老师评语：**

中医的产生，源于远古时代人们为求得生存，在艰苦的劳动中积累了大量的医疗经验，复与当时的哲学、天文、地理等科学知识融合，诞生了中医理论，凝炼成中医经典，复经千万年、亿万人从实践到理论再到实践的不断往复，遂建成中医学巍峨大厦。这一大厦的核心特色是辨证论治，而平脉辨证为这一大厦的精髓、灵魂。若把这一灵动活泼、变化无穷、充满生机的辨证体系，变成了僵死的套路，无疑是扼杀其生机，使中医思维退回到远古时代经验方的水平。如此，何言中医的蓬勃生机。

此方即是生动的例证，若咽痛只知火热，只会清热解毒，岂不是废弃了中医辨证论治的精髓灵魂，何言中医之传承、发扬。

李士懋

# 半夏泻心汤与"否"卦的思悟

河北中医学院中医系 2008 级　赵丽萍

（本文为大学二年级学生所作，原载于 2010 年 10 月第 8 期《中医论坛》）

　　愚初习仲景之书，观其所用方无不选药精当，组方严谨。其博大精深，令人甚为叹服。笔者习半夏泻心汤时思及"否"卦，认为以此理解半夏泻心汤证及治法、用药较为容易。下面从痞证、半夏泻心汤证、思"否"卦而悟半夏泻心汤之旨以及此方与小柴胡汤的对比四个方面进行阐述。

　　"否"通"痞"也。《易经》中"否"的卦象为上三阳爻即乾卦，下三阴爻即坤卦。为天在地之上，内柔而外刚。天在极高之处，地在极低之处，天地阴阳之间因而不能相互交合，故万物无法通顺畅达。因之于人身则为上下不通，阴阳不济，火不降而水不升也。《素问·六微旨大论》曰："天气下降，气流于地；地气上升，气腾于天。故高下相召，升降相因，而变作矣。"今升降不相因故出现痞证。

　　《伤寒论》中涉及到多种痞证，半夏泻心汤证仅为其一。仲景虽未明言半夏泻心汤证为脾胃虚之痞证，但我们可以从三个方面理解：

　　1. 以方测证。方中用人参、甘草、大枣培补中州之属，三者相和，甘温调补，补脾胃之虚以复中枢升降之职，故可知也。

　　2. 以经解经。《伤寒论》第 158 条云："但以胃中虚，客气上逆，故使硬也，甘草泻心汤主之。"甘草泻心汤即半夏泻心汤加炙甘草一两而成，仅一两炙甘草补虚之力较弱，甘草泻心汤能治胃中虚，则半夏泻心汤亦当治脾胃虚。

　　3. 以理推测。《伤寒论》第 149 条云："伤寒五六日，呕而发热者，柴胡汤证具，而以他药下之，柴胡证仍在者，复与柴胡汤……若心下满而硬痛者，此为结胸也，大陷胸汤主之。但满而不痛者，此为痞，柴胡不中与之，宜半夏泻心汤。"小柴胡汤证误下后，若病证变化则或为结胸或为痞，此之为何？余侍诊于李士懋教授，李老师曾讲授少阳证之旨，李老师云："少阳病的性质是半阴半阳，半虚半实证，是病理概念，而不是病位概念。

因其性质为半阴半阳，半虚半实，故其传变有寒化热化两途。"晚辈谨记老师之谆谆教诲，读及有关条文时，结合老师所讲，乃明快于心。少阳，一阳也，小阳也。少阳乃春生之气，气血皆弱。柴胡证误下后，若正气尚足以抗邪，邪热内陷，与水饮宿食搏结于心下，则为结胸；若正气不足以抗邪，邪气内入，兼误下之后脾胃更虚而无力运化，中枢阻滞，阴阳道路不通，上下不交故而形成痞证。

半夏泻心汤证有何表现呢？《伤寒论》第149条云："但满而不痛者，此为痞，柴胡不中与之，宜半夏泻心汤。"《金匮要略·呕吐哕下利病脉证治》云："呕而肠鸣，心下痞者，半夏泻心汤主之。"由以上两条文可知其临床表现为心下满而不痛，呕逆，肠鸣。出现这些症状不难理解，《素问·阴阳应象大论》曰："清气在下，则生飧泄；浊气在上，则生䐜胀。此阴阳反作，病之逆从也。"阴阳反作，火不降而水不升，则清阳不升浊阴不降，形成心下胀满、下利清谷，甚则浊阴上逆而呕。

理解了痞我们还能推测出其他临床表现：火独亢于上，可见心中烦躁不安，烦闷喘急，烧心；中枢不运，可见纳呆，呃逆上气，反酸；水自寒于下，可见腹中雷鸣下利，水不上承加之上焦火亢，可见口渴，舌苔黄腻。

理解何为"痞"则可知治痞之法也，若邪阻于上，中枢不虚者，法宜降天气，大黄黄连泻心汤之类是也；若上有火扰，下焦阳虚，法宜降天气温肾阳，附子泻心汤是也；若脾土虚弱枢机运转不利，火热之邪上扰，法宜降天气，运枢机，启地气，转否为泰，半夏泻心汤之类是也。

笔者思"否"象，乃悟仲景用半夏泻心汤之意。前人多强调半夏在此方中的作用而鲜有重视黄连者，岂知黄连之用不可小觑也！《本草思辨录》云："黄连苦燥而寒……气味俱厚……其功用首在心脾。"徐灵胎曰："若心家有邪火，则此能泻之，即所以补也。"思及仲景诸泻心汤，大黄、黄芩或用或否，黄连则无不用，推及仲景用药之意乃可知黄连泻心火，为转"否"为"泰"之降天气要药。心火得泻，则阳可降，阴可升。

半夏生当夏半，感一阴之气，能斡旋于阴阳之间。加之半夏"主伤寒，寒热，心下坚，下气，咳逆肠鸣"（《神农本草经》），"味辛气平，辛则开结，平则降逆，为治呕吐胸满之要药。"（《本草思辨录》）故以半夏和胃降气，辛开散结，消中枢之满，更以之斡旋上下，使阴阳道路通也。

及此，半夏泻心汤深旨已清晰明了：黄连泻心火以降天气，以高屋建瓴之势扭转乾坤，黄芩佐之，又可清邪热；以半夏斡旋上下阴阳，辛走气，散痞者必以辛，故以干姜佐之，"以分阴而行阳也"（《注解伤寒论》）；欲通上下阴阳必和中，故以人参、大枣、甘草调补脾胃，使枢纽运转正常。此时阴阳已通，天气已降，地气可升，"高下相召，升降相因，可变作矣"，何患之有？

徐灵胎曰："三泻心之药，大半皆本于柴胡汤，故其所治之症，多与柴胡汤相同。"唐宗海提到"小柴胡与半夏泻心汤乃一体也"。半夏泻心汤即小柴胡汤去柴胡加黄连一两，改生姜为干姜，故笔者将半夏泻心汤与小柴胡汤进行简单比较。《神农本草经》云柴胡"治心腹肠胃中结气，饮食积聚，寒热邪气，推陈致新"。张令韶云："柴胡二月生苗，感一阳初生之气，香气直达云霄，又禀太阳之气，故能从少阳之枢以达太阳之气。"小柴胡汤中以柴胡解少阳郁结，使少阳枢机调畅；佐以黄芩清少阳郁热；半夏以交通阴阳；人参、甘草、大枣、姜健脾益气，培补中土，扶持正气，抗邪外出。"正气内出，邪气外清，此运枢却病之神方也"。(《伤寒论集注》)半夏泻心汤上文已阐释，此不作赘述。

两者均为和解，小柴胡汤和解少阳，"为少阳枢机之剂，和解表里之总方"（柯琴）；半夏泻心汤调节阴阳，扭转乾坤，可认为是和解上下。两者均为寒热并治之，小柴胡汤除表里寒热往来，半夏泻心汤除上下寒热。

愚思"否"卦而悟仲景半夏泻心汤之旨，或不符仲景初衷，但由此受到启发并习之，诚乃晚辈初学《伤寒论》心得，故赘述成文，纰漏之处恳请斧正。

**老师评语：**

医者，易也。升清降浊法不属于中医八法之任何一法，是医者对疾病病机深刻理解后采取的灵活变通之法。本法临床之所以常用，只因治疗疾病关键在于调阴阳，调升降出入。作者由"否"卦而分析半夏泻心汤之痞证，引经据典，说理充分，确有发人深省之处，对经典的研究，就应该这样，宁静以致远。

韩红伟

# 牛蒡子习用心得——突破"清热利咽"的局限

河北中医学院中医系 2008 级　赵丽萍

（本文为大学二年级学生所作，原载于《中国中医药报》2010-4-30）

　　翻阅近代皮肤科专书，发现牛蒡子被用于火热咽喉肿痛者居多，甚至有些医者把它作为疗咽喉肿痛之专属药。余以为，牛蒡子利咽喉之功毋庸置疑，但如果把牛蒡子之功仅仅限定在清热利咽这一功效上，乃小视其用也。

　　关于牛蒡子功效的记载，《药类法象》曰："主风毒肿。"《药性赋》曰："散诸肿疮疡之毒。"《本草纲目》曰："消斑疹毒。"《本草备要》曰："消斑疹……散诸肿疮疡之毒。捣和猪脂，贴疮肿及翻花疮。肉反出如花状。"《本经逢原》曰："散诸肿疮疡之毒，痘疹之仙药也。"《本草崇原》曰："凡遇疮疡痈肿痘疹等症，无不用此投治。"《外科精义》中记载"葛根牛蒡子"治大头病。在《外科正宗》中，疗疮主治方和时毒主治方中多用牛蒡子。可见牛蒡子有治热毒或温毒所致疮疡肿痛之功，而且效果明显。

　　2009 年夏，余一好友因面部痤疮而苦闷，当时余习岐黄之术未满一年，仅略涉中药，听闻少许方而已，却也是初生牛犊无所畏惧，竟大胆为其诊治：其面部痤疮红肿且痛，大便干少，口干，饮水多，消谷善饥。

　　脉：数，右寸涌动。

　　辨证：肺胃火盛。

　　治法：清肺胃火。

　　处方：

| | | | | |
|---|---|---|---|---|
| 麦冬 10g | 石膏 20g | 牛蒡子 12g | 连翘 10g | 槟榔 10g |
| 生地黄 10g | 天花粉 12g | 桔梗 8g | 薄荷 8g | 败酱草 10g |

　　**按**：方中以麦冬、生地滋其肺胃之阴；石膏清其肺胃之热；花粉生津缓其口渴；败酱草、槟榔推荡其肠中腐秽；以桔梗、薄荷引牛蒡子上行，疗面部赤肿；连翘加强清热解毒之力。

　　2010 年 3 月初，余季节性过敏两个星期，面部有白色片状隐疹，后误用某种外用膏致两颊红肿热痛，且头颅内热胀难耐。询问西医，告之皮肤受刺激后毛细血管扩张充血。加之季节性过敏，想到重用牛蒡子应该能收到解毒消肿之效。

脉：脉浮弦数。

辨证：肝经有热，热毒上攻。

治法：清肝热，解热毒。

处方：

黄芩 10g　　蒲公英 10g　　丹皮 12g　　　茯苓 15g　　牛蒡子 15g

僵蚕 8g　　　玄参 10g　　　甘草 6g　　　桔梗 10g　　薄荷 8g

黄芪 10g　　　白芷 10g

**按：** 方中以黄芩清肝经之热；牛蒡子、桔梗上行头面清热消肿；薄荷既疏肝清透又能引诸药上达；蒲公英助牛蒡子清热消肿之功；丹皮、玄参凉血活血；黄芪、白芷托毒生肌。余素来脾虚，故用茯苓、甘草护脾胃，恐众寒凉之药更伤其气。余内服加之外敷，1 剂后红肿便消，头胀热症状完全消除。

细思之，牛蒡子解毒消肿之功岂止于温病时毒，凡火热之毒而致疮痈者，无论咽喉肿痛、面赤热痛皆可用之。发于面部上焦之疮疡则加桔梗、升麻之类引之，其效甚显。

**老师评语：**

孔夫子曰："学而时习之，不亦说乎？"，说得妙极了，乍学中医，总是跃跃欲试，尤其自己一生中头次给人开方子治疗，心中惴惴，急切想知道结果。尤其取效时，心中窃喜，还要装点老成之态，这就是中医学子与中医学的"初恋"，终生难忘，极大地鼓舞了学习中医的劲头，我想多数同学均有此感。由此可见，早接触临床，早见到中医神奇疗效，对中医学子坚定专业思想是多么重要，甚至影响其一生。扁鹊社的诸位同学，之所以能胜出一筹，概早期介入临床是个重要因素。

李士懋

# 学《傅青主女科》对生化汤的应用心得

河北中医学院中医系 2008 级　贾大鹏

（本文为大学二年级学生所作，原载于 2010 年 10 月第 8 期《中医论坛》）

《傅青主女科》乃中医妇科名著，流传广泛，影响深远。其中傅青主善用生化汤加减化裁治疗产后诸多疾病，乃书中一大特色。现将书中对生化汤的应用略作总结，望得之一二。

## 一、产后宜补，祛瘀为先

产妇分娩之时，劳倦用力，失血颇多，汗出如洗，故产后，气血精津液皆大为亏损。又泌乳以养产儿，耗气耗血，其虚更甚，故产后宜大补气血精津液，以复产妇之耗损。故傅青主云："凡病皆起于血气之衰，脾胃之虚，而产后尤甚。"丹溪云："产后为大补气血，即有杂病，以末治之。"然产后不宜即刻峻补。因产后败血甚多，阻滞脏腑经络，气血流通不畅，若即以人参、黄芪等大补之投之，壅塞气机，则旧之瘀血极易被补之于内，恋而不出，变生他症，后患无穷。故产后之妇应以祛瘀为先，俟瘀血已尽，气血通畅，再大补之，方无患矣。正如唐宗海所云："虽产后大虚，仍以瘀血为急，去瘀生新计也。"然产后又多虚，故攻瘀不可用三棱、莪术等破血药，应攻中有补，方可万全。正如傅青主所言："一应耗气破血之药，汗吐宣下之法，止可施诸壮实，岂宜用于胎产"，"妄用苏木、蓬（莪术）、棱，以轻人命。其一应散血方、破血药，俱禁用。虽山楂性缓，亦能害命，不可擅用"。

## 二、行血补血，攻补兼施

生化汤方：当归八钱，川芎三钱，桃仁十四粒，黑姜五分，炙甘草五分，用黄酒、童便各半，煎服。

《血证论·男女异同论》曰："盖瘀血去则新血以生，新血生而瘀血自去，其间初无间隔……以祛瘀为生新之法，并知生新为祛瘀之法。"俗语云："产后宜温。"观傅青主生化汤，当归味辛性温，功可活血补血，性温又可温经散寒，血中圣药，故为君药，重用至八钱。川芎性味辛温，血中气药，活血行血兼可行气，故为臣药。君臣合用，共收行血补血、活血化瘀、温经散寒之功。再佐以桃仁活血祛瘀；黑姜温阳化气，温经散寒；黄酒活血驱寒；甘草五分调和诸药，微补中气。最后配以咸寒之童便，滋阴降火祛瘀，既加强祛瘀之功，又可防整方过于温热。观此方，活血补血，祛瘀温经，生新血化旧血，补新血而不滞旧血，祛瘀血而不损元气，配伍巧妙，故方安而效速。

### 三、灵活化裁，广泛应用

傅青主对生化汤极为推崇，其将生化汤灵活化裁，广泛应用于产后诸多疾病。书中《产后编》仅名加味生化汤者就有七方，另有加减生化汤六方、加参生化汤、木香生化汤等，可见其应用之广泛。盖产后多瘀多虚，产后诸病多由此引起，生化汤补血祛瘀，扶正气畅气机。正气复，气血畅，则虚易补，邪易去。故生化汤可用于产后多种疾病。

《傅青主女科·产后编·产后诸症治法·血块》曰："此症勿拘古方，妄用苏木、蓬、棱，以轻人命。其一应散血方、破血药，俱禁用。虽山楂性缓，亦能害命，不可擅用，惟生化汤系血块圣药也。"故祛产后血块乃生化汤首功也。另外，青主用生化汤治疗产后血块时每加益母丸、鹿角灰一钱随此汤一起服下，又外用烘热的衣服暖和痛处，暑热时亦如此。因新产之后恶露须排，新血须生，故即无不适亦可进生化汤一二，以助机体排瘀生新。如青主论新产治法时所云："（新产后）生化汤先连进二服。"此治产后瘀血也。

生化汤虽立方较为平正，但亦可用于急救。如青主在《产后总论》中言："又如亡阴火热，血崩晕厥，速煎生化原方，是救急也。"妇人生产，血失最多，故营血乃产后阴液之关键。盖津血同源，精血同源，若产后血衰，则津精等阴液亦易亏损，阴液亏损则火热之象现矣。故用生化汤大补人身之血，血足则阴液可补，血足则火热可制（补血制火，书中多有此论）。产后血崩，因瘀因虚者多，生化汤可治瘀血所致之血崩，余不赘言。对于因虚之血崩，青主认为"乃是惊伤心不能生血，怒伤肝不能藏血，劳伤脾不能统血，俱不能归经耳，当以崩治，先服生化汤几帖，则行中自有补"。余认为此血崩应是虚中夹瘀，服生化汤乃是权宜之计。因青主有升举养荣汤大补气血以治产后无块血崩。晕厥一症，青主认为"有气不运而晕迷厥，切不可妄说恶血抢心，只服生化汤为妙"。故生化汤可治晕厥。但须注意，青主用生化汤急救时，必以病者无欲脱之势为前提。

加参生化汤乃生化汤加人参二三钱，为青主产后气血双补之方。一般产后血块消后青主方用此方，以防补气过早，血块难消也。书中有多处相关之论，如"大抵新产之后，先问恶露如何，不可遽加参术；腹中痛止，补中益气无疑"，"如血块未消，不可加参芪，用之则痛不止"，"（产后）二三四日内，觉痛减可揉，乃虚痛也，宜加参生化汤"。但若产后劳倦甚而致晕厥欲脱、血崩形脱、汗出如雨、气促喘急等症，则即用加参生化汤频服以救急，此权宜之计也。正如青主所云："加参生化汤频服，救产后之危也。"若病势稍退，又当减参，只服生化汤。可见青主对此方的应用是灵活且严谨的。

另外，青主对生化汤的加减还有很多，大致为忿怒用木香生化汤；伤面食则用生化汤加神曲、麦芽；伤肉食加山楂、砂仁；渴加生脉散；便秘用苁蓉；痰盛用姜汁、竹沥；汗多加参生化汤加浮小麦、麻黄根；止血加荆芥（炒黑）；寒加肉桂；肢冷稍加附子；寒嗽加杏仁、桔梗、知母……可见青主对生化汤的应用是极为广泛灵活的。

## 四、病例

生化汤攻补兼施，疗效神奇，故被后世医家广泛应用，现举病例两则以证之。

**案1**：王某，女，24，已婚，教师。

1998年5月31日初诊：妊娠第2胎，于孕后40天药物流产，开始恶露量少，色红，第4天血量增多，色深红，有少量血块，小腹刺痛已10天。伴腰腿疼痛。

脉弦。舌暗有瘀点，苔薄白。

辨证：瘀血阻滞，血不归经，以致恶露不尽。

治法：活血止血。

处方：生化汤加减。

| 当归 15g | 川芎 10g | 炮姜 4g | 桃仁 8g | 甘草 6g |
|---|---|---|---|---|
| 山楂炭 30g | 蒲黄炭 10g | 三七粉 6g（冲服） | | |

3 剂，水煎服。

6 月 3 日二诊：血已止，腹痛减，腰仍痛，舌脉如前。上方去三七粉，加川断 12g、狗脊 20g，继服。

（选自《平脉辨证相濡医案》）

**按**：傅青主曰："产后血大来，审血色之红紫，视形色之虚实，如血紫有块，乃当去其败血也。"此患者之血色深红，有血块，小腹刺痛，舌暗有瘀点，故诊为瘀血阻滞，血不归经。兼之流产不久，且流血不止，可知气血尚虚，故不可只用破血药大行攻伐。因此用生化汤活血补血，化瘀生新，再加山楂炭、蒲黄炭、三七粉化瘀止血，标本兼治。诸药合用，活血补血，化瘀止血，且无留瘀之弊，故效如桴鼓，3 剂血止。

**案 2**：宋某，女，24 岁，小峪村人。

1983 年 11 月 19 日初诊：因乳汁不足哺育婴儿来诊，产后已 8 个月，未服生化汤。从产褥至今，少腹时觉胀痛，呕恶食少，时有带下如恶露，面部有黄褐斑。

脉弦涩。舌右侧有瘀斑，苔腻。

辨证：瘀血内阻。

治法：祛瘀生新。

处方：加味生化汤。

| 当归 30g | 川芎 10g | 炙甘草 10g | 益母草 30g | 姜炭 10g |
|---|---|---|---|---|
| 郁金 10g | 炮甲珠 10g | 公丁香 10g | 红花 10g | 黄酒 1 杯（兑） |
| 桃仁泥 12g | 泽兰叶 12g | 童便 1 杯（兑入） | | |

2 剂，水煎服。

11 月 23 日二诊：前方服后恶露瘀血畅行，诸症已愈八九，乳汁大增，已足哺婴，唯觉少腹仍胀痛，嘱原方再服 2 剂善后。

（选自《李可老中医急危重症疑难病经验专辑》）

**按**：此患者脉弦涩，舌有瘀斑，恶露不畅，此皆瘀血内阻之典型症状，故诊为瘀血留阻。乳汁乃精血所化，赖气以宣通。瘀血留阻于体内，阻滞脏腑经络，气血运行不畅，则精血难至乳房以化乳，气难至乳房以通乳，故乳少。治病求本，故用生化汤补血活血。加益母草、桃仁、红花、泽兰叶活血化瘀；公丁香助姜炭温阳散寒；郁金理气活血；炮甲珠通经下乳。2剂后瘀血大除，经络通畅，气血流行，故病愈八九，乳汁大增。

以上二例一为恶露不尽，一为乳汁不足，但皆因瘀血阻滞所致，均用生化汤加味而愈，正如青主所言"生化汤系血块圣药也。"

唐宗海曰："两贤（丹溪、修园）立论，不过救一时之偏，明一己之见。"青主之论亦是如此。产后之疾适用生化汤者多，不适用者亦不少，一切皆应辨证论治。

**老师评语：**

生化汤确为一名方，尤其在山西，产妇都视为常规，产后都服两剂生化汤，可见甚是深入人心。

当然，也要注意：产后，并非皆虚。若有医家未诊病就认为是虚，是以理论推导或套路代替灵活的辨证，是不可取的。吾曾以大承气汤治产妇阳明腑实证之热者，故不可认为一概皆虚。

李士懋

# 与时俱进：从痰火上壅论治痘疹

河北中医学院针推系2008级　殷中来

（本文为大学四年级学生所作，原载于2012年12月第10期《中医论坛》）

"人生有大愿力，而后有大建树"。张锡纯寿甫先生发宏愿而解时代之困厄。河北中医学院张德英教授自学医之初，见当代营养过盛之病多发，伤生之酷，即意欲创应时之论，解时代之疾。经几十年临床实践和理论研究，他悉遵中医之理，剖析时代特点，考察大众生活习俗，明辨时病之病因病机，确立理法方药完整体系，力作《痰证论》一书。

张老师依《素问·经脉别论》言："饮入于胃，游溢精气，上输于脾，脾气散精，上归于肺"之义，认为若脾胃所上奉者，量得其适，用得其正，则为精、为营；若其量过盛，若其用乖变，则为痰、为饮。由是可知，膏粱厚味，酿生痰浊为时病之根源。

《素问·四气调神大论》曰："春三月，此谓发陈。"此时正是肝木温升，发陈布新之时。若过食肥甘厚味，久而酿生痰浊，天寒腠理闭塞，阳气与痰浊俱潜藏于内，日久则蕴而化热，火热本易散，之所以蕴结化热，以其有痰恋之。若冬日即时而发，易成痰火招风而致外感；若逾时而到春季，体内肝木温升之气上升外散，加之天温腠理开，体内痰火则随之上壅头面，而发痘疹。吴谦在《痘疹心法要诀》中也说："其毒伏于形中，而塞北不出者，以其气多寒凉，鲜邪阳火旺之气以触发其毒，故伏藏于内而不出也。中土之人必出者，以其气多温热，一触邪阳火旺之气，毒随内发而即出也。"是以，痰热因寒而闭藏于内，因温而外发成痘疹。

据此，张老师从痰火上壅角度论治痘疹，一方面，依"其高者，因而越之"（《素问·阴阳应象大论》）之旨，选诸皮药达于皮，透上壅之邪毒外出；另一方面，选用清热化痰解毒之品，以内清痘疹之根源。如此，上下分消痰火，效如桴鼓。

**病案：**田某，男，19岁，唐山人。

2011年4月8日初诊：自述突发出血红疹，遍布头面及颈项，经各大医院治疗无效，经同学介绍来找张老师就诊。现头面颈项遍布出血疹，痒难耐，夜寐晚，至1、2点方睡。大便可。

脉急滑，右弦著。苔黄腻。

张老师诊为痰热随肝火上壅头面，而发此疹。法当透邪外出，兼清热化痰解毒。

处方：

| | | | | |
|---|---|---|---|---|
| 冬瓜皮 6g | 秦皮 8g | 白鲜皮 10g | 丹皮 12g | 旋覆花 8g |
| 苏子 10g | 白头翁 10g | 败酱草 10g | 浮萍 4g | 蝉衣 6g |
| 黄连 5g | 芦根 10g | 桔梗 10g | 红藤 10g | 赤芍 10g |
| 冬瓜仁 7g | | | | |

7剂，水煎服。

7剂后再诊，面红疹未出，出血已结痂，手臂起红疹，苔偏腻。

上方去浮萍、蝉衣、白头翁，加地龙6g、浙贝母10g、瓜蒌20g、连翘8g。后调理数周而愈。

余效仿张老师，遵其理法方药，治痘证一例而效捷，附医案于下：

白某，女，27岁，哈尔滨人。

2011年5月2日初诊：自述今起水痘，红中带白，遍及前胸后背、头面、颈及耳后，痒。从4月30日发烧至今，恶风，下午夜间加重，头晕，眼不适。手心脚心热，月经两个月未至。纳呆不欲食，口渴欲饮，难寐，大便不畅。

舌红，苔黄腻。

辨证：邪毒外发，兼痰火内蕴。

治法：透邪外出兼清热化痰。

拟方：

| 苏叶7g | 桑叶8g | 浮萍4g | 蝉蜕6g | 藿香8g |
| 瓜蒌20g | 茵陈12g | 黄芩10g | 僵蚕8g | 白鲜皮10g |
| 焦神曲10g | 浙贝母10g | 竹茹13g | 炒麦芽10g | 白茅根12g |
| 薄荷8g（后下） | | | | |

3剂，水煎服。

1剂后，痘透发多，发热退，纳呆减，食欲增。3剂后，痘变小，色退转黑。月经已至，纳食甚好，告瘥。嘱其注意调理。

**按：** 以上两例虽症状不同，实病机相同，均为体内痰火随春季肝木温升之气上壅头面而致，故其治疗大法也相同，一则"因其轻而扬之"，透邪毒外出；一则清热化痰兼解毒，内清痘疹之根源。故吾辈效仿，方有斯效。

**老师评语：**

痘疹之因甚多，痰火乃其一也。诊为痰火，当有标准，据何而诊为痰火？应进一步明确。

李士懋

# "高处不胜寒" ——读《儒门事亲》有感

河北中医学院中医系 2008 级　祝子贝

（本文为大学一年级学生所作，原载于 2009 年 11 月第七期《中医论坛》）

先人曰："医家奥旨，非儒不能明；药品酒食，非孝不能备。"仲景曰："上以疗君亲之疾，下以救贫贱之厄"，故戴人作书《儒门事亲》。

金元之际，战乱四起，民生疾苦，然而戴人正于北方成名。幽云之地，时属金国，相对安定，又值战争之年，人多实证、火热证（当今虽非战乱之年，亦多实热火证），所以有刘河间寒凉派行于世。戴人受其影响，深研汗、吐、下三法，攻邪已病。其明言：凡上行者，皆吐法也；凡解表者，皆汗法也；凡下行者，皆下法也。以汗、吐、下总括他法，以简驭繁，所谓"知其要者，一言而终"。书中所载医案有血有肉，聊摘几则，共同欣赏。

对于汗法，戴人"凡发汗欲周身然，不欲如水淋漓，欲令手足俱周遍，汗出一二时为佳"。然亦有使汗出如洗如浴，置火密闭以助汗出者。医案载："戴人医一人飧泄，以火二盆暗置床下，不令病人见火，恐增其热。绐之入室，使服涌（疑为汗），以麻黄投之，乃闭其户，从外锁之，汗出如洗。待一时许开户，减火一半，须臾汗止，泄亦止。"给人畅快淋漓之感。虽有伤津耗气之忧，但飧泄乃春伤于风，久风入于脾胃，夏必飧泄。非投入发汗猛药急攻其邪，则恐深入之邪不能随汗而解。

对于吐法，戴人多使之与痰相关。患者所吐之痰，或如鸡黄成块，状如热汤，或腥如鱼涎，或冷痰涎水如翻浆，不一而足，皆是痰中夹热夹湿作祟。案载："患者目暴赤肿，以茶调散涌之，一涌赤肿消散。"值得一提的是此人非戴人亲治，而是病人自己仿戴人之法而作，这在当时（众人多抨击戴人）显得很奇特。可见戴人绝非浪得虚名。此案目暴赤肿，多为火热炽盛，循经上炎于目，为实热证，以药涌之，火热之邪随之而出，"其高者，因而越之"。

对于下法，戴人可谓得心应手，凡病十有七八用下法主攻，少则一二行，多则数十行，然病皆瘳，令人叹服。案载：一患者因产后病泄一年余，四肢瘦乏，诸医皆断为死证。戴人曰：两手脉皆微小，乃痢病之生脉。先以舟车丸四五十粒，又以无忧散三四钱，下四五行。寺中人皆骇之：病羸如此，尚可过耶？众人虽疑，然亦未敢诮，且更看之。复服导饮丸，又过之，渴则调以五苓散。向晚使人伺之，已起而缉床，前后约三四十步。以胃风汤调之，半月而能行，一月而安健。

此案合通因通用之说。戴人断此人为肠澼。澼者，肠中有积水也。以舟车丸下之，其中甘遂、大戟、芫花、大黄、黑丑、轻粉皆通利厉药，通可去塞，急泄其水；青皮、陈皮、木香皆利气要药，辛以行滞，行气导滞。水去气行，则邪去七八。继以无忧散，稍利其水，渐行其气。然漏泄日久，正气必伤，故用黄芪益气健脾，以防下之太过而变生他疾。更有胃风汤调之，亦是此意。

对于中风，戴人本之因于痰。治必用尽三法，虽年老之人无所避。案载：新寨马曳，年五十九，因秋欠税，官杖六十，得惊气，成风搐已三年矣。病大发则手足颤掉，不能持物，食则令人代哺，口目张唇舌嚼烂，抖擞之状，如线引傀儡。每发，市人皆聚观。夜卧发热，衣被尽去，遍身燥痒，中热而反外寒。戴人曰：此病甚易治。先以通圣散汗之，继汗涌，则痰一二升，至晚又下五七行，其疾小愈。待五日，再一涌，出痰三四升，如鸡黄成块，状如热汤。又下数行，立觉足轻，颤减，热亦不作，是亦能步，手能巾栉，自持匙箸。未至三涌，病去如濯。病后但觉极寒。戴人曰：当以食补之，久则自退。

案中未明言用何药吐，用何药下，尽观该书可知涌吐以瓜蒂散、三圣散为先，下以舟车丸、浚川散为主。此人得之惊气，惊恐不解则伤精，精血同源，精伤则血亦损，肝中所藏之血亏虚，则无力荣筋，乃发为风动之象。又外合风邪，则因而惊风抽搐。此人病程迁延日久，风热邪气已深入于里，而其夜卧遍身燥痒，可知风热之邪亦客于肌表。戴人以通圣散汗之，其中防风、麻黄、荆芥、薄荷解表药也，风热在表者因之而解；大黄、芒硝、滑石、栀子泻下利水药也，入里贼邪因之从下而解，此用通圣散之妙。次以三圣散、瓜蒂散涌之，"出痰如鸡黄成块，状如热汤"，痰火明矣。痰火伤肝，煎熬肝血，亦生内风。重用瓜蒂以"其升则吐，善涌湿热顽痰积饮"(《本草正》),热痰去则肝得安。此时邪已去十之六七,只需稍用下使下焦陈旧随之而出,推陈方能致新。三法之后病人即"病去如濯"。然而,其人但觉极寒,当为久病正气已衰,况其年近花甲,三法之后正气复伤,故觉极寒,戴人嘱其以食补之。正如其所言:"及其有病,当诛伐其过,病之已去,粱肉补之也。"愚以为此人阳气亏损,少用温阳补气之药也未为不可。

尤其要提一下对于小儿的治法,其力辩"过爱小儿反害小儿",故其治小儿病有时近乎虐待。案载:李氏一小儿,病手足搐搦,以示戴人。戴人曰:保抱太极所致。乃令扫净地以水洒之,干,令复洒之,令极湿,俯卧儿于地上。良久,浑身转侧,泥浆皆满;仍以水洗之,少顷而瘥矣。此种治法实在令人疑惑,其中医理百思不得其解,但其对当下溺爱孩子者起一很大警示。

此外还让人看到一个真实的张子和。有病人愈后吝惜钱财,竟诒曰:"予夜梦一长髯人针于左耳,故愈。"先生善用情志疗法,"惊者平之"的案例众人皆知。而案中妇人丈夫"素不喜戴人,至是终身厌服,如有人言戴人不知医者,执戈以逐之。"令人不禁作笑,为医者令人服至斯,无悔矣。作为名医会对身边人产生潜移默化的影响,所以书中常有戴人僮仆为人治病的记载。虽不能至,心向往之。

看完该书,学到的不只是医术,还有一种"高处不胜寒"的感觉。

**老师评语:**

"读经典,做临床,拜名师",这是学好中医、干好中医的根本。而学好历代名医名著,吸取各家经验,这亦是传承中医、学有所成的重要途径。此文读名著,学有所得,这很好。但文中加入几个小标题则层次清楚。还有,文中应该重视标点符号的正确使用。

吕志杰

# 论脾阴——破解"历代医家对于脾阴一说，其论尚少"之谜

河北中医学院中医系 2009 级　周忠阳　贾大鹏　赵丹丹

（本文为大学三年级学生所作，原载于《中国中医药报》2012-4-12）

东垣善用风药之属，如升麻、葛根之品，偏于脾之阳气；香岩喜用甘凉之类，如沙参、麦冬等物，重在胃之阴液。但历代医家对于脾阴一说，其论尚少。正如清代医家吴澄所言："古方理脾健胃，多偏补胃中之阴，而不及脾中之阴。""一阴一阳谓之道"。万物负阴而抱阳，脾亦如此。脾阴是指脾中较稠厚的精微物质，具有滋养濡润脾脏及他脏、营养肌肉、参与运化的作用。现从以下七个方面加以阐述。

## 一、脾阴学说的源流

《内经》奠定了脾阴学说的理论基础与脾阴虚的治疗原则。《素问·五运行大论》曰："中央生湿，湿生土，土生甘，甘生脾，脾生肉……其在天为湿，在地为土，在体为肉……在脏为脾，其性静兼，其德为濡……其政为谧，其令云雨。"脾为太阴湿土，湿乃脾之正气，脾若无湿则不为脾矣，此湿可作脾阴理解。《素问·刺法论》曰："欲令脾实……宜甘宜淡。"其中指出了"甘淡补脾"为治疗脾阴虚的原则，此两处论述为脾阴学说的渊薮，而张仲景的《伤寒论》中已经有了治疗脾阴虚的方，如麻子仁丸、小建中汤等。

现以麻子仁丸为例论之。《伤寒论》第 247 条曰："跌阳脉浮而涩，浮则胃气强，涩则小便数。浮涩相搏，大便则硬，其脾为约，麻子仁丸主之。"约者，少也，乏也。为何"其脾为约"？只因"胃气强"。胃热亢盛，煎熬阴液，脾阴则少。脾阴不足，其"脾气散精"功能失常，津液不能四布，但输膀胱，而致小便数。尤在泾曰："麻仁、杏仁、芍药所以滋令脾厚。"《本草正义》曰："芍药古无赤白之分，而功用有别。白者苦而微酸，能益太阴之脾阴。"麻子仁丸以枳实、厚朴、大黄通下泄热，麻仁、杏仁、

芍药滋补脾阴。现代中成药麻仁滋脾丸即以仲景麻子仁丸为底方研制而成，取名麻仁滋脾丸，其滋补脾阴之功效可知矣。

只可惜《内经》与《伤寒论》的这一思想未引起后世足够的重视，鲜有人问津。直至明清，一些医家才逐渐重视脾阴学说，并将其应用于临床。如缪希雍指出："胃气弱则不能纳，脾阴亏则不能消，世人徒知香燥温补为治脾虚之法，而不知甘凉滋润益阴之有益于脾也。"吴澄在《不居集》中亦指出"脾经虚分阴阳"，并创制了中和理阴汤、理脾阴正方等行之有效的方。而民国时期的张锡纯更是善用生山药滋补脾阴，治疗疑难杂症，为我们留下了许多宝贵的经验。

## 二、脾阴的作用和脾阴虚的表现

经言："脾与胃以膜相连耳，而能为之行其津液。""脾脉者土也，孤脏以灌四旁者也"。"饮入于胃，游溢精气，上输于脾，脾气散精，上归于肺"。胃主受纳，脾主运化，脾能助胃消化水谷并运至全身。唐容川《血证论》亦谓："脾称湿土，土湿则滋生万物，脾润则长养脏腑。"脾阴能助脾之运化，并能濡润五脏，营养肌肉筋骨。脾阴不足则脾运失常，胀满、便溏之症生矣。《景岳全书》曰："劳倦伤脾而发热者，以脾阴不足，伤则热生于肌肉之分。"《金匮要略·血痹虚劳脉证并治第六》曰："虚劳里急，悸，衄，腹中痛，梦失精，四肢酸疼，手足烦热，咽干口燥，小建中汤主之。"脾主四肢，故脾阴虚患者可见四肢烦热之症。取名建中者，建立中气也。此脾阴阳双补之，方中倍用芍药，以疗脾阴之虚也，故手足烦热之症能除矣。临床上脾阴虚的患者多见不知饥饿、脘腹胀满、大便溏薄、手足烦热等症，其舌多见淡红少苔或无苔，脉多细数。

## 三、脾阴与胃阴的区别

脾者，藏精气而不泻也，脾阴重于从饮食水谷而化的精微物质，较之胃阴则更黏稠，更精微。胃者，传化物而不藏也。胃阴则重于胃中的津液，助于胃腐熟水谷并向下传导。章真如之论最妙："脾阴系指水谷所化生的营液膏脂，且有濡养本脏和灌溉其他脏腑、营养肌肉、参与运化等作用。"（《章真如临床经验辑要》）临床上，嗔怒忧愁、思虑过多之人，往往伤及脾阴。而外感热邪、吐泻之后，多伤及胃阴。脾阴虚多表现为不饥不食、手足烦热、脘腹胀满、大便溏薄。胃阴虚则多表现为饥而不欲食、咽干口燥、胃脘灼热、大便干结。

### 四、脾阴虚与脾气虚的区别

临床脾阴不足与脾气虚弱往往症状相似，常可出现脘腹胀满、大便稀溏、面色萎黄、神疲乏力等症。脾阴虚与脾气虚，重在以舌脉别之。脾阴不足，患者多脉细数，舌淡红苔少或无苔。而脾气虚弱者常脉弦缓而无力，舌淡胖而大，多伴有齿痕。原脾气虚弱之人泄泻不已，长年累月，伤及阴分，故对一些久治不愈之泄泻，可气阴双补以调之。

世人遇到脘腹胀满、大便稀溏之症，多用黄芪、白术、人参等补气之药，佐以木香、砂仁等行气之属，或效或不效。究其原因，因其只知补气升阳，而忘乎滋阴补脾。本是脾阴虚之症，反用木香、砂仁之辛燥，脾阴之伤重矣。《岳美中医话集》中有一案例，诚如是然。一医遇一脾虚气滞患者，重用木香而无效。询其祖父翟老医生，老医嘱其查舌，见苔白而薄，遂曰："此脾阴不足之象，焉能再动之燥之，徒加木香，脾阴更虚。拟先加山药一两，养其脾阴，服至舌苔厚腻后，再加重木香，则可痊愈。"后从其言，果愈。

### 五、脾阴虚的治疗

《内经》确立了"甘淡滋补脾阴"的治疗原则。如《素问·脏气法时论》曰："脾欲缓，急食甘以缓之，用苦泻之，甘补之。"《素问·刺法论》曰："令脾实……宜甘宜淡。"脾为太阴湿土，无湿则不能行稼穑之能，湿盛则壅滞，故滋补脾阴之药多为甘淡之药，甘则能补，淡则能利，补而不腻。山药、白芍、薏苡仁、莲子、黄精、芡实、白扁豆等，皆为补脾阴之良药。山药，《本草求真》载其"色白入肺，味甘入脾，气虽温而却平，补脾肺之阴"。寿甫喜用山药，对于阴虚泄痢之症多用之。其薯蓣粥、薯蓣鸡子黄粥等方，验之临床，简便且灵验。薏苡仁甘淡平和，服之能益阴利湿。《本草乘雅半偈》曰："薏谐意，意者，脾藏之神用，故主脾藏失用。"莲子，《本草求真》曰："气禀清芳，味得中和，甘温而涩，究皆脾家药也。"黄精，色黄入脾，质黏软而滋阴。《本草求真》曰："究其黄精气味，止是入脾补阴，若使夹有痰湿，则食反助痰。"芡实，《景岳全书》谓其"味甘，气平，入脾肾两脏，能健脾养阴止渴"。白扁豆，《名医别录》谓其"味甘，微涩，主和中，下气"。观吴澄《不居集》之理脾阴正方、中和理阴汤等，多以上述诸药为主，佐以补气行气之品，使其补而不滞。

此外，胡慎柔在论述补脾阴时曾言："煎去头煎不用，止服第二煎，此为养脾阴秘法也。"并叮嘱说"师师相授之语，无轻忽焉"。张锡纯颇认同此说，其在《医学衷中参西录》说："慎柔和尚治阴虚劳热专用次煎，取次煎味淡，善能养脾阴也。"胡慎柔曾载一案，用头煎无效，改用次煎则效果显著。所以，临床上此煎煮方法亦应引起注意。

## 六、脾阴学说的应用

张锡纯曰："治阴虚专责重于脾"，人亦多不解，陈修园谓："脾为太阴，乃三阴之长。故治阴虚者，当滋脾阴为主，脾阴足，自能灌溉诸脏也。"临床上滋补脾阴法可广泛用于治疗肺劳、虚劳、泄泻、咳喘、风证、消渴、肿瘤、厌食症等疾病。肺劳、虚劳、泄泻、咳喘从脾阴论治古已有之且积累了一定的经验，此不赘述。脾阴不足，不能濡养肌肉筋脉，故而生风而颤。滋养脾阴，筋脉柔和，从而息风止颤。山东省老中医张志远就善从脾阴虚论治颤证。消渴一病，世人皆知胃阴虚，不知有脾阴虚。脾阴不足，精微不奉，则身体羸瘦，神疲乏力，运化津液失常则多尿；精微不足，食水谷以自救则多饮多食。所以，消渴可从脾阴论治。恶性肿瘤的患者、厌食症患者往往不思饮食，临床上可试用滋脾阴之法以治之。现代社会生活节奏快，生活压力大。饮食无规律，思虑过多之人不在少数，因而出现不欲饮食、头目不清等亚健康状态，亦可从脾阴而治。嘱其熬制山药薏苡粥等食疗之品，既治病又实惠，不失为保健养生之良方。

**病案举例：**袁某，女，38 岁。

1983 年 10 月 5 日初诊：腹泻 9 年，经多方检查亦未找出原因，屡服中西药皆少效。症见面色萎黄，困倦乏力，泄泻溏薄，泻而不畅，量时多时少，有不消化食物。一日八九次，无腹痛。若食油腻、辛辣食物或水果等，则腹泻加重，并时有矢气。纳食尚可。食后脘腹痞闷不舒，口中有味，燥而不饮，心烦失眠。午后足跗肿，小便黄。伴有齿衄，晨晚为甚。脉细弱。舌嫩红少苔。

辨证：脾阴亏耗，运化统摄失司。

治法：敛养脾阴，佐以益气。

处方：

怀山药30g　谷芽30g　冬瓜仁30g　粳米30g　　太子参20g

石斛15g　　莲肉15g　白芍12g　炒乌梅9g　　佛手花6g

甘草6g　　荷叶4g

12剂，水煎服。

10月17日二诊：大便成形，日2次，齿衄减轻，精神睡眠如常。此系脾阴渐复之象。于前方加炮姜4g，冀其阳化阴生，运化有权。又服6剂，大便每日1次，诸症悉除。再以上方守服1月，迄今未再复发。

（选自《古今名医临证金鉴·腹泻痢疾卷》）

**按：** 此乃四川省老中医唐良佐之验案。患者腹泻长达9年之久，长期腹泻，渐伤脾阴。脾阴不足，运化不及，则生胀满、泄泻等症。脾阴亏虚，虚火上炎，则有失眠、齿衄等症。长期泄泻，必耗人体之正气，故治以养脾阴兼佐益气。药用怀山药、粳米、石斛、莲肉、白芍滋补脾阴；太子参益气养阴；谷芽、炒乌梅、佛手花疏肝和胃；冬瓜仁、荷叶祛湿醒脾。方证相应，故9年之痼疾月余而除。

**老师评语：**

本文论脾阴颇有见地，对脾阴、胃阴、脾气、胃气等概念和临床表现予以区分，并对脾阴学说的应用做了阐述，颇有见地，难能可贵。

李士懋

# 跟诊李士懋教授感受"补中益气汤证"

河北中医学院针推系2009级　徐燕飞

（本文为大学二年级学生所作，原载于2011年10月第9期《中医论坛》）

补中益气汤一方出自金代李东垣的《脾胃论》，原方如下：黄芪五分

（病甚，劳役热者一钱），益皮毛而闭腠理，不令自汗，损其元气；甘草五分，炙，补脾胃中元气，若脾胃急痛并大虚，腹中急缩者，宜多用之；人参去芦，三分，有嗽者去之。以上三味，除湿热烦热之圣药也。当归身二分，酒焙干，或日干，以和血脉；橘皮不去白，二分或三分，以导滞气，又能益元气，得诸甘药乃可，若独用泻脾胃；升麻二分或三分，引胃气上腾而复其本位，便是行春生之令；柴胡二分或三分，引清气，行少阳之气上升；白术三分，除胃中热，利腰脐间血。

李东垣将此方加减，以治疗因饮食劳倦，喜怒不节，而脾胃气衰，病热中者，即甘温除大热也。

何为热中？笔者揣度李东垣之意，认为饮食劳倦，喜怒不节，则伤脾胃。脾胃气衰，则脾胃之气下流于肾，肾中相火上冲，得以乘其土位，此相火即阴火也，元气之贼也，火与元气不两立，故气高而喘，身热而烦，其脉洪大而头痛，或渴不止，其皮肤不任风寒，而生寒热，此即热中也。

脾胃大虚，元气不足，口鼻中气皆短促而上喘，即气高而喘，以人参补之。身热乃肾间受脾胃下流之湿气，闭塞其下，致阴火上冲，而蒸蒸燥热。脾胃气虚，不能升浮，阴火伤其升发之气，荣血大亏，荣气不营，血中伏火日渐煎熬，血气日减，心包与心主血，血减则心无所养，致心乱而烦。辛甘微温之生阳气，阳生则阴长，以张仲景之法，血虚以人参补之，阳旺则能生阴血，及以当归和之。阴火上冲而头痛，阴火煎灼津液，甚者可见渴不止。脾胃有伤，则中气不足，中气不足，则卫气虚，卫护周身，在于皮毛之间也，卫气虚，皮肤失阳气滋养，故皮肤不任风寒也。

此方以辛甘温之，补其中而升其阳，甘寒以泻其火升。

李士懋老师临证应用补中益气汤范围颇广，疗效显著，笔者现将随李老师出诊的一点心得总结于下。

## 一、土虚，土不制阴火之发热

长期因脾胃气虚而发热，动则热甚者，老师用补中益气汤以甘温除大热，此与李东垣用此方治疗热中者一致。李老师在治疗气虚发热时，若脉浮大而数，似白虎汤之脉，然按之虚者，加五味子和山茱萸。脉浮大数而虚者，为土虚不制阴火也，益气固本，又恐气浮，故加五味子和山茱萸，补中有收；若土虚不制阴火，脉象为阳弱阴浮大，按之弱者，老师用补中益气汤合理阴煎。脉阳弱为中气不足，阴浮大而按之无力者，为阴虚相火浮越也。老师用补中益气汤实土气以制阴火，合理阴煎滋肾阴而敛相火；若有心慌乱、咳喘、心悸等症，脉象为寸旺而按之弱者，为土虚不制阴火，阴火上冲者，老师用补中益气汤以实土气，土厚则阴火自伏。

## 二、土虚，津液代谢失常各证

1. 土虚，土不制水，水饮泛滥之咳喘

若气虚，湿阻上焦，而咳嗽、吐痰、憋气、乏力，脉阳弱尺浮大，按之虚者，老师用补中益气汤以补土制水，合三仁汤化湿浊。

2. 土虚，津失固，痰浊内蕴之自汗

若气虚不固，阳虚不摄而自汗，脉沉小缓滑，按之虚者，老师用补中益气汤益气温阳而固表，因其脉沉小缓无力为脾阳虚，故另加炮附子和肉桂以补火生土，脉滑，亦有痰浊内蕴，老师加半夏、茯苓配陈皮以化痰浊。

3. 土虚，升降失调，津液代谢失常之癃闭

若脾气虚，月经间期血量多，经期长，癃闭者，老师用补中益气汤健脾气以使清升浊降、化生气血，另加苓桂术甘汤以助肾之气化，加仙鹤草、生地黄炭、阿胶、藕节炭、茜草炭等以收涩止血。师曰："经间期是肾气生理消长变化的充盛阶段，阳气易动，阴精易泻；脾虚生血不足，加之月经量多，消耗阴血，使经间期肾阴更虚，肾阴肾阳失于平衡，肾的气化功能降低，以致经间期出现癃闭。"

4. 土虚，气虚下陷，带脉不固之白崩

若脾气虚，元气虚极，中气下陷，固摄失司，带脉失约而白崩者，老师用补中益气汤以补中益气，升阳举陷，加山药、白果、芡实收涩止带，薏苡仁健脾利湿。

## 三、土虚，土不生金之咳嗽

胃为水谷之海，《素问·经脉别论》曰："饮入于胃，游溢精气，上输于脾，脾气散精，上归于肺。"故胃气为肺气生化之源，若胃气伤，则肺

气不充而咳嗽屡作。老师曾治一5岁男孩，此儿因饮食不当，日久损伤脾胃而咳嗽屡作，病历如下：

尹某，男，5岁。

2005年12月3日初诊：屡咳，近又咳半月，鼻塞流涕，无寒热，食差择食。发焦粹，面色不华。

脉弦滑虚，舌淡红，苔薄白。

证属：气虚咳嗽。

法宜：补土生金。

方宗：补中益气汤。

| 陈皮6g | 白术8g | 生黄芪10g | 党参10g | 茯苓12g |
| 当归8g | 柴胡6g | 升麻4g | 前胡7g | 紫菀9g |

2006年3月18日二诊：上方共服5剂，咳止，鼻通。

（选自《中医临证一得集》）

**按**：脉虚，舌淡红，苔薄白，发焦粹，面色不华，为脾胃气虚之象，此男孩食差择食，损伤脾胃，致胃气伤，则肺气不充而屡咳鼻塞，与补中益气汤补土以生金，补土气，以实肺气，肺气足则咳止，又其脉弦滑，鼻塞流涕，故加紫菀、前胡宣降肺气，化痰止咳。

### 四、土虚，摄纳无力之乳汁自出

"论曰：妇人产后乳汁自出者，为正气虚也，宜补之"。（《妇人大全良方》）老师曾治一女士因产后脾气亏虚，摄纳无力，乳汁不固而乳汁自出者，病历如下：

孟某，女，28岁，已婚。

2002年4月9日初诊：产后半月，乳汁稀少，乳汁不断自溢，孩子吃不饱。

脉无力。舌淡，苔薄白。

证属：气虚，摄纳无力，以致乳汁自出。

法宜：补中益气。

方宗：补中益气汤。

| 黄芪15g | 白术10g | 陈皮8g | 当归身10g | 丝瓜络10g |

升麻 6g　　　柴胡 8g　　　防风 10g　　　甘草 6g　　　葛根 15g

山茱萸 20g　　鸡血藤 20g

7 剂后，乳汁已不自溢，奶水增多，孩子已能吃饱。

（选自《相濡医集》）

**按：**产后乳汁不断自溢，舌淡，苔薄白，脉无力者，为脾胃气虚摄纳无力，乳汁不固而自出也；产后气血亏损，加之脾胃气虚，脾胃运化不足，故乳汁稀少；又乳汁自溢，故孩子吃不饱。老师用补中益气汤健脾补气，另加升麻、柴胡、葛根升阳举陷，加山茱萸摄敛元气，使土厚则摄纳乳汁之力自强，而乳汁不自溢也；因乳汁稀少，故用补中益气汤培土气，加防风鼓舞脾胃之气，土厚则运化之力自强，而乳汁足也，另加丝瓜络、鸡血藤通乳络，助下乳。土厚，则乳汁不自溢，且运化之力强，乳汁分泌足也，故药后乳汁充足。

另，老师用补中益气汤加仙鹤草、茜草、生地黄炭、藕节炭、血余炭、棕榈炭等治疗因中气虚，不统血之崩漏；用补中益气汤加金银花、蒲公英、连翘等清热解毒之品和鸡血藤等疏通乳络之品，以治疗因正气不足，以致乳痈术后刀口不愈合者，以补气托毒生肌；若中气不足，肾虚冲任不固、带脉失约之阴挺者，老师用补中益气汤补气升陷，加肉桂、炮姜温阳去带脉之寒，加煅龙骨、煅牡蛎固涩带脉，加狗脊、川续断补肾固带及冲任。

此即笔者随诊于李老师的一点心得，然老师临床治证颇广，笔者不才，尚有很多不能领悟之处，望同道指正。

**老师评语：**

作者将李士懋教授临床应用补中益气汤的经验加以总结，条分缕析，说理透彻，给人以很多启迪。若非跟师时间很长，非细心体会并加以整理总结者，难以写出这样好的文章。长期坚持下去，定能成为一名优秀之中医。

张再康

# 金水六君煎：从疑虑顿生到恍然大悟

河北中医学院中医系 2009 级　郝洁

（本文为大学二年级学生所作，原载于 2011 年 10 月第 9 期《中医论坛》）

　　景岳曾驳丹溪"阳常有余，阴常不足"之论，谓其不辨阴阳之道，所立补阴之方，虽能补人体之阴，然妄用知母、黄柏等苦寒之品大伐人身之阳，此乃违悖经旨，未明阴阳之道也。故其引《内经》之"阴平阳秘，精神乃治，阴阳离绝，精气乃绝"等为依据，提出"阳非有余，阴常不足"的学术思想，因而在指导用方遣药上，则慎用寒凉以护阳，谨用攻伐以存阴。在补阴之时，提倡温补，以存人身之真阳。

　　金水六君煎方出《景岳全书》第五十一卷："治肺肾虚寒，水泛为痰；或年迈阴虚，血气不足，外受风寒，咳嗽呕恶，多痰喘急等证，神效。"

　　金水六君煎方：

　　当归二钱　　　熟地黄三五钱　陈皮一钱半　　半夏二钱　　　炙甘草一钱

　　水二盅，生姜三五七片，煎七八分，食远温服。

　　余初观其证治，疑虑顿生：倘若肺肾虚寒，水泛为痰，缘何重用当归、熟地等阴润滞腻之品？恐当归、熟地黄助其水饮寒痰，则阴霾四布，水势上凌而气逆咳嗽之病日甚矣。而平素尝闻张景岳善用熟地，遂潜心拜读其所著述，略有所悟，试论述如下：

　　《景岳全书》中有"阴虚而水邪泛滥者，舍熟地何以自制"，可见景岳确用熟地黄治疗痰饮病证。但观其全书，景岳用熟地主在补阴血，其有"诸经之阴血虚者，非熟地不可"。但思为何阴虚会导致虚寒，而致水邪泛滥？经曰"阳生阴长"，"阳化气，阴成形"。此一"阴"字，正阳气之根也。阴不可以无阳，非气无以生形也；阳不可以无阴，非形无以载气也。天地万物，阴阳互根。譬之于灯，灯火，火也，阳也；油，水也，阴也。油足，火始明，若油不足，则火不明，因此而呈现一派阴寒之象。故阴足阳始旺。再譬如行舟，舟行，气也，阳也；行之者，水也，阴也，倘若水不足，则舟停，因此而呈现一派阴静之象，若欲使舟行顺畅，则应壮其水，强其风，则舟自行。人身以阳气为重，而阴亦重，阴阳互根互用，须臾不可离也。经曰："阳气者，若天与日，失其所则折寿而不彰，故天运当以日光明。"而阳以阴为其所，若阴衰则阳失其所，则阳亦衰微，因此阴虚亦可见一派虚寒之象。

方中熟地黄用量最大，其用最妙。熟地黄性平，味甘微苦，味厚气薄，为阴中有阳之品。熟地黄功能滋培肾水，填骨髓，益真阴，专补肾中元气。景岳言其最玄妙之用，在于兼温剂始能回阳。何也？以阳生于下，而无复不成乾也。盖真阴为阳之化源，而阳性速，故人参少用亦可成功；阴性缓，熟地黄非多难以奏效。因此，当阴虚而累及到阳，导致阳虚之时，可以温补真阴，使得化源充足，则阳可自长，从阴求阳。当归味甘而重，故能补血，气温而润，故可用于阴中阳虚。方中此二味，用意巧妙，从阴求阳，离照当空，阴霾自散。半夏辛温而体滑，滑则能润，辛温辛散水湿亦能润，经文中亦有"肾苦燥，急食辛以润之"，故半夏于此方之中，有辛散水饮寒痰、行水而润肾燥之意。陈皮味辛性温，功能辛散水湿，化痰行气，泻脾胃之痰浊，培土以生金。且陈皮能够行肺中之滞气，助肺之宣降，从而止咳平喘。炙甘草性温，味至甘，得中和之性，有调补之功。景岳谓"甘草可助熟地疗阴虚之危"。缘其有中和调补之性，于补药中可增其补力，于泻药中可缓其峻猛，且炙甘草培补中焦脾土，培土生金。

此方专为阴虚寒痰之人而立。阴虚之人可有内热，虚火烁炼津液，水沸为痰，但此方于此证不甚相符，全方偏于温补，且陈皮、半夏均为辛温燥化痰湿之品，恐其助虚火之势，而助痰热。当此之时，法当滋阴清热化痰，百合固金汤之属是也。阴虚之人，亦可见阳虚，阳虚不运化水液，水饮停聚于三焦水道，形成寒痰。痰饮一成，则百病由生。但其病之本为阴阳俱虚，则其脉可见"沉细无力，尺脉不足"，脉中流行气和血，若脉细，则说明阴血亏虚；阳气不足，无力鼓荡脉道，则可见脉沉而无力。辨证之时，除需掌握脉证外，王孟英还提出了"痰咸"一症亦是其使用指征。在《王孟英医案》中有："脉细痰咸，阴虚水泛，非此不为功。"完善了此方的应用指征。经曰："肾主五液，化为五湿，自入为唾，入肝为泪，入心为汗，入脾为涎，入肺为涕。"因此，也有"肾为生痰之本，肺为贮痰之器"之说。当肾中阴虚累及到阳时，肾虚累及到肺虚时，肾中真水即上犯，且五味之中，肾对应咸，则"痰咸"一症可见亦。

现举医案二则，试论述之：

**病案 1**：《王孟英医案》中载有：张与之令堂久患咳嗽碍卧，素不投补药，孟英偶持其脉，曰：非补不可。予大剂熟地，一饮而睡。与之曰：吾母有十七载不服熟地矣，君何所见而重用颇投？"孟英曰："脉细痰咸，阴虚水泛，非此不为功。以前服之增病者，想必杂以参术之助气。昔人云：勿执一药以论方。故处方者，贵用药能恰当病情，而取舍得宜也。

**按**：此病为阴虚水泛，痰阻气机而失眠。常人之"阳入于阴"则可得卧，若气机受阻，阳不得入于阴，则不寐。孟英言其因服参术等助气之品而致病情增重，盖此病之本在于阴虚，虽助气以祛痰，若阴虚之本不除，气虚之象尤为可见，而犯治病不求本之虞。又若病人阴虚之象未累及到阳，而大投补气之品，则可导致气郁而化火，助痰之生，而病日甚矣。

**病案 2**：陆某，男，66 岁。

1988 年 10 月 15 日初诊：持续咳嗽年余，咳嗽阵作，咳痰颇多，痰色白、质黏稠，咳之欠畅，并伴胸闷、气促、心悸。

脉细数带滑。舌红，苔薄白腻。

处方：

熟地黄 45g　全当归 20g　白茯苓 15g　广陈皮 9g　炙甘草 15g
制半夏 15g

7 剂，水煎服。

（选自《裘沛然选集》）

**按**：咳嗽痰多胸闷等症，一般都不敢重用熟地黄，且甘草亦在忌用之列，而裘老却重用熟地，何也？该患者已六旬，肾气已亏，肺为肾之母，母病及子，子虚而致母更虚，金枯水涸，阴津受损，可累及阳，阳虚不运，寒痰水饮碍肺，则咳嗽缠绵，日久不愈。观其痰色白，质黏稠，且舌苔薄白腻，为寒痰之象。舌红脉细数，为阴虚之象。该方为景岳"金水六君煎"之原方，当归、熟地黄滋养肺肾，养阴和血以治本，二陈汤燥湿化痰以治标，标本兼治，则诸症皆瘥。此方之患者，服药 7 剂，则咳嗽、气急、胸满等症均有显著改善，二诊时，继续服上方，加入干姜 6g、党参 15g，再服 7 剂，则诸症皆愈。

金水六君煎，治疗阴虚寒痰，而一旦痰生，阻碍人体气机运行，则百病由生。临证之时，如能辨清病机，则可扩大其应用范围。但限笔者学识尚浅，若有不足之处，还望同道斧正。

**老师评语：**

景岳与丹溪之学说，同者：阴常不足。异者：丹溪称阳常有余，景岳云阳非有余，看来异点在于阳的有余与不足上。两者相对吗？非也，乃所指不同。热盛阴伤者固应清热泻火以存阴；阴虚阳亢者，乃本虚标实，应滋阴泻火，此即丹溪大补阴丸所指；若阴虚阳浮者，当滋阴潜阳，如三甲复脉汤。景岳所指，乃正气虚馁，阴虚导致阳虚，或阳虚及阴，致阴阳两虚者，当温补真阴，此即"善补阳者，必于阴中求阳，则阳得阴助而生化无穷；善补阴者，必于阳中求阴，则阴得阳升而泉源不竭。"又曰："以精气分阴阳，则阴阳不可离；以寒热分阴阳，则阴阳不可混。"金水六君煎虽云肺肾虚寒，不用真武汤、四逆汤，而用大量熟地，即取阴中求阳之意，乃阴阳两虚者。

肺肾虚寒，何以水泛为痰而咳喘？乃"肾为胃之关，关门不利，聚水而从其类"也。肾主水，肺为水之上源，阴阳两虚，故水泛为痰。治病必求其本，温补真阴，阳可生化无穷，故治水泛而咳喘。

本文深究仲景之旨，并附案例以证之，甚为可喜。

李士懋

# 细心体会"奔豚汤"，组方用药何其妙

河北中医学院中医系 2009 级　周忠阳

（本文为大学三年级学生所作，原载于 2012 年 10 月第 10 期《中医论坛》）

余初习仲景之书，未尝不叹其组方用药之巧妙。今对其奔豚汤细心体会，略得一二，陈之于下。余才疏学浅，恐不得仲景之意。不足之处，还望老师斧正。

## 一、何为奔豚

《金匮要略》曰："奔豚病，从少腹起，上冲咽喉，发作欲死，复还止，皆从惊恐得之。"豚者，小猪也。奔豚者，气上冲如同奔跑的小猪。发作之时，病人痛苦难忍。《难经》曰："肾之积，曰奔豚。"然奔豚病并非皆由肾得之，《金匮要略》中奔豚汤即是由肝经郁热上冲而致。

## 二、制方原理

奔豚汤出自《金匮要略·奔豚气病脉证治第八》，其条文方药如下：

奔豚气上冲胸，腹痛，往来寒热，奔豚汤主之。

奔豚汤方：

甘草二两　　川芎二两　　当归二两　　半夏四两　　黄芩二两

生葛五两　　芍药二两　　生姜四两　　甘李根白皮一升

上九味，以水二斗，煮取五升，温服一升，日三夜一服。

余以为其主要病机为：阴血不足，肝郁化热，郁热上冲。经言："惊则心无所倚，神无所归，虑无所定，故气乱矣。""肝藏血，血舍魂。""血有余则怒，不足则恐"。奔豚病多由惊恐而得。惊吓之时，魂魄飞扬，气机逆乱，气聚而生热，火热则易煎熬阴血。另"血不足则恐"，反之恐则因其血不足。易受惊吓之人，平素多阴血亏虚，肝血不足，不能显其将军护卫之威猛，故胆小易惊。余侍诊于刘保和教授左右，刘老常说："肝郁的本质在于血虚。"细细体会，此言甚妙。肝者，体阴而用阳，阴血亏虚，则肝疏泄不及，肝气郁滞。肝气郁滞而化热，火热攻冲，故"奔豚气上冲胸"。阴血亏乏且肝疏不及，故腹中血虚且伴有瘀滞，因而"腹痛"。肝者，司疏泄者也。肝疏泄失职，气机郁而化热则发热。疏泄失常，卫气不得敷布肌表，则恶寒，故见"往来寒热"。

奔豚汤以当归、川芎、芍药滋养肝血。当归、川芎、芍药实乃四物汤去熟地黄，《医宗金鉴》赞四物汤为"肝经调血之专"。今去入肾经之熟地，以白芍、当归养血和血，以川芎辛温走窜，破其瘀滞，仲景以此三物补肝血以治本。甘李根白皮，《名医别录》载其"主消渴，止心烦，逆奔气"。半夏，"味辛，平，主伤寒寒热，心下坚，下气……"（《神农本草经》），取二物平逆上冲之火热。黄芩苦寒，以清解肝经郁热。"肝欲散，急食辛以散之"，以辛散之生姜顺应肝脏疏泄之性。葛根，《神农本草经》载其"主消渴，身大热，呕吐，诸痹，起阴气，解诸毒。"《名医别录》曰："葛根，主伤寒中风头痛……止痛，胁风痛。"《本经疏证》言其"入土深而引蔓长，为使中气上达之物""能发土气以达木气""葛根色白气平味辛，无一不似肺"。葛根，为肺胃经之药，能将胃之"阴气"上引至肺，畅土气以达木气。今肝经郁热上冲至胸，损其肺阴。葛根起胃阴以滋肺阴，而清其肺热。生甘草，泻火且调和诸药。

或曰：奔豚汤血虚肝郁，方中若加入解郁之柴胡，岂不更好？答曰：柴胡不可用也。若肝郁血虚而木不疏土，出现纳呆腹胀等症，加入柴胡解郁行气，用之甚佳，如逍遥散之类方是也。然奔豚气上冲胸，本已气机上逆，再用升阳之柴胡，势必会加剧其病情。或曰：奔豚汤中葛根亦是升提之药，何以用之？答曰：葛根"起阴气"也。葛根非柴胡、升麻之类徒升阳气，葛根能起胃阴以滋肺阴，滋阴生津而不助热。阴升则阳降，火逆之气则自降矣。

奔豚汤药物配伍精当，然方中甘李根白皮药店难寻，后人多以川楝子或桑白皮代之。余以为用桑白皮为妙。川楝子苦寒，用之不当易伤胃气。奔豚汤治疗肝经郁热上冲，用桑白皮更利于气机的顺畅。桑白皮色白属金，清降肺气，清金以制木。若用桑白皮代替甘李根白皮，则奔豚汤中桑白皮降肺气，半夏降胃气，黄芩降胆气，肺胆胃之气降，人身之郁热亦应之而降。

### 三、临床发挥

奔豚汤养血解郁，清热降逆。临床之中，奔豚汤不仅治疗"气上冲胸""发作欲死"之奔豚气，凡是血虚血瘀且肝经郁热上冲之症，皆可用之。郁热上冲至头面，热熏皮肤，可见痤疮等症；郁热上冲至肺，肺气不降，可见咳逆等症；郁热上冲至心，火热扰心，可见心悸、寐差等症；郁热上冲至胃，胃失和降，可见呕吐等症。临床上症状林林总总，纷乱复杂，但只要辨清其血虚肝郁而火热上冲之本质，皆可使用奔豚汤治疗。

### 四、病案举例

#### （一）肝经郁热上冲证

张某，女，27岁。

2012年3月23日初诊：面部痤疮满布，成点状密集分布，色红。曾服清热活血化痰之方，效不佳。平时月经量少，色暗，有块，经期前后腹部不适。按其腹，脐右及脐上压痛。

脉弦细数。舌暗红苔薄腻。

辨证：夹瘀夹痰，血虚。

治法：养血清热降逆，活血化痰。

方宗：奔豚汤。

当归10g　　川芎10g　　白芍10g　　桑白皮10g　　半夏10g

黄芩10g　　葛根10g　　炙甘草6g　　杏仁10g　　　枇杷叶10g

7剂，水煎服。

3月30日二诊：痤疮已减五分之四，25日月经来潮，腹痛减，经量稍有增加。继服上方14剂以善后。

（刘保和教授验案）

**按**：痤疮一症，常法多以清热活血化痰之方，然用之其效不佳。刘老独具慧眼，认为单纯清热活血化痰并非良策，此病更要注意气机的调畅。肝经郁热上冲，要降其气，气降则在上之火亦降。经前腹痛，刘老多辨为瘀血。经后腹痛，多考虑其血虚。患者经期前后腹部不适且经少色暗，知其既血虚又血瘀。"通则不痛，痛则不通"，脐右及脐上有压痛，更证其肝经有瘀血。痤疮满布，因其郁热上冲，烁伤皮肤。刘老以奔豚汤养血清热降逆，方中当归、白芍、川芎补血活血，半夏降逆化痰，黄芩清热降胆，葛根滋阴生津。桑白皮、枇杷叶、杏仁降泄肺气，清金制木，降肺以降在上之热。刘老辨证精细，方证相应，故奏效神速。

#### （二）笔者医案

高某，女，23岁。

2012年6月8日初诊：患者阵发性心悸一周余，寐差则加重。入睡难，心烦，睡眠轻，易醒。口苦，口黏，耳朵如有棉絮堵塞之感。询其平素月经量少，大便日一行，但量少，排便困难，食欲不佳。按其剑突下，压痛明显。

脉弦细数，寸旺。舌质暗红苔黄厚腻，舌两侧散在瘀点。

辨证：肝经郁热上冲，血虚夹瘀。

治法：养血，活血，清热降逆。

方宗：奔豚汤。

| | | | | |
|---|---|---|---|---|
| 当归 10g | 川芎 6g | 白芍 10g | 赤芍 10g | 枳实 10g |
| 丹参 10g | 葛根 10g | 石菖蒲 10g | 半夏 10g | 瓜蒌 20g |
| 桑白皮 10g | 黄芩 10g | 焦山栀 10g | 淡豆豉 10g | 炙甘草 6g |

5 剂，水煎服。

6月13日二诊：药后心悸已除，眠可，耳朵已不堵，舌边瘀点已消大半，腹部觉通畅，食欲可。嘱其多休息以防复发。

**按：** 仲景治疗心悸，有因阳气虚馁而使用桂枝甘草汤者，有因阴阳两虚而使用炙甘草汤者，亦有阳虚水泛而使用真武汤者……然本案患者并非治疗心悸之常法所适宜，患者除心悸外，尚伴有入睡难、心烦、两耳不清楚、口苦口黏等症，一派火热上冲之象。火热因何而上冲？思其原因，患者为本校学生，平素月经量少，又念其时值期末考试，备考紧张，耗其阴血。其脉弦细偏数，更证其肝血亏虚。肝血不足波及肝疏之用，气帅血行，气滞则血瘀，故其舌质暗，舌两侧有瘀点。肝疏泄不及则气聚而生热，郁热上冲，则其心悸不舒，寸脉偏旺。因其郁热窜其胸膈，热扰心神，阻其心火下交肾水，故其入睡难。"肝足厥阴之脉……循喉咙之后，上入颃颡"，肝热循经上窜，则口苦口黏。方以奔豚汤养血清热降逆，配以赤芍、丹参增其活血养血之功，加栀子豉汤清透胸膈郁热，瓜蒌宽胸理气且有润肠之功，石菖蒲芳香开窍以治耳疾，枳实行气消积以促进排便。

仲景方药精当微妙，我愿一生沉潜其中。

**老师评语：**

①学仲景方贵在识其意，用前贤方重在明其机，方机相等，效如桴鼓。

②读方贵在活用，理解是关键；引文重在释疑，精当乃要点。

③识得病机，临证之际乃能洞明脏腑；认准药性，组方之时才可佐使

得法。

④对《伤寒论》参而有得，得而能用，可谓善学者矣。

张德英

# 层层思考层层悟，透营达卫话桂枝

河北中医学院中医系 2009 级　胡笑赢

（本文为大学四年级学生所作，本文原载于 2012 年 12 月第 10 期《中医论坛》）

桂枝乃《神农本草经》上品，经云："主上气，咳逆，结气，喉痹，吐吸，利关节，补中益气。"其解肌和营，活血降气，温经助阳，历代医家注之详晰。然观仲景之方，于其调和营卫不甚了然，窃思之，偶有一感，录之于下，奇文共赏，疑义相析。

世皆云桂枝发汗解肌，如何发汗，如何解肌，多未阐明。然濒湖《本草纲目》有："桂枝透达营卫，故能解肌而风邪去。"读之颇有感触，思之良久，乃有所得。

《神农本草经百种录》云："凡药之用，或取其气，或取其味，或取其色，或取其形，或取其质，或取其性情，所生之时，所成之地，各以其所偏盛，而既资之以疗疾，固能补偏救弊，调和脏腑。"桂枝枝横理纵，茎节相属，宛如脉络，又色赤入心，故能行于血脉之中也。其性温，味辛甘。以辛散之，则入里之邪得之而散；以甘补之，则不足之气得之而充；以温温之，则无力之阳得之而行。桂枝入血，且具辛散透达之性，由是能交通于营卫之间，引营分之邪出营达卫。

《伤寒论》第 35 条曰："太阳病，头痛发热，身疼腰痛，骨节疼痛，恶风，无汗而喘者，麻黄汤主之。"第 12 条曰："太阳中风，阳浮而阴弱，阳浮者，热自发，阴弱者，汗自出，啬啬恶寒，淅淅恶风，翕翕发热，鼻鸣干呕者，桂枝汤主之。"三拗汤出自《太平惠民和剂局方》，书云："治感冒风邪，鼻塞声重，语音不出，或伤风冷，头痛目眩，四肢拘倦，咳嗽痰多，胸满气短。"

余谓桂枝、麻黄，疗表发汗，病位相同。非历代注家因于汗与不汗而定寒伤营、风伤卫一说。人多云寒邪易袭营血，风邪易袭卫气，同气相求，无可厚非，然失之于偏。寒性凝滞，其伤营，则内外不通，故汗出无源也；风性开泄，其伤卫，则肌表不固，故自汗出也。《灵枢·决气》云："壅遏营气，令无所避，是谓脉。"《灵枢·营卫生会》曰"清者为营，浊者为卫，营行脉中，卫行脉外。"两者俱行于阳二十五度，阴二十五度。又水液在脉内则为血，在脉外则为津，参以李士懋老师的纹理网络系统可知营卫是相互交通的。敢问：寒性凝滞，闭其营血，不闭其卫气乎？风性开泄，开其在表之肌腠，不开其在营之肌腠乎？倘寒仅伤营，卫畅岂无汗乎？风仅伤卫，岂能有不绝之汗乎？故知麻黄与桂枝之别不在病位而在营卫腠理的状态：邪气伤人，营卫滞涩，腠理闭固，宜取麻黄；邪气袭人，营卫透达，腠理开泄，宜取桂枝。

桂枝汤用芍药之意在于阴弱，《伤寒贯珠集》曰："阴弱者，不必攻伐而汗自出。""以芍药摄养津气"。此时汗出必与营血关系密切，血汗同源，否则摄养津气为何偏用入血之芍药？而桂枝在桂枝汤中的作用仍是透营达卫，兼以助阳。《灵枢·营卫生会》曰："卫气走之，固不得循其道，此气剽悍滑疾，见开而出。"因于风邪开泄，卫气滑利，则卫与风逐，是而阳浮。用桂枝透出营分之邪，外助以发散之生姜，以透卫逐邪。更加啜粥温覆以养正气，邪能不出乎？麻黄汤中桂枝其用有二：一是畅达营血，以解营血之凝滞，除痛也；二是透达营卫，使津液通而汗出有源。桂枝可以行于脉内与脉外，既可交通内外，又可行气血，逐邪气，即其透营达卫之功。在营风寒之邪，由桂枝透达而外出于卫，再由麻黄、杏仁之宣散祛邪外出，达表而解。三拗汤较之麻黄汤，其将入血之桂枝易为解表之生姜，其无入血之药，故无畅达营分邪气之功，其病位在于肺卫。因于此，其虽同为解表之剂，但治症无身痛，而是以肺系疾病为主。未伤营血，由是弃桂枝不用。

愚以为桂枝所胜表证者，在于其透营达卫之功也，故三拗汤发汗之力有不及麻黄汤者。现代药理研究亦证实麻黄单用不若伍桂枝之力峻，亦由桂枝能透达营分之津与邪气达于卫，汗出有源则绵绵不绝，邪亦随之外解，仅多一味桂枝辅之，其力大哉。

桂枝透达营卫之功，用之临床亦有显效，兹举二例明之。

案 1：偶医一产妇，发动六日，子已出胞，头已向下，而竟不产，医用催生诸方，又用催生灵符，又求灵神炉丹，俱无效，延余视之，其身壮热无汗，头顶腰背痛。此伤太阳之营也，治主麻黄汤，作一大剂投之，使温覆，少顷得汗，热退身安，乃索食，食讫，豁然而生。

（《皇汉医学》）

观此案所用方，知难产者标也，而其本乃由于风寒也。寒气客表，如何致人难产？服麻黄剂又如何得愈？此乃寒气客于肌表，闭其毛窍，涩其营血，闭其腠理，则卫气不通，营气不周，血脉凝涩，胎难下也。用麻黄汤，以桂枝透其血脉之邪出营达卫，用麻黄、杏仁逐在卫之邪，以甘草和之。邪去而营周，岂不生乎？

案 2：林某，青年渔民，素体健壮，某年夏天，午饭后汗渍未干，潜入海中捕鱼，回家时汗出甚多，自此不论春夏昼夜，经常自汗出。曾就诊数次，以卫阳不固论治，用玉屏风散及龙骨、牡蛎、麻黄根等。后来变用桂枝汤加黄芪，稍愈而复发。经治年余，体益疲乏，皮肤被汗渍成灰白色，汗孔增大，出汗时肉眼可见。自觉肢麻，头晕，饮食如常。虽未病倒，但不能参加劳动。脉浮缓，重按无力，汗出虽多但口不渴，尿量减少。流汗时间以午、晚多，而上午少，清晨未起床前略止片刻。

处方：

桂枝梢 9g　　杭芍 9g　　炙甘草 3g　　大枣 7 枚　　生姜 9g

水一碗煎，清晨睡醒时服下，嘱少顷再吃一碗稀粥以助药力，静卧数小时避风。

第三天复诊：服药后全身温暖，四肢舒畅，汗已止，仍照原方加黄芪 15g，服法如前，但不啜热粥。连服两剂，竟获全功。其后体渐健壮，7 年未复发。

（《伤寒论医案集》）

邪袭体表，伤其营卫，又见汗出脉浮，知病仍在表，且属表虚，桂枝汤乃对应之方，且桂枝汤又有补益之功。《伤寒论》第 53 条曰："病常自汗出者，此为荣气和，荣气和者外不谐，以卫气不共荣气谐和故而，以荣行脉中，卫行脉外。复发其汗，荣卫和则愈。宜桂枝汤。"第 54 条曰"病人脏无他病，时发热自汗出而不愈者，此卫气不和也，先其时发汗则愈，宜

118

桂枝汤。"两段条文说明了自汗的病机，仲景将其归为"荣气和""卫气不和"，这只是自汗的病机之一，此类自汗固表透邪的玉屏风散用之亦效。仅从营卫来讲，也有一种情况是"营卫俱不和"，营分中亦有邪气或不足，此时用药应加透营者，否则治之无功也。本例用玉屏风散无效，而使用桂枝汤则身暖汗止。患者汗出入水中，寒邪已侵入营血中，不是单单在卫表。玉屏风散组方为：黄芪、白术、防风，三药皆不入营血，此方意在补土生金，固卫表，祛在卫之邪而止汗。也就是说桂枝汤与玉屏风散治自汗一证，病位不同。玉屏风散的病位是卫，而桂枝汤因其有入血的桂枝，故病位是营卫同病。而桂枝汤加黄芪方不效是因为过早地加入了黄芪，反使药力不专而致留邪。

以上两例均说明了桂枝的透营达卫之功。

《素问·生气通天论》有"营气不从，逆于肉理，乃生痈肿"，"营气不从"，"不从"即是不顺，"逆"是不同于寻常。也就是说营气不能正常运行时，会产生"痈肿"。而痤疮就是表现皮肤红肿而痛的一类疾病。《素问·生气通天论》有："汗出见湿，乃生痤痱"，痤痱可由侵表之邪引起。笔者对于桂枝能否用来治疗痤疮思索良久，桂枝入于营血，且具通经脉畅营血之效，一可逐由表入邪气，二可畅"逆"行之营血。后得一案，欣喜不已，录之于下，以飨读者。

**案3**：刘某，女，19岁。

1989年3月9日初诊：近三个月面生粉刺，以前额鼻旁面颊为多，颜面潮红，粉刺遍布，大小不一，自觉面部烘热，微痒微痛，无汗。脉数弦紧有力，苔薄白而润。

证属冲任壅实，上蒸颜面，阳热内郁，不得发越。治宜开启腠理，发散郁热，疏泄冲任。

处方：大青龙汤。

| | | | | |
|---|---|---|---|---|
| 麻黄20g | 桂枝10g | 杏仁10g | 甘草10g | 生姜10g |
| 大枣30g | 生石膏50g | | | |

日1剂，水煎服，分2次服，每晚覆被令微微汗出。

3月10日复诊：服两剂后，汗出较多，面部红热消除。

桂枝茯苓丸原方：桂枝20g，茯苓20g，丹皮20g，白芍20g，桃仁

20g，水煎服，日1剂。

3月25日复诊：服6剂后，痤疮较前松散稀疏，继服6剂，痤疮基本消失，面部皮肤略见粗糙，嘱再服上方6剂。尽而愈。

（《山东中医杂志》王辅民医案）

现治痤疮多用疏风凉血祛湿之法，以"冲任壅实，上冲颜面，阳热内郁不得发越"立论，治以"开启腠理，发散郁热，疏泄冲任"，亦获良效。初诊之时，此例患者面赤烘热，微痒痛，无汗，脉数弦紧有力，脉有力知其为实证，又无汗知其表亦实也，因于表实邪出无由，故而烘热。面赤者，可因热在气引起，亦可为血热沸腾引起，《内经》云："营气不从，逆于肉理，乃生痈肿。"故知血脉亦病也。以大青龙汤祛在表之邪，清透在里之热，后用桂枝茯苓丸以泻其壅实而显效。在此例中桂枝亦起透营达卫之效。大青龙汤自不必赘述，桂枝茯苓丸方中，茯苓、桃仁以消壅实之邪，丹皮、芍药以凉血活血，桂枝畅达营血则痤疮自愈。

学生鄙陋，以上之见，多有不足，彰之欲得仁智之见，不惧遗笑于大方之家。

**老师评语：**

此方虽未彻底说明桂枝汤与麻黄汤之不同，但层层深入思考，提出了一连串引人深思的问题。

皆云太阳中风是"营弱卫强"，果为卫强吗？卫强即阳强，阳热盛，何以还用桂枝汤来温阳通阳？桂枝汤是扶正祛邪、安内攘外之方，治虚人外感，乃营弱卫亦弱，方用桂枝汤，营卫双补。

皆云"风伤卫""寒伤营"，卫伤营不伤吗？营伤卫无碍吗？风为阳，寒为阴，阳盛伤阴，阴盛伤阳，何言寒伤营而不伤卫？其实伤寒与中风，一是寒实；一是正虚。本质有别。本文敢对千年古训提出质疑，非常可贵。

深入理解桂枝作用，尚需以"阳加于阴谓之汗"来考虑。

李士懋

# 一波三折守病机——阎艳丽治疗咳喘案

河北中医学院中医系 2009 级　王雄　郝洁

（本文为大学四年级学生合作撰写，原载于《中国中医药报》2013-7-22）

河北中医学院教授阎艳丽医案：

患者史某，男，75 岁。

2013 年 5 月 5 日初诊：患者素有高血压性心脏病，血压经药物治疗控制在 140/80mmHg。近期咳喘月余，胸片提示无肺炎，多次住院，经西医抗感染等常规治疗乏效，并日趋加重，遂来就诊。刻诊：咳嗽，气喘，不能平卧，咽中有痰，色白质稀，咳之不利，神疲乏力，无发热，耳鸣数十年，腰酸，时心悸，纳呆，大便可。

脉弦滑略数。舌淡红胖大，苔白稍腻。

辨证：痰湿蕴肺，脾肾气虚。

治法：健脾燥湿，化痰理气，兼补肾益气。

方宗：二陈平胃散合三子养亲汤。

陈皮 10g　　法半夏 10g　　茯苓 15g　　桔梗 10g　　炒杏仁 10g（打）

炙紫菀 10g　　紫苏子 10g　　川厚朴 10g　　生白术 10g　　炒莱菔子 10g

生山药 15g　　桑寄生 15g　　川续断 15g　　五味子 6g　　白芍 15g

葛根 15g　　生甘草 7g

5 剂，水煎服。

5 月 10 日二诊：咳嗽减轻，痰量减少，腰酸已无，舌苔薄黄腻，脉弦滑。于上方减五味子、桑寄生、川续断，加入黄芩、桑白皮、地龙、麦冬。7 剂，用法同前。

5 月 17 日三诊：咳喘基本消失，已能平卧，纳谷不馨，心悸时作，痰多。

处方：

陈皮 10g　　法半夏 10g　　茯苓 20g　　党参 15g　　生白术 15g

生山药 15g　　桔梗 10g　　炙紫菀 10g　　紫苏子 10g　　炒杏仁 10g（打）

白芍 15g　　葛根 15g　　熟地黄 10g　　地龙 15g　　炒莱菔子 10g

木香 10g　　炒麦芽 15g　　生甘草 7g　　砂仁 6g（打）

10 剂，水煎服。

5 月 27 日四诊：患者咳喘痊愈，胃纳转佳，精神振作，继以香砂六君子汤加减以培补脾肾，补虚固本。

**按：**咳喘是肺系疾病的常见证候，可由多种原因引起，河北中医学院教授阎艳丽说："肺为娇脏，易受邪袭。"《医学心悟》曾论："肺体属金，譬若钟然，钟非叩不鸣，风、寒、暑、湿、燥、火六淫之邪，自外击之则鸣；劳欲情志，饮食炙煿之火，自内攻之则鸣。"《景岳全书》明确将咳嗽分为外感和内伤两大类，有较高的临床价值。

本案中患者咳喘无外感征象，且咳喘迁延日久，反复发作，故将其辨为内伤咳嗽。患者痰多稀白，咳嗽气喘，甚或不能平卧，为痰湿蕴肺，肺失宣肃；兼见神疲，纳呆，舌胖大，苔白稍腻，为脾虚失运，痰湿内停；且患者年岁已高，兼有耳鸣病史，当思其有肾虚之机。

《素问·咳论》云："五脏六腑皆令人咳，非独肺也。"此案咳喘涉及肺、脾、肾三脏。"脾为生痰之源，肺为贮痰之器"。脾气亏虚，失于运化，水湿内停，酿为痰浊。痰湿上干于肺，肺失宣降，甚则气逆，为咳为喘。若咳嗽日久，迁延不愈，耗伤肺之气阴，"肺为气之主，肾为气之根"。母病及子，累及于肾，肾不纳气，则喘息不卧。

综合分析，本案为本虚标实的内伤咳嗽，辨证为痰湿蕴肺，脾肾气虚。遵循"急则治其标"及"治病必求于本"之旨，健脾燥湿，化痰理气，兼补肾益气。

阎艳丽从肺、脾、肾三脏入手，取二陈平胃散合三子养亲汤之意，以燥湿化痰理气；桔梗、杏仁，一升一降调理肺之宣发肃降；白术补气健脾，山药滋脾养阴，二者合用，则补脾以治本，培土以生金；葛根、白芍、五味子，为阎老师的经验用药，芍药合甘草，取仲景的芍药甘草汤之意，用以缓解气管、支气管的痉挛；葛根取义《伤寒论》第 31 条"太阳病，项背强几几，无汗恶风，葛根汤主之"，葛根亦有很好的解痉作用。五味子敛肺以止咳，再加桑寄生、川续断之属以强腰补肾，培补先天，并取"金水相生"之意。

纵观整个治疗过程，始终谨守病机，注重扶正与祛邪的关系，先期以健脾化痰、止咳平喘为主以治其急，后期以培补脾肾为主以治其缓。故能收到"药到病除"的疗效。

**老师评语：**

*医案辨证论治正确，疗效肯定，按语分析透彻，切合理论，可取。*

*李士懋*

# 铁杆中医张德英"痰浊脾实论"应用

河北中医学院中医系 2010 级　　孙敬辉

（本文为大学四年级学生所作，原载于《中国中医药报》2014-2-17）

河北中医学院张德英教授从事临床与教学工作近 40 年，提出了"脾实"理论，并认为"脾实"乃当今疾病流行新趋势之原因。张德英说："中医理论认为：膏粱厚味，酿生痰浊。"可见，痰浊为水谷之乖变，而生于中土，为土家之邪。《内经》云："邪气盛则实"，痰浊既为土家之邪，故为脾之实证也。

治法何如？《内经》云："实则泻之"，故痰浊之证，当以"泻之"为一大法则。根据五行之间生克制化之理，土者，其制在木，所生在金，木旺则土易化，金生则土自消，故"繁木"与"生金"又为脾实证的两大治法。他据此提出了痰浊——脾实证的三大治法：泻土降浊法、繁木制土法、化土生金法。

此处必须指出的是，张德英对于痰的认识，并不仅限于呼吸道咳出之痰。他认为：凡是体内由水谷之质合而成之者，具有黏腻、混浊之态或污秽如粥，有流而不畅、阻滞留恋、痞塞不通之性者，皆属于痰。

笔者有幸侍诊，整理张老师几则病例以反映其脾实理论的临床应用。

## 一、痰致高血压案

郜某，男，49 岁。

2012 年 3 月 2 日初诊：患者因高血压来诊，服西药后血压维持在

第二章　「明医头脑」是怎样炼成的

123

150/90mmHg，伴有血脂高，头晕。

左脉浑滞而硬，尺弱，右脉尚滑。舌苔偏腻。

辨证：痰滞，水亏。

治法：活血，化痰，通络。

处方：

清半夏 10g　瓜蒌 20g　浙贝母 10g　紫苏子 10g　竹茹 13g

合欢皮 10g　赤芍 12g　丹皮 12g　桂枝 8g　苏木 10g

地龙 6g

7 剂，水煎服，并嘱停服西药。

3 月 10 日二诊：服药后血压 160/100mmHg，前方加黄芩 10g、石菖蒲 10g，继服 1 周。

3 月 18 日三诊：血压 130/90mmHg，头稍晕，舌苔已净，脉已不滞，浑减，尺弱，上方去桂枝，加槟榔 8g、厚朴 12g。继服 1 周，血压基本恢复正常，无明显不适，略作加减以巩固疗效。

**按：** 浑脉乃痰浊壅阻脉中，气血为之不清，血行因之失度之脉。此乃张德英老师发掘经典而提出的。《素问·脉要精微论》言："夫脉者，血之府也。长则气治，短则气病……涩则心痛，浑浑革至如涌泉，病进而色弊。"《素问·疟论》亦言："无刺浑浑之脉。"可见，《内经》对浑脉早有论述，只是后世医家未将其作为一部单独的脉象提出而已。

张德英老师认为浑脉之体象，乃脉之至数之间欠其清晰，稍有连绵黏滞之意，混混汩汩，不清不脆，如泥水之流浑而不清也。浑脉进一步加重，流动更加艰涩，即为滞脉。此患者左脉浑滞，气血流通已有阻滞之象，幸而右脉尚滑，否则恐早已有栓塞之患。此人平素嗜食膏粱之品，以致痰浊内生。

《素问·经脉别论》言："食气入胃，浊气归心，淫精于脉。"今食入过多，"浊气"上奉亦多，于是脉中混浊，气血因之流动而不畅。验之西医之理，食入营养过盛，小肠吸收亦多，于是脉中血脂增多，血液黏稠，血管为之壅塞，心脏反射性升高压力，以使血液流通，高血压由此而成。迁延日久，血脂等痰浊之物沉着于血管壁上，血管为之老化，故脉见硬象。

若血液进一步混浊则血液可为之阻塞，发为血栓、梗阻之疾。可见，种种病证皆因痰浊为患，故张教授以半夏、瓜蒌、浙贝母、紫苏子等化痰降浊，赤芍、丹皮、桂枝、苏木、红藤等活血通阳，竹茹、合欢皮、红藤等繁木以制土，地龙、竹茹等化痰通络。

张教授认识药物，多遵古人格物致知、取类比象思想，故对药物之功效多有发明。他认为地龙生于黏土之中，性善穿通，喜趋湿热，以土壤中腐殖质为食。而脾胃合土，主肌肉四肢，故地龙善走人体脾胃、肌肉、四肢；地龙有穿通之长，故主于经络痹阻之证。性喜湿热，故长于化痰祛湿热；以腐殖质为食，一如人之水谷精微，故营养过盛之疾，此物尤宜。

竹茹乃竹之皮，竹本中空，直上直下，故善通；其善处湿热之地，故胜湿化痰可知。诸药相合，共奏祛痰通经活血之功，以治其本，故虽停西药而血压亦未明显升高。

二诊加入黄芩开降痰浊，石菖蒲芳香化浊。其中黄芩一物色青黄，黄则入土，青则入肝，为调治木土之药。张德英认为木药有肝胆之分，肝为脏而中实，故木药中实心者多为肝家之品；胆为腑而中空，故木药中空心者多属胆家之药。黄芩中空似腐，又名"腐肠""空肠"，故为胆家之品，有开降痰浊之功。

三诊脉已见畅，故血压下降，加入槟榔、厚朴加大泻土之力，最终痰浊得清，血压恢复正常。

此外，张德英认为收缩压在 160mmHg 以下且无明显不适者，不应服用降压药，因为血压之所以升高，是心脏代偿所致，而西药降压之品，或使心脏收缩力减弱，血压虽降，血流却更加不畅，更易阻塞。或使其血管扩张。长此以往，血管反应性越来越低，服药只能越来越多，甚至无效。或利小便使外周阻力减小，然血液却会更加黏稠，皆非良策。故他主张治病求本，化其痰浊，则血自清，血压自降。

## 二、痰致糖尿病案

杜某，女，54岁。

2013 年 4 月 10 日初诊：患者因糖尿病来诊。诉服降糖药后空腹血糖 7.1 ～ 8mmol/L，伴头晕，目昏糊，胃脘难受，寐差，大便溏而不爽，乳房胀痛，既往有脂肪肝病史。

脉滑。苔腻。

辨证：痰火伤肝，土实。

治法：化痰降浊，活血调肝。

处方：

黄芩 10g　　赤芍 10g　　瓜蒌 20g　　浙贝母 10g　　竹茹 13g

清半夏 10g　紫苏子 12g　炒麦芽 10g　焦神曲 10g　　槟榔 8g

地龙 6g　　　厚朴 10g　　合欢皮 10g　柴胡 8g

7 剂，水煎服。

上药加减出入，嘱渐停西药，7 剂后，矢气增多，尿浊 2 次。3 个月后，空腹血糖 5.8mmol/L，无明显不适。

**按**：《素问·奇病论》曰："帝曰：'有病口甘者，病名为何？何以得之？'岐伯曰：'此五气之溢也，名曰脾瘅。夫五味入口，藏于胃，脾为之行其精气，津液在脾，故令人口甘也，此肥美之所发也。此人必数食甘美而多肥也。肥者令人内热，甘者令人中满，故其气上溢，转为消渴。治之以兰，除陈气也。'"

张德英认为"五气"乃土气也；兰者，青也，草以兰名，木胜可知。此段经文明确指出了：消渴乃过食肥美而发，属于脾实之证。故治以木家之药——兰。

此患者苔腻、脉滑、大便溏而不爽皆痰浊之象，痰生中土故胃脘难受；五行过盛则制其所胜，侮其所不胜，故痰浊为患最易伤肝肾。伤肝则肝疏泄失职，气血流通不畅，故乳房胀痛，头晕；肝开窍于目，故目昏糊。

张老师法《内经》之旨，以竹茹、合欢皮、柴胡、黄芩、炒麦芽调其肝胆以繁木制土；以瓜蒌、浙贝母、半夏、紫苏子化其痰浊，以作生金之用；槟榔、厚朴泻土降浊；地龙、赤芍、竹茹通经化痰活血；焦神曲一物，乃五谷发酵之物，乃伏天之时取五谷之粉发酵而成。伏天乃湿热之气最盛之时，五行属土，此物之制作正体现了"中焦如沤"的功能，故此物乃中焦之药。

张德英于饮食痰积停滞中焦，脾胃化之不及之时，常加此药，使饮食得化，痰浊得消。故患者 7 剂后出现尿浊乃是痰湿外排之象。最终经过 3

126

个月治疗痰浊得清，肝疏泄得畅，虽停降糖西药，血糖却恢复正常。

### 三、痰火伤肾发枯案

祁某，女，29岁。

2012年9月19日初诊：患者因发枯而少来诊，伴有月经量少，经期前错4～7天，足跟痛，晨起腹痛。

脉滑急，左关旺，尺脉欠石，右脉弦。舌苔中后黄腻。

辨证：痰火伤肾，木亢。

治法：化痰，平肝。

处方：

| | | | | |
|---|---|---|---|---|
| 丹皮10g | 赤芍10g | 白鲜皮10g | 石菖蒲10g | 瓜蒌20g |
| 浙贝母10g | 紫苏子10g | 藿香8g | 神曲10g | 薏苡仁15g |
| 茯苓10g | 清半夏10g | 天竺黄7g | | |

7剂，水煎服。

9月27日二诊：晨起腹已不痛，左关见缓和，左尺见石，右尺弦甚，去薏苡仁、茯苓，加槟榔、独活等。

3周后，发见光泽，足跟未痛，月经基本恢复正常，稍加补肾之品，继服1周痊愈。

**按：**苔黄腻、脉滑急乃痰火之象，左关乃木位，左关旺，故肝亢也。痰火伤肾，加之肝木亢而过度升提肾水，故左尺欠石也。肾伤故发枯而少，足跟疼痛。肾伤经血化源不足，故月经量少，肾失封藏，加之肝木过度疏泄，故月经提前。

腹乃土之位，晨起乃肝旺之时，晨起腹痛，木得天时之助克伐脾土也。法当化痰平肝补肾水。然补肾之品恒多滋腻，妄投之往往加重病情。

故张德英治疗痰浊伤肾之证，往往先去痰火，俟土实去方予以补肾。补肾之品多以不滋腻之品为主如紫苏子、女贞子、楮实子等籽类之品，或有不须补肾而肾自恢复者，盖五行造化之机，不可无生，水亏则金自生之，故不补肾而有肾复者。

方中以丹皮、白鲜皮、天竺黄、半夏、瓜蒌、浙贝母等金家之品清痰火，平肝亢兼补肾水，以藿香、菖蒲等芳香化浊以醒脾，以薏苡仁、茯苓等土金之品一则化其痰浊，一则以土耗木，兼护脾土。药证相符，故肝木见平，肾水见藏。然右尺脉弦甚乃痰浊下流实肾之象。

《金匮要略·痰饮咳嗽病脉证并治》言："脉偏弦者，饮也"，饮与痰皆水谷所化，无非饮者水多，痰者谷多，然本质无二，故弦亦可主痰。故张德英于二诊时加入槟榔片、独活祛下焦之痰浊。后期痰浊已去，略加补肾之品以巩固疗效而收功。

总之，脾有实证，痰浊即是。"痰证之初，治在脾胃，日久则随其所伤而辨证施治，总以五脏察病位，总以五行明病机，总自五行明消长，总因五制明治则。如是，则痰证之辨证论治洵有法度矣"。

（选自《痰证论》）

**老师评语：**

张德英先生，乃我院翘楚，是铁杆中医，遵从辨证论治体系，尤善从痰论治。古有"百病皆由痰作祟"及"怪病多痰"之论，张先生扩而充之，立脾实之说，创浑脉论证，皆别出心裁，著有《痰证论》一书，颇有创见。

此文列举三例医案，一是高血压，二是糖尿病，三是发枯，皆从痰治，疗效斐然，说理透彻，予人启迪，乃一佳作。

李士懋

# 连珠炮式发问："燥邪"到底是什么

河北中医学院中医系 2010 级　孙敬辉

（本文为大学一年级学生所作，原载于 2011 年 10 月第 9 期《中医论坛》）

《素问·至真要大论》云："夫百病之生也，皆生于风寒暑湿燥火，以之化之变也。"燥邪作为六气之一，为秋之主气，然病机十九条独遗其不言，致使后世医家众说纷纭，燥邪的特性也更加复杂难明。在此我仅谈一下自己对燥邪的浅显认识。

## 一、燥邪的阴阳属性

《素问·阴阳应象大论》云："阴阳者，天地之道也，万物之纲纪。"可见世间万物皆可分属阴阳，六气自然不例外。六气之中，风、暑、热属阳，寒、湿属阴，这是普遍共识。然对燥邪的阴阳属性判定却说法不一，《中医基础理论》更是避而不谈。于是我对燥邪产生了兴趣，并对此进行了一番研究，最终我更倾向于燥邪属阴的说法。

《素问·天元纪大论》云："寒暑燥湿风火，天之阴阳也，三阴三阳上奉之。"其中所言三阳为风、暑、火无议矣，那么三阴必然就是寒、燥、湿了。《温热经纬》云："所谓六气，风寒暑湿燥火也。分其阴阳……暑统风火，阳也；寒统燥湿，阴也。"《湿热条辨》亦云："风火暑三者为阳邪……湿燥寒为阴邪。"可见，从《内经》到历代医家认为燥邪属阴者不乏其人。《中医基础理论》中虽避其不言，然在五行分类时将燥邪与西凉秋收等同归于"金"类，众所周知事物五行分类乃是依据事物的相类性质划分的，燥邪既属"金"类，理应属阴。所以余以为燥邪应属阴。

或曰："燥与湿相对，有湿必无燥，有燥必无湿，对立双方阴阳属性岂能相同？"从表面看燥湿确实对立，然《内经》云："风胜湿。"又云："火胜燥。"可见，胜湿者非燥，胜燥者亦非湿，所以湿与燥在制约关系上并不对立。燥应秋，其性收；湿应长夏，其性静。收与静同属阴，可见燥与湿在本性上亦不对立。所以燥与湿在阴阳属性上没有必然联系。《类经》中有"孤阴不生，孤阳不长"。可见，阴阳必相依而存的。今燥若属阴，寒亦属阴，两阴之邪何以相兼伤人？余以为事物阴阳判定的前提是属性相反的两物相对而言。故燥与热互为阴阳，寒与暑互为阴阳，燥以热为基，寒以暑为源，寒燥之间属性并不对立，所以寒燥均属阴并非此二者相对而言。盖寒燥伤人乃是自然界中暑热之气较衰，并非自然界中只有寒燥两邪。或曰："燥既为阴邪，何以伤阴精？"余以为燥为阴邪，又为小寒，其伤人郁闭肺气，以致津液不布，故人表现出一派"干"象，而非阴液真正耗损也。至于耗损阴液而燥者，乃是风火之邪耗损阴液，其燥乃是燥象，而非真有燥邪也。前人将燥邪分为阴阳两种，并以凉燥为阴、温燥为阳。余以为温燥者仍是燥象，而非是一种邪气。至于凉燥者，余以为此乃纯燥也，盖秋性凉，燥为秋之主气，所以燥之本性凉也。或曰："燥象为何？"余以为燥象乃是汗、吐、下太过，或过食辛热、误服温燥药物等大耗阴液或风热袭人所出现的一种干燥现象，而非是一种实际存在的邪气。或曰："燥邪致病与燥象如何分之？"盖燥邪属阴，前人谓之次寒，其伤人初起必有寒象，其津液本不亏，故虽干而不欲饮水；燥象则不然，其乃温热之邪伤人或阴液大耗所致，其初起必兼热象或有大量津液亡失的病史，必欲饮水以自救。

## 二、燥邪成因与主病

观秋冬季节的转变，秋至之时，凉风乍起，白露肃降，阳气统阴而降，此时燥气始动；秋分之后，霜露肃降，湿气始收，草木黄落，燥气乃行；冬至，阳统阴全降，此时水冰地坼，一片萧条之象，燥气最盛。可见，秋冬出现燥邪原因乃是阳气藏于内而不布津所致。再观南北两极，水液十分丰富，却燥邪横逆，寸草不生，一片萧条之象，何也？盖阳气虚衰，不能布散津液所致。由上观之，燥邪成因乃阳郁或阳气虚衰而不布津所致。

人处天地之间，感受燥邪自然不外于此。石寿棠对外感燥邪伤人有过详细描述："燥从天降，首伤肺金，肺主一身之气化，气为燥郁，清肃不行，机关不利，势必干咳连声，胸胁牵痛，不能转侧，胸满气逆喘急，干呕。又或气为燥郁，不能行水，水停膈上，则必口渴思饮，饮水即吐，烦闷不宁，气郁燥郁，不能布津，则必寒热无汗，口鼻唇舌起燥，咽喉干疼。"可见，外感燥邪袭人，乃是肺气被郁，津液不化所致。至于内伤燥邪，乃是人体阳气虚弱，津液不布所致，正如南北两极之象。

## 三、燥邪治法

然燥邪与燥象均会出现"干"象，治法何如？对于燥象的治疗，叶天士云："外感者，由于天时风热过胜，或因深秋偏亢之邪，始必伤人上焦气分，其法以辛凉甘润肺胃为先。俞氏清燥救肺汤及先生用玉竹、门冬、桑叶、薄荷、梨皮、甘草是也。内伤者，乃人之本病，精血下夺而成或因偏饵燥所致，病从下焦阴分起，其法以纯阴静药，柔养肝肾为宜，六味丸是也。"由上可以看出，外感引起之燥象当以辛润为主，内伤引起之燥象当以填补阴精为要。然燥象内结之甚者，亦可下之，大承气汤之意也。

对于内伤燥邪，其因本是阳气虚衰不能化津，故治法当温阳化饮。至于外感燥邪的治疗，《素问·至真要大论》提出了"燥淫于内，治以苦温，佐以甘辛，以苦下之"的治疗原则。此文何意？高氏注曰："燥淫于内，金气胜也。火能平之，故治以苦温。苦温太过，金气不足，则佐以甘辛，盖甘生金而辛助金也。若温不及，金气犹盛，更以苦下之。"《内经》治法之严谨可知矣。《温病条辨》云："燥伤本脏，头微痛，恶寒咳稀痰，鼻塞，嗌塞，脉弦，无汗，杏苏散主之。"可见，杏苏散乃是治疗外感凉燥的代表方。方中杏仁苦辛温润，肃肺止咳化痰，苏叶辛温不燥，发表解肌，开宣肺气，并为君药；桔梗、枳壳一升一降，理气宽胸，前胡降气化痰，宣肺散风，共为臣药；半夏、橘皮、茯苓理气化痰为佐；生姜、大枣调和营卫，甘草调和诸药，是为使药。合用共奏轻宣燥邪、化痰止咳之功。该方乃苦温甘辛之法，正体现了《内经》的治疗原则。下面举一医案析之。

患者杨某，男，65岁。与其妻同来。主诉：轻度怕冷，无汗，咳痰清稀，鼻塞，流涕，咽干，舌尖不红，舌苔白腻。其妻症状相同，唯舌苔薄白，痰黄。两人都给予杏苏散；男士加薏苡仁祛湿，女士加浙贝母去痰热。3天后来告，症状均消失，仅余咳嗽，给予止嗽散治疗。

（选自《外感发热第十四方》）

**按**：燥为阴邪，前人谓之为次寒，其伤于肌表，故恶寒无汗；燥邪伤肺，气郁于内不能布津，津液内结，故咳痰清稀；鼻为肺之窍，咽属肺系，肺气郁，故鼻塞咽干。该病人症状正符合燥邪致病机制，故以杏苏散清宣燥邪，宣肃肺气，化痰止咳治之。

**老师评语：**

文章引用不少经文对燥邪属性、成因、主病和治法做了阐述，并提出了自己的观点，作者书写此文，需查阅大量文献，并用心思考，作为大一学生能指出教材不足，阐释个人见解，实为难得。

周计春

# 拍案叫绝：刘保和教授"旋转乾坤汤"亲试记

河北中医学院中医系 2008 级赵丽萍　中医系 2010 级李奇

刘保和教授从事中医临床工作 50 余年，最基本的学术理论是人体气运动基本模式，即："'枢轴－轮周－辐网'协调运转的圆运动"。老师擅长脉诊与腹诊，主张运用方应"抓主症"。笔者有幸侍诊于刘教授期间，更真切地体会到老师对经典有深刻而独到的见解，可谓醍醐灌顶，令人拍案叫绝。

刘教授在"人体气运动基本模式"的理论基础上自创了"旋转乾坤汤"（杏仁、前胡、浙贝母、瓜蒌皮、紫菀、枇杷叶、桔梗、黄连、当归、柴胡、川椒、玄参、肉桂），此方通调三焦，用于肝郁已久，进而导致全身气机不畅，中焦枢轴不运的病证。《素问·六微旨大论》所言："高下相召，升降相应，而变作矣。"此时，肝气不升，肺无以降，升降失司，正如刘教授的"枢轴－轮周－辐网"模式中"轮周""枢轴"被阻，整个"人体"自然无法运转，所以就会表现出全身各种症状。很多病人服此方后出现明显好转，令我们更加佩服刘教授的学识，也更信服中医经典。

跟师学习最终目的是自己能灵活运用所学知识，笔者暑期治疗一患者，其症状纷繁杂乱，服用刘老师的"旋转乾坤汤"后效果甚好，且过程很是有趣，愿与同道共飨。

李某，女，46 岁，住邯郸市峰峰矿区。

2013 年 7 月 18 日初诊：患者全腹胀满，腹硬且压痛，已 12 年。服"木香顺气丸"和多种疏肝行气的药毫无效果。生产之前素体强健，12 年前剖腹产下一女，产前因家庭琐事生闷气，产后次日如厕时自觉有冷风灌入阴部，当晚便发生昏厥，由此之后腹胀，肚脐反复化脓，数年才愈。10 年来矢气不畅，经常嗳气，出汗很少。双下肢水肿，憋胀难耐，怕风怕冷，脚凉，夏天仍需穿两条裤子。自生产至今，颈椎痛，左侧腰骶部凸起明显高于右侧，腰痛拘紧，关节不利。患者自述打喷嚏或弯腰都会腰椎关节脱臼。现腹胀，按之痛，有块状物，但能移动。整日觉疲倦，无精神，头脑昏沉，嗅觉不如以前灵敏。皮肤粗糙。每日大便 7～8 次，稀溏，纳食后腹胀加重，寐尚可。于 2013 年 3 月初在当地医院查出患"左侧卵巢囊肿"，进行治疗后，囊肿稍减小，再治无效。已 3 个月未来月经。

舌暗苔厚，脉沉弦。予刘保和教授的"旋转乾坤汤"：

| 杏仁 10g | 前胡 10g | 浙贝母 10g | 紫菀 10g | 桔梗 10g |
| 枇杷叶 10g | 黄连 3g | 玄参 10g | 当归 10g | 瓜蒌皮 10g |
| 柴胡 10g | 川椒 3g | 肉桂 3g | 川牛膝 10g | 桃仁 10g |

7 剂，水煎服。

7 月 25 日二诊：服 2 剂药后擤出大量白黏鼻涕，易擤出，且觉鼻子舒服，头脑清楚。服 4 剂后涕无。大便每日 4～5 次，腹部变软，能听到肠鸣音。服药 7 天内矢气较畅。昨日来月经，量多，有大量血块排出，血块出则小腹舒服，下肢水肿减轻一半。

上方加清半夏 10g、厚朴 10g、赤芍 10g，7 剂。

8 月 1 日三诊：月经尚未净，下肢水肿已消。近日觉腹部当脐处痒，似蚂蚁爬行。肠鸣音明显。每日矢气数次，大便 3 次。觉两胁有气向腹部窜走。现两手臂三焦经循行之处出现密密麻麻的白色小疙瘩，且瘙痒难耐。下肢已不怕冷，可穿单裤及裙子。精神和体力较好。

继予上方 7 剂。

8 月 8 日四诊：8 月 3 日经净，觉腹部舒服，腹胀减轻，腹内按之已无硬块。脐部蚁行感消失。手臂的疙瘩已退，全身皮肤比以前细腻。两鬓、前额及耳前又出现似手臂处一样的疙瘩。

上方加蝉蜕 5g，10 剂。

8 月 18 日五诊：8 月 9 日上午曾来电告之，服此次药半剂后，当晚出现头晕，颈椎及后脑勺有蚁行感，今晨睡醒后未再发。嘱其继续服药。

今诊面部疙瘩已消退，颈部觉舒服。现左腿外侧及左侧腰骶部突出部位又起疙瘩。复查子宫及附件 B 超提示正常，囊肿已消除。

因笔者马上要开学返校，故嘱其继续服药，待疙瘩消退后停服。8 月 28 日电话告知，疙瘩消退，全身无不适，停药。

**按**：本案患者病证繁杂，几乎身体每个部位都不舒服，此时辨明病因病机尤为关键。正如《素问·阴阳应象大论》所言："治病必求于本。"此患者产前生气导致肝郁，肝乃将军之官，郁则不达，不能正常推动气的运行，卫气固护失守，遂招致风邪从下直入腹内导致产后昏厥。肝木乘土加之外邪侵扰，中轴运转受阻，以致脐部反复化脓及腹胀。肝郁不升，脾胃升降失司，清阳不升，患者表现便溏且次数多，头脑昏沉。浊阴不降，故见全腹胀满，10年来矢气不畅而嗳气频繁。患者下肢怕冷而脚凉，不可辨为久病阳虚而肢冷，妄用附子等燥烈之药。《素问·通评虚实论》曰："气逆者足寒。"此患者气血不通，气逆，故不能温养下肢而怕冷，脚凉。《灵枢·经筋》曰："足少阳之筋……前结于伏兔，后结于尻。""尻"即在腰骶部。肝胆相表里，肝主筋，气血阻滞，此处筋脉失于濡养，故疼痛拘紧，关节不利。病程长达12年之久，以致三焦气机不畅而波及全身，皮肤变得粗糙干燥，且出汗很少。延及血分，又出现卵巢囊肿。治当调畅气机，疏理三焦。

患者曾服木香顺气丸等疏肝行气药无效，应拓展思路，全面条畅气机，笔者认为刘教授的"旋转乾坤汤"最为适合。本方以柴胡疏肝气，解郁结，取少量的川椒辛散以鼓舞肝气；大队肺药降肺气，一则降上逆之气，以通调气机，与肝气疏泄相应，并助胃降浊；以当归滋养心血，心血充足则心气可降，黄连降心火，并与肉桂共奏交泰之功；玄参滋养肾阴，使肾水充足，再经少量肉桂温煦蒸腾，肾气便可升腾于上，整个人体"轴""轮"均可转动起来。"久则血伤入络"，以其胞宫内已有癥瘕形成，故另加桃仁通络化瘀，川牛膝活血并引血下行。

二诊病人服药后出现鼻涕多，并感觉头脑清爽，此正如《素问·通评虚实论》所言："头痛耳鸣，九窍不利，肠胃之所生也。"《素问·五脏别论》曰："五气入鼻，藏于心肺，心肺有病，而鼻为之不利也。"服药后肺气已通，肠胃内的浊阴已降，故官窍通利。患者月经已下，且量多夹有血块，乃驱邪外出、排泄瘀滞之佳象。此时应因势利导，故加赤芍、半夏、厚朴推动"枢轴"的运转，如此用药，全身气血通畅，胞宫瘀滞排出，则卵巢囊肿消除。

三诊之后病人相继出现了一系列有趣的反应。脐部、颈椎处有蚁行感，乃因气血已通。待运行完全畅通后此类感觉便自然消失。手臂、两鬓、前额、大腿外侧、腰骶部皆厥阴肝经和少阳经循行路径，这些部位出现的诸多症状均证明病位在肝和三焦。药后手臂长疙瘩是一种邪透外出的表现，疙瘩消退后皮肤变好，但此后前额及两鬓又出疙瘩，则说明邪透尚不彻底，故四诊时加蝉蜕5g，以助邪气宣透，故嘱继续服药。

如此用药使"轮周"肝升肺降，心肾水火既济，"枢轴"脾升胃降，全身气机即可正常运转。

经此亲诊，笔者对刘老师的"枢轴－轮周－辐网"学说及"旋转乾坤汤"有了更深刻的理解。

此方配伍严谨，用药巧妙。或许有人会疑惑病人本无肾阴虚，为何要加入玄参？这就是此方的巧妙之处，体现了刘教授对"阴升阳降"理论的理解。《素问·天元纪大论》曰："天有阴阳，地亦有阴阳。"王冰说："天有阴故能下降，地有阳故能上腾。"所以阳能降是因为阳中有阴，阴是阳降的动力；阴能升是因为阴中有阳，阳是阴升的动力。笔者体会，气的阴升阳降与脏腑的"体"和"用"是相通的。人们常提及"肝体阴而用阳"，其实每个脏腑都有"体"和"用"，而且脏皆为"体阴而用阳"，腑皆为"体阳而用阴"。这个问题吴鞠通在《医医病书·五脏六腑体用治法论》中有详细阐述："脏属阴，其数五者，阴反用奇也……故五脏六腑，体阴而用必阳，体阳而用必阴。"吴鞠通还在此文中介绍了五脏六腑"体"和"用"的药物，却并未道明"体""用"究竟如何相互作用。"体"的充足可保证"用"的正常，而"用"又推动"体"的运行，"体"即是"用"升或降的动力。故刘老师在此方中加入当归滋心血以充实心"体"，以保证其"用"即心气下降；加入玄参滋肾水以充养肾"体"，确保其"用"即肾气上腾。这里需要说明的是不可把"体阴而用阳"与气的"阴升阳降"的"阴阳"混淆，前者是针对脏腑本身的物质功能而分阴阳，后者是针对脏腑间气机运行的相对关系而论阴阳。

此方运用了大量肺药，但刘老师意不在专治肺病，这也是此方的关键所在。老师常谆谆教导我们："历代医家都很重视通肺气的作用，通肺气以治肝往往有意想不到的效果。"翻阅经典及古代医家书籍确实如此。

《素问·五脏生成》《素问·五运行大论》均提到五行的生克制化。《难经·八十一难》曰："假令肝实而肺虚，肝者木也，肺者金也，金木当更相平，当知金平木。"《难经·七十五难》曰："经言东方实，西方虚，泻南方，补北方……欲令金得平木也。"后世医家从《内经》《难经》中总结出佐金平木法。但在临床真正把此法推广开来的首先是朱丹溪，他在治疗鼓胀时提出"养金制木"，此后叶天士、王孟英亦非常重视此法。而继承他们的学术，把此法运用得炉火纯青的当属王旭高。在他的"治肝三十法"中"平肝法""抑肝法""清金制木法"都体现了此思想。刘教授深得其旨，故在临床运用中得心应手。对于一些肺气宣降无力的病证，老师还会加入一些滋养肺阴的药，以滋肺体而助其用，效如桴鼓。

笔者本文所述仅为刘保和教授学术思想之点滴。老师治学严谨和孜孜不倦的精神时刻激励着我们这些后辈。

**老师评语：**

刘老师为我院资深教授，是印会河老师首届研究生，在刘渡舟讲课录音中，多次提到刘保和教授，对其颇为赏识。

刘教授中医功底扎实，且能别出心裁，"枢轴-轮周-辐网"是其独特理论，并创"旋转乾坤汤"，且学生学而用之，竟见奇效，值得吾好好学习。

李士懋

# 李士懋平脉辨治高血压经验

河北中医学院针推系 2010 级　刘签兴　李晓洁

（本文为大学三年级学生合作撰写，原载于《中国中医药报》2013-8-28）

李士懋，系河北中医学院教授、主任医师、博士生导师，第二、三、四、五批全国老中医药专家学术经验继承工作指导老师。2008 年获河北"大名医"称号。从事中医教学、临床工作 50 余年，学验俱丰，学术上坚持中医理论指导下的辨证论治，尤重脉诊；擅长运用中医疗法治疗急症、心脑血管病及内科疑难杂症。笔者有幸侍诊左右，耳濡目染，受益颇多，现总结其平脉辨治高血压临床经验如下。

## 一、对高血压病因病机的认识

李士懋教授认为，人体正常生理状态下的血压是气血冲和、阴阳平衡的一种表现。正如《素问·生气通天论》所说："阴平阳秘，精神乃治。"中医虽没有高血压病名，但在历代典籍记载之眩晕、头痛、心悸等病中也可略见其端倪，这些古人治验，虽非特指高血压，但对今天高血压的治疗仍有重要启悟。

高血压病因病机较为复杂，《内经》认为其因有三：一曰肝风；二曰气虚；三曰髓亏。《金匮要略》则多从水饮立论；丹溪倡痰；景岳主虚；至清代以降，养阴之风大兴，多以阴虚阳亢立论。近现代各个医家则又各衍其说，争鸣喧嚣。

李士懋教授遍览岐黄青囊，撷取历代医家精华，结合自己 50 余年临床经验，认为在高血压病的病理演变过程中，阴阳虚实可在疾病的不同阶段发生不同变化，高血压总的病因病机在于阴阳失调、气血失和，而非肝阳上亢、肝风内动一词一语可概其全貌。

高血压虚实皆可有之，五脏亦可有之。调和阴阳、畅达气血，升者以降、降者以升、寒者以温、热者以寒，平脉辨证，四诊合参，随证治之，方无定方，法无定法，使阴阳气血和调，则高血压诸症自可痊愈。

## 二、对高血压的平脉辨证论治

前人有云："先议病，后议药。"李士懋认为治病不效，由不识病者多，由不识药者亦不少，所以他提倡"博涉知病，多诊识脉，屡用达药。"在临床上，他治病独重脉诊。以脉诊为核心，强调脉诊在中医诊断疾病过程中的决定性作用。

"平脉辨证"则是他在张仲景思想的启悟下延伸出来的治病大法。李士懋引《四言举要》之言"脉乃血派，气血之先；血之隧道，气息应焉"，认为一切疾病均可以从脉象上找问题，也都可以从脉象上找方法。基于平脉辨证的基础上遣方用药，自是胸有全局，运筹帷幄，全于方药之间见文章。他治疗的很多病人可以达到停用西药、血压正常的效果。下面就针对"邪实"与"正虚"两类病人从脉象和方药上介绍其治疗高血压的经验。

## （一）邪实

**案例 1：脉象弦滑诊为痰蕴化风**

董某，女，29 岁。2010 年 12 月 22 日初诊。

血压不稳定 1 年，波动在 140～170/90～100mmHg 之间。头晕、时痛，眼胀，他无明显不适，未服降压药。

脉弦滑。舌淡红，少苔。

证属：痰热生风。

法宜：化痰息风。

方宗：半夏白术天麻汤。

| 半夏 12g | 天麻 15g | 白术 10g | 茯苓 15g | 胆南星 8g |
|---|---|---|---|---|
| 陈皮 12g | 菖蒲 9g | 钩藤 10g | 蔓荆子 5g | 全蝎 10g |

蜈蚣 10 条

7 剂，水煎服，每日 1 剂。嘱停西药。

12 月 29 日复诊：药后头晕、眼胀明显好转，即刻血压 130/80mmHg，药已中病，稍事加减，继服 30 剂，停药。

**按：**初诊因脉象弦滑，故诊为痰蕴化风，予半夏白术天麻汤治疗。

先后病脉证有问脉弦滑何以诊为痰蕴化风？脉弦主饮主痰，《金匮要略·脏腑经络先后病脉证》云："滑则为气。"此脉象之弦滑为痰涎内阻，邪气阻滞，气血欲行而与邪搏击，气血激扬化风而显脉滑。半夏白术天麻汤所治之风痰，不是外感所致，而是素体脾虚，水谷精微不能化生气血，则变化为痰。

《素问·至真要大论》说："诸风掉眩，皆属于肝。"于是肝风夹痰浊之气上扰清窍，则头晕眼胀。方中半夏除湿化痰、健脾止呕为世所公知，而李士懋教授认为半夏兼具辛开下气之功，古人有"治肝不应，当取阳明"之语，阳明清则肝气下降不为逆，此之谓也。又加蔓荆子，因李时珍谓："蔓荆子体轻而浮，上升而散，故所主皆头面风虚之证。"但内风既动，则其量宜小不宜大。

**案例 2：脉沉弦拘减诊为寒凝脉痉**

刘某，男，57 岁。2012 年 6 月 10 日初诊。

高血在 170/130mmHg 左右，服硝苯地平、卡托普利控制在 130/90mmHg。现头晕，双下肢略肿，胸闷，他无明显不适。

脉沉弦拘减。舌淡，苔可。

证属：寒凝脉痉。

法宜：温阳散寒解痉。

方宗：寒痉汤。

麻黄 10g　　桂枝 10g　　葛根 10g　　生姜 15g　　肉桂 8g（后下）
蝉蜕 6g　　全蝎 10g　　蜈蚣 8 条　　细辛 6g　　炮附子 10g（先煎）

5 剂，水煎服，3 小时 1 剂，加辅汗三法以取汗。嘱停西药。

6 月 13 日复诊：药后汗已出透，胸闷、头晕明显好转，即刻血压 140/90mmHg，药已中病，稍事加减，继服 20 余剂，不再取汗，以防伤正，血压归于正常，停药。

**按：** 此初诊因脉象沉弦拘减，故诊为寒凝脉痉，予寒痉汤加减治疗。

有问脉沉弦拘减何以诊为寒凝脉痉？《素问·举痛论》说："寒气客于脉外则脉寒，脉寒则缩蜷，缩蜷则脉绌急，绌急则外引小络，故卒然而痛。"寒主收引凝泣，血脉不畅，故脉沉弦拘减，其为阴寒郁闭凝涩之象明矣。李士懋教授将脉沉弦拘紧泣滞，称为痉脉。见此脉，即可断为寒邪凝痹，不论表里，皆可以汗解之。

临证使用该方，以痉、寒、痛为三大要点，痉即脉痉（约占 80%），寒即寒象（约占 10%），痛即疼痛（约占 5%），其余舌象、体征（约占 5%）。此案李士懋教授采用自拟之寒痉汤，附以辅汗三法（连续服药、啜热粥、温覆），以使寒从汗解。汗解之标准当以正汗为要，即持续汗出、遍身皆见、微似汗出、随汗出而脉静症解。见此汗则停后服，不可继服。汗透寒散后，并非一汗而愈，当观其脉证，随证治之。

此案采用辛温发散之法，用麻黄竟达 10g，然患者服后，血压不升反降，说明中医不可被西医药理研究所限制，而失去辨证论治的学术特色。李士懋教授认为麻黄在此乃发越阳气之用，正如《金匮要略·痰饮咳嗽病脉证并治》之言"麻黄发其阳故也"，阳气发越，不为寒邪所束，则脉静压降。治疗高血压，从肝阳、肝风、痰热等考虑者为多，而从温阳散寒解痉考虑者鲜见。此"不远辛温遵经旨，但求潜降难为功"。诚为发皇古义、探求新知之宝贵结晶。

**案例3**：脉沉躁而数诊为郁火生风

刘某，男，46岁。2012年11月12日初诊。

高血压2年，服卡多普利控制血压在130/100mmHg。即刻血压140/98mmHg。现头晕，目花，胸闷，烦躁，寐差，他无明显不适。

脉沉躁而数。舌黯红，苔白。

证属：郁火生风。

法宜：宣透郁热，息风。

方宗：升降散。

| | | | | |
|---|---|---|---|---|
| 僵蚕15g | 蝉蜕9g | 姜黄10g | 大黄8g | 栀子12g |
| 连翘15g | 薄荷5g | 淡豆豉8g | 桑叶8g | 菊花10g |
| 全蝎10g | 蜈蚣10条 | | | |

7剂，水煎服，每日1剂。嘱停西药。

11月19日复诊：药后胸闷、头晕、寐差明显好转，即刻血压130/100mmHg，药已中病，稍事加减，继服20余剂，血压归于正常，停药。

**按**：初诊因脉沉躁而数，且舌黯红苔白，故而诊为郁火生风，予升降散加味治疗。

有问脉沉躁而数何以诊为郁火生风？《四言举要》云："火郁多沉。"此沉乃气机不畅，气血被束不外达而沉，躁数实为火热郁伏奔腾不宁之象。故脉沉而躁数，李士懋教授以其为典型之火郁脉。郁火攻冲，则有头目不清、胸闷寐差诸症。"火郁发之"，谓其祛除壅塞，展布气机，透热外达。

方以升降散合栀子、连翘、薄荷、淡豆豉等透解郁热，名其为"新加升降散"。是方之中尤以大黄之用耐人寻味，大黄苦寒清泄，通腑泻火，降浊推新，使在里之热下趋而解，以泻代清。又加入连翘、薄荷等风药，以风药入通于肝，助肝以散火，以利于郁热之透达。

**案例4**：脉沉滑数诊为痰热化风

张某，男，61岁。2012年10月21日初诊。

高血压3年余，在180/135mmHg左右，服硝苯地平、卡托普利、美托洛尔控制在 150/110mmHg。即刻血压 145/105mmHg。现头晕头胀，胸闷，心烦，他无明显不适。

脉沉滑数。舌红，苔可。

证属：痰热化风。

法宜：清热化痰，息风。

方宗：黄连温胆汤。

| | | | | |
|---|---|---|---|---|
| 黄连 10g | 陈皮 10g | 半夏 12g | 枳实 9g | 竹茹 10g |
| 菖蒲 9g | 胆南星 9g | 瓜蒌 15g | 郁金 9g | 全蝎 10g |

蜈蚣 10 条

7 剂，水煎服，每日 1 剂。嘱停西药。

10 月 27 日复诊：药后胸闷、头晕明显好转，即刻血压 140/90mmHg，药已中病，稍事加减，继服 40 余剂，血压归于正常，停药。

**按：**此初诊因脉象沉滑数，舌红，故而诊为痰热化风，予黄连温胆汤加减治疗。

有问脉沉滑数何以诊为痰热化风？李士懋教授认为脉以沉为本，以沉为根，故而临床诊脉首以沉取有力无力分虚实，沉取有力为实，无力为虚。《濒湖脉学》云："滑脉为阳元气衰，痰生百病食生灾。"此脉沉滑数乃痰热内蕴化风，扰乱气机，脉道不利而致。痰热生风而头晕，内扰于心而心烦胸闷。辨证既明，则法随证立，方随法出。方选黄连温胆汤加化痰息风之品为治。

李士懋教授于息风之品独喜加全蝎、蜈蚣二味，二者即古方之止痉散，用其息风平肝止痉，"以其尤善搜肝风，内治肝风萌动，外治经络中风"。（张锡纯语）疗效甚为确切。痉除，则血脉得舒，血压自可降低，此即"见压休降压，痉除压自降"。如若伍以僵蚕、蝉蜕等，亦有息风解痉之功。

**案例 5：**脉象弦数诊为肝热生风

王某，男，69 岁。2011 年 5 月 9 日初诊。

平素高血压，服硝苯地平控制在 130/90mmHg。现头晕，面时潮红，口苦，胸闷，大便干结，他无明显不适。

脉弦数。舌红，苔黄厚。

证属：肝热生风。

法宜：泻肝清热，息风。

方宗：龙胆泻肝汤。

龙胆草 9g　黄芩 10g　　柴胡 8g　　　生地黄 12g　当归 10g

泽泻 10g　　大黄 6g　　　木通 8g　　　甘草 6g　　　车前子 12g(包煎)

全蝎 10g　　蜈蚣 10 条

7 剂，水煎服，每日 1 剂。嘱停西药。

5 月 16 日复诊：药后头晕，嗜睡明显好转，即刻血压 135/98mmHg，药已中病，稍事加减，继服 20 余剂，血压已归于正常，停药。

**按**：初诊因脉象弦数，舌红苔黄厚，故而诊为肝热生风，予龙胆泻肝汤加减治疗。

有问脉弦数何以诊为肝热生风？春脉弦，故肝之脉亦常弦。肝本刚脏，体阴而用阳，若肝失冲和舒启而亢逆则病脉弦。脉数则为其化热生风之征。肝喜升发条达，而湿热黏滞胶结致使肝热生风，治当清泻肝胆，李士懋教授以龙胆泻肝汤一方予之，效如桴鼓。此乃治以苦降辛泄，佐以通络息风，勿使风阳上翔，则龙相安宅，风阳自戢。张子和说："泻火则木自平，金自清，水自旺也。"

李士懋教授临床时常说"病有千端，法有万变，圆机活法，存乎其人"。对于肝胆湿热或肝热生风之高血压，只要脉证相合，其效必佳。且他每于方中加入全蝎、蜈蚣二味，并盛赞其解痉息风之功。

案例 6：脉弦寸劲诊为瘀阻经络

王某，女，55 岁。2002 年 11 月 26 日初诊。

平素血压高，无明显不适症状，亦未服药。近两周左手麻，恐中风，故来诊。血压 160/110mmHg。

脉弦寸劲。舌黯。

证属：瘀阻经络。

法宜：活血通经，息风。

方宗：身痛逐瘀汤。

桂枝 10g　　桃仁 12g　　红花 12g　　川芎 8g　　　赤芍 12g

当归 12g　　姜黄 9g　　　地龙 12g　　桑枝 18g　　鸡血藤 18g

水蛭 9g　　蜈蚣 10 条　　怀牛膝 10g

5 剂，水煎服，每日 1 剂，共服 20 余剂。

12 月 31 日复诊：药后诸症明显好转，血压归于正常，停药。

**按**：初诊因脉弦寸劲，且舌黯，故而诊为瘀阻经络，予身痛逐瘀汤治疗。

有问脉弦寸劲何以诊为瘀阻经络？瘀血无定脉，或弦或滑或涩，均有可能。此例李士懋教授结合其舌黯而断为瘀血，瘀血阻络而现诸症。他认为正常血压乃气血冲和之象，异常血压即为气血失和所致。《医学入门》说："人皆知百病生于气，而不知血为百病之始也。"《素问·生气通天论》曰："阳气者，大怒则形气绝，而血苑于上，使人薄厥。"此为气血相乱之昏厥，张锡纯亦以此气血相乱之理解释"高血压"。

此例李士懋教授以身痛逐瘀汤治疗气血相乱之瘀血证，他认为行血息风化痰也可作为平脉辨治高血压的临床基本法则之一，"有是脉，定是证，用是药"，此其谓也。

**案例 7**：脉沉而拘紧，按之有力诊为寒痹心脉

黄某，男，59 岁。2012 年 8 月 15 日初诊。

高血压 5 年余，多在 170/135mmHg 左右，服西药控制在 120/90mmHg。现胸痛、胸闷、短气，无力，惊悸，四末冷，其他无明显不适。

脉沉而拘紧，按之有力。舌可。

证属：寒痹心脉。

法宜：温阳散寒通脉。

方宗：小青龙汤。

麻黄 5g　　桂枝 8g　　细辛 4g　　干姜 6g　　炮附子 9g（先煎）
半夏 9g　　白芍 9g　　五味子 5g　　茯苓 12g　　炙甘草 6g

7 剂，水煎服，每日 1 剂。嘱停西药。

10 月 27 日复诊：药后胸闷、短气明显好转，即刻血压 140/100mmHg，药已中病，稍事加减，继服 90 余剂，血压归于正常，停药。

**按**：初诊因脉沉而拘紧，按之有力，此为实也，故而诊为寒痹心脉，予小青龙汤加减治疗。

有问脉沉而拘紧、按之有力何以诊为寒痹心脉？《四言举要》曰："沉

脉主里，主寒主积。"又云："脉得诸沉，责其有水。"《脉经·平惊悸衄吐下血胸满瘀血脉证》第13条曰："寸口脉紧，寒之实也。"脉拘实其为寒饮束缚，正气不得泄越之象。

寒饮内停，外无表证，小青龙汤可用否？李士懋教授给了一个肯定的答复：可用。此时用麻黄、桂枝，目的不在于解表，而是激发阳气。细辛启肾阳，麻黄发越阳气，桂枝通阳，阳气升腾，则阴霾自散。李士懋教授参机悟道，守绳墨而废绳墨，于通阳之中得其活法，每用此方挽狂澜于既倒，务使"离照当空，阴霾自散"。在此方中，半夏虽与附子相反，但病情需要，亦起到相反而相成的作用。

**案例8：脉沉弦而滞诊为邪客经腧**

丁某，女，35岁。2007年1月19日初诊。

高血压半年余，服卡托普利血压控制在130/96mmHg左右。现自觉后头胀，咳，经前乳胀，他无明显不适。

脉沉弦而滞，舌苔质正常。

证属：邪客经腧，经脉拘急。

法宜：疏风解痉。

方宗：川芎茶调散。

| | | | | |
|---|---|---|---|---|
| 川芎 7g | 荆芥穗 7g | 白术 10g | 羌活 7g | 防风 9g |
| 蔓荆子 9g | 葛根 12g | 藁本 9g | 蝉蜕 6g | 白蒺藜 12g |
| 钩藤 15g | 天麻 12g | 全蝎 10g | 蜈蚣 10 条 | |

7剂，水煎服，每日1剂。嘱停西药。

1月26日复诊：药后头胀、咳明显好转，即刻血压130/90mmHg，药已中病，稍事加减，继服40余剂，血压归于正常，停药。

**按：**初诊因脉沉弦而滞、后头胀、咳，故而诊为邪客经腧，经脉拘急，予川芎茶调散加减治疗。

有问脉沉弦而滞何以诊为邪客经腧？李士懋教授引《四诊抉微》之语"表寒重者，阳气不能外达，脉必先见沉紧"。由此可见，沉脉亦可主表。脉弦而滞，则为其邪扰乱气机造成气血滞涩，脉道失养之象。风邪客于太阳经腧，故以疏风解表合以息风解痉之品为治。

盖风为阳邪，"伤于风者，上先受之"，且"高颠之上，唯风可到"，故而运用大量风药，以风胜风。他常谓："中医处方，讲究王者之师，讲究王道，不强调霸道，这是中医的特色。"以风胜风，正是李士懋教授在平脉辨证指导下的创新应用。

## （二）正虚

**案例 1**：脉沉弦细而涌诊为阴虚阳亢化风

李某，男，50 岁。2012 年 5 月 12 日初诊。

平素高血压、冠心病，血压在 160/105mmHg 左右，服硝苯地平控制在 130/90mmHg。现头晕，心悸，胸闷，烦躁易怒，寐差，他无明显不适。

脉沉弦细而涌。舌绛红，少苔。

证属：肝肾阴虚，阳亢化风。

法宜：滋补肝肾，平肝息风。

方宗：三甲复脉汤。

| | | | | |
|---|---|---|---|---|
| 白芍 18g | 牛膝 10g | 山茱萸 12g | 地黄 15g | 龟甲 30g（先煎） |
| 丹参 15g | 五味子 6g | 炙甘草 8g | 桂枝 8g | 炙鳖甲 30g（先煎） |
| 生龙骨 30g（先煎） | | 生牡蛎 30g（先煎） | | |

7 剂，水煎服，每日 1 剂。嘱停西药。

5 月 19 日复诊：药后心悸、头晕、寐差明显好转，即刻血压 145/108mmHg，药已中病，稍事加减，继服 30 余剂，血压归于正常，停药观察。

**按**：此初诊因脉沉弦细而涌，且舌红绛少苔，故而诊为肝肾阴虚，阳亢化风，予三甲复脉汤加减治疗。

有问脉沉弦细而涌何以诊为阴虚阳亢化风？《脉学汇辨》云："沉而细者，属阴分，则见下血、血痢等症。"《濒湖脉学》云："细脉萦萦血气衰，诸虚劳损七情乖。"脉沉弦细实为肝肾真阴亏损，不充脉道之象。脉涌则为其阴虚而阳亢化风，风阳旋于上之征。《难经》云："阴维为病苦心痛。"阴维为奇经八脉之一，隶属于肝肾，是以肝肾阴亏病发头晕、心悸等症状。叶天士云："下虚者宜从肝治，补肾滋肝，育阴潜阳，镇摄之治是也。"

李士懋教授认为临床治此，复其真阴，草木之品其力薄，唯运用血肉有情之品始能奏效。通补奇脉肝肾，选龟甲、鳖甲即是此意。另他于方中加龙骨一味，实为此方之妙笔，一则借其潜降之性，滋阴潜阳，收敛正气；二则利用其"引逆上之火，泛滥之水而归其宅"（陈修园语）之性以治痰，防止痰随风火而走动，肆意为患。

**案例 2：脉沉弦细无力右甚诊为阳虚水泛**

马某，女，49 岁。2012 年 5 月 6 日初诊。

高血压 3 年余，服西药控制在 130/96mmHg 左右。现头晕，胸闷，短气，多痰，小便失禁，四末冷，他无明显不适。

脉沉弦细无力右甚。舌淡，苔滑。

证属：阳虚水泛。

法宜：温阳化水，健脾化痰。

方宗：真武汤合苓桂术甘汤。

| 茯苓 10g | 桂枝 8g | 白术 10g | 炮附子 12g（先煎） |
| 干姜 6g | 半夏 9g | 白芍 9g | 甘草 6g |

7 剂，水煎服，每日 1 剂。嘱停西药。

5 月 13 日复诊：药后头晕胸闷、短气多痰明显好转，即刻血压 140/100mmHg，药已中病，稍事加减，继服 50 余剂，血压归于正常，停药。

**按：**此初诊因脉沉弦细无力右甚、舌淡苔滑，故而诊为阳虚水泛，予真武汤合苓桂术甘汤治疗。

有问脉沉弦细无力右甚何以诊为阳虚水泛？李士懋教授以脉诊中左为阴，右为阳；脉沉取无力而右甚，知其为阳虚。《金匮要略·血痹虚劳病脉证并治》云："弦则为减，减则为寒。"又云："脉偏弦者，饮也。"张路玉亦说："凡病脉弦者，皆阳中伏阴之象。"明其为阳气虚馁水饮泛溢。细则因其气血虚衰无力鼓搏所致，此细必沉取无力为其应。

诊此阳虚水泛之脉，李士懋教授认为其人素体阳亏，水湿内停，当遵叶氏之言，温阳镇水与通阳利水同施。阳衰者，温之于下，阴盛者，驱镇于内，阴霾散则阳气展，是以三焦水道通利，阴浊散尽，血压自降。他于此方中独守意于白芍一味，认为阳虚水泛之人，其"邪水盛一分，则真水少一分"，治此用白芍"护阴"亦颇为重要。

**案例 3：脉弦无力诊为气虚风动**

范某，男，44 岁。2006 年 6 月 19 日初诊。

高血压已半年。药物控制在 140/110mmHg。现头晕，阵发性胸痛，气短，汗多，左上肢麻，他无明显不适。

脉弦无力。舌可。

证属：阳虚气弱，虚风萌动。

治宜：益气温阳，佐以息风。

方药：

生黄芪 60g 白术 19g 　党参 15g 　茯苓 15g 　炮附子 15g（先煎）
桂枝 12g 炙甘草 6g 　当归 15g 　全蝎 10g 　蜈蚣 10 条

14 剂，水煎服，每日 1 剂。嘱停西药。

7 月 2 日复诊：胸痛减，头昏目胀，晨起恶心，脉仍弦无力，舌可。上方将生黄芪加至 120g，炮附子改 30g，并佐山茱萸 30g。临证加减 60 余剂。血压稳定于 120/90mmHg，无他不适。停药。

**按：** 此初诊因脉弦无力，经脉失养，而诊为阳虚气弱，肝风萌动，予大剂黄芪配伍治疗。

有问脉弦无力何以诊为气虚风动？脉沉取无力，乃阳气虚无力推行气血以充脉道，脉道失充，则血府失去温煦濡养而弦，此阳气虚而弦，必弦而不任重按。阳气虚，清阳不达于颠，虚风窃居阳位故头晕；寒痹干清旷之野而胸痛；津液失于固护而汗多；窜于经络而肢麻。

李士懋教授认为此案乃阳虚气弱，而致肝气萌动。治应重用黄芪以补气复阳息风。世人皆云："参芪少量兴奋，大量抑制。"而不知此乃背离辨证论治之旨，其属气虚明显者，此时不可计较其"兴奋""抑制"之说，重用党参、黄芪益气，谨守病机，每收良效。且张锡纯云："黄芪性温，味微甘，能补气，兼能升气，善治胸中大气下陷。"《神农本草经》又云："黄芪主大风"。

故李士懋教授认为黄芪集补气、升举、息风为一体，配伍以全蝎、蜈蚣等品，实为治疗气虚型高血压之佳品。

**案例 4：脉象弦硬尺弱诊为肾虚风动**

赵某，男，69 岁。2011 年 8 月 2 日初诊。

5 年前患脑梗死，血压高，多在 170/100mmHg 左右，服硝苯地平控制在 150/90mmHg。现头晕时痛，足如踩棉，嗜睡，他无明显不适。

脉弦硬尺弱。舌黯，苔厚中黑。

证属：肾虚风动。

法宜：益肾息风。

方宗：地黄饮子。

肉苁蓉 12g　熟地黄 12g　五味子 10g　麦冬 10g　　巴戟天 10g

菖蒲 9g　　　远志 10g　　山茱萸 15g　天麻 15g　　肉桂 8g（后下）

茯苓 12g　　全蝎 10g　　蜈蚣 10 条　炮附子 10g（先煎）

鹿角胶 12g（烊化）

14 剂，水煎服，每日 1 剂。嘱停西药。

8 月 16 日复诊：药后足软、嗜睡略显好转，即刻血压 140/100mmHg，药已中病，稍事加减，继服 60 余剂，血压已归于正常，停药。

**按：** 此初诊因脉象弦硬尺弱，故而诊为肾虚化风，予地黄饮子加减治疗。

有问脉象弦硬尺弱何以诊为肾虚风动？《金匮要略·血痹虚劳病脉证并治》云："弦则为减。"减即不足也。此脉之弦硬有似真脏脉，脉动搏指，乃胃气不足，弦多胃少，本虚标实之证，切不可妄行开破，犯"虚虚实实"之戒。其尺弱则标明其肾阴阳俱亏，肾亏则无以资助五脏而化风。

河间地黄饮子治风痱，肾虚痿厥，乃阴阳双补之方。《素问·脉解》说："太阳所谓……入中为瘖者，阳盛已衰，故为瘖也。内夺而厥，则为瘖痱，此肾虚也，少阴不至者，厥也。"此案乃下虚上厥，厥气逆上则脉弦硬，然尺虚为其肾气衰惫之根，故用地黄饮子双补阴阳。方中肉桂、附子、巴戟天、肉苁蓉之类，李士懋教授认为肾虚则必有阴邪上乘，此四味原为驱逐浊阴而设，不可轻易去掉。

另方中用山茱萸，因李士懋教授最解张锡纯谓山茱萸"得木气最厚，收涩之中兼具条畅之性，故又通利九窍，流通血脉"之意。故此重用之，一则收敛真气，防止厥脱；二则防温阳之品使气升无制而浮动。

## 三、用药特点

综观李士懋教授平脉辨证治疗高血压的方法，笔者简要总结其用药特点如下。

平脉辨证，用药不拘。在临床上，"平脉辨证"是李士懋教授在张仲景思想的启悟下延伸出来的治病大法，即一切疾病均从脉象上找问题，也从脉象上找方法。他基于平脉辨证遣方用药，自是胸有全局。治疗高血压，是在脉象上权衡阴阳气血，在方药上体现宣通补泻，以法统方，方中有法，一切游走于方药之中，而又超乎方药之外。

擅施药对，提高疗效。他在临床上注重药物配伍，喜用药对。龙骨、牡蛎合用，滋阴潜阳，化痰平肝；全蝎、蜈蚣同用，为息风止痉之良品；仙茅、仙灵脾合用，二仙共奏温补肾阳之功；天麻、钩藤同用，平肝息风之力雄；陈皮、半夏、菖蒲，三药合力化痰以健脾，防肝风夹痰内扰。这些药对精简实用，或二药相伍，或三四成组，药精而不杂，方简而效宏，在一定程度上提高了高血压的临床治愈率。

总之，高血压病机在于阴阳失调、气血失和，而非一词一句可全概之。调和阴阳、畅达气血，升者以降、降者以升，寒者以温、热者以寒，随证施治，方无定方，法无定法，稗使阴阳气血和调，则高血压诸症自可痊愈。

**老师评语：**

本文记述李士懋老师治疗高血压经验，突显李老师注重辨证论治的传统中医治疗方法，在作者自己体会中，显出作者中医理法方药的学习情况，对中医知识的理解，都有一定的深度。

王四平

# 参机悟道：花金芳用药经验举隅

河北中医学院针推系 2010 级　刘签兴

（本文为作者大学四年级所作，原载于《中国中医药报》2014-8-25）

花金芳，系河北中医学院教授，主任医师，从事中医教学临床工作近五十年，有着丰富的临床经验，善于运用经方治疗中医内科、妇科疑难杂症，收效颇佳。笔者有幸跟随花教授学习，耳濡目染，获益匪浅。现将花教授治疗杂病的临床用药经验介绍于下。

### 1. 薤白巧用愈后重

花教授在临床中重视经典的指导作用，每深挖奥旨，验于临床，收获肯綮。如薤白治疗里急后重的作用，最早见于《伤寒论》第 318 条四逆散方后加减中，每易被医家忽视。花教授揽阅《汤液本草》，见云："下重者，气滞也，四逆散加此薤白以泄气滞。"《长沙解药》薤白条下亦云："肠病则陷，清气不升，故肛门重坠。薤白，辛温通畅，善散壅滞，故痹者下达而变冲和，重者上达而化轻清。"始明薤白之通气、滑窍、助阳以疗后重之功。后临床每遇里急后重者，辄在辨证论治的基础上加薤白 15～30g，收效颇为满意。

张某，男，40 岁。2012 年 9 月 16 日初诊。

患赤白痢 6 日，发热腹痛，里急后重，大便日十余次，小便短赤，肛门灼热。诊其脉滑数有力，舌红而苔微黄腻。

证属湿热为患，治宜清利湿热，兼调气血。

处方：

白头翁 20g　秦皮 15g　　黄柏 12g　　当归 30g　　炒山楂 20g
地榆炭 20g　槐米 20g

水煎服，每日 1 剂。3 剂后，诸症皆减，唯后重依旧，遂增薤白 30g，又服 7 剂而愈。

### 2. 白术重用利腰脐

白术治腰痛，其早在《神农本草经》就有"主风寒湿痹，死肌"记载，然却为世医所忽略，仅将其用于脾气虚弱、气虚自汗、胎动不安之证，实为一大遗憾。花教授勤求古训，白首孜典，于《伤寒论》甘姜苓术汤"治肾著之病，其人身体重，腰中冷，如坐水中……腰以下冷痛，腰重如带五千钱"之法中，悟出白术入少阴、利腰脐间血、通水道的功用，并在临床中验证了清代王旭高《医学刍言·腰痛门》所言："陈修园治腰痛久不愈，用白术一两为主……据云神效。"腰痛不愈，非重用白术不达其功。

李某，男，35 岁。2011 年 12 月 3 日初诊。

自诉 1 天前因搬运重物而闪挫腰部（急性腰扭伤），现动则疼痛难忍，不敢着力，由他人扶持来诊。除腰痛外无其他不适。

舌稍黯红，脉弦。

此属气滞血瘀腰痛，宜活血理气止痛。

处方：

白术 30g　　赤芍 15g　　全当归 15g　　生地黄 10g　　川芎 10g

牡丹皮 9g　　延胡索 10g　　威灵仙 30g　　狗脊 20g　　黑芥穗 6g

柴胡 6g　　甘草 6g　　三七粉 4g（冲服）

水煎服，每日 1 剂。连进 7 剂，腰痛全无而愈。

### 3. 桔梗理气助脾胃

花教授认为关于参苓白术散的作用，诸医多晓其为益气健脾、渗湿止泻之方，而关于其中桔梗一味的运用，却多不晓其理，甚妄加舍弃。花教授遇此，每多感慨世医之浅思，而漏无穷之妙理。花教授认为参苓白术散此方最大特点即是桔梗的配伍，世医皆知桔梗为诸药之舟楫，却不晓其开提气血、理气助胃之功。《本草经》云："（桔梗）主腹满、肠鸣悠悠。"肺气开提，则脾借肺势而散精化湿；肺拢而降，则胃顺肺势而纳谷导肠。临床中，每遇脾虚湿滞者，花教授辄在益气健脾化湿方中顺应气机升降之势，加桔梗 12g 以理气助脾胃。

严某，女，45 岁。2013 年 2 月 12 日初诊。

自诉胃脘不舒一年余，稍食硬物即不适，面色黄，身体沉重、乏力懒动，肠鸣纳差，大便时溏，寐可。

舌淡胖齿痕，苔白满布，脉沉濡而弱。

此属脾虚湿滞，治宜健脾益气化湿。

处方：

党参 15g　　茯苓 15g　　白术 10g　　白扁豆 15g　　陈皮 10g

山药 20g　　莲子肉 15g　　桔梗 12g　　升麻 10g　　砂仁 6g（后下）

柴胡 6g　　甘草 6g　　苏梗 10g（后下）

水煎服，每日 1 剂。连进 7 剂，诸症减轻，守方再进 7 剂，而收全功。

### 4. 麻黄生用发阳气

花教授谈到麻黄，首先提到"麻黄九禁"，认为麻黄汤之所以会有"九禁"，是因为《金匮要略·痰饮咳嗽病脉证并治第十二》之言："所以然者，以其人血虚，麻黄发其阳故也。"生麻黄发越阳气的作用峻猛，诚为发汗散寒、宣肺平喘、利水消肿之佳品。然花教授发皇古义，勇探新用，于小儿遗尿一证中每用之发阳醒神而收卓效。花教授认为遗尿小儿均有夜寐过熟、呼之难醒之弊，遂以麻黄发其阳气外出，以恢复其"阳气者，卫外而为固也"的功用，帮助小儿建立正常的排尿反射。

刘某，男，5 岁。2013 年 6 月 3 日初诊。

遗尿 3 年，屡治罔效，夜寐难以叫醒，待尿后方能自醒，如此每周三四次，内心甚为羞赧。问其母，云小儿素有手足心热。舌尖红少苔，脉细数。

证属肾阴虚，虚火下扰。治宜滋阴清热，佐以醒神。

处方：

知母 15g　生麻黄 12g　熟地黄 25g　山茱萸 10g　山药 20g

牡丹皮 15g　黄柏 12g　桑螵蛸 15g　女贞子 15g

水煎服，每日 1 剂。连进 7 剂，遗尿减轻，守方再进 7 剂，告愈。

5. 当归养血愈咳喘

花教授初读《神农本草经》当归条下"主咳逆上气"，不得阐其意。后阅诸本草，见之或避而不提，或随文衍义，至读至《素问·痹论》："心痹者，脉不通，烦则心下鼓，暴上气而喘"时始有顿悟。花教授谓大疑大悟，小疑小悟，只有怀疑才能把人引向真理。当归所治之咳喘，实类似于"金燥而咳"，张锡纯谓当归"能润肺金之燥，而止咳逆上气"。然肺金何以燥？其实多为久咳不解，痰涎阻络，阴血不濡之故也。所以治咳需养血，血行金润咳易解，活血养血之品可以加强止咳之功。王海藏明其理，云："当归血药，如何治胸中咳逆上气？按当归其味辛散，乃血中气药也，况咳逆上气，有阴虚阳无所附着，故用血药补阴，则血和而气降矣。"这说明中医学很早就揣测到肺部疾患与血行通畅与否的关系。

李某，女，56 岁。2013 年 10 月 20 日初诊。

自诉咳嗽已近十年，以春秋发作为重，咳喘短气，口干胸闷，寐差多梦，纳差乏力，月经正常，二便可。舌边瘀点，苔薄，脉细。

证属血虚金燥，治宜益气养血，健脾化痰。

处方：

党参 12g　白术 12g　黄芪 30g　当归 15g　赤芍 10g

焦神曲 10g　前胡 15g　苏子 10g　瓜蒌 15g　甘草 6g

生龙骨 20g（先煎）　　　　生牡蛎 20g（先煎）

水煎服，每日 1 剂。进 7 剂，而咳嗽减轻，食寐归于正常。嘱依方再进 7 剂，巩固疗效。

6. 河车补脾肾生血

花教授认为从胚胎至出生之前，生血为心、脾所主，即"血生化于脾，总统于心"；既生之后，生血则为"中焦受气取汁、变化而赤是为血"之途，即饮食入胃，精微借脾以敷布，入于心，下通于肾，肾受五脏之精而封藏，精借命火温煦，相火温化，生化为赤即为血。故李中梓曰："血之源头，在乎肾，气之源头，在乎脾。"在临床上治疗血虚，花教授同时注意到"补不在水而在火"，在补脾肾的同时注意阴阳的调和，以阳用为主，不可一派阴柔之品阻碍气机。所以选药上，花教授常选桂枝、紫河车、仙茅、续断等品以助生血为治。

苏某，女，38 岁。2012 年 9 月 15 日初诊。

患者全身乏力 1 年，贫血 8 年，自今年始全身乏力，面色萎黄，8 月份查 Hb60g/L，全身乏力，心慌，出虚汗，畏寒喜暖，纳眠可，二便调。舌淡白，苔薄，脉沉细弱。

证属脾肾亏虚，治宜温补脾肾，益精养血。

处方：

党参 30g　　五味子 15g　炒白术 15g　黄芪 60g　　续断 15g

紫河车 10g　桂枝 12g　　艾叶 10g　　炙甘草 6g　补骨脂 10g

鹿角胶 10g（烊化）

水煎服，每日 1 剂。进 7 剂后，乏力减轻，心慌未作。二诊嘱依方再进 14 剂，以巩固疗效。

花教授临床治杂病用药之妙远不止如此，如对于肝硬化腹水，花教授用郁李仁辛苦润热结，降下导癃闭来治疗大腹水肿；对于上虚不能治下的遗尿，花教授在辨证论治的基础上加上干姜、甘草，取甘草干姜汤之意以温上，使肺气得暖下行以制约膀胱；对于肾阴不亏之咽干心悸，花教授常取玄参以启肾经之气，上交于肺，上下循环，灵犀以通心气；还有巧妙应用竹叶的轻清通窍作用等经验，俱是花教授参机悟道，探求新知之宝贵结晶，值得我辈学子好好学习，努力继承。

中医学子早成明医的捷径

**老师评语：**

此文立意明确，思路清晰，语言流畅，分析透彻，联系临床，是一篇优秀文章。

吕志杰

# 从"皮刺法"谈痛症治疗与得气

河北中医学院针推系 2010 级　刘签兴
（本文为大学四年级学生所作）

得气，古称"气至"，近又谓之"针感"，是指毫针刺入腧穴一定深度后，施以提插捻转等行针手法，以使针刺部位获得经气感应。针下得气，是针灸治疗的关键所在，也是判断患者经气盛衰、疾病愈后等的重要依据，所以古今医家无不重视针刺得气的重要性，早在《灵枢·九针十二原》就说："刺之要，气至而有效。"而对于针刺得气与否的判断，《标幽赋》曾形象描述为"轻滑慢而未来，沉涩紧而已至……气之至也，如鱼吞钩饵之浮沉；气未至也，如闲处幽堂之深邃"。对于这些传统的针刺要求，在经皮电刺激神经疗法（TENS）、皮内针疗法、腕踝针、浮针、皮外针法（见于《黄河医话》朱进忠所载肖友山之法）等皮刺法发明以前，确是针灸工作者的金科玉律，而皮刺法凭借着皮下刺激和要求不引起患者的任何感觉而治疗痛症疾病的特色，对传统的针灸经络理论提出了一个极大的挑战！

对这个问题，笔者认为皮刺法并没有挑战传统的针灸经络理论，相反，皮刺法却是对我们的传统针法的发展。皮刺法所提倡的患者针下无感治疗，既丰富了针灸疗法，同时也为我们治疗某些疑难杂症提供了新思路、新方法。下面笔者就以体系比较完备的腕踝针为例谈谈自己的看法。

腕踝针疗法，以其选穴进针特点命名，归结起来，这种皮刺法有三大特色：一是划线分区，三阴三阳为统，从而把身体从上到下分为六区；二是定穴进针，分络标本根结，从腕踝部六个点进针而治疗全身各部的疾病；三是皮下平刺，患者无感久留，即沿皮进针后不要求患者有任何感觉，并静以久留，方可达到治疗效果。这三个方面，笔者以为均是腕踝针对传统针灸经络理论的新发掘。

## 一、划线分区，三阴三阳为统

腕踝针疗法依三阴三阳和十二皮部理论将人体体表划分为六个纵行区和上下两段。纵行六区以腹侧和背侧分阴阳，1、2、3区在阴面腹侧，4、5、6区在阳面背侧；又以横隔环线为界，将身体两侧的六个区分为上下两部，上部六区同腕部六个进针点相对，下部六区同踝部六个进针点相对。这一体表划分同十二经脉及皮部的分布规律大体一致，如手少阴经分布于上肢内侧后缘，足少阴经分布于下肢内侧后缘及胸腹部第一侧线，与腕踝针的一区相合，由此绕躯体由前向后，依次为厥阴、太阴、阳明、少阳、太阳，这大致相当于一到六区的划分。

由于十二皮部属于人体最外层，又与经络气血相通，是机体卫外的屏障，起着保卫机体、抵御外邪和反映治疗疾病的作用。《素问·皮部论》云："皮者，脉之部也，邪客于皮则腠理开，开则邪入客于络脉，络脉满则注于经脉，经脉满则入舍于脏腑也。"这样经过皮、络、经、腑、脏的传变层次，邪气即可以深入人体而成病，而反过来脏腑、经络的疾患也可以通过皮部的变化反映出来，因此我们通过外部施治也可以治疗内部疾病，如临床上的许多外治法就是对经络皮部理论的应用，腕踝针亦然。

## 二、定穴进针，分络标本根结

腕踝针以定位的十二个进针点为其穴位，腕、踝各六，其大致定位相似于十二经脉之络穴，如腕部六穴近于手六经的通里、内关、列缺、外关、偏历、支正，踝部六穴近于足六经的大钟、蠡沟、公孙、丰隆、光明、飞扬。这十二经之络穴大多在进针点附近，或是针尖所及之处，虽然进针点的位置有时会随需要依据针刺局部情况而调整，但上下迁移距离不大，遵循"宁失其穴，不失其经"的原则。

《灵枢·卫气失常》云："皮之部，腧在于四末。"腕踝针所取进针点分布均在四肢腕、踝关节附近，且多与络穴有关，一络通两经，而主治效应显著，且《灵枢》有谓"四关主治五脏"。又根据标本根结理论，针刺四肢肘、膝关节以下的穴位，可以治疗远端脏腑、头面的病证。这十二个腕、踝进针点相当于十二经脉的本部、根部，故而可以循经远治以达标部、结部，治疗多种疾病。

## 三、皮下平刺，患者无感久留

腕踝针的进针要求较传统针法有较大不同，如双手配合，定点平刺，只达皮部，不进肌层，针下松软，不提不捻，患者无感，且必静以久留，这些针刺要求与古代五刺中的"半刺"、十二刺中的"直针刺"十分相似。"半刺者，浅内而疾发针，无针伤肉，如拔毛状，以取皮气，此肺之应也"。"直针刺者，引皮乃刺之，以治寒气之浅者也"。（《灵枢·官针》）

纵观腕踝针的进针要求，我们可以发现，腕踝针这种在皮部浅刺久留的针法，主要是为了调理皮部络脉之气，以达治疗痛症的目的。那么我们就要思考为什么以腕踝针为代表的皮刺法要通过"刺皮"来调在表之络脉之气，而不是采用"刺肉""刺筋""刺骨"等方式调在里之经脉之气来治疗痛症疾病呢？

这就要从痛症疾病的发生发展规律说起了，《素问·举痛论》说："寒气客于脉外则脉寒，脉寒则缩蜷，缩蜷则脉绌急，绌急则外引小络，故卒然而痛，得炅则痛立止。"此处之"外引小络"，很明确地指出疼痛和皮部之络脉关系密切。又《灵枢·经脉》云："卫气先行皮肤，先充络脉。"《灵枢·本脏》云："卫气者，所以温分肉，充皮肤，肥腠理，司开阖者也。"寒主收引凝泣，经脉拘急引动皮部的络脉，导致卫气不得宣通则疼痛产生。而对于疾病的针灸治疗，《素问·调经论》则指出"病在血，调之络；病在气，调之卫"的原则。因为痛症的一部分病因在于皮部络脉与卫气的郁滞，因而调节皮部的皮刺法可以收到"刺肉""刺筋""刺骨"等方式不可达到的疗效，倘若还存在着经脉拘急的因素，则仅使用皮刺法是远远不够的。

从临床实际观察来看，皮刺法治疗的有效病种，虽说以痛症疾病为多，但其仅对于属虚或虚实夹杂的患者疗效显著，而对于实邪阻滞者则鲜有奏效。换言之，皮刺法仅适宜于虚性痛症，这又是为什么呢？观诸典籍，针灸对于偏虚类疾病的治疗，早在《灵枢·始终》中就明示其原则云："脉虚者，浅刺之，使精气无得出，以养其脉，独出其邪气。"而《难经·七十六难》则补充曰："当补之时，从卫取气。"李梴《医学入门》则叙之更详："补则从卫取气，宜轻浅而针，从其卫气，随之于后，而济益其虚也。"以上三者均强调了浅调皮部之络脉卫气，独祛其邪气，补虚复正的治疗大法。而当我们再返观皮刺法的诸多操作时，我们不禁发现这些操作正与古道不谋而合。

按照传统针灸经络理论，针刺得气，要求医者针下有沉紧之感，并且患者要求有酸、麻、重、胀等针感，才能"气至病所"，达到治疗疾病的目的，而皮刺法则不要求医者和患者的针下感受，且在临床上，患者针下若有酸、胀等感觉，疗效反而不佳，需要医者退针再刺，直至患者针下无感为止。这也就是前文提到的皮刺法对传统针灸经络理论所提出来的"挑战"！

其实，古人在论述针刺得气时，提出"卫气""营气""谷气"都属于得气的内容。只不过在补泻时古人很重视"谷气"的作用，例如杨继洲在论补泻时说："凡刺浅深，惊针则止；凡行补泻，谷气而已。"《灵枢·始终》云："邪气来也紧而疾，谷气来也徐而和。"这些均可以充分说明古时的补泻观点，而酸、麻、重、胀等患者的感觉也成了得"谷气"的代名词。而对得"卫气"和"营气"的作用古人则论及较少，在《内经》中"刺卫者出气""刺营者出血"则是古人对"卫气""营气"偏于泻的方面的认识，而对其补的方面的了解和运用古人则鲜有问津者。

对于得气，《针灸甲乙经》载"浅而留之，微而浮之，以移其神，气至乃休。男内女外，坚拒勿出，谨守勿内，是谓得气"的得气方法，观皮刺法的要求与其颇为相类，合车合辙。皮下浅留，治在守神，患者虽无较明显的针下感觉，但并不是说针刺就无刺激，无反应，无疗效，而是针下也有得气，只不过得的是来复之营卫之气，而尤以卫气为主。

我们知道对于针刺得气，一般情况下既有患者的"感"，又有医者的"应"。而"感"则是营气和卫气功能的体现，且以卫气为主。《素问·逆调论》云："荣气虚则不仁，卫气虚则不用，荣卫俱虚则不仁且不用。"由于皮刺法在进针过程中，不要求患者的感，且治疗范围以虚性痛症为主，那么我们可以推测皮刺法就是在调和患者的营卫之气，而针下的不紧不滞、松软柔和之感，实为正气来复之象。如果医者过度追求患者的酸、麻、重、胀之感，针入较深的"分肉之间"以求其"谷气"，反而会过犹不及，事倍功半。

总结全文，我们可以得出这样的结论：浅刺法的理论基础虽在《内经》时期早已提出，但缺乏具体适应病证和临床应用的记载，后世鲜有发展甚至濒于荒没，是现代皮刺法的发明使浅刺法在得到良好的继承同时，又有了新的发展，即将针灸中的补法提到了一个新的层面，即重视营卫之气的作用，以"调卫气，理络脉"为特色，在疾病传变过程中养脉出邪以治疗疾病。

**老师评语：**

该文通过对腕踝针皮刺疗法的理论及临床治疗病证原理，结合"针刺得气"的重要作用，探讨皮刺法对传统针法的发展，很有价值，具有很高水平。

李士懋

# 杜惠兰治疗不孕症的学术思想

河北中医学院针推系 2010 级　刘签兴
本文为大学三年级学生所作

杜惠兰教授，系河北医科大学中西医结合学院院长，硕士生、博士生导师，从事妇科教学临床工作 30 余年，学验俱丰，临床治疗不孕症疗效颇佳，笔者有幸侍诊于杜教授左右，耳濡目染，受益颇多，现总结杜教授治疗不孕症临床经验如下。

不孕症，是指育龄期妇女在婚后夫妇同居 1 年以上，配偶生殖功能正常，未避孕而不受孕；或曾孕育，未避孕而又 1 年以上不再受孕。前者称为原发性不孕，中医称"全不产"；后者称继发性不孕，中医称"断续"。不孕症是临床常见病，据报道我国不孕症发生率达 7% ～ 10%。不孕症病因繁多，清代陈士铎在《石室秘录·论子嗣》中指出女子不孕症原因有十："女子不能生子有十病……十病何为？一胞胎冷也，一脾胃寒也，一带脉急也，一肝气郁也，一痰气盛也，一相火旺也，一肾水衰也，一任督病也，一膀胱气化不行也，一气血虚不能摄也。"此类不孕症以功能性病变为多见，如排卵功能障碍、月经失调等，他又言到："任督之间有疝瘕之症，则外多障碍，胞胎缩入于疝瘕之内，往往精不能施。"此类不孕症以器质性病变为主，如子宫肌瘤、子宫内膜异位症等。

## 一、对女子受孕机理的理解

杜教授认为，受孕是一个极其复杂的生理过程，必须夫妇双方肾气盛，天癸至。在女子必须"任脉通，太冲脉盛，月事以时下"；在男子，必须肾精满盛，精气溢泻，然后阴阳相合，精血相搏，胎孕乃成。即男子须有正常形态、足够数量和活力的精子，女子有正常的月经周期和排卵，方可孕育，是所谓"男精女血，合而成胎"。

月经是脏腑、经络、气血协调作用于胞宫的生理现象，其主要成分是血。藏血者，肝也，女子以血为本，叶天士称"女子以肝为先天"。又肾为天癸之源，冲任之本。肾气盛则天癸至，天癸能使任脉通，冲脉盛，月事以时下，阴阳和而能有子。肝为血脏，冲脉为血海。女性的经、孕、产、乳无不以血为用，肝所藏之血有余，则冲脉血海满盈，肝气条达，冲任调畅，胞宫才能行使其生殖功能。脾胃为气血生化之源，为胞宫的生殖功能提供能源和动力。又肾藏精，主封藏，脾主统血，肝主疏泄，均与经血之藏泻有关，为孕育胞胎打下基础。

## 二、对不孕症病因病机的探讨

杜教授认为，肾主生殖，"经水出诸肾"，肾气虚，则影响天癸的泌至和冲任的通盛而造成不孕；脾为后天之本，气血生化之源，脾运不健，气血失充，亦难受孕；另外女子因为有经、孕、带、产、乳等生理特点，损耗有形之精血于平时，正如《灵枢·五音五味》说："妇人之生，有余于气，不足于血，以其数脱血也。"耗血则致肝血不足，肝气易于郁滞为患，如《千金要方·求子》有论："女人嗜欲多于丈夫，感病倍于男子，加以慈恋、爱憎、嫉妒、忧恚，染著坚牢，情不自抑，所以为病根深，疗之难瘥。"此外，外感如寒、湿、火、热，内伤如房劳、产伤、劳损，其他如瘀血、痰饮等均可影响机体，导致阴阳失调，气血不和，脏腑功能紊乱，冲任二脉不能相资而不孕。

## 三、对不孕症的分型辨证论治

杜教授认为不孕症不是一个独立的疾病，在临床上由月经病导致者多见，故治疗上应重视月经的调治。若由于炎性带下、或癥瘕、或免疫因素所致者，则应重视原发疾病的治疗。下面从调经、止带、消癥和调免疫等方面分述而论。

### （一）求子之道，调经为要

"由月经病导致的不孕，重点应在于调经！"杜教授认为月经正常是孕育的最基本前提条件。中医自古即有"调经种子"之说，如《女科要旨·种子》云："妇人无子皆由经水不调。经水所以不调者，皆由内有七情之伤，外有六淫之感，或气血偏盛，阴阳相乘所致。种子之法，即在调经之中。"朱丹溪谓："求子之道，莫如调经。"据临证所见，不孕症患者多伴有经行违期、月水不利、经量失宜等月经不调之候。杜教授认为调经即补肾、调肝、健脾，调畅气血，调补冲任。具体治法如下。

1. 肾虚宫寒，温阳暖宫

肾为先天之本。禀赋不足，或久病及肾，致使肾气虚惫，命门火衰，胞宫失于温养，宫寒不能摄精。如傅青主所说："寒冰之地，不生草木，重阴之渊，不长鱼龙，今胞胎既寒，何能受孕。"临证多见久婚不孕，月经延期，腰腿酸软，白带淋漓不净，小腹冰凉，畏寒肢冷，情欲淡漠。杜教授凡遇此证，辄仿艾附暖宫汤、温胞饮之意，以温肾暖胞之品济之，如菟丝子、仙灵脾、仙茅、补骨脂、肉桂、熟地黄等，再辅以疏肝理气之品周流之，防止阻塞气机。

**案例：**董某，女，29岁，已婚。

2012年6月22日初诊：婚后4年，未避孕未孕3年。16岁初潮，月经周期28～36天，末次月经6月2日，经期6天，量较前少，色浅红，有血块。月经延期，腰腿酸软，白带淋漓不净，小腹冰凉，畏寒肢冷，情欲淡漠。纳可，寐可，大便可，小便清长。

脉沉弱无力。舌淡，苔白。

辨证：肾阳虚损，宫寒不孕。

治法：温肾暖脾，通盛冲任。

处方：

| | | | | |
|---|---|---|---|---|
| 熟地黄 20g | 山茱萸 12g | 党参 15g | 山药 15g | 当归 10g |
| 补骨脂 10g | 仙茅 10g | 仙灵脾 10g | 甘草 6g | 砂仁 6g（后下） |
| 炒杜仲 20g | 菟丝子 15g | 香附 10g | 桑寄生 30g | 肉桂 10g（后下） |

7 剂，水煎服。

6 月 29 日二诊：药后小腹凉、腰酸明显好转，药已中病，稍事加减，继服 30 剂。后闻讯受孕。

**按：**此肾阳虚损，宫寒不孕之证。下焦一片阴寒，怎可受孕？只有离照当空，驱散阴寒，方可还胞宫一派冲和之景。杜教授采方以补为主，温肾暖脾，通盛冲任，专主于下焦，故使胞络得以温畅，小腹肝经所循亦得以温通，肝、肾、脾三脏和调，则司孕育，无恙而纳子。

2. 肝郁气滞，疏达郁遏

肝为风木之脏，喜条达而恶抑郁。情志不遂，怫郁气机，则肝失条达，抑郁不伸，气血失和，导致冲任不能相资，阴阳不能相合，久婚而不得孕。临证多见情志不舒，性急易怒，月事不调，色量失宜，经前乳胀。杜教授治此每仿逍遥散之旨，多用香附、合欢皮、白芍、柴胡、王不留行、枳壳等来调达气机，疏肝解郁。

**案例：**苏某，女，27 岁，已婚。

2012 年 11 月 6 日初诊：婚后 4 年，未避孕未孕 3 年。15 岁初潮，月经周期 28～30 天，末次月经 10 月 28 日，经期 4 天，量少，色可，有血块。情志不舒，性急易怒，善太息，经前乳胀，纳差，寐差，二便可。

脉弦细数。舌红，苔白。

辨证：肝郁气滞，冲任失调。

治法：疏肝理气，调达冲任。

处方：

| | | | | |
|---|---|---|---|---|
| 山茱萸 10g | 合欢皮 12g | 熟地黄 20g | 当归 15g | 炒白术 15g |
| 鸡内金 10g | 茯苓 10g | 山药 15g | 夜交藤 30g | 白芍 10g |
| 香附 10g | 甘草 6g | 炒枣仁 30g | 丹皮 10g | 柴胡 10g |

7 剂，水煎服。

11 月 13 日二诊：药后性急易怒、寐差明显好转，药已中病，稍事加减，继服 20 余剂。后闻讯受孕。

**按**：患者属于肝郁气滞、血行不畅、冲任失调之不孕。肝之疏泄不利，扰于胃则纳差，干于胸胁则乳胀，困于血室则月经不调。故杜教授治此恒以疏肝理气为首务，但疏肝不忘养血，始终以"肝体阴而用阳"为虑，实乃治病明清标与本，用药理乎阴与阳，胸有全局，始奏佳效。

### 3. 瘀遏胞宫，祛瘀散结

血以运为贵，气以行为常。血运违和，气机失常，造成瘀血留着，阻遏胞宫，两精不能相搏，受孕难成。临证多见经行腹痛，血来涩少，或下膜块。杜教授每根据患者体质情况，灵活运用少腹逐瘀汤（寒凝血瘀）、膈下逐瘀汤（气滞血瘀）、血府逐瘀汤（血瘀化热），选投蒲黄、没药、桃仁、红花、当归、川芎、莪术等活血化瘀、散结除积之品。

**案例**：徐某，女，25 岁，已婚。

2012 年 9 月 19 日初诊：婚后 3 年，未避孕未孕 3 年。13 岁初潮，月经周期 28 ～ 34 天，末次月经 9 月 8 日，经期 5 天，量较前少，色暗红，大血块。经行两侧小腹痛，得暖则减，血来涩少，偶下膜块，性急易怒，现无明显不适。西医诊断：膜样痛经。纳可，寐可，二便可。

脉沉弦。舌淡胖有瘀点。

辨证：瘀阻胞宫。

治法：活血化瘀。

处方：

| | | | | |
|---|---|---|---|---|
| 小茴香 10g | 五灵脂 10g | 干姜 10g | 川楝子 10g | 蒲黄 12g(包煎) |
| 炒白术 10g | 熟地黄 20g | 当归 10g | 川牛膝 15g | 莪术 10g |
| 丹皮 10g | 柴胡 15g | 制没药 10g | 白芍 10g | 香附 10g |
| 山药 15g | | | | |

7 剂，水煎服。

9 月 26 日二诊：药后无明显不适，稍事加减，继服 50 余剂。后闻讯受孕。

**按**：患者舌淡胖伴瘀点，月经伴下膜块是典型的瘀血指征。"旧血不去，新血不生"，古人明言以示瘀血之害。杜教授吸前贤经验，采古今之方，恒病患所结，用活血化瘀、散结除积、祛邪扶正大法，治疗瘀血导致不孕的患者，用药精简，治血不忘理气，祛邪不忘扶正，从而相得益彰，多见显效，诚乃活法圆机。

4. 阴亏灼热，益阴凉血

临证所见，宫寒不孕固然居多，但因血分热盛，胞宫受灼而不孕者亦屡见不鲜。素体阳盛阴亏，或过食辛烈之品，使血热伤胞，阴阳相乘，亦难受孕。临证多见月经先期，血来量多，面色红热，消谷善饥。杜教授治疗此证，多宗养阴清热之法，用生地黄、白芍、沙参、地骨皮、黄芩、栀子、丹皮等清内热，养阴血。使阴阳调和，冲任皆资，则胎孕始受。

**案例：**宋某，女，23 岁，已婚。

2012 年 5 月 16 日初诊：婚后 2 年，未避孕未孕 2 年。13 岁初潮，月经周期 23 ～ 25 天，末次月经 5 月 8 日，经期 4 天，量较前多，色红，无血块。月经先期，血来量多，面色红热，消谷善饥，性急易怒，寐可，二便可。

脉细数。舌红，苔黄。

辨证：肝郁血热，血海不宁。

治法：疏肝解热，和调冲任。

处方：

| | | | | |
|---|---|---|---|---|
| 山茱萸 12g | 生地 20g | 当归 10g | 沙参 10g | 女贞子 12g |
| 山药 15g | 丹皮 10g | 栀子 10g | 地骨皮 10g | 柴胡 10g |
| 白芍 10g | 香附 10g | 大青叶 30g | 甘草 6g | 黄芩 10g |

7 剂，水煎服。

5 月 23 日二诊：药后消谷善饥、面目红赤明显好转，药已中病，稍事加减，继服 20 剂。后闻讯受孕。

**按：**病患乃肝郁血热，阴分不足，血海不宁所致不孕。《女科经纶·嗣育》载："妇人无子，冲任脉中伏热也。"傅山亦云："子宫太热，亦难受孕。"患者病因重点为血热，杜教授明察其理，在清热凉血方中，酌加养阴疏肝之品，使冲任和调，气血依归，则受孕始可言及。

5. 痰湿壅塞，祛痰化瘀

脾肾素虚，水湿难化，湿聚成痰，痰阻冲任，壅塞胞宫，孕育难成。临证多见于多囊卵巢综合征，患者多表现为不同程度的月经异常、闭经、体胖、卵巢多囊性改变等。杜教授认为，痰湿之源在于脾肾，主张以补肾健脾祛痰立法，佐以化瘀。常用苍附导痰丸、肾气丸加减化裁，选投苍术、茯苓、泽泻、半夏、当归、香附、薏苡仁、紫石英、续断、益母草等补肾化痰活血之品。

**案例**：陈某，女，25 岁，已婚。

2012 年 8 月 16 日初诊：婚后 3 年，未避孕未孕 2 年。自诉平时月经稀发，13 岁初潮，月经周期 28 ~ 50 天，末次月经 6 月 8 日，经期 4 天，量少，色黯，有血块。腰酸，下肢沉重，形体丰满，纳可，寐可，二便可。B 超诊断：多囊卵巢综合征。

脉沉弱。舌淡胖有齿痕，苔薄白。

辨证：痰湿壅塞。

治法：祛痰化瘀。

处方：

| | | | | |
|---|---|---|---|---|
| 熟地黄 20g | 当归 10g | 茯苓 10g | 覆盆子 10g | 党参 10g |
| 黄芪 15g | 续断 20g | 制半夏 10g | 柴胡 10g | 陈皮 10g |
| 薏苡仁 30g | 川牛膝 15g | 泽泻 10g | 香附 10g | 山药 15g |
| 桑寄生 20g | 巴戟天 12g | 紫石英 20g（先煎） | | |

7 剂，水煎服。

嘱患者增加运动，控制体重。

8 月 23 日二诊：药后腰酸、下肢沉重明显好转，药已中病，稍事加减，继服 60 余剂。后闻讯受孕。

**按**：病患乃痰湿阻塞，脾肾不足所致不孕。《女科正宗》载："有肥白妇人不能成胎者，或痰滞血海，子宫虚寒不能摄精。"杜教授析其病因，脾肾阳虚为本，气滞湿阻、痰瘀互结为标，补肾健脾以治本，化痰祛瘀以疗标，标本兼顾，两不相忘，共达助孕之功。

6. 辨证论治，分期治疗

杜教授在辨证论治的基础上，结合月经周期变化的四个阶段（经后期、氤氲期、经前期、月经期）分期施治：即经后期重用益肾滋阴养血法，氤氲期重用温肾活血助孕法，经前期重用温肾助阳调肝法，月经期重用理气活血化瘀法。

如若患者经闭时日既久，杜教授主张采用中药、西药同时服用的方法，先用雌孕激素序贯法建立人工周期，再用中药调补脏腑气血，一则建立正常的月经周期，二则提高患者信心有助于受孕。

### （二）带下为患，止带种子

若因带下病影响受孕者，当先治疗带下病，再根据病情加以调治。杜教授认为带下病是湿浊内停，带脉失约，冲任不固所致。湿浊蕴积于冲任胞宫，即可影响受孕。而带下病又分为炎性带下和非炎性带下，临证需辨病与辨证相结合，方能提高疗效。

1. 清热利湿止带

临床常见带下色黄，黏稠腥臭或阴痒，舌红，苔黄，或厚，脉弦或滑数。妇检：阴道充血，或宫颈糜烂，黄色分泌物多，或有附件炎性体征。此宜清热除湿解毒。杜教授常用自拟清热燥湿止带汤加减。

**案例：** 李某，女，25 岁，已婚。

2012 年 9 月 12 日初诊：婚后 2 年，未避孕未孕 2 年。带下色黄，黏稠腥臭，伴阴痒，平时小腹疼痛，近日腰酸，13 岁初潮，月经周期 29～30 天，末次月经 9 月 8 日，经期 8 天，量较前稍多，色红，无血块。纳可，寐可，二便可。西诊：宫颈 Ⅱ 度糜烂。

脉弦滑数。舌红，苔黄。

辨证：湿热下注，气血不和。

治法：清热利湿，调和气血。

处方：

| | | | | |
|---|---|---|---|---|
| 苍术 10g | 白术 10g | 黄柏 10g | 蒲公英 30g | 桑寄生 30g |
| 川楝子 15g | 黄连 10g | 生地黄 15g | 当归 15g | 丹皮 10g |
| 茵陈 10g | 泽泻 15g | 薏苡仁 30g | 大青叶 30g | 柴胡 10g |
| 土茯苓 30g | 郁金 10g | | | |

7 剂，水煎服。

外洗方：

苦参 30g　　蛇床子 15g　　百部 15g　　　白鲜皮 10g　　川椒 6g

土茯苓 30g

3 剂，水煎，外洗，每 2 日 1 剂。

9 月 19 日二诊：药后带下明显好转，药已中病，稍事加减，继服 20 余剂。后闻讯受孕。

**按**：此症乃湿热下注，气血不和所致。带下色黄，黏稠腥臭，伴阴痒，系湿热下注，虫毒侵袭所致。小腹疼痛为气血不和之象。胞宫为湿热所困，自然无以化精成胎。杜教授用自拟清热燥湿止带汤加减，清热利湿止带，调和气血，使湿化热清，气机调畅，而复胞宫冲和之象，白带正常，进而喜孕。

2. 健脾燥湿止带

临床常见带下色白或淡黄，无臭味，面色萎黄，食少，便溏，四肢乏力。妇检：阴道无明显充血，分泌物色白，如水样，或宫颈肥大。此宜健脾疏肝，升阳除湿，杜教授常用完带汤加减。

**案例**：刘某，女，29 岁，已婚。

2012 年 10 月 9 日初诊：婚后 4 年，未避孕未孕 3 年。15 岁初潮，月经周期 28 ～ 30 天，末次月经 9 月 28 日，经期 4 天，量较前少，色浅红，无血块。带下色白，无臭味，如涕如唾，面色萎黄，食少，便溏，每日 3 次，四肢乏力。妇检：阴道无明显充血，分泌物色白，如水样。寐可，小便可。

脉沉。舌淡胖。

辨证：脾虚湿盛。

治法：健脾燥湿。

处方：

苍术 10g　　白术 10g　　黄芪 10g　　　党参 10g　　　山药 15g

熟地黄 20g　当归 15g　　柴胡 10g　　　白芍 10g　　　陈皮 10g

荆芥 6g　　　蒲公英 30g　芡实 10g　　　薏苡仁 30g　　甘草 6g

车前子 12g（包煎）

7 剂，水煎服。

10 月 16 日二诊：药后带下明显好转，药已中病，稍事加减，继服 30

余剂。后闻讯受孕。

**按：**《傅青主女科》开篇明训："夫带下俱是湿症。"眉批注云："凡带症多系脾湿，初病无热，但补脾土，兼理冲任之气，其病自愈；若湿久生热，必得清肾火，而湿始有去路。"对于带下为患，杜教授以治带重在治湿、治湿重在治脾为不二法门，采用健脾燥湿止带之法，治疗脾虚失运、带脉失约之证，标本兼顾，每多应手而愈。

### （三）癥瘕内阻，分消调冲

女子胞中有结块，伴或痛、或胀、或出血者，称为癥瘕。癥者，其块坚结不散，固定不移，痛无定处，多属血瘀。瘕者，聚散无常，推之可移，痛无定处，多属气滞。临床所见每先因气聚，日久则血瘀成癥，本病以包块为主证，而包块因大小、性质、部位的不同而有不同症状。现代医学范围内的子宫肌瘤、盆腔炎性包块、陈旧性宫外孕等均包括在癥瘕的范畴。

1. 温阳化瘀消癥

子宫肌瘤是女性盆腔常见的良性肿瘤之一。多发于生育年龄妇女，临床上以月经量多、经期延长、不孕症、继发贫血等为基本特征，属于中医"癥瘕"范畴，因其病程日久，阻滞气机，损伤阳气，故杜教授多用温阳化瘀消癥之法。

**案例：**张某，女，35 岁，已婚。

2012 年 7 月 12 日初诊：婚后 8 年，未避孕未孕 3 年。平时小腹疼痛，经期量多伴加重 4 个月，近日腰酸，15 岁初潮，月经周期 29 ～ 30 天，末次月经 6 月 28 日，经期 8 天，量较前多，色暗红，有血块，伴经前乳胀。带下可，纳可，寐可，二便可。西医诊断：多发性子宫肌瘤，大者 3cm×3.4cm。

脉沉弦。舌淡，有紫瘀斑。

辨证：癥瘕内阻。

治法：活血散结，破瘀消癥。

处方：

| | | | | |
|---|---|---|---|---|
| 桃仁 10g | 荔枝核 10g | 橘核 10g | 桂枝 10g | 茯苓 10g |
| 山慈菇 10g | 丹皮 10g | 赤芍 10g | 白芍 10g | 桑寄生 30g |

夏枯草 10g　玄参 15g　　甘草 6g。

14 剂，水煎服。

7 月 26 日二诊：药后腹痛减轻，药已中病，稍事加减，继服 30 剂，月经归于正常，又 1 个月，闻讯受孕。

**按**：子宫肌瘤为少腹有形之邪，多因气滞血瘀蕴结胞宫而致。癥为血积，非攻不破，瘕为气聚，非行不散。《女科经纶》曰："善治癥瘕者，调其气而破其血。"杜教授学古不泥古，守法不囿于法，方取桂枝茯苓丸以温阳行气，活血散结，破瘀消癥，认为其法旨可循，并结合自己临证所得，拟温阳活血消癥为其治疗大法。

2. 清热消瘀散结

盆腔炎性疾病后遗症临床常伴见炎性包块，并使内生殖器官与周围组织发生粘连而成固定状态。属中医"癥瘕""内痈""热入血室"范畴。杜教授常以二丹败酱红藤汤治疗，临床疗效颇佳。

**案例**：张某，女，30 岁，已婚。

2012 年 8 月 12 日初诊：婚后 6 年，未避孕未孕 3 年。平时小腹疼痛，近日腹痛加剧，腰酸，带下色黄，15 岁初潮，月经周期 29～30 天，末次月经 7 月 21 日，经期 6 天，量色可，无血块。纳可，入睡困难，二便可。B 超：右侧附件炎性包块。

脉沉数。舌质红偏黯，苔薄白。

辨证：瘀热内蕴，阻塞气机。

治法：活血消瘀，清热散结。

处方：

红藤 30g　　败酱草 15g　苍术 10g　　白术 10g　　黄柏 10g

蒲公英 30g　丹皮 10g　　丹参 10g　　当归 15g　　三棱 10g

赤芍 10g　　川楝子 15g　黄连 10g　　夜交藤 30g　远志 10g

薏苡仁 30g

7 剂，水煎服。

另嘱：患者每日从所熬汤液中分出 50mL，保留灌肠用，配合理疗，二者隔日交替进行。

8 月 19 日二诊：药后腹痛减轻，药已中病，稍事加减，继服 30 剂。

后闻讯受孕。

**按**：瘀热内蕴，阻塞气机，恶血内结，凝聚少腹，使冲任受阻，日久形成癥瘕。盆腔炎性包块的发生多在经行、产后或人流术后，正虚不足以御外，病邪乘虚而入，瘀阻血脉，导致盆腔炎。杜教授认为病在血分非用活血化瘀之品不足以奏效，故以丹参、丹皮、三棱等通经止痛，红藤、败酱草等清热消痈，使气血畅通，包块软化渐消。

### （四）免疫不孕，转阳入阴

中医古籍中无本病记载，杜教授认为，经行、产后，或人流堕胎后，房事不节，感受湿热之邪，或精浊内侵，内扰气血，冲任阻滞；或因肾虚冲任不充，胞脉失养，精不循常道，内扰气血而致不孕。临床常见阴虚瘀热和肾虚瘀阻两证。杜教授认为活血化瘀药具有抑制自身抗体、调节免疫功能作用，常在辨证论治的基础上佐以化瘀之品，促进受孕。

**案例**：徐某，女，30岁，已婚。

2012年8月12日初诊：婚后6年，未避孕未孕3年。15岁初潮，月经周期29～30天，末次月经7月21日，经期6天，量色可，无血块。纳可，寐差，二便可。西医检查：抗精子抗体（+）。血型，女"O"，男"B"。

脉沉弦。舌质红黯，苔薄白。

辨证：肝肾亏虚，瘀血内阻。

治法：调补肝肾，活血化瘀。

处方：

| | | | | |
|---|---|---|---|---|
| 知母 10g | 黄柏 10g | 熟地黄 20g | 山药 15g | 山茱萸 12g |
| 赤芍 10g | 丹皮 10g | 当归 15g | 桃仁 10g | 红花 15g |
| 三棱 10g | 香附 10g | 炒白术 10g | 夜交藤 30g | 远志 10g |
| 甘草 6g | | | | |

7剂，水煎服。

8月19日二诊：药后无明显不适，稍事加减，继服30余剂。后闻讯受孕。

**按**：此例免疫不孕，杜教授取知柏地黄丸之意加减，在调补肝肾的基础上，本着"久不孕，必有瘀""久不孕，必治瘀"的原则，加大活血化瘀的力度，且男女血型不一致，女"O"男"B"，易生排异现象，不仅不易怀孕，而且孕后易流产，是以长时间未孕。杜教授洞察其机，调补肝肾，佐以活血化瘀，方奏孕育之功。

## 四、对不孕症治疗的辅助方法

治疗不孕症，采取药物治疗是必须的，但是一些辅助手段的介入有时也是必不可少的，多方面的调节，更有利于疾病的治疗。

### （一）权夫妻关系，男女双调

杜教授认为，婚后不孕男女皆有原因，双方都要进行检查以明确病因，若非绝对单方因素造成者，宜男女双方同时用药治疗。如此可缩短疗程，并能增强夫妻双方治疗疾病的信心、积极度和协调度，增进夫妻关系，改善患者尤其是女性患者的心理状态，从而提高疗效。

### （二）善情怀开导，身心同治

久婚不孕，盼子心切，意欲不遂，无不情怀郁悖。临证所见，久婚不孕者，多心理复杂，终日悲观失望。杜教授治疗此症，言行皆如《灵枢·师说》所言："告知以其败，语之以其善，导之以其所便，开之以其所苦。"对患者每循循善诱，嘱其要"抒情畅怀，以助药力之不逮"，同时做好其丈夫和双方老人的工作，解除患者心理压力。杜教授认为，这种情怀郁悖多属肝郁。通过劝慰开导的心理疗法，配合逍遥散等中药疏达肝气，常能取得事半功倍的治疗效果。

### （三）重起居调摄，天人相应

《医学心悟》中说："子嗣者，极寻常事，而不得者，则极其艰难。皆由男女之标，调摄未得其方也。"女子不孕之起居调摄与治疗效果息息相关，即使治之得法，若不慎调摄，亦无痊望。杜教授仿《寿世保元》"求嗣"之意，授以"积精、养血、乘时"之法，令独宿自养，待精血充盈，乘时交合，两精相搏，则胎孕可望。杜教授还强调饮食治疗的重要性。一是要纠正患者不良饮食偏嗜，二是要告知患者饮食禁忌，三是要指导患者饮食疗法。病有寒热虚实，食有四性五味，饮食疗法必须坚持因人而异，辨证施食，如脾胃虚寒证，宜辛甘温补，忌寒凉生冷；脾胃湿热证，宜清淡素食，忌甘甜肥腻。

## 五、对不孕症治疗的用药经验

杜教授针对不孕症的治疗，采取病证结合、内外同治的方法，从而达到精简用药、方简效宏的目的。

### （一）衷中参西，用药不拘

杜教授在临床中衷中参西，倡导辨病与辨证相结合，充分利用妇科检查、B超、生殖内分泌激素检查、子宫输卵管造影、监测排卵等方法，在明确西医诊断的基础上，运用中医理论指导治疗。组方遣药时，杜教授在辨证施治、四诊合参的同时，还注重结合现代药理研究，灵活应用如葛根、仙灵脾等有类植物雌激素作用，菟丝子、肉苁蓉、紫石英等有类内分泌激素作用的药物，以提高调经种子的治疗效果。

### （二）擅施药对，提高疗效

杜教授在临床上注重药物配伍，喜用药对。旱莲草、女贞子合用，滋补肝肾，取二至丸之意；川楝子、路路通，为治疗输卵管不通之良品；仙茅、仙灵脾合用，二仙共奏温补肾阳之功；生地黄、熟地黄同用，一寒一温，滋阴养血；阿胶、蒲黄，养血化瘀，止血而不留瘀，化瘀而不伤血，养而能利。这些药对精简实用，或二药相伍，或三四成组，药精而不杂，方简而效宏，在一定程度上提高了不孕症的治愈率。

## 六、小结

本文所论之不孕症，不包括先天性生理缺陷者，主要是病理性不孕。导致病理性不孕的因素很多，杜教授认为以七情内伤、外感淫邪、生活所伤等为主要病因，是否发病以及表现为何证还与体质因素密切相关。然七情之中以怒、思、忧、恐为著，外感以寒、热、湿邪为主，尤以湿热多见。流产手术常导致瘀热为患。这些因素均可引起经、带、杂病，影响脏腑、气血、冲任失调或冲任虚损而致不孕。临床辨治，杜教授循"郁者疏之，结者散之，寒者热之，热者寒之，虚者补之"之理使其任通冲盛，月事以时下，冲任气血调畅，氤氲有时则能受孕。此正如《景岳全书·妇人规·子嗣类》云："种子之方，本无定轨，因人而药，各有所宜，故凡寒者宜温，热者宜凉，滑者宜涩，虚者宜补，去其所偏，则阴阳和而生化

第二章 "明医头脑"是怎样炼成的

171

著矣。"

女方原发性不孕，以月经病为多；继发性不孕，以盆腔炎性疾病居多。杜教授治疗月经病所致的不孕，重在调补肝肾。炎性包块、子宫肌瘤（癥瘕）所致的不孕，则化瘀散结与清热利湿并举。实践证明：杜教授"调经先治肝肾，补肾疏肝经自调"以及"治病先祛邪，邪去正自安"的论点是有临床依据的。

杜教授在临证中还强调，除以上药物治疗外，还需辅以心理上的疏导和精神上的安慰，正确面对社会、家庭及周围环境的压力，保持良好心态和心理平衡。通过疏导、安慰及做通患者亲人的思想工作，减轻患者的心理负担，使患者积极配合治疗以增进疗效。

**老师评语：**

作者通过跟师出诊，总结介绍杜惠兰治疗不孕症的优秀经验，有利于后学者学习借鉴，并进而把这种优秀学术思想向广大中医妇科工作者推广，解除患者之苦，同时有利于继承和深度发掘中医药宝库，对中医妇科科研、教学、新药开发有较大参考价值及巨大社会效益。

杜惠兰

# 抽丝剥茧细究"当归四逆汤"

河北中医学院针推系 2010 级　张洁晗

（本文为大学二年级学生所作，原载于 2012 年 12 月第十期《中医论坛》）

仲景勤求古训，博采众方，余拜读其所著《伤寒杂病论》，医理之详明，组方之精当，无不令人推崇备至。笔者通过在临床应用当归四逆汤，更加深了对经方的深入认识。下面谈谈对当归四逆汤及其加味方的理解。

当归四逆汤出自仲景《伤寒论》厥阴篇，为治疗血虚寒凝而厥之主方。《伤寒论》第 351 条云："手足厥寒，脉细欲绝者，当归四逆汤主之。"观其脉证：手足为人体四末，"气主煦之，血主濡之"，气虚和血虚都可以导致手足厥寒；此处脉细欲绝，"细者小也，属阴血虚"（《伤寒论读》），阴血内弱，血行不利，血能载气、养气，血虚气不能随血达于四末，故温煦不及而寒厥。

**观其方组成：** 当归三两，桂枝三两（去皮），芍药三两，细辛三两，甘草二两，炙，通草二两，大枣二十五枚，擘。此方可看做是桂枝汤去生姜加当归、细辛、通草而组成，而且用量上桂枝、芍药、甘草与桂枝汤相同。桂枝汤本为调和营卫，在此处用之，有交通阴阳之意，正如《伤寒论》第337条所说："凡厥者，阴阳之气不相顺接，便为厥。厥者，手足逆冷者是也。"阴阳调和，则"阴阳相贯，如环无端"（《灵枢·营卫生会》）。桂枝、甘草辛甘化阳，芍药、大枣酸甘化阴，使阴阳之气得以顺接。当归养血通脉，为该方之君药，配伍辛温之细辛，"其辛能通三阴之气血，外达于毫端，比麻黄更猛，可以散在表之严寒"（《伤寒来苏集》）。对于通草这味药，大多数医家赞同为今之木通，如柯琴言："通草即木通，能通九窍而通关节，用以开厥阴之阖，而行气于肝。"木通味苦性寒，脾胃阳虚之人用之需减量。

关于当归四逆汤的加味方及其主病，《伤寒论》亦有论述。第352条："若其人内有久寒者，宜当归四逆加吴茱萸生姜汤。"此条所述之方为当归四逆汤加吴茱萸半升、生姜半斤。"内有久寒"即是指厥阴之脏寒，与上一条厥阴之经寒相对。寒邪首先犯于厥阴肝经，日久则沿经传入于脏；亦有其人素体阳虚者，寒邪可直中于脏。肝藏血，为厥阴之脏，内寄相火，血虚则肝体失于濡养，故用当归、白芍养肝血，滋肝阴，亦可防止相火妄动；《素问·脏气法时论》云："肝苦急，急食甘以缓之……肝欲散，急食辛以散之。"故以甘草、大枣缓肝之急，培补中土，"中焦受气取汁，变化而赤，是谓血"（《灵枢·决气》），有滋其化源之意；"夫脉为血之府，而阳为阴之先，故欲续其脉，必益其血，欲益其血，必温其经"（《伤寒贯珠集》），故加入肝经之吴茱萸温阳散寒，疏肝下气；生姜本为辛温解表药，与吴茱萸配伍，则可将肝中之寒发散于外。此方煎服法也需注意，原文提到"上九味，以水六升，清酒六升，和煮取五升，去滓，温分五服"，对于古代的清酒，现今我们可以用黄酒代替，以辛温散寒，温通经脉，协同诸药加强散寒之功。下面举两则医案述之。

**案例1：** 史某，女，21岁。

1978年3月8日初诊：1973年曾患右胫腓骨骨髓炎，经治愈后，1976

年又患左胫腓骨中段"硬化性骨炎"，至今已1年多，久治少效。诊见患处隆起，皮色不变，内感疼痛酸胀，日轻夜重，以致难以入寐，有时痛引左膝关节，形体消瘦，手足厥寒。

脉细弦缓。舌苔灰白。

辨证：阴寒内盛，血虚寒凝。

治法：调肝养血，温经通脉。

方宗：当归四逆汤。

当归15g　　桂枝9g　　　细辛3g　　　木通9g　　　赤芍30g

白芍30g　　大枣5枚　　炙甘草9g　　鹿茸末1.5g（分冲）

连服40余剂，大得效验，左腿酸痛渐除，夜间已不觉痛，能够安睡通宵，食增神旺，肌肉渐丰，特别是左胫腓骨中段隆起处已平复如常。嘱：守上方每隔一二日服1剂，以巩固疗效。随访至今，未见复发。

（选自《伤寒论方医案选编》）

**按**：疼痛有虚实之分，"不通则痛，不荣则痛"。观其舌脉及症状表现，乃阴寒内盛，血虚寒凝之象，血虚不能濡养关节，属于"不荣则痛"；血能载气、养气，气血相互依存，血虚气无所养，失却温煦之职，故手足厥寒，用当归四逆汤养血通脉；"肾主骨"，加鹿茸末温肾阳，益精血，强筋骨，且观鹿之生活习性，睡觉时头与尾相交，取类比象，可推知鹿茸有交通阴阳之妙，使阴阳之气顺接，阴阳调和，辨证精确，故药后病瘥。

**案例2**：张某，女，28岁。

2012年7月12日初诊：痛经已3年。无明显诱因，每次月经前即小腹胀痛，有下坠感，两胁胀满不舒，心烦，急躁，经期第一天小腹冷痛，需服用止痛药，得温则缓，严重时不欲食，食则呕吐，腰酸痛，持续3～4天，经期6天，月经周期30～35天，月经初潮14岁，末次月经6月9日，经量少，色深，有血块。平素怕冷，手足凉，睡眠尚可。

脉沉细无力。舌淡暗，苔薄白。

辨证：血虚寒凝。

治法：养血散寒。

方宗：当归四逆汤。

吴茱萸10g　　当归15g　　白芍9g　　　桂枝10g　　　炙甘草10g

细辛 5g　　黄芪 20g　　大枣 6 枚　　小茴香 10g　　木通 7g

生姜 7 片　　五灵脂 10g　元胡 10g　　乌药 10g　　黄酒 100mL

鸡血藤 30g　蒲黄 12g（包煎）

7 剂，水煎服。

**7 月 19 日二诊：** 7 月 15 日月经至，量增多，经色第一二天深，之后正常，有血块。已服药 4 剂，月经前小腹无不适。夜间稍心烦，经期小腹仍冷痛，但已不需服止痛药。饮食尚可，未呕吐，腰仍酸痛，手足渐温，不能触凉。

脉弦细滑，较前稍有力。舌淡略暗，苔薄白。

辨证：血虚寒厥。

治法：温经散寒，养血通脉。

方宗：当归四逆汤合吴茱萸生姜汤。

当归 15g　　白芍 9g　　桂枝 10g　　细辛 5g　　木通 7g

炙甘草 10g　大枣 6 枚　生姜 7 片　　黄芪 30g　　乌药 10g

鸡血藤 30g　吴茱萸 10g　杜仲 20g　　川断 15g　　元胡 7g

桑寄生 20g　黄酒 100mL

7 剂，水煎服。

患者 8 月份与笔者电话联系，言本月月经未有明显不适，询问是否需要服药，因未诊得其舌脉，故未给予处方，嘱其避免受凉，不可食生冷之品。（笔者医案）

**按：**《灵枢·经脉》曰："肝足厥阴之脉……循股阴，入毛中，环阴器，抵小腹，夹胃，属肝，络胆，上贯膈，布胁肋……"，《素问·举痛论》云："寒气客于厥阴之脉，厥阴之脉者，络阴器系于肝，寒气客于脉中，则血泣脉急，故胁肋与少腹相引痛矣。"从患者主诉来看，其不适部位与肝经相似，观其脉证，一派血虚寒凝之象。《濒湖脉学》云："细脉萦萦血气衰，诸虚劳损七情乖"，细脉虽常见于血虚或阴虚证，但若是瘀血、痰浊等邪气阻滞，使气血不能鼓荡脉道，亦可见脉细，此时脉沉取应是有力的，而此脉无力则说明为血虚累及气虚，非实证。血虚不能载气则气滞，故出现胸胁胀满、心烦急躁等肝气郁结之候；血虚不能荣养四末，故手足凉；肝主藏血，血虚则肝寒，肝寒犯胃，故食欲差甚至呕吐。由此，遵仲

175

第二章　「明医头脑」是怎样炼成的

景之法，以当归四逆汤加吴茱萸生姜汤温经散寒，养血通脉，配伍黄芪，取当归补血汤之意，因"有形之血不能速生，无形之气所当急固"，鸡血藤养血通经；元胡活血行气止痛；乌药温经散寒；小茴香温经止痛，理气和胃；失笑散活血化瘀止痛；黄酒辛散，取当归四逆汤加吴茱萸生姜汤煎服法之意，温通经脉，协同诸药加强散寒之功。二诊时，症状减轻，可知治病大法无误，仍以当归四逆汤加吴茱萸生姜汤加味，因腰酸痛，故加杜仲、桑寄生、川断利腰脊以治标。

仲景学术博大精深，学习之余，偶有所得，恳请老师指正。

**老师评语：**

作者所选医案及所加按语皆佳，当归四逆汤所治乃血虚阳弱而肢厥，阳虚肢厥本当用四逆辈，然脉细血弱，恐四逆辛热耗伤阴血，故一改温热而为通阳。肢厥原因甚多，其病机皆因阴阳不相顺接所致。阴阳不相顺接，有邪阻与正虚两类，其中又有相互兼杂者，临证当须细辨。

李士懋

# 花金芳大夫治疗脾胃病经验

河北中医学院中医系 2010 级　范翔宇　范丽花
（本文为大学三年级学生合作撰写，原载于《中国中医药报》2013-10-14）

河北中医学院花金芳教授，从事临床工作近 50 年，善于运用经方治疗中医内科、妇科疑难杂症，尤其对于脾胃病的治疗辨证细微，用药精准，疗效甚佳。笔者有幸跟随花金芳老师学习，受益匪浅，现将其治疗脾胃病经验介绍于下。

脾胃病大多属于中医"痞满""胃脘痛""气机上逆"等范畴。脾胃病患者症状甚为相似，临床上需详辨其虚实、寒热、升降。花金芳老师认为临床常见脾胃病可分为脾胃气滞、脾胃湿阻、脾气虚、脾阴虚、胃阴虚、脾胃虚寒、脾肾阳虚等证型。其中脾气虚弱最为常见，症以舌淡苔白、脉缓为诊断要点，多以四君子汤化裁治之，故本文不单独列出。

## 一、脾胃气滞

陈某，女，30岁。

患者初诊诉：胃胀2年，饭后甚，便干。西医检查示浅表性胃炎。

脉滑。苔白。

辨证：脾虚气滞。

治法：益气健脾，理气。

方宗：四君子汤合保和丸。

| | | | |
|---|---|---|---|
| 炒莱菔子12g | 党参10g | 茯苓10g | 炒白术12g |
| 焦三仙各12g | 连翘8g | 黄连4g | 陈皮10g |

7剂，水煎服。

服药1周，胀减，继服1周，愈。

**按**：胀痛多因脾胃功能弱，气机壅滞而成。以四君子汤为底方可强健脾胃以复其腐熟、运化之功。西医认为胃炎为幽门螺杆菌感染所致，其为邪，以四君子汤治之，亦取扶正祛邪之意。其胀在饭后甚，故合以保和丸消导之，若与饮食无关则稍加消导之品以行气。黄连少用以健脾。

若苔白厚腻，则加草豆蔻、厚朴、炒苍术、半夏、陈皮、砂仁以燥湿，其中砂仁性温，燥湿行气，于补药之中少量用之可防滋腻碍胃；又兼腹胀满者，加大腹皮、木香用量；若胃痞胀甚或胃胀痛连及胁、背部，加青皮、陈皮、半夏，偏寒者加良姜、香附以疏肝行气，而舌红偏有热者改用炙百合、乌药，二药合用既快气宣通，又得百合平凉之性以佐之。

若脉弦，为"土壅木郁"，肝胃不和，加柴胡、枳实、白芍；若兼见胃脘、胸胁刺痛，为"气滞血瘀"，加三合汤、八月札、延胡索、吴茱萸等行气活血止痛；若中焦湿热，脉弦滑、苔黄腻，口苦、口干甚者加黄芩、黄连、半夏，痞满不食甚者，加藿香、佩兰、葛根、薏苡仁；便黏不爽、二三日一行者，加厚朴、枳实、榔片。

## 二、脾胃湿阻

沈某，男，40岁。

患者初诊诉：常恶心、纳差，时欲呕，稍泛酸，无烧心感，便黏不爽。

脉弦。苔白厚腻。

辨证：脾胃湿阻。

治法：理气化湿，降逆止呕。

方宗：小半夏汤合连苏饮。

| 苏叶 6g | 黄连 6g | 半夏 30g | 干姜 15g | 茯苓 20g |
| 炒白术 10g | 陈皮 10g | 八月札 15g | 竹茹 10g | 焦三仙各 10g |
| 旋覆花 8g | 代赭石 30g | 吴茱萸 10g | 炒莱菔子 12g | |

7 剂，水煎服。

1 周症减，继服 3 周，愈。

**按**：《金匮要略》曰："诸呕吐，谷不得下者，小半夏汤主之。"其人苔厚，纳差，为中焦湿阻，胃气因而上逆，故见恶心、呕吐。小半夏汤合连苏饮燥中焦之湿，理胸中之气，故以止呕。其人脉弦，肝气郁滞，吴茱萸、八月札疏肝行气，合竹茹、陈皮降逆止呕。苔白厚，故未用党参，以防气机壅滞。

花金芳见泛酸之症，常加左金丸以制酸，甚者加煅瓦楞子、浙贝母、乌贼骨；湿阻中焦之呕吐，在除湿的同时常加旋覆代赭汤以降胃气。若寒湿为主，重用干姜、吴茱萸辛热散寒除湿；若湿热为主，重用黄连清热燥湿。

## 三、脾胃阴虚

张某，女，65 岁。

患者初诊诉：纳差，近两月消瘦，心烦难卧，口干，便干，胃中灼热嘈杂，夜甚。

脉细。舌红苔少而干。

辨证：脾胃阴虚。

治法：滋养脾胃之阴。

方宗：参苓白术散。

| 党参 10g | 炒白术 10g | 茯苓 12g | 生扁豆 20g | 生山药 20g |
| 莲子 15g | 麻子仁 10g | 杏仁 8g | 砂仁 6g | 沙参 15g |

竹叶 10g　　玉竹 20g　　石斛 10g　　葛根 10g　　知母 10g

枣仁 20g　　甘草 10g　　半夏 10g

7 剂，水煎服。

药后病愈。

**按：**症见消瘦食减，心烦难眠，口渴便干，乃脾阴虚之象。经言："脾苦湿，急食苦以燥之"，言脾恶湿，治以苦，以苦燥湿。花金芳认为脾既苦湿又苦燥，脾阴亏则燥，以酸甘淡法治之，如生扁豆、生山药、茯苓、白芍、生地黄之品，少用白术、党参等刚燥之品。

经言："湿淫所胜，平以苦热，佐以酸辛，以苦燥之，以淡泄之。"上方生扁豆、生山药、莲子为柔润之品，既可滋阴以补脾，又可渗湿以防脾虚湿滞。以麻子仁、杏仁润肠以通幽。其人胃中灼热嘈杂，大便秘结，舌干燥，是以知胃阴亦亏，以竹叶、知母清热，沙参、玉竹、石斛等甘凉濡润之品以滋胃阴。

叶天士云："胃喜凉润而恶刚燥，主受纳而以下降为顺，甘凉濡润之品入胃，使胃气下行，顺其通降之性情，寓通补于甘、濡、润之中。"葛根入脾胃经，其性凉，因其为风药，可化湿以健运脾胃，又可升阳以使脾升胃降。葛根一药实寓升阳之法。此案例中其人脾胃阴俱虚，故合而治之，但脾阴虚与胃阴虚临床需细分之。

### 四、脾胃虚寒

杨某，女，26 岁。

患者初诊诉：胃痛 2 年，喜按，每餐前后必痛，惟两餐之间尚轻，食水果更易胃痛。

脉细。舌淡苔白。

辨证：脾胃气血亏虚。

治法：补虚，建中佐以理气活血。

方宗：黄芪建中汤。

炙黄芪 30g　桂枝 15g　　炒白芍 20g　炙甘草 15g　党参 15g

炒白术 15g　茯苓 15g　　九香虫 10g　甘松 20g　　延胡索 20g

丹参 20g　　砂仁 10g　　高良姜 15g　香附 15g　　炙百合 10g

乌药 15g　　炒山药 20g　　鸡内金 10g

7 剂，水煎服。

3 周症大减，继服 3 周善后。

**按：**《金匮要略》曰："虚劳里急，诸不足，黄芪建中汤主之。"《伤寒论》曰："伤寒，阳脉涩，阴脉弦，法当腹中急痛，先与小建中汤……"其人餐前、餐后均疼痛，可见其脾胃虚弱，气血亏虚，无力运化。参以舌苔脉象可知其为脾胃气血亏虚，虚寒而痛，故以黄芪建中汤为底方补虚损以建中。党参、茯苓、白术、山药、鸡内金共奏健脾助运之功。

因其虚寒久痛，必有瘀血，以三合汤行气化瘀止痛。花金芳治胃痛时最喜用延胡索，《本草正义》曰："延胡索，能治内外上下气血不宣之病，通滞散结，主一切肝胃胸腹诸痛。"若其人胃刺痛，疼痛固定，唇暗舌边紫，脉涩，加五灵脂、蒲黄；若脉沉细而紧，则寒甚，加大黄芪、桂枝、高良姜、香附等温热药的用量；若其人面色无华，寐差，情志抑郁，脉弦细，知其"土虚木乘"，脾胃虚则气血生化无源，肝血亦虚，血虚而肝郁，此时最易乘土，加白芍、当归、柴胡。

## 五、脾肾阳虚

陈某，男，70 岁。

患者初诊诉：胃胀痛，觉凉，晨 3 点至 5 点甚，起床后活动则减，便溏。兼见反酸，呃逆，鼻干，口腔溃疡。

脉弦尺弱。苔白。

辨证：脾肾阳虚。

治法：益气健脾，温肾。

方宗：四君子汤合附子汤。

茯苓 20g　　山茱萸 20g　　党参 12g　　炒白术 10g　　制附子 12g

肉桂 10g　　炮姜 10g　　补骨脂 10g　　炙黄芪 30g　　柴胡 10g

桑白皮 12g　黄连 6g　　吴茱萸 10g　　旋覆花 12g　　代赭石 30g

7 剂，水煎服。

药后病愈。

**按：**晨 3 点至 5 点，为阳气升发渐充之时，其人胀痛觉凉甚，此乃阳虚不用，再参以便溏之症及脉象可知其为脾胃阳虚。山茱萸味酸性温，可补肾填精，阴足则阳旺，故脾阳可复；其酸敛之性，用之阳虚证有敛阳补阳之意，故此案中山茱萸与附子、肉桂、炮姜同用补脾肾之阳，阳旺则气行寒化，胃胀觉凉自除。其人便溏，故以补骨脂温脾止泻，重用茯苓健脾除湿。

四君子与黄芪、柴胡同用有补脾升阳之功，用药思路实取东垣补中益气汤之意。脾虚易受湿困，湿邪亦喜下溜于肝肾，扰其相火，相火上冲，故脾虚之人亦多见热象。故在此案中其人鼻干，溃疡，以桑白皮泄肺热，黄连泻心火。若其人舌淡润，兼见肠鸣水声，泛吐清水，脘腹痞胀，此为阳虚水湿内停，加厚朴、大腹皮、木瓜等，若见双腿轻度水肿，加桂枝、黄芪、防己。

**老师评语：**

花金芳老师是我国第一批中医研究生，师从中国中医科学院老院长施奠邦教授，中医功底扎实，善治肝病。作者随花老师实习，得其真传，可贺。

李士懋

# 惊叹山药功效之神巧

河北中医学院中医系 2010 级　周鹤

（本文为大学一年级学生所作，原载于 2011 年 10 月第 9 期《中医论坛》）

余未读《医学衷中参西录》之时，但闻张锡纯最善用石膏、白茅根以治诸热之疾；待浅览其前三期之后，满脑尽是山药二字，寿甫用其治诸虚劳损、喘嗽、滑泄、险证脱证之效甚优也。余在慨叹其用药奇妙之时，又不得不惊呼山药功效之神巧。惊喜之余，余将山药之功效总结于下，且附二方及诸病案略述心得。

山药又名薯蓣，乃药食同源之代表，《神农本草经》中列为上品，其物美而价廉也。《神农本草经》云："薯蓣，味甘、温，主伤中，补虚羸，除寒热邪气，补中、益气力，长肌肉，久服耳聪目明。"《名医别录》云其"充五脏，除烦热，强阴"。《本草纲目》载其"益肾气，健脾胃，止泻痢，

第二章 "明医头脑"是怎样炼成的

化痰涩，润皮毛"。盖言山药味甘归脾土，且其汁多而润，故滋阴之力彰，所谓阴成形，故其可主伤中，补虚羸，长肌肉也。夫阴者之于人，津液精血之属也，故津液精血不足之证皆可用之，况其肉白汁多稠滑而润，实乃阴中之精华。五脏六腑之精皆上注于目，精足，故目能明；肾开窍于耳，肾精充，故耳能聪。山药汁黏而不碍胃，若熬粥饮之，留恋肠胃之效佳，且其可固下焦元气，故可治滑脱、带下、泄泻诸疾。山药贵在味甘汁润性甚平和，其汁液尤甚，若精髓，若乳汁；然虽若此，其性温，可补中益气力，此阳化气之功亦不可小视。至于山药能除寒热邪气，盖其可气阴双补，使阴阳和而正气存内，邪自可除；亦可使中焦脾土中轴转运之功增强，而使一些上热下寒、上盛下虚之证可解。此非余之自揣，张锡纯之治证可见也。综合而看，山药虽滋阴力强，实强阴益精补气之平药；山药以益肺脾肾三脏为主，然亦可益五脏，治诸虚百劳。盖肺为水之上源，通调水道，肺主气司呼吸；脾胃主运化腐熟水谷而为气血津液生化之源；肾藏精，主水，主纳气。此三脏一腑与气阴最为密切。山药之功实可使上中下三焦气阴充足，五脏安和，脉气平均，而使人体达到阴平阳秘之态也。

张锡纯治诸病之验效方是以山药之阴润性甚平和为本，以其入肺脾肾为纲也。其言："山药色白入肺，味甘归脾，液浓益肾，能滋润血脉，固摄气化，宁嗽定喘，强志育神，性平可以常服多服。"其用山药之法甚精，"滑泄者多以煮粥饮之，以其汁黏留恋肠胃收敛之效彰；他病多用生者煮汁饮之，不可炒用。"而《本草害利》云："忌同面食……入脾胃土炒，入肾盐水炒。"盖云炒用可增强其益气之功。

余惊叹山药功效之神奇，除《神农本草经》之所注，且欲以一味薯蓣饮、薯蓣半夏粥而阐明之。张锡纯多用山药治疗阴虚诸疾，至于其治疗一些上盛下虚、上热下寒等脱证危证及冲胃之气上干脉弦硬之证，此盖因山药性平有复脉救人之功（复脉者，多使虚人之脉恢复平和）。

一味薯蓣饮：生怀山药四两切片，煮之两大碗，以之当茶徐徐温饮之。

可治虚劳发热，或喘或嗽，或自汗，或心中怔忡，或因小便不利致大便滑泄，及一切阴分亏损之证。

张锡纯注：山药之性，能滋阴又能利湿，能滑润又能收涩。

**按**：此山药之走守自如，动静结合，有阴平阳秘之功也。

**案例1**：曾治一室女，温病痰喘，投以小青龙加石膏汤，又遵《伤寒论》加减法，去麻黄加杏仁，喘遂定。时已近暮，一夜安稳。至黎明喘大作，脉散乱如水上浮麻，不分至数，此将脱之候也。取药不及，适有生山药两许，急煮汁饮之，喘稍定，脉稍敛，可容取药，方中仍重用山药而愈。

（选自《医学衷中参西录》）

**按**：此山药有复脉救逆之功也。夫脉者，贵有胃、神、根：胃者，胃气也；神者，赖相傅之所辅；根者，肾气阴之所主。盖脉象之平和与否，多责之肺脾肾三脏，此三臣不司其守，则三焦不利，主不安而脉不和也。山药性甚平和，可益三焦之气阴。于中其有镇静脾土之功，善滋温脾胃之气阴，以助后天，使胃气充而心有所养；在下其可滋补肾中之真阴，固下焦元气，使上浮之阳可龙回重潜；在上其可助肺之气阴，其朝百脉主治节，自可助心脉平和。故其如浮麻之散脉可治。

**案例2**：一妇人，产后十余日，大喘大汗，身热劳嗽。医者用黄芪、熟地黄、白芍等药，汗出愈多。后愚诊脉，脉甚虚弱，数至七至，审证论脉，似在不治。俾其急用生山药六两，仍如此煮饮之。三日后诸病皆愈。

（选自《医学衷中参西录》）

**按**：盖此妇人气血阴阳已乱，五脏皆虚而不安和，峻补不宜，急需性平和之药以救急。山药可平补阴阳而安五脏，五脏安和，君主神明可主，脉气自可平和。至于病人服药三日而愈，亦足以证明山药救虚羸危证之效果神奇。

**薯蓣半夏粥**：生山药（轧细）一两，清半夏一两。

治疗冲胃之气上逆，以致呕吐不止，诸药不能下咽者。

**按**：此借山药粥黏稠留滞胃腑之力，以待药力之施行，且其上可益肺津，下可补肾敛冲，既助半夏降逆之功，又可避免半夏之燥伤胃阴。

山药可使虚数、虚弱之脉恢复平和；又可使因冲胃气之上逆而使脉失胃气之弦硬之脉逐渐和缓。盖后者与山药归脾土主镇静之力最为密切，且其可固下焦元气，滋补真阴。故一切冲胃之气上逆且脉虚或弦硬者，如呕吐、吐衄、呃逆、喘嗽之疾皆可治也。然山药药性之本在于平补，其复脉之功似亦多适用虚损之证，然经言："邪之所凑，其气必虚。"故余以为，若经过深思熟虑，巧妙配伍，山药救人复脉之功或可在实证、虚实夹杂病证中得到较好效验。

上所举之皆山药救危救脱、治阴虚之证，然其复脉之功既彰，则其救阳虚、气虚、血虚之证亦可斟酌而用之；况其性平，极具土德，故一切情志不遂而兼有虚损或饮食减少之证亦可用。

山药可内服，亦可外用。其归脾土、肺金，自有长肌肉、润皮肤之功也。如《本草逢原》载："治乳癖结块，及诸痛日久坚硬不溃（外用）。"《本草纲目》载："可捣烂外敷治痈疽。"

山药独用效果实妙，配伍亦有奇效。譬若与牛蒡子同用，其养肺利肺之功佳也；与黄芪同用，气阴相生亦可赞。山药虽比之熟地黄阿胶之黏滞性小，脾胃虚甚者，常服久服亦可致中焦不运，与薏苡仁同用，其滞可减。种种不胜枚举。

平人服山药，可益寿延年；虚人服山药可复脉、安神益智；虚实夹杂之人用之，可达补正祛邪之功，亦可固正气以防攻伐太过。譬如张锡纯用山药代替白虎加人参汤中之粳米，以防寒凉药物中伤脾胃，以致滑泄，其配伍之精当，犹可深思而推广之。至于余于行文中言山药有复脉之功，实因读张锡纯用其治诸脱危难之证之自揣心得，其中多有不当之处，还望老师指正。

**老师评语：**

此文对山药论述平正公允，张锡纯乃善用山药者，一可作食疗补虚，一可治诸多虚劳之证，出神入化，值得深入学习、仿效。

李士懋

# "平脉辨证"活用麻黄附子细辛汤

河北中医学院中医系 2011 级　李志强

（本文大学二年级学生所作，原载于《中国中医药报》2013-11-20）

河北中医学院李士懋教授是第二、三、四批全国老中医药专家学术经验继承工作指导老师，河北省十二大名医之一。他临床强调溯本求源，平脉辨证，并善于温阳散寒。下面，笔者将通过李士懋对临床常用的麻黄附子细辛汤的论述，简单阐释其学术特色。

## 一、灵活运用，平脉辨证

《伤寒论》第301条曰："少阴病，始得之，反发热，脉沉者，麻黄附子细辛汤主之。"后世医家对此多有阐释。《医方考》中记载："麻黄附子细辛汤，病发于阴者当无热，今少阴病始得之，何以反发热也？此乃太阳经表里相传之证耳。盖太阳膀胱经与少阴肾经相表里，肾经虚，则太阳之邪由络直入肾脏。余邪未尽入里，故表有热。寒直入肾，故里脉沉。"

由此可以看出，麻黄附子细辛汤的应用是有表邪存在的。现代著名医家刘渡舟教授亦是这么认为："太阳在表风寒之邪未解，而少阴里阳已虚。"

临床中，李老平脉辨证，对麻黄附子细辛汤的应用更广泛、灵活。他认为该方适用于以下三个方面：一是阳虚，寒束肌表者；二是阳虚，寒邪直中少阴，而不在表者；三是阳虚阴寒凝泣者。

他临床应用该方，不拘泥于有表寒的存在，因而大大扩展了该方及其变方的应用范围。但这里有两个关键点：一是阳虚，二是寒象。此寒象包括寒邪客于肌表而产生的恶寒发热、头身疼痛……亦包括寒邪直中少阴而产生的阴冷、阴缩……寒客于经络关节而导致的肢体活动不利，还包括由于阳虚阴寒内盛而产生的虚寒之象。

临床中，如何把握这两个关键点呢？要诀在于脉。

李老重视脉诊，强调平脉辨证，遵循景岳"千病万病不外虚实，治病之法无逾攻补。欲察虚实，无逾脉息"之旨，强调脉诊以虚实为纲，而虚实又以沉候为准，沉取有力为实，沉取无力为虚。人身血脉变化无非气血之变动，"血以充盈，气以鼓荡"，是故阳虚，所充有亏，故而脉沉取无力或力减。（减：脉力介于脉力正常与脉无力之间，乃虚之轻症）

那如何判断寒的存在呢？

李老认为判断寒邪袭人有三个要点：一是痉脉，二是疼痛，三是恶寒；而其中尤以脉诊为重。痉脉是其独创的一部脉象，亦是一部反映寒邪特性的典型脉象。

《素问·举痛论》曰："寒则气收。"气血被寒邪所束不得鼓荡血脉而脉沉。《素问·举痛论》亦云："寒气客于脉外则脉寒，脉寒则缩蜷，缩蜷则脉绌急。"这种因寒客而绌急，有种紧拘挛缩之感，即弦而拘紧之脉，脉沉弦拘紧即所谓的痉脉。当然，若是由于纯阳虚而阴寒凝泣，亦可以产生类似拘紧的寒性之脉，不过此时的脉必按之力减或无力。

诊得"痉脉"，再结合疼痛或恶寒之症即可判断寒邪袭人，若脉沉弦拘紧而减或无力，即可判断阳虚寒凝，故而就可运用温阳散寒的方法治之。

在跟师学习的过程中，笔者发现李老非常善于运用该法治疗一些疑难杂症，如阳虚寒凝而导致的冠心病、高血压、脑中风、干燥综合征等。然而要想灵活准确辨证治病，就必须善于脉诊，他曾说："对仲景所写的每条经文，只要悟懂了其脉象意义，这条经文就容易理解与灵活运用了。"而麻黄附子细辛汤的典型脉象特征就是脉沉弦拘紧减或无力。

## 二、方药分析，溯本求源

古人云：用药如用兵。善用兵者，必熟谙兵法；善用药者，必精于药性。明其药性，才能明了配伍之精妙。《伤寒论》中麻黄附子细辛汤原方的用量服法：麻黄二两（去节），细辛二两，附子一枚（炮，去皮，破八片）。上三味，以水一斗，先煮麻黄，减二升，去上沫，煮取三升，温服一升，日三服。

附子，《神农本草经》曰："味辛温，主风寒咳逆邪气，温中，金创，破癥痕积聚，血痕，寒湿，痿。"辛能行能散，温能散寒助阳，后世医家多用其温助阳气。《本草汇言》云其："乃命门之要药""服之有起死生之殊功"。《神农本草经》中记载其能"破癥痕积聚，血痕"，其本在于阳气虚衰，气血凝滞不通，故而产生积聚、血痕。《本草崇原》曰："癥痕积聚，阳气虚而寒气内凝也。"附子温阳化气，使气血得运，自然不会再生癥痕积聚。

麻黄，《神农本草经》云："味苦温，主中风伤寒头痛温疟，发表，出汗，去邪热气，止咳逆上气，除寒热，破癥痕积聚。"现代医家对麻黄的认识多为"发汗解表之要药"，其功效大致为发汗解表、宣肺平喘、利水消肿之类，而李老却强调其"发越阳气，解寒凝"的功效，也就是说麻黄不仅发散在表之寒邪，亦可以发散在里之寒邪，还可以助阳气的输布，消除因阳虚而产生的阴寒凝泣之象。

这一点其实可以在《神农本草经》的记述中得到印证。麻黄主"发表，出汗，去邪热气"，从中就可以推断出麻黄性善透散，能发越阳气。麻黄能使人"出汗"，就是因为其能鼓荡阳气，蒸腾津液，"阳加于阴"故而化汗而出，并使邪气随汗而解。

《本草崇原》中记载"植麻黄之地，冬不积雪，能从至阴而达阳气于上。"从中可以看出，麻黄能将冬日闭藏于地中之阳气发越出来，以致覆盖的白雪融化。人与天地相应，麻黄作用于人，亦能将人体内的阳气发散出来，只是须强调的是当人体阳气不虚时，麻黄可据病情正常施用，但当人体阳气虚时，麻黄就须在配伍扶正药物的基础上使用且相对少用，以恐更耗伤阳气。

细辛，《神农本草经》曰："味辛温，主咳逆，头痛，脑动，百节拘挛，风湿痹痛，死肌。"细辛的常用功效是解表散寒，祛风止痛，通窍，温肺化饮。而李老却认为其可"启肾阳，散沉寒，且能引麻黄直达于肾，散直入肾经之寒达于肌表而解"。

笔者初始对此甚是不解，为什么细辛能入肾而且还能够"启肾阳"？《灵枢·海论》曰："脑为髓之海"，《素问·五脏生成》云："诸髓皆主于脑"，而"肾主身之骨髓"。且《素问·痿论》《神农本草经》中载细辛主"脑动"，所以细辛能入髓入肾。《神农本草经》又载细辛主"百节拘挛"，"百"者，大也，多也；"节"者，骨节也。"百节"即涵盖了全身大大小小的骨节，更能说明细辛能入肾，且其性善于走窜，能到全身极细极微之处，故能够助肾阳的布散，将凝闭于里、于细微之处的寒邪消散。

附子善于温阳，麻黄善于鼓荡阳气，散寒凝，细辛能启肾阳，并能助附子、麻黄走窜于人身极细极微之处。三药配伍，相得益彰，共奏温阳散寒之奇功。李士懋谓麻黄附子细辛汤为"温阳散寒之祖方"。

## 三、医案分析

王某，男，35岁。

2008 年 10 月 13 日初诊：患者诉：头紧憿，小腿酸，寐不安。有高血压病史 2 年，服用降压药物控制在 150/100mmHg。

脉弦拘而迟。舌淡，苔白。

辨证：阳虚寒凝。

治法：温阳散寒解痉。

方宗：麻黄附子细辛汤。

麻黄 8g　　　炮附子 18g　细辛 7g　　　　干姜 8g　　　半夏 15g

茯苓 15g　　全蝎 10g　　蜈蚣 12 条

3 剂，水煎服。

加辅汗三法，取汗。停服西药。

10 月 16 日二诊：药后得汗，降压药已停。头顶尚紧，寐亦可，小腿已不酸。血压 140/115mmHg。脉弦迟无力，舌淡。

上方加吴茱萸 7g。

11 月 13 日三诊：患者共服上方 14 剂，蜈蚣加至 15 条。头略沉，他症除。血压降为 120/80mmHg，脉弦缓减。上方继服 14 剂。

（选自《中医临证一得集》）

**按**：高血压是当今社会最常见的，亦是危害人类健康最大的慢性疾病之一，中医治疗多从肝肾或痰瘀入手，通过温阳散寒来治疗高血压的并不多见。此案中，李老能够用麻黄附子细辛汤治疗高血压，并取得疗效，很重要的一点是对寒邪致病的灵活理解——寒客于肌表，可以温散；寒客于血脉亦可以温散；纯阳虚而致阴寒内生亦可温散。

寒主收引，血脉被寒所客，拘挛不舒，自然引起血压升高。应用麻黄附子细辛汤温阳散寒，阳气得复，阴寒得散，血脉舒展，血压自然下降。至于其头憿、小腿酸，乃是寒凝筋脉导致筋脉不舒所致。寐不安，阳气不能"精则养神"也。二诊加吴茱萸，暖肝之阳气，实亦助肾之阳气，"肝肾同源"不仅体现在"精血同源"阴的方面，也体现在阳气的相互助用上。

溯本求源，灵活应用中医传统理论去认识常见病或疑难杂症，并凭借脉诊加以识别区分，辨明证型，即使再新奇复杂的疾病，中医亦可依法施治。

**老师评语：**

中医经典，浩瀚而深邃，历代名家，无不悟透经典的一个观点、经验，并经实践检验而创立一新的学派。东垣以"健脾升清"立论，以治百病，创补土派；叶氏等以"冬不藏精，春必病温"等几段经文，创温病学派，余虽鲁钝，然亦深有此意，如脉学、温病、火郁、汗法等，亦深受经典之启悟，渐积而成。

麻黄附子细辛汤一方，即颇有琢磨，思考的价值有：

1.即云"少阴病"，则当具少阴病阳虚之"脉微细，但欲寐"的特征。即为少阴阳衰，予附子扶阳好理解，可是用辛温发散的麻黄、细辛干什么？不虑其耗散阳气乎？此时用麻黄、细辛意在助阳气之升腾敷布，因细辛启肾阳，麻黄发散阳气。

2.何以"反发热"？发热原因多种，寒袭于表，卫阳被郁而恶寒发热；少阳往来寒热；阳旺但热不寒，腑实者潮热；阴虚者夜热。本条乃阳衰，本不应发热，反见发热，故曰"反"。阳虚何以反热？乃阴盛格阳，阳浮而热，揭被弃衣，欲入井中，伴见阳衰之象。此热非太阳表证。若为太阳伤寒，则必恶寒，此未言恶寒，仅言发热，且暗示为少阴病，则知此条非太少两感。

即为阳衰而热，何以用麻黄、细辛？因"离照当空，阴霾自散"。阳虚用附子，阳不敷而用麻黄、细辛解阴寒凝泣，鼓舞阳气敷布，其热自解，若虚恐阴阳离绝，可佐山茱萸、龙骨和牡蛎以归潜之。

退一步即使是合并太阳表证，亦属虚人外感，麻黄附子细辛汤可温阳散邪，此乃虚人外感、扶正祛邪之祖方，扩而充之，则别有洞天，亦可创一新的学派。

本文言麻黄附子细辛汤"不拘于表寒的存在"即颇有见地，跳出太少两感的窠臼，开拓视野，并用之于高血压，亦别开生面之谓。并云："溯本求源，灵活运用中医传统理论去认识常见病或疑难杂症，并凭借脉诊加以识别区分，辨明证型，即使再新奇复杂的疾病，中医亦可依法施治。"这段感悟，颇有深意。此即"以脉言证，百病一也"。

李士懋

# 举一反三：石膏适用范围何其广泛

河北中医学院中医系 2011 级　王利红

（本文为大学二年级学生所作，原载于 2012 年 12 月第 10 期《中医论坛》）

《神农本草经》言："石膏味辛微寒，主中风寒热，心下逆气惊喘，口干，苦焦不能息，腹中坚痛。"然余思索再三，窃以为石膏功效可归结为一，即除里热。以其味辛，有透散之功，故余认为此所透之热非外感之表热，实乃在里之热。此归结虽甚简单，余以为越简单则石膏适用范围越广。于下试论之。

历代医家关于石膏清热机理解说纷纭，有人认为因石膏大寒，故可清大热，主除阳明气分热盛的四大症：大汗、大渴、大热、脉洪大，无此四大症者不可妄用，此实大大缩小了石膏的主治范围。近代医家张锡纯善用石膏，其用量曾至数斤而不见患者有寒象，石膏真乃大寒之品吗？余甚是怀疑。或以为石膏味辛微寒，其之所以能清大热乃因其味辛发散透邪，即取"火郁发之"之意。对此余亦存疑虑，若云石膏清大热赖其透散之力，那为何用薄荷、桑叶等辛凉发散力强的药治里热证而不效，张锡纯单用石膏煎汤温服而验呢？石膏体重性寒清热降火，其气轻而辛，能解肌透表，向外宣散实热，使热向体外透发。故在余看来其性虽不比他药寒凉，但得辛助，使热邪一边清，一边开郁透散，防止苦寒直折所致残留火星的存在。因其性微寒，故临床用量应大，清热效果才更好。此外，石膏味甘，甘寒生津，有润燥止渴之功效，有助于热邪的驱除、阴液的固护。综合来看，石膏实乃清里热之上品，临床运用极为广泛。

石膏可清里热郁热。不论外感六淫邪气入里化热，还是内伤所起之热均适用。《伤寒论》第 219 条曰："三阳合病，腹满身重，难以转侧，口不仁，面垢，谵语遗尿，发汗则谵语，下之则额上生汗，手足逆冷。若自汗出者，白虎汤主之。"阳明热盛气壅，气壅故见腹满；邪热弥漫，经气不利，故见身重，难以转侧；阳明胃火炽盛，灼热上攻，则口不仁；阳明经布于面，浊热之气熏蒸于上，故面垢；热扰神明则谵语；热盛神昏，膀胱失约，则遗尿。显然阳明大热已成。三阳合病，邪热偏重于阳明，则当治在阳明。宜用白虎汤清解。方中重用石膏，辛甘且寒，清透大热，是为君药；知母苦寒而润，可泻火滋阴。二者相须为用，既可清透里热，又可固护阴津；甘草、粳米益气和中，一则气足则津生，再者可避免寒凉伤胃。若渴欲饮水，口干舌燥，热甚气津两伤，则宜白虎加人参，益气生津。

石膏并非表证不解之禁药。《伤寒论》第38条曰："太阳中风，脉浮紧，发热恶寒，身疼痛，不汗出而烦躁者，大青龙汤主之。"本证为外感风寒，闭郁肌腠，气不得透达，郁于内而化热之表里俱实证，治宜解表兼清里热。方中麻黄、桂枝和生姜辛温发汗，以散外束之风寒邪气；石膏辛寒清透里热，同时得麻黄之助，可使在里之郁热开散并向外透解，以防残余火苗的存在；甘草、大枣和中，固护脾胃，可使化汗有源。达表里双解之目的。由此看来，石膏并非表证不解之禁忌药。石膏性辛行散，有透表解肌之力，故可助祛在表之邪气。张锡纯对这方面亦有发挥，试举一病例如下：于某，年四十，为风寒所束不得汗，胸中烦热，又兼喘促，医者治以苏子降气汤，兼散风清火之品，数，病益进，诊其脉洪滑而浮。投以寒解汤，系生石膏一两，知母八钱，连翘、蝉蜕各钱半。须臾上半身即出汗，又须臾觉药力下行，其下焦及腿亦出汗，病若失。（《医学衷中参西录》）外感风寒，闭郁肌腠，卫气不得宣散，郁于里则生内热。治宜辛散表邪兼清内热。庸医见胸中烦热、喘促而妄投苏子降气汤，致使表邪不得解，里热闭郁更深。方中蝉蜕走表疏散表邪；石膏得蝉蜕之助，其散表之力更强，得知母之助，其清里作用更好；连翘表里双解，如此配伍则药到病瘥。

历代不少医家认为石膏大寒而避之不用，用即用于实热、壮热之证。然余以为石膏辛甘微寒，辛寒并重，缺一不可，主除里热、郁热，临床应辨证准确，配伍精当，用药适量，即使有气血亏虚之证亦可应用。四大症不须均有之。在《医学衷中参西录》中和许多医家病案中均可找到证据。此举一例试作分析：沧州友人董寿山曾治一赵姓妇，产后八九日，忽得温病，因误汗致热渴喘促，舌苔干黄，循衣摸床，呼索凉水，病家不敢与。脉弦数有力，一息七至。急投以白虎加人参汤，以山药代粳米，为系产后，更以玄参代知母。方中生石膏重用至四两，又加生地黄、白芍各数钱，煎汤一大碗，分四次温饮下，尽而愈。(《医学衷中参西录》) 产后气血亏虚，又复外感温邪，本已内热炽盛，又误汗导致气津两伤。故见热渴喘促，舌苔干黄，渴欲凉水；热扰神明，神昏则见循衣摸床。再加脉洪大，里热证无疑，故可与白虎加人参，以山药代粳米，玄参代知母。方中石膏清透其内热，玄参滋阴降火，且治产乳余疾。产后体虚，加人参气津得生。但应注意中病即止，防转寒变。如此配伍，则热得清，又不耗伤正气。

石膏所用范围实广，以清里热、郁热为基点，以此延伸出现的症状均可解除。主归肺、胃经，可治肺热壅盛之咳喘；胃热壅盛之胃火牙痛、头痛、内热消渴、大便秘结、乳汁缺少等症。此不多做论述，临床随证配伍即可。

**老师评语：**

对石膏的论述准确，其用量尚须恰当。如麻杏石甘汤，伤寒石膏与麻黄之比为 2：1；温病为 4：1；越婢汤为 8：6。并非量重都对。外感、内伤之热，亦须分辨其病机，并非石膏皆用。郁热也是多种原因，同样须分辨。

李士懋

# 思路洞开：温通阳气法以治痤疮

河北中医学院中医系 2011 级　李亚文
（本文为大学三年级学生所作）

治病必求于本，本为何？本为阴阳。万事万物皆分阴阳，对于痤疮的认识也要分阴阳。论及痤疮，大多数人认为多由阳邪导致，但是我认为不是所有的痤疮都因火热而起。常规的痤疮的辨证分型的确是忽视了阴证、寒证、虚证。结合临床所见，痤疮患者中的确存在"阳郁寒凝证"，属半阴半阳、寒热错杂或上热下寒证、寒包火证等整体以阴寒为主的证型。这些证型适合使用温通阳气之法。

为何会产生痤疮？通俗来讲痤疮是由于人体代谢的产物没完全排出去

而堆积于皮肤的表现。那么为什么这些代谢产物会排泄不掉而堆积于皮肤之上？第一是排泄的动力不足；第二是排泄的道路受阻；第三是代谢之废物太多导致机体排泄之压力太大。

那么何为排泄之动力？答曰阳气。阳气主动主通，阳气升发促使废物通过腠理、玄府向外宣发，通过大肠、小肠、膀胱向下排泄。其中之玄府，乃人体与外界沟通的场所，就像房屋的门窗一样为沟通外界与房间的通路。阳气升发则玄府通畅，阳气无力升发则玄府不通畅，体内代谢产物排泄不畅易于堵塞玄府，发为痤疮。故阳气为玄府通畅的重要因素。

为何排泄之道路受阻？缘于风寒湿等外来邪气郁于肌表，使得阳气郁于体内，不得透发，从而导致代谢产物不能排出而郁于玄府，发为痤疮；缘于内生之寒、热、痰、湿、瘀等邪气阻塞气机，阻滞气血运行，阻碍了阳气的升发与阳气的疏泄。从而代谢之产物不得正常排泄而郁于体内发为痤疮；缘于情志因素使得气机郁结，导致阳气不能更好地升发，导致气血凝滞而生为痤疮。

然又为何导致代谢产物如此之多？主要是因为脏腑功能失调。如脾胃阳虚则不能正常运化水谷精微，从而产生大量的痰湿，痰湿阻滞经脉，阳明经布于面，故可发为痤疮；肾阳不足，膀胱气化失常，产生更多水湿痰饮，水湿痰饮可随肝气上泛于面；心火虚衰不能更好地促进血液的运行，导致瘀血的产生，其华在面，故发为痤疮；肝阳虚衰导致其疏泄功能不能更好地发挥，使得疏泄废物之动力不足而严重影响了废物的代谢，且虚寒内生，又能导致气血流通不畅，排泄之道路不通而发为痤疮。

可见脏腑功能的低下会产生更多的代谢产物，代谢产物增多又加重了阳气的负担，阳气被耗，阳气被郁，又使得排泄之动力不足，道路不通，从而又进一步导致了脏腑功能的低下，如此便会陷入恶性循环当中，而痤疮层出不穷。

所以之所以产生痤疮，阳虚和阳郁是其关键。阳虚者当温阳散寒，阳郁者当通其郁结，展布气机。故温通法是治疗痤疮不可忽视的重要方法。那么具体导致痤疮产生的病机为何？如下简述。

## 一、阳虚则脏腑功能低下，则排泄动力不足

然阳虚者，无足够之动力推动人体气血津液之运行，阳虚则虚寒内生，寒凝气滞血瘀可以导致痤疮的产生；或阳虚则卫外功能较差，则虚易外感寒邪，寒邪郁闭肌表，导致气血凝滞，发为痤疮；而且五脏六腑之阳虚均可影响到阳气的升发与流通，均可导致痤疮的产生；另外正虚也是一个很重要的原因，例如虚人长痤疮者如老年人，我们当固护其正气，通过扶正、温养气血来驱除邪气，促进玄府的通畅。就像治疗虚人痈疽久不溃破出脓者，需要托毒外出一样。

**病例：**徐某，女，48 岁。

患者面部痤疮 6 年余，曾服"活血化瘀，清热解毒"之品一年余，症状缓解不明显。

刻诊：面部痤疮色暗、有黑头，前额、唇周以及两颊部黑斑明显，面色青灰，烦躁，胸闷太息、经前乳胀刺痛，月经色黑，血块多，大便干结，口干苦，不思饮。平素怕冷，乏力，腰腹疼痛。

脉双关弦。舌质紫暗如猪肝色，苔白腻。

辨证：水寒土湿木郁。

方宗：吴茱四逆汤。

| | | | | |
|---|---|---|---|---|
| 炙甘草 10g | 干姜 20g | 川芎 10g | 炒花椒 9g | 川附片 100g（先煎） |
| 吴茱萸 10g | 佛手 15g | 续断 30g | 炙麻根 15g | 炒小茴 10g |
| 杜仲 20g | | | | |

3 剂，水煎服。

二诊：痤疮明显减少，面部黑斑变浅，胸闷口苦减轻，舌质紫暗明显改善，苔薄白，脉弦缓。守吴茱四逆汤加减 30 剂（后期吴茱萸量增至 20g，先煎 5 分钟去汁），痤疮完全消失，面部转红润有光泽，饮食、二便正常，精神好转，月经前诸症消失，经色淡红，无血块。随访 3 年未见复发。(《中医社区医师：医学专业》2010 年第 5 期）

**按：**根据患者平时怕冷、面色青灰、舌紫暗、脉弦，判断为阳虚寒凝证。烦躁、胸闷、太息、经前乳房胀痛乃肝郁不舒之象，然肝分气血阴阳，任何一者出问题都会导致肝气不舒。根据此案病人症状可得出肝阳不

足而导致木之疏泄不畅，阳乃动力，动力不足则不能正常行使其疏泄功能。故用吴茱萸、花椒、小茴香、佛手、川芎以温肝，疏肝。病人有肾阳不足，故加杜仲、川断、制附片以温肾固本，黑头、黑斑，乃寒水上泛，故加干姜以温阳行水。大便干、口干乃木郁疏泄失职，郁而化热之象，予通阳法恢复肝之疏泄，则郁热自散。

## 二、风寒湿束表导致排泄之道路不通

《内经》云："汗出见湿，乃生痤痱。劳汗当风，寒薄为皶，郁乃痤。"《诸病源候论》曰："痤疖者，由风湿冷气搏于血。结聚所成也。人运役劳动，则阳气发泄，因而汗出，遇风冷，湿气搏于经络。经络之血，得冷所折，则结涩不通，而生痤疖。"皶、痤的产生，因劳作后汗出，玄府开而阳气升发，风寒湿郁滞于肌肤，使得阳气被郁，体表脂液凝聚而成痤疮。故此时法当温散之。例如现在很多女性冬天为爱美而穿衣较少，不注重保暖，故容易外感寒邪。而夏天天气炎热，而人体内阳气相对不足，又经常出入于空调房与外界环境之间，也易受邪。男性多饮酒，运动出汗后去游泳，或者不断讲出温差较大的场所，故也易受风寒湿之邪的侵扰。诸如此类之情况均是导致痤疮产生的原因，法当温散。

我们常说邪气容易郁结化热，这时候怎么能用温通法，岂不会助热？虽然风、寒、湿邪气容易郁结化火，但寒邪、湿邪仍在，并且其所化之热仍为郁热，此时用清火寒凉之药，更会闭郁气机。我们当用温通、温散之法，温可散其寒，通可散其郁结，则热自散。

**病例：**卢某，女，22 岁。

2013 年 7 月 18 日初诊：下巴以及两侧脸颊痤疮较重，痤疮肿大，暗红。口干，大便黏。

寸关濡弱，尺弦滑。舌淡，苔黄略厚腻。

辨证：阳虚感寒，内有痰阻。

治法：温阳化饮。

方宗：小青龙汤。

| | | | | |
|---|---|---|---|---|
| 麻黄 10g | 清半夏 10g | 桂枝 10g | 羌活 10g | 白芷 10g |
| 天花粉 30g | 木瓜 60g | 防风 10g | 细辛 3g | 炮附子 10g |

白芍 30g    白蒺藜 15g    知母 15g    白芥子 10g    独活 10g

干姜 5g    乌梅 10g    五味子 10g    葛根 30g    元参 30g

儿茶 10g    山茱萸 30g

7月27日二诊：痤疮有所减轻，无明显不适，继服上方。（随诊病历）

**按：**时值夏季，女生多着装较少，而外界与空调房温差较大，更易感寒凉之气，而寒凉之气郁于肌表易郁而化火。此案病人脉弱，舌淡，痤疮色暗，可知乃阳虚而外感寒邪。脉濡，尺滑，濡主湿，滑主痰，大便黏亦表明湿邪较盛，外邪闭郁而阳气不得升发，郁而化热，故苔黄厚，口干。故由舌脉症可知病人阳虚夹有痰湿且有化热之象。故当温阳以提高脏腑机能，以加强排泄之动力，化痰去湿以保证代谢产物排泄之道路的通畅，解表疏散寒邪以促进阳气更好地升发，使得代谢产物可通过玄府、腠理排出体外。故此案用小青龙汤加减以解表逐饮，佐以滋阴之品以清热生津，同时透发体内郁热。此案使用温通阳气法使得阳得通，寒得散，郁热得化，而痤疮得愈。

### 三、过用寒凉而致中焦虚寒，痰湿内盛

过食寒凉导致脾阳虚，脾运化功能下降则易生痰湿，痰湿易阻滞经络，更阻滞阳气的运行，阻滞阳气发挥其功能，则痰湿不易被清除，痰湿既不得随脾运化，又不得随汗液排除，郁于玄府不得出则发为痤疮。如现代人喜贪凉饮冷，嗜食水果、冷饮、啤酒等，不断损伤脾胃，导致脾胃病之病人越来越多。然内伤脾胃，百病由生。对于此类病人当温健脾胃。痰湿为阴邪，得温始化，故当温中化湿。可用理中类方，所谓理中，就是振奋脾的阳气，帮助运化体内多余的痰湿。

**病例：**刘某，女，42岁。

2007年3月29日初诊：面部痤疮多年，多结节、囊肿，局部成片状，油脂多，乏力畏寒，面色晦暗，便溏，失眠。

脉沉细弱。舌体胖大、质淡，苔白腻。

**辨证：**脾肾阳虚，浊气内蕴。

**治法：**温肾健脾，行气化浊。

**处方：**

| 附子 5g | 玫瑰花 10g | 茯苓 15g | 萆薢 10g | 生薏苡仁 15g |
| 蛇床子 10g | 远志 20g | 党参 10g | 玳玳花 10g | 炒酸枣仁 20g |
| 菟丝子 15g | 淫羊藿 10g | | | |

7剂，水煎服。

4月4日二诊：痤疮较前减轻，面部油脂明显减少，畏寒，便溏好转，仍有失眠，舌胖大、质淡，苔微腻，脉沉细。于前方去菟丝子，加附子至7g，加白芍药 10g、合欢花 15g，14剂。

4月18日三诊：面部痤疮明显见好，诸症均明显减轻，便溏、怕冷症状消失，舌胖，质淡红，苔微腻，脉沉细。守方继续服用14剂，痤疮基本消失。（《上海中医药杂志》2008年01期）

**按：**通过患者畏寒、面色晦暗、便溏的症状，以及舌体胖大、质淡、苔白腻、脉沉细弱之舌脉可综合判断为脾肾阳虚证，因脾肾阳虚而水液代谢失常，产生大量的痰湿水饮，故而面油大，面部长痤疮，便溏，舌体胖大而苔白腻。阳虚则疏泄之动力不足，而痰湿内蕴不得外排。痰湿重反过来又导致气血运行之道路不通，又阻塞了排泄之道路，甚至导致气滞血瘀。故痤疮常年不愈。故予附子、党参、茯苓、薏苡仁以温阳健脾，菟丝子、淫羊藿、蛇床子以温肾，再加以疏肝化浊、活血化瘀之品以标本兼治。

### 四、上热下寒之阳虚于下，而热郁于上

阴寒内盛，阳气虚衰，被迫浮越于外，可发为痤疮。治宜补火助阳，引火归原。中下焦阳虚，则火浮于上，亦可发为痤疮，此当温下清上。又现代人贪喜寒凉，形寒饮冷，易伤及中下焦阳气，熬夜饮酒吃辣椒则易上火，火走上焦，导致很多人处于上热下寒中。此类痤疮只顾清热是不能根治的。然而以温通法治疗痤疮是符合时代特点的。它针对了现代人喜欢喝冷饮，吹空调，吃各种消炎抗菌药，熬夜，烦劳，不断伤耗郁遏阳气，同时又嗜酒吸烟，吃辣椒，吃烧烤，吃补药、补品，使阳气郁在里面，发不出来，导致了胸膈以上尽是郁热，而腰脚以下却是一派虚寒，出现上热下寒的特点。这时候用寒药会郁遏气机，损及下焦不足之阳气，温阳又易加重上热之势，此时当温下通上佐以清上，同时引热下行，令寒热虚实对

流，使上焦的燥热能下行，下焦的虚寒能得以温暖，气机相互对流，则痤疮可治。

**病例：** 张某，女，33 岁。

痤疮两三年，唇周痤疮点点，甚者有脓包，口腔溃疡和齿龈肿痛反复发作，足冷过膝，尿稍黄，便可，既往胃病多年，月经错后 1 周。

脉滑软左寸浮。舌淡赤胖润。

辨证：虚阳上浮。

治法：扶阳潜纳。

方宗：潜阳封髓汤。

| | | | | |
|---|---|---|---|---|
| 附子 10g | 砂仁 15g | 龟板 10g | 黄柏 10g | 竹叶 10g |
| 炮姜 10g | 牡蛎 30g | 蜂房 10g | 生地黄 15g | 炙甘草 15g |

3 剂，水煎服。

3 剂后口腔溃疡愈合，减去生地，加连翘，守方继续调理，治疗 1 个月，痤疮消失，足膝转温，迄未复发。

（选自《张存悌医案》）

按：患者足冷过膝，月经延期，舌淡胖润，患者呈现此类阳虚之象却又有口腔溃疡、尿黄等"火热"之象，观其脉滑软而左寸浮，此为下焦阳虚而虚火浮越于上，法当扶阳潜阳。故予封髓丹加减温阳潜阳佐以清虚火。

临床上不乏很多使用温阳法治疗痤疮的案例。如李士懋教授常用阳和汤治疗阳虚型痤疮。首都医科大学的孔令昭用通变附子理中汤来治疗阳虚型痤疮；临床报道有用通阳解毒汤 [基本方：麻黄 6g，黑附片 6g（先煎），细辛 3g，黄连 6g，吴茱萸 2g，白芍 12g，炙甘草 6g，丹参 15g，白花蛇舌草 15g] 加减来治疗痤疮，效果可观；还有老师使用麻黄附子细辛汤、理中汤加减治疗阳虚型痤疮……这些方都有"阳郁寒凝"证。当然不止这些，只要根据病机，兼具"郁"和"寒"两方面特征，治疗均可以温通为主方。

辨证论治乃中医的精髓所在，是中医能立足、能取得疗效的根本。不能偏执于一法，要本于阴阳，审症求因查病机，只有辨证论治，才能得到可观的疗效。

笔者才疏学浅，多有叙述不周之处，恳请老师斧正。

**老师评语：**

本文围绕"温通阳气"的方法来治疗痤疮，其理法方药紧扣主题。直中病情，直中病机，选药也切合病因病机，其文合乎中医的逻辑。

牛兵占

# 习李士懋教授"阴阳脉诊"手记

河北中医学院针推系 2011 级　梁宁　中医系 2011 级　王玥
（本文为大学三年级学生所合作，原载于 2012 年 12 月第 10 期《中医论坛》）

李老师认为："脉诊在疾病的诊断中，起着决定性的作用。"脉学之难，在于脉体繁杂指下不明，病位病性心中难辨。李老师临床尤重脉诊，认为："脉虽纷纭多变，但只要理解脉象形成的原因及影响脉象变化的因素，对诸脉也就能了然于胸，不为所惑了。"

张仲景在《伤寒杂病论》中论脉法有"寸脉浮""关脉沉""尺中脉微"等三分法，以及"伤寒阳脉涩，阴脉弦，法当腹中急痛""阳微阴弦，即胸痹而痛"等两分法。三分法是把寸口脉分为寸、关、尺三部，两分法是以关为界，关前为阳，关后为阴。故阴阳脉是指上下分部不同之脉，三部脉定位准，阴阳脉可更好地辨人体上下、阴阳、气血之间的相互作用与联系。李士懋教授重视整体脉象，重视人之一身之间的病理关联。取寸关为阳、尺脉为阴，合为阴阳脉。察脉之分部之各异，辨虚实病机之相联，以推求其本。

## 一、平脉寸旺

何为旺？李老师认为病有实证有虚证，实证脉有弦、滑、数、涌等而且沉取按之有力，虚证脉有浮、大、数等但是沉取按之无力。这里主要论述实证的寸旺。

李老师讲课过程中始终教导我们要思辨，要辨病性、病位、病势、程度。对于病性，寸旺提示热盛，虽然有热盛还可以兼他邪，可以根据兼症来辨证。而对于病位，寸脉主上焦心肺。造成寸脉独旺的原因，在病位上无外乎两条，一为寸脉所主的脏腑热盛，二为其他脏腑热盛上冲导致寸旺。而对于病势和程度要结合其他部脉以及症状来分析。

热盛类的脉象一般为滑，它可以兼数、涌等脉。此类脉沉取必定有力。邪气阻遏，气血欲行而与邪搏击，故激扬气血而脉滑，犹如河中有石，水流经时，则与石搏击激起波澜。

1. 寸脉所主脏腑热盛

对于心火盛和肺火盛如何进行区分？除左右寸所主脏腑之不同，李老师之平脉辨证，以脉诊为主的同时还结合其他三诊。所以在这里根据脉象辨出上焦热盛，再根据症状判断具体病位。如果出现黄涕、咳嗽、吐黄痰等肺系症状，可以判断为肺热壅盛，可以用泻白散或麻杏石甘汤。泻白散中主要是桑白皮清肺热，而麻杏甘石汤中主要是石膏清肺热。所以平时在辨出有肺热的时候，李老师会酌情加桑白皮或石膏。如果见口疮、心烦、失眠等心系症状，可以辨为心火亢盛，老师会加黄连10g。

2. 脏腑热盛上冲

此类肝火上冲和胃火上冲比较多见，二者根据症状来区分。肝火上冲的一般有口苦、目赤肿痛、两胁胀痛等症状，老师会用泻青丸，方中龙胆草大苦大寒，上泻肝胆实火，下清下焦湿热，泻火除湿；栀子苦寒，泻火解毒，清三焦之热。肝为藏血之脏，肝经有热本易耗伤阴血，方中苦燥之品又会损伤阴液，故用当归、川芎滋阴养血以顾肝体，使祛邪而不伤正，为佐药；羌活气雄，防风善散，故能搜肝风，而散肝火，同时也从其性而升之于上。如果辨为胃火上冲，症状一般有口臭、牙龈出血等，会用玉女煎或清胃散辨证使用。对于热邪较重的可以加黄芩、栀子之类，老师有时还加大黄，给热邪多一个出路，使之从大便排出。

有时还会出现一种情况提示阳欲化风，此种情况脉象多为弦，兼劲、数等脉。当脉弦劲时会有头蒙、视物模糊等症状，此时老师会加天麻、钩藤、僵蚕平抑肝阳，甚者会用羚羊角，对于视物模糊则加桑叶、菊花来清肝明目。当寸弦略有数时则表明热郁阴伤阳浮动，酌加生龙骨、生牡蛎、生龟板、白芍，此时老师不用柴胡等风药防止阳浮动更甚。如果风更甚会加解痉散。

## 二、平脉寸弱

寸脉按之不足，临床多见于虚证，有肺气虚、心气虚、心阳虚等上焦本证。心阳虚者以桂枝甘草汤温振心阳；心气虚者多用八珍汤等补气养心；肺气虚者，多加黄芪、党参或蛤蚧补肺纳气。辨证准确，则用之可效。

而临床亦多见上焦心肺无碍而中焦有恙致寸弱者，称为清阳不升。中虚清阳不升多表现为头部症状如头晕、头痛、头蒙、清窍不利等，常以补中益气汤或益气聪明汤主之，兼见脾虚有湿者可用升阳益胃汤。然临床见寸弱者李老师并非全方予之，而是取其升清之药如升麻、柴胡、葛根、防风等灵活而用。用桔梗升举肺气；白芷、川芎、羌活等不仅可以引药入经，还可上达头目而止痛；若有头晕目眩等风象，外风可加防风、蔓荆子之品，内外风亦皆可用天麻效行于头部。

临床常见脾虚不能升举清阳，然深究之，病因非止于此。若中焦阻滞亦可造成清阳不升而寸弱，如痰湿、湿热、寒湿、食积、气机郁滞等。此时应当四诊合参，不可但见寸弱而一味补虚。脾虚湿阻重者可用实脾饮；痰湿气滞者，以二陈汤、香砂六君子汤加减；若有寒湿阻滞，则加草豆蔻、木香、干姜等温阳化湿；有湿热阻滞者，脉有濡数之象，李老师常用甘露消毒丹合柴胡、半夏、防风等助木疏土、化痰升清；若辨为食积则消导之。有气机郁滞者，则多为中焦脾胃斡旋不运，肝气郁结不疏和火郁气机等。中焦是人身之枢纽，停滞则不能上通下达，故以辛开苦降法如半夏泻心汤类使之得运；肝气郁结则疏泄无力，亦不能升降清浊，故可以逍遥丸或四逆散疏之；火热为郁，亦可痹阻气机，清阳不得上达而寸沉，则当升散。

升麻、葛根、柴胡是升清之佳品，其升清之时反助降浊，故无论何种原因导致的清阳不升，李老师常加之。然李老师提醒我们应当注意：此乃上升之风药，若非清阳不足而是阳亢化风、阴虚风动导致的头目晕眩，则非所宜也。

杨某，男，42 岁。

2002 年 10 月 18 日初诊：头痛 20 余年，反复发作，发作时痛欲撞墙，伴呕吐，目痛，寐差。现已发作半月，服药未效。

脉弦滑数稍大，两寸沉。舌尚可。

证属：热盛阻遏清阳。

法宜：清热升清。

方宗：泻青丸。

| 龙胆草 6g | 栀子 12g | 大黄 5g | 黄芩 10g | 黄连 10g |
| 川芎 8g | 防风 8g | 羌活 8g | 僵蚕 12g | 蔓荆子 12g |

10 月 29 日二诊：上方共服 10 剂，头痛止，他症亦除。脉滑已不大，两寸脉已起。

上方减量，继予 7 剂。

12 月 16 日三诊：相隔一个半月，因寐差来诊，称其头痛未作。

脉弦滑，两寸无力。舌可。

证属：痰蕴于中，清阳不升。

方宗：升阳益胃汤。

| 党参 10g | 白术 10g | 生黄芪 10g | 茯苓 15g | 半夏 12g |
| 当归 12g | 川芎 7g | 防风 6g | 羌活 6g | 柴胡 7g |
| 白芍 10g | 柏子仁 15g | 桂枝 8g | 炙甘草 7g | 夜交藤 18g |

共服 21 剂，寐已可。

**按：** 郁火上扰而头痛，寸脉当盛；若火郁化风上扰，寸当弦劲；但火郁而寸沉者亦有之。火热乃邪气，亦可痹阻气机，清阳不得上达而寸沉，治当升散。此例一诊时，脉滑数且大，乃郁热盛，故以胆草、栀子、黄芩、黄连、大黄清泄之；寸沉，以羌活、防风、川芎、僵蚕、蔓荆升散之。

俗云："至颠之上，唯风可到。"所以治头痛、晕眩的头疾，多用风药，亦当具体分析，不可当成普遍原则而一概用之。头为诸阳之会，清净之府，靠清阳之气以充；脑为髓海，靠肾精以养。凡头部疾患，亦分虚实两大类，虚者，清阳不充，肾精不养，皆可致头疾；实者，邪气阻隔，清阳、肾精不能上奉，邪反窃踞清净之府，亦发头疾。而宜于风药治者，一为风寒湿邪蒙蔽于上者；一为清阳不得上达者。阳亢化风上扰，或精血亏虚不能上奉者，则非风药所宜。(《火郁发之》)

### 三、平脉阴阳反差

若阴阳脉皆偏盛偏衰或独有盛衰则病易察，然临床可见阴阳脉象脉势迥异的情况，使人虚实难辨，不明如何定脉为准，若不能明辨，则取脉常为假，而不可作为临床辨证依据。李老师以沉取定虚实，如拨云见日，而病性乃定。

阳旺阴弱脉中，弱可以理解为沉取无力，病机是虚证，谈到虚证老师经常说"到底是什么虚？气血阴阳精均有可能虚"，所以到底是什么虚还需要结合其他三诊辨证。试从以下三个方面来论述阳旺阴弱。

（1）阳旺导致阴弱

这种情况一般提示中上焦有热，热为阳邪，易伤阴液，故易损伤下焦阴液，导致阴伤阳浮动。则以泄热为主，滋阴为辅。脉为寸旺尺弱，会有一些头晕、失眠、口渴等症状，这时老师会用新加升降散透达郁热，加白芍、生龙骨、生牡蛎、生龟板、生鳖甲来滋阴潜阳。如果辨出热兼有其他邪气，如瘀加桃仁、红花、川芎等活血之品；如果有痰则加胆星、枳实、竹茹等，如果有湿会加苍术、藿香、佩兰之品。

（2）阴弱导致阳旺

这种情况分阳脉按之有力和阳脉按之无力两类。

阳脉按之有力有以下三种情况：

①肾虚致心火亢盛，根本原因都是水不济火，心肾不交。若肾阳虚弱，虚火上浮同时不能蒸腾肾水上济于心，则见心火上亢，用交泰丸；若肾水亏亦不能上济心导致心火旺，脉是阳旺尺细，法当泻南补北，处方黄连阿胶鸡子黄汤。

②肾阳虚，水饮上泛

此类脉象常为寸弦，尺细无力，当温阳化饮。肾阳为一身元阳之根本，阳气有温煦、行水等功能，肾阳虚则水液运行失常，导致水气上冲到心则胸闷、气短，上冲到肺则咳嗽、吐稀痰，这时老师会选用真武汤。

③阳虚寒凝

若寸弦紧，尺细无力，则为下焦阳虚，上焦寒凝，当温阳散寒凝，方用麻黄附子细辛汤来温阳散寒，可用温肾之品来补肾阳。

阳脉按之无力分以下三种情况：

①阳脉大然按之无力，尺细数，兼舌红、少苔、手脚心热等阴虚症状。阴虚，阴不敛阳，阳浮越，法当滋阴潜阳，代表方为三甲复脉汤。如果阳脉大于阴脉三到四倍，已成为关格之脉，阴竭于下，阳越于上，致面红如妆、脱汗如洗、喘促端坐、张口抬肩、心中憺憺大动，血压几无，应急敛浮越之真气，仿张锡纯法重用山茱萸以救脱。

②阳脉旺然按之无力，尺脉微细兼恶寒怕冷，此为阳虚阴盛格阳，虚阳浮越而成格阳戴阳。法当引火归原，使浮游之火下归宅窟，代表方白通加猪胆汁汤、通脉四逆汤。

③阳脉虚大按之无力，尺细数无力，乃肾阴阳两虚，虚阳浮越于上。法当双补肾之阴阳合以潜镇浮越，代表方为三甲复脉汤合右归丸。

（3）阳旺和阴弱无必然的联系

阴弱为肾阴或肾阳虚或二者兼有。肾阴虚辨证选用大补阴丸或理阴煎；肾阳虚会用肾气丸。这里重点讨论阳旺，对于病性而言，寸旺多提示热盛，或热邪与他邪夹杂。从以下七个方面来论述。

①郁火上冲

人体贵在阴阳升降出入正常，气血流通，倘升降失司，气血运行乖戾，即可成郁，所以凡是能造成气机郁遏的因素均可造成郁火。郁火的脉沉躁数，按之有一种躁动不宁之势。郁火在体内可上冲、下迫、内窜。郁火上冲可见寸旺，上冲心脉，则可见心悸、怔忡、心烦不眠；心主血脉，血脉失常，或迫血妄行，出现动血、耗血。上冲肺则肺失宣降，治节无权，出现胸闷、胸痛、咳喘。郁火的治法是"火郁发之"，李老师用升降散来清透郁热，僵蚕、蝉蜕透热；姜黄行气血而调畅气机，以利热外达；大黄降泄，使热下趋。热盛则加栀子、豆豉、连翘、薄荷，名为新加升降散。

②纯热无他邪

脉弦数兼身热微渴、心中懊恼辨为热郁胸膈，用栀子豉汤加竹叶、连翘等轻清宣散之品；脉洪大有力兼大渴、大汗、大热等证辨为阳明气分热盛，用白虎汤加减；脉弦数兼身热口渴、烦躁不安、口苦咽干、小便短赤辨为邪热内蕴，用黄连解毒汤加减，若火毒内蕴成结，老师会在清热泻火时加散结消肿之品如夏枯草等；脉洪大兼吐利、身热，可用黄芩汤加减；干咳少痰无痰，口干咽燥，干呕不能食，辨为热伤肺胃津液，方用沙参麦冬汤加减；如果出现脉弦细数伴有口渴，身无力，辨为气阴两伤，用生脉饮加减；当出现壮热口渴，烦扰不寐，可知气营两伤，用玉女煎加减；当出现身热夜甚，心烦时有谵语，斑疹隐隐，舌红绛，则辨为热入营分，用清营汤加减；当出现烦热躁扰，斑疹密布，昏狂谵妄，各种出血，辨为热入营分，用犀角地黄汤加减；当脉弦数兼有荨麻疹、紫癜、崩漏、衄血等一些症状，此时亦可知热入血分，用清瘟败毒饮加减，同时加上紫草；热陷心包可烦躁、谵语、昏狂，用凉开三宝，如安宫牛黄丸。

③热与宿食相结

此类脉象为滑数，兼有大便不通，呕恶，苔黄腻，可用枳实导滞丸加减，或用承气类下之。

④湿热

此类情况脉象为濡数。李老师认为的濡脉与一般意义的濡脉不同。濡即软也，软脉就是濡脉。软脉的特点就是脉来柔软，仿佛水中之棉。所谓软脉，就是脉力逊于平脉，但是又强于弱脉。对脉位的浮沉、至数的疾徐、脉体的长短阔窄，都无特定的要求。软脉的形成是由于气血鼓荡力弱而脉软。何以鼓荡力弱？可因于气血虚、脾虚、阳虚、湿盛所致。湿为阴邪，其性濡。湿盛者，大筋软短，血脉亦软，按之软。再者，湿阻气机，气机不畅，气血不能鼓荡血脉，亦是湿脉软的一个因素。

根据脉濡数判断为湿热，还要根据症状来判断病位，来选择不同的方子。如果有肢体疼痛，麻木，舌红，苔白腻，或白腻而黄，则辨为湿阻于经络四肢，李老师会用薛雪的四号方来加减；如果有苔腻，胸闷，食欲不振，便黏等湿热内蕴之象，有时会用甘露消毒丹化裁；如果有口苦，下焦黄带，分泌物有异味等肝胆湿热兼下焦湿热的老师会选龙胆泻肝汤化裁；如果有高热不退苔粉腻等属邪伏膜原则用达原饮；如果兼下利症状老师会选择葛根黄芩黄连汤；如果兼有心下痞，或胃胀痛，或恶心呕吐不欲食，或便滞不爽，身困倦等，或寒热症状，老师会选用半夏泻心汤。因其根本原因是脾虚，升降失司，故以人参、炙甘草、大枣健脾，黄芩、黄连苦寒清热，干姜辛热祛寒，半夏交通阴阳，共奏辛开苦降，以复升降运化之职。如果单纯有呕吐，会用连苏饮小量代茶饮，效果非常显著，老师在治疗湿热时往往认为湿热是郁热，故在原来辨证的基础上再加上升降散来清透郁热，往往收到很好的效果。

王某，男，65岁。

1996年5月20日初诊：右头颊反复剧烈跳痛已3年，诊为三叉神经痛。40天前患肺炎，住院治疗，基本痊愈，现仍咳嗽、多痰、胸闷、食欲不振。

脉沉滑数而躁，两寸弦。舌绛红，苔黄腻且厚。

证属：湿遏热伏，火郁化风。

法宜：化湿透热息风。

方宗：达原饮合升降散。

| | | | | |
|---|---|---|---|---|
| 僵蚕12g | 蝉蜕7g | 姜黄9g | 大黄4g | 栀子9g |
| 青蒿15g | 川朴9g | 草果7g | 常山7g | 槟榔12g |
| 菖蒲9g | 黄芩9g | 蜈蚣6条 | 全蝎10g | 杏仁12g |
| 水红花子10g | | | | |

6月29日二诊：上方加减，共服35剂。痛止，咳痰胸闷已除。脉转濡滑。舌稍红，苔已薄微黄。

继予上方10剂，以固疗效。

**按**：脉沉乃气滞，滑数而躁乃火热郁伏，郁火化风上扰而两寸弦。气何以滞？苔黄腻，为湿热遏伏，致气滞火郁，热不得透达而上攻。达原饮溃其秽浊遏伏，升降散透达郁火，止痉散息风解痉。迭经月余治疗，湿蠲热透，痛止症除，脉亦转濡滑，余邪未清，继予10剂，以固疗效。

郁火可兼湿、寒、瘀、虚等，必除其兼邪，火热势孤，其热易透达而解。（《火郁发之》）

⑤水热互结

脉象一般是弦数，弦主饮，数主热，这时会伴有水肿，老师会选择木防己汤化裁。

⑥痰热郁于胸中

此时脉象为弦滑数、寸旺，老师用黄连温胆汤，黄连清心火，半夏为君燥湿化痰，和胃止呕；竹茹为臣，清热化痰，除烦止呕，茯苓健脾利湿，以杜生痰之源。心神不宁虚烦不眠甚者，可重用茯苓，加远志。如果痰热严重者会合小陷胸汤同用。

⑦瘀血

老师认为瘀无定脉，所以判定有瘀血还要结合其他症状。如果周身疼痛老师会选用身痛逐瘀汤，如果小腹部冷痛，脐周痛用少腹逐瘀汤，如果胸闷痛等胸膈部位病证用血府逐瘀汤，老师常用的活血药有桃仁、红花、丹参、郁金、蒲黄，根据不同症状来酌情加上。

2. 阳弱阴失和

阳弱是中上焦阳气不足，无论见滑、数、迟或浮大等象，若总以按之不足者，皆为阳弱脉。故辨为阳虚者，温补为主；气虚者可以益气之法如补中益气；阴血虚脉当细，则可滋阴养血益气等。

阴脉者，在人为肾，肾之平脉为沉，"如棉裹砂，内刚外柔"。(《脉经》) 故其沉象更应从容、和缓，如渊泉在下。而在病理状态下，常见阴脉有悖于其象，或失其柔，或失其位，或失其度，而致触手给人以非平和之感。李老师诊脉时常细辨之，由表及里，透过现象看本质，从而在脉象中提取病机。

（1）阳弱阴弦

李老师认为：脉之从和，全赖阳气之温煦、阴血之濡养和气血调畅。病脉弦者，是血脉拘急，欠冲和舒达之象。故尺弦者，则不外邪阻与不足导致。试分析随诊中李老师的部分脉诊用药思路如下：

①温阳解寒析

尺部为下焦，少阴所主，阳气源于下焦，少阴病亦是阳退阴进。若阳弱有寒导致的脉弦，李老师常用温阳散寒法。然温阳与散寒并非可一概而论，其分别针对阳虚与寒凝。《伤寒论》亦有"少阴病，脉微，不可发汗""若其人脉浮紧，桂枝不中予之也"等，二者作用不同，各有适应特点，临床必当明辨。

主法温阳，脉尺弦时多兼沉迟无力。无力为阳虚，阳虚不能温煦鼓搏则脉弦而沉迟。肾虚寒证，是肾阳不足，命门火衰，症如腰膝酸软、畏寒肢冷，多以肾气丸、右归丸主之，以温补肾阳；肾主一身阳气，若肾阳虚表现为一身阳气虚，如四肢厥冷、大汗出、恶寒等，则多以桂枝、附子、干姜等四逆、参附辈大法温补阳气。对于阳气虚极，李老师常说"宜刚而不宜柔"，用人参、附子辈峻补阳气，此时则不取水中生火等柔补法如生地黄、白芍类。

而主法散寒，多见脉有拘紧之象。拘紧是寒性收引凝泣所致，则寒可分阳弱阴进之客寒、阳弱阴生之阴寒。阳弱阴生主以阳虚，脉为弦紧而按之无力，则主法温阳如上，但寒凝已现，脉有凝滞之象，只温阳恐散凝不足，故可稍加温散之药。阳弱阴进之客寒中之，则变为寒束或寒凝，表现为身痛、恶寒无汗、腹冷筋挛缩等，此时阳虚兼有寒邪，尺脉可能按之弦而有力，是寒盛故也。若单纯治本，一则可能散凝不足，二则又恐寒闭阳郁，阳郁则躁动不安而见尺脉沉弦拘紧而急，其补不得法反而害之。而若单纯散寒，则寒解而阳益虚，甚则亡阳。故当尺部有拘紧之象或脉弱而有寒凝者，当以温散之品解其寒，温补之品以振其阳，阳复而寒退，其病向愈。主法：麻黄附子细辛汤。李老师认为此方其用有三：

一是阳虚寒束肌表者，二是阳虚寒邪直中少阴而见里寒证者。此两类是阳虚与寒邪相兼为病，附子温阳；麻黄散寒束；细辛启肾阳，同时可引麻黄入少阴散寒凝。根据正邪程度的不同，各类药的用量与君主地位各异，亦可佐辅汗三法助之。三是纯阳虚阴寒凝泣者。麻黄之用非散客寒，而是解寒凝，再加细辛启肾阳。但此时则以补虚为主，故用附子为君，大补肾阳，而麻黄和细辛用量则应少，且不可妄加汗法。

若寒痹经脉而见凝泣不通之如头胀、肢麻、心悸、绌急等症，可于此方基础上加全蝎、蜈蚣、僵蚕、蝉蜕以解痉，亦可用于寒邪凝痹血脉之高血压；阳虚甚者，加重附子、干姜、肉桂用量；若兼肾虚精亏之腰膝酸痛、耳鸣早泄或经少者，可用巴戟天、锁阳、肉苁蓉、仙茅、仙灵脾或右归丸等温阳益精；若兼有肝胃虚寒，可加吴茱萸、干姜等温肝暖土；若兼脾阳虚者，可以桂甘姜枣麻辛附汤加减；若少腹寒凝血瘀者，可用少腹逐瘀汤加减；若冷痛甚可加制川乌等。

②温阳利水析

李老师认为："饮为阴邪，阴盛则阳微，阳运不及，致经脉拘急敛束而脉乃弦"，故阳弱阴弦脉而病水饮如"心下逆满，气上冲胸"，头眩，心下悸，小便不利等症状者，非仅仅为下焦阳气虚衰失于气化而致水饮内生，再有心阳虚，坐镇无权且不能下济肾水，或脾土虚不能制水运水，则水饮上泛。寒水上凌于心则发为悸，射于肺则喘，攻于胃则呕，冒于清窍则眩，外溢则肿。

对此李老师常用真武汤加减治疗。以附子温阳化气，白术燥湿健脾以制水，生姜佐附子助阳又可散水饮寒邪，茯苓佐白术健脾制水又利下。然芍药之妙者，李老师认为其用主要在于益阴，所谓"邪水盛一分，真水少一分"，津液不化而为水湿痰饮则正水益少，"湿盛则燥"，故当化湿之时佐以护阴之品以固正水。

何为温阳利水法的最佳药效标准？是小便得利。"通阳不在温，而在利小便"，李老师认为不是通阳法，而是测尿法。阳虚气化不足，水气不运，故小便不利。温阳利水法使得阳气得振，水湿得运，水道乃通，从而"三焦畅，气化行，水精布，方能小便利"。

察阳脉心阳虚，水逆甚者，常加桂枝温通心阳，平冲降逆；脾肾阳虚多加附子、干姜、肉桂；气虚甚者合补中益气汤；有寒束肌表者，合麻黄附子细辛汤发散之；肺饮不化则以细辛温肺蠲饮等，随证治之而效验。

（2）阳弱阴数

此脉须详辨，阴脉数时常可致阳脉亦数，同时会兼有中上焦热证，故常易误辨整体脉象是弦滑数脉，诊为中上焦热证。应沉取得脉，若得阳脉不足而尺脉数者，才是本条所主。

①阳弱阴滑数

阴阳脉俱数而有力者，三焦热盛可知也。而临床常见阳脉虚而阴脉滑数，伴有气虚、乏力、带多、淋浊或尿道灼痛等症状，则辨为脾虚湿热下注，治当健脾清利下焦湿热，或以补中益气汤加味，或以二妙丸、四妙丸、完带汤等方，或加滑石、车前子等八正散之类予之，颇有效验；若湿热血尿、血淋者，佐小蓟饮子等凉血利尿通淋；亦有脾虚兼肝郁者，可合逍遥散助肝疏泄清利。必诊其尺脉有力，乃可以寒凉药攻之，同时根据阳脉弱的情况，亦当固其脾胃，防止过寒戕伐。

②阳弱阴虚数

虚数者，数而不任重按也。此必因虚致数，不可妄以寒凉药投之。尺部虚数之因，有精、气、阴、阳虚之分，虚甚则不能奉养及收纳，或正气浮越而搏击于脉，或经脉张皇鼓搏自救而现虚性亢进，越虚越数，越数越虚。若正气尚可守其位，则可见沉数无力；若正气外浮，则见浮数或浮大之脉，但不论浮沉，皆按之无力。若区分病因，应当结合神、色、形、舌等具体判断。

肾阴虚不制阳，相火妄动可致尺脉数，常见细数、动数和浮数。阴虚不能充盈血脉而见细；阴虚不敛阳则见浮；阴虚不制阳，阳搏击于脉而为动。虽本质同源于阴虚，但脉象不同，故其隐藏的机理也不同，李老师则长于分辨而斟酌用药。

脉细是阴虚不充盈之象，故脉当无力。虽脉数及有全身热象，也必当以滋阴为主，如六味地黄丸；若肾虚真阴不足而兼见腰酸腿软、遗精滑泄、头晕眼花耳聋之症，可以左归丸滋阴填精补肾。热甚可少佐知母、黄柏清热，却不宜见热则用大量清火之品清泻之而犯虚实之戒。

尺脉浮数是肾阴虚阴不潜阳而阳气浮越之故，此虽浮而虚大但也不任重按。故主治则为补阴兼潜阳。李老常用三甲复脉汤、龙骨之属滋阴潜阳，合山萸肉固摄镇脱，而标本兼治。阴亏阳浮于上常兼见阳脉浮大虚数，或不一定明显表现为阳脉浮，有时一些上焦症状如面赤、面热、鲜红色痤疮、口疮等亦能提示阳气浮越，二者病机相同，均用滋阴潜阳类斟酌加之，效果显著。

仲景曰："阴虚阳搏谓之动。"尺脉动数，可能为阳亢搏击气血，若数而有力则为实热证。结合阳弱之脉，则此时尺动数并非实热证。阴虚者，亦可见动数，是肾水亏而相火亢盛妄动之象，此时尺脉可为动数而按之有力，为本虚标实证，治当以滋阴泻相火为主。阴虚者补之，相火亢盛泻之则安。李老师常用大补阴丸，取知母、黄柏清泻相火之用；若热盛者，可用生地黄易熟地黄（或同用）以滋阴，且助清火；若尺动数而按之力不足者，是肾阴虚为主，相火不甚。可用知柏地黄丸或大补阴丸合地黄丸即可。对于补阴与泻火，当结合症状程度以定主次。

三种肾阴虚之脉象并非单独出现，有时亦可相兼。如尺脉浮大动数，或阴脉影响阳脉如尺细数而阳脉浮数，然亦有章可循：浮而敛之，无力而补之，热盛而泄之。以脉为主，四诊合参。

对于阳弱之脉，李老师常以益气之品如人参、黄芪或直接合补中益气汤于方中；有肢麻震颤等阴虚化风之象，则以滋阴养血中佐以地龙、蜈蚣、全虫等活血通络，此时脉有时会有弦劲之象；若阴虚为主兼有脾肾阳虚者，可用理阴煎滋阴以配阳，以熟地黄大补阴血治本，干姜、肉桂温脾壮命火以使阳生阴长、化源不竭；若阳脉弦而无力，尺脉弦或数而见肝阳虚馁之象者，是肝肾阳虚，相火不位，可予乌梅丸。

**例1**：张某，男，60岁

2004年4月16日初诊：胸憋胸痛，哮喘痰鸣，动辄喘甚，不能平卧，后背热，头旋。西医诊为冠心病、哮喘，曾两次急诊入院抢救。心电图广泛ST-T改变，血压180/80mmHg。

脉弦硬左尺浮旺。

证属：肾虚相火动，风阳内旋，肾不纳气。

法宜：滋阴潜阳，补肾纳气。

方宗：济生肾气丸。

山茱萸18g　怀牛膝10g　山药15g　　干地黄15g　　龟板30g（先煎）

丹皮12g　　泽泻12g　　五味子5g　盐知母5g　　盐黄柏5g

5月7日二诊：上方共服21剂，喘减逾半，已可平卧，胸憋闷亦轻，血压160/90mmHg。脉趋弦缓，硬度减，尺已平，寸脉沉。舌可。因相火已敛，肝风渐平，脉趋缓且寸无力，阳虚之象渐显，治法改为阴阳双补。

上方去知母、黄柏，加葶苈子12g、红参12g。

另：蛤蚧2对，研细，每服1.5g，日2次。

9月13日三诊：上方共服近百剂，已无明显不适，可步行四五里也不喘，唯上楼还微喘。于8月16日查，心电图大致正常，血压140/90mmHg，脉弦缓。后又继服35剂，基本平稳，停药。

**按**：脉弦且硬，乃肝失柔而脉劲张，风阳内旋。尺浮旺，乃相火动，缘于阴不制阳。阴亏而风阳动，风阳上窜心肺，迫于肺而喘，不得卧；窜于心而胸痛；淫于背而背热；达于颠而头旋。方以济生肾气丸加减，滋肾潜阳，共服21剂，相火渐敛，风阳渐平，喘减逾半。

继之，尺虽平而寸不足。寸为阳位，寸不足乃上焦阳气不足，然相火乍敛，不可骤予桂、附，故加红参以益气，加蛤蚧以益肾纳气。继服百余剂，诸症渐平（《冠心病中医辨治求真》）。

李老师认为：土克水，不仅制水饮上泛，亦制肾中相火妄动。东垣于解释甘温除大热用补中益气汤之机理为"脾胃气虚，则下流于肾，阴火得以乘其土位"，所谓"阴火者，起于下焦，相火，下焦包络之火，元气之贼也。火与元气不两立，一胜则一负"。李老师指出其意是由于脾胃气虚，导致相火动。此时亦可见阳弱阴数之脉，用补中益气化裁。

**例2**：陈某，男，71岁。

自觉全身躁热、面热，双手躁热尤著，双足冬天冷夏天热，已1年余。咽部不适，咳嗽，吐白痰，耳鸣，听力减退，他无不适。

既往乙肝小三阳史20余年，脂肪肝、高血压史10余年。血压160/80mmHg，服倍他乐克、尼群地平，血压维持在130～140/80mmHg。体检提示：主动脉硬化，小脑轻度萎缩。

脉弦缓略滑，寸关无力，尺脉旺。舌稍红，齿痕，苔薄白。

证属：脾虚，阴火上冲，肾水亏而相火妄动。

法宜：培土以制阴火，滋阴以制相火。

方宗：补中益气汤合大补阴丸。

| | | | | |
|---|---|---|---|---|
| 生黄芪12g | 党参12g | 白术10g | 茯苓15g | 当归12g |
| 柴胡6g | 升麻6g | 葛根12g | 熟地黄15g | 龟板30g(先煎) |
| 知母6g | 黄柏6g | 丹皮12g | 山茱萸15g | 炙甘草6g |

9月20日二诊：上方共服14剂，全身躁热减半，手尚热，耳鸣如前。血压100/60mmHg。脉寸关弦缓无力，尺略旺，舌同前。

前方继服7剂。

**按**：本例身、面、手、足躁热，因阳脉弱，故断为气虚发热；尺脉旺，又断为肾阴虚而相火亢，这两个病机，都可引起上述热症。究竟此热是一个因素，还是二者并存？单一脾虚者，因土虚不能制火，阴火上冲，即可引起上述热象。脾虚发热者，其脉虚，可浮大而虚，可数而无力，或缓而无力，或弱，不论是否兼浮大数滑否，其脉必按之无力，虚轻者亦当减。但气虚者尺脉旺否？当旺，因东垣所说的阴火"起于下焦""心不主令，相火代之""阴火得以乘其土位"，都是讲的下焦相火，即肾中之火。既然肾中相火上冲，则尺脉当旺，此时之治疗，只须培土即可，无须再滋阴泻相火，何以本案于补中益气培土之时，复加大补阴丸以滋水泻相火呢？因虑其尺旺，乃阴不制阳，单用补中益气汤健脾升阳，恐助相火之升动，故加大补阴丸以制之。此法，古亦有之。《景岳全书·新方八阵·补阵》之"补阴益气煎"，即健脾滋水并用之方。方用人参、当归、山芍、炙甘草、升麻、陈皮健脾升清，以熟地黄3钱～2两，以滋肾水。又如金水六君煎，健脾化痰方中加熟地黄；益气补肾汤，健脾益气方中加山茱萸；黄芪益损汤中，健脾益气方中加四物、金匮肾气丸同用。可见，余之用补中益气合大补阴丸，亦非杜撰。(《火郁发之》)

**老师评语：**

阴阳脉诊，填补了中医脉学的空白。之前的脉诊，与脉位之脏腑相联系，但没有与其他部位之脏腑相关的描述。如"寸数咽喉口舌疮，吐红咳嗽肺生疡。"寸数对其他脏腑的影响没有描述，而阴阳脉诊，不仅描述了寸数对咽、肺的影响，还提出上焦热盛可伤及肾水等变化，这就把阴阳脉的变化，以整体观来看待，而不仅限于脉之原位的变化，故云填补了脉诊的空白，此仅初步，待更加完善、提高。

李士懋

# 第三章 "小郎中医案"师生互动

**按：**

    本章所选扁鹊医学社学生们（即小郎中）的部分医案，有经老师指导治者，有给同学、好友治者，有给家人邻里治者，从中能让"小郎中们"感到学而时习之的喜悦，增进了他们对中医的热爱。学习的本质是兴趣，只有感兴趣才能努力钻研，求索，才能成大才。

李士懋

## 例1：头痛案（本案为2005级刘奇于大五时所诊治）

王某，男，50岁。

2010年2月12日初诊：后脑勺间断性头痛20年，近两年加重，伴右眼珠疼痛，眉棱骨痛。患者体硕健谈，早年诊断出糖尿病，但为人豁达开朗，未吃药控制，也不禁口欲。本次就诊以头痛加重来诊。大便干，2～3天1次，余未诉不适。

左脉沉弦，右脉弦滑有力。舌淡红，苔厚腻。

辨证：痰浊内盛，肝阳上亢。

治法：化痰降浊，平抑肝阳。

处方：

| 黄芩10g | 竹茹10g | 败酱草10g | 瓜蒌10g | 苏子8g |
| 半夏8g | 夏枯草8g | 白芷6g | 桔梗10g | 地龙6g |
| 大黄4g（后下） | | | | |

5剂，水煎服，早晚各1次。

次年春节回家，患者告知，初服前3剂时，头痛虽有小愈但大便不畅反而加重，三四天不排一次。再次服药时，患者以2剂合为1煎，增加量，方才便通热降，症状大减。

**按：** 痰浊初期为患，正气不虚，痰浊正盛，以痰实证为主，攻伐要大刀阔斧、刚猛有力，攻之以迅雷之势，除恶务净，好比如两军对阵，敌我分明，切勿有疑心而示之以弱，以至行动掣肘，当以堂堂正正之师，直取其中军首将，一战胜败定，痰浊一下则诸症皆瘥。

**老师评语：**

*脉滑、苔腻，为痰之症；弦者肝郁，气血因阻，不通而痛。辨证明确，选方亦可。大黄用4g，量太小，半夏8g、瓜蒌10g量亦偏小。欲降而力不及，阻滞暂加，大便不通。倍其量，故而效。*

*张德英*

## 例2：双下肢无力案（本案为2005级刘奇于大五时所诊治）

彭某，男，68岁。

2010年7月14日初诊：双下肢无力，头脑不清。1个月前突发面瘫，经输液、针刺治疗现已无面瘫病容，但言语不利，纳可，眠差。天气闷热，湿热重浊，患者偶感暑湿之邪，痰浊闭阻经脉而面瘫，经治疗后，经脉已通，但痰湿未去，舌窍不利，湿邪下注以致双下肢无力。

脉弦缓。舌暗红，苔薄黄。

辨证：痰湿下注，清窍不通。

治法：清化痰湿，芳香开窍。

处方：

薏苡仁 8g　　怀牛膝 8g　　苍术 8g　　炒神曲 6g　　藿香 6g

黄柏 8g

5剂，水煎服，早晚各1次。

7月20日二诊：服上药后下肢乏力大减，但双膝困重，痰多，喉黏不爽，口水多，说话稍感不清，大便较之前好转，但仍感觉黏腻不爽。

脉弦滑，重按缓，两关脉旺。舌稍红，苔薄黄。

辨证：痰浊内滞中焦。

治法：化痰降浊。

处方：

瓜蒌 8g　　竹茹 8g　　苏子 8g　　法半夏 8g　　枳实 6g

地龙 6g　　藿香 4g　　怀牛膝 8g

5剂，水煎服，早晚各1次。

2012年2月25日三诊：患者回复，当时服药后诸症减轻，感觉身体轻松许多，之后停药。本次以近一周劳累失眠前来就诊，数月前曾患轻度脑梗。现言语不利，流口水，双腿乏力，右手稍有发木，晨起口苦，近半年听力下降，眼干涩。

左脉滑稍弦，右脉弦滑，双尺有根。舌淡红，苔薄腻。

辨证：痰浊闭窍。

治法：化痰开窍。

处方：

丝瓜络 4g　　清半夏 8g　　陈皮 8g　　茯苓 10g　　竹茹 10g

炙甘草 6g　　枳实 4g　　远志 6g　　鸡血藤 8g　　酒当归 8g

菖蒲 6g

5 剂，水煎服，早晚各 1 次。

**按**：患者体多痰湿，年高精亏。首诊时已有痰闭风起之象，用药虽对证，但始终未曾顾及根本，以致脑梗之变。痰浊日久有伤阴动风之机，脉弦尺有力虽可当痰浊实证来看，但毕竟高龄，阴所当固，即便熟地黄、枸杞之类有助痰之意，但牡蛎、磁石潜阳之品确该当加，引此为戒。痰证后期，因其性燥而伤阴，易助风而起阳，好比两军相争，必欲竭其粮草，而燔其军心，应对之法，化痰固当其理，潜阳息风亦为必要。军心安定、粮草充足，方可节节抗争，驱敌于外。

**老师评语：**

能将所学知识在临床中应用，已很不错。处方照顾不是很全面，用量也显保守，这些都是新手常见，有待日后熟练。主诉、病史叙述不规范，有待条理，"方药"应补充方名，按语中不宜过多使用比喻。

周计春

## 例 3：久站晕厥案（本案为 2007 级王宁于大四时所诊治）

王某，女，25 岁。

2011 年 5 月 19 日初诊：上班需长久站立，然站立 1 小时后，就会出现乏力、汗出、头晕，进而晕倒在地的症状。此种情况已出现 3 次。此人是本人朋友，故找本人诊治。本人学医已 4 年，亦是觉得有些棘手。然见王某后，心里就有些底了。患者面黄、身瘦、语低，诉平日亦有乏力，易汗出，久站后头晕，乏力、汗出加重。纳食一般，多梦（多梦见害怕事物），小便调，易腹泻，近日大便可。月经量少，色淡，经行时腰酸痛。

脉细无力。舌淡，苔薄白。

辨证：气血两虚，脾肾不足。

治法：益气养血，补脾益肾。

处方：归脾汤合金刚丸加减。

| | | | | |
|---|---|---|---|---|
| 当归 20g | 生黄芪 30g | 党参 15g | 白术 10g | 茯苓 15g |
| 远志 10g | 酸枣仁 15g | 陈皮 10g | 杜仲 15g | 川断 15g |
| 桑寄生 20g | 菟丝子 15g | 木香 6g | 炙甘草 6g | 桂圆肉 10g |

7剂,水煎服。

5月26日二诊:患者电话告知服7剂后,乏力、汗出减。近7日未长久站立,故不知能否久站。服药已见效果,余心中窃喜,嘱患者续服14剂。

6月9日三诊:患者头晕减,易汗出已无,乏力好转,梦仍多。此次患者能站两个小时,两小时后出现头晕、汗出,然未晕倒。舌淡,苔薄白,脉细无力。患者症状已有改善,加强补肾之力,上方改枣仁为30g、杜仲20g、川断20g,加狗脊15g,续服14剂。

6月23日四诊:此次患者电话告知长久站立后未再晕倒,仅觉稍有些乏力,恰好月经来潮,此次量较前增多,腰酸痛减轻许多。本人觉得效果可以,上方减杜仲为15g、川断12g、狗脊10g,增当归为30g、桂圆肉30g,续服14剂。

两周后电话联系,告知长久站立仅稍有乏力,这应属正常,故告知停药。此后亦经常联系,长久站立未再出现过此种情况。

**按:**这是本人真正意义上的第一次实践。从治疗的情况看,患者的临床表现、体征及舌脉均很典型。然而,我从望、闻、问、切的过程中体会到抓住病人的典型表现不容易。病人自己不会如此专业地告诉你他哪里不舒服,因此觉得有此实践机会实属难得。此次我用归脾汤合金刚丸加减,归脾汤大家已熟知,对于金刚丸应比较陌生。此金刚丸出自《素问病机气宜保命集》,本人只采用了其中两味。原方为草薢、杜仲(炒去丝)、苁蓉(酒浸)、菟丝子(酒浸)。草薢可去湿分清,杜仲补肾强腰,菟丝子、肉苁蓉可填精补肾,亦可补肾阳。此患者以虚亏为本,故去草薢不用,肉苁蓉有润肠通便之功,患者平素易便溏,且肾虚并无偏肾阴虚或肾阳虚,故换为川断、寄生,以求平补。患者不能久站立,肾主骨,正合《素问·宣明五气》言五劳所伤,亦合《素问·灵兰秘典论》言"肾者,作强之官,伎巧出焉"。因此此处用金刚丸加减,正是为了补肾强筋壮骨。最后收到了满意的效果,心中甚是欣喜!

**老师评语:**

本案证型较典型,病性为虚,病位在脾肾,选方用药均正确。在治疗过程中,能据症对药物进行取舍化裁是难能可贵的,否则照搬原方就是

"有方无药"了。

周计春

### 例4：中药外治法初试（本案为 2007 级孙颖伟于大五时所诊治）

2012 年夏季，尝试为家母贴三伏贴。家母年过半百，形体羸瘦，患关节疼痛已有 20 多年，周身关节恶寒喜暖，伴有纳食后腹胀便溏、周身疲乏、易感冒诸症。参考针灸教科书及《张氏医通》所载三伏贴制法，选用白芥子 20g、元胡 15g、肉桂 5g、细辛 10g，诸药研磨，姜汁调服，选取双侧脾俞、肾俞、足三里，及关元、命门，以及关节周围的阿是穴，于每伏的第一天上午贴敷 5 小时。家母诉贴敷前双肩、双膝、腰部疼痛，贴敷后诸关节疼痛均消失，腹胀便溏改善不佳。贴敷后的半年内，家母诉关节疼痛的症状比往年减轻很多，发作频次也有减少。

**老师评语：**

本案例是用张璐《张氏医通》的三伏穴位贴敷的方法，又根据患者的具体病证而灵活选用了与该病证密切相关的穴位，是一种创新的应用案例。

贾春生

### 例5：三叉神经痛（本案为 2007 级王宁于大五时所诊治）

张某，女，42 岁。

2012 年 3 月 18 日初诊：患者系本人同村人，三叉神经痛已经二十余年，每于秋冬季节发作，或轻或重，曾经过针灸治疗，效果很好，有五六年未发作。此后渐渐又开始疼痛，又做针灸治疗，此次效果不好。又做埋线治疗，效果甚微。服卡马西平已经无效，因是同村的且又有亲戚关系，遂找到我。我也是没底，姑且一试。患者左侧面颊为痛起始点，接着左侧下颌部、牙齿痛，发作时长约 2～3 秒，发作时可疼痛至哭，不能碰凉水，不能吹凉风，不能咀嚼硬物，不能吃较辣的食物，否则就会触发疼痛，性情不舒时亦会触发。睡眠多梦，便秘常 3～4 天 1 次，有时可 7 天 1 次。

脉沉弦滑数。舌暗红，苔干而黄。

辨证：郁热。

治法：清透郁热。

处方：升降散加减。

| 僵蚕 12g | 蝉蜕 10g | 姜黄 12g | 大黄 15g | 栀子 12g |
| 连翘 15g | 淡豆豉 8g | 郁金 10g | 薄荷 10g（后下） | |
| 制附子 10g（先煎） | | 细辛 5g（先煎） | | |

7 剂，水煎服。

3 月 25 日二诊：患者服前 4 剂后疼痛缓解，然再服 3 剂后疼痛又如前，舌脉同前。本人考虑患者为火郁，不能碰凉水、吹凉风，虽有寒在外闭阻，然附子、细辛毕竟是辛热之物，可助火更旺。前 4 剂可缓解是外邪渐去，火郁稍散，7 剂服完，症状又如前，应是附子、细辛之过，故减小其用量，改制附子为 6g、细辛 3g。此次患者大便已经 7 日未解，增芒硝 6g，冲服，继服 7 剂，后观。

4 月 1 日三诊：此次服药后，疼痛缓解，大便已解，效果可以，效不更方，继服 7 剂。

4 月 7 日四诊：服药后，疼痛未继减，大便 4 天 1 次，舌苔干好转，脉如前。本人思考，前后已服 21 剂，效果不如人意，大便仍干且仍 3～4 天 1 次，脉仍沉滑数。此应为火热过盛，应加强清热泻火之力，且舌暗红，是为热盛血分，亦应凉血逐瘀，此次以新加升降散加减，再服 7 剂，处方如下：

| 僵蚕 12g | 蝉蜕 10g | 姜黄 12g | 大黄 15g | 栀子 12g |
| 连翘 15g | 郁金 10g | 赤芍 15g | 丹皮 12g | 生地黄 20g |
| 丹参 30g | 生石膏 30g | 龙胆草 8g | | |

7 剂，水煎服。

4 月 14 日五诊：服药后，症状缓解，舌已较前不暗，脉渐起，继服 14 剂。

4 月 21 日六诊：服药后疼痛未再继续缓解，舌脉变化不大，泻火之力还是不够，前方基础上合当归芦荟丸，再服 14 剂，处方如下：

| 僵蚕 12g | 蝉蜕 10g | 大黄 20g | 栀子 12g | 连翘 15g |
| 郁金 10g | 赤芍 15g | 丹皮 12g | 生地黄 20g | 丹参 30g |

生石膏 30g　　龙胆草 8g　　当归 10g　　黄芩 10g　　黄连 8g

黄柏 10g　　木香 8g　　玄参 15g（因芦荟药房没有，故未用）

5月5日七诊：此次服药后，症状大减，大便已不干，1～2天1次，舌转红，苔薄黄，脉弦滑。再服14剂，隔日1服。1个月后，复诊，患者疼痛未再发作，碰触凉水等未发，然仍嘱托患者尽量少接触这些。平日多食蔬菜、瓜果，停药。

**按：** 此次病例服药较久，我觉得从这些服药久的病例上，可以学到更多东西。此次学李老用新加升降散，其实用犀角地黄汤和当归芦荟丸也是学李老。李老对升降散的运用，主抓脉象，以沉而躁数为主，此病例正是这样，所以运用新加升降散并取得了很好疗效。此次也是我用苦寒药最多的一次，患者并未出现任何不适，从中也体会到"有病者，病受之"这句话。对于我以后用苦寒药是一次难得的经验。此后与该患者联系，一直未再发作，已有两年。

**老师评语：**

中医治病合理试探是允许的，但应敢于总结并及时调整。本案是在试探中渐趋正途的。回过头来看，初诊、二诊中附子、细辛使用似不正确。

辨证"郁热"，只有病性，没有病位，待补充。大黄应注明炮制方法。

周计春

## 例6：小便不利案（本案为2008级殷中来于大二时所诊治）

李某，男，27岁。

2011年5月2日初诊：主因小便不利来诊。伴难寐，眼涩，咽痒痛有黄痰，纳呆，腰酸。

脉细数，尺欠藏。苔白腻。

辨证：水亏不摄火，膀胱失于气化，兼痰火上扰。

治法：滋水摄火，兼消土生金。

处方：

生山药 15g　玄参 12g　　沙参 15g　　柏子仁 12g　　女贞子 12g

焦神曲 10g　炒山楂 10g　桑寄生 10g　狗脊 12g　　生龙骨 20g

竹茹 13g　　藿香 8g　　　石菖蒲 10g　　苏子 10g　　　黄芩 10g

瓜蒌 20g　　浙贝母 10g　　清半夏 10g　　炒萝卜子 10g

5 剂，水煎服。

**按：** 5 剂后，上症愈。此案因下焦水亏不能摄火，火不能化气助膀胱气化所致。火性上趋，夹中焦所酿之痰上犯于咽，是以咽痒痛，有黄痰。气血受痰火之扰，如江河不能宁谧，而波澜迭起，阳不得入阴，因是难寐。水谷化痰不化血，故眼涩。痰阻于中，水亏于下，故纳呆、腰酸作焉。方以柏子仁、山药、玄参、沙参、女贞子滋真阴之亏且不腻滞；继以黄芩、瓜蒌、浙贝母、清半夏、苏子、炒萝卜子、竹茹消土生金，火融金化水，水下流滋阴；又以神曲、山楂、藿香、菖蒲开运中焦，中焦乃水火出入必经之路；以龙骨召阳归土，"因是知龙骨之用，固为水火不依土设"。（《本经疏证》）桑寄生"发余泽溉其不足"，狗脊"补益男子，颇利老人，并治失溺不节"，三味培补固涩，防正气继续损耗。

**老师评语：**

脉细数、痰黄、咽痛而寐差，痰火之上扰也。上盛则下必虚，水亏火上而尿不利，清降痰火是本证治疗之关键，痰化金降，病乃可愈。龙骨、玄参初不用亦可。

张德英

## 例 7：肺痨案（本案为 2008 级殷中来于大四时所诊治）

张某，男，42 岁。

2012 年 4 月 25 日初诊：肺结核愈后空洞，现乏力，消瘦，咽干，失眠难寐，便秘。

关尺脉弱，右寸尤弱。苔白厚腻。

辨证：肺脾气阴两虚。

治法：气阴双补。

处方：

生山药 15g　　鸡内金 10g　　黄芪 10g　　　茜草 10g　　　白茅根 15g

百合 8g　　　百部 8g　　　沙参 15g　　　牛蒡子 12g　　党参 8g

浙贝母 10g　　升麻 8g　　　焦神曲 10g　　白及 6g（研末药汁冲服）

15 剂，水煎服，日 1 剂。

5 月 13 日二诊：病人共服 15 剂，诸症大减，唯胸部时痛。于是再疏方继以巩固疗效，并嘱其再做检查。

**按**：本案病机主在阴虚，故《丹溪心法》云："痨瘵主乎阴虚。"病久致气阴两虚。该病人因前期西药治疗，后期气阴两虚症状难消来诊。治法补虚培元，滋阴益气。

因本病病位在肺，故取法张锡纯《医学衷中参西录》黄芪膏方义，以黄芪补肺阳，生山药滋肺之阴，阴阳并补，以复其真元；白茅根通肺窍，因其中空，周遭廾上有十余小孔，乃通体玲珑之物，与肺泡形体大有相似之处，俾使肺之阴阳调和，窍络贯通，其翕辟之力自适均也；以百合、百部、沙参滋肺阴；党参补脾气，培土以生金；升麻升提正气至肺；茜草凉血活血，且根细色赤，可入肺之细小血络；牛蒡子、浙贝母清肺化痰，补中寓清，防恋邪留弊；鸡内金、焦神曲运化中焦防腻滞脾胃，张锡纯谓："凡虚劳之证，其经络多瘀滞，加鸡内金于滋补药中，以化其经络之瘀滞而病始愈"；白及补肺生肌，填补空洞，李时珍谓："白及性涩而收，得秋冬之令，故能入肺生肌敛疮。"

**老师评语：**

肺结核之初，未必皆痨，观其干酪，可知为痨。痨久伤正，肉腐洞成，多属肺痨。痨者虚也，扶正为主，治之确也。浙贝母之用，防其虚中夹痰，所虑周全也。

张德英

## 例 8：脑中风先兆案（本案为 2008 级殷中来于大四时所诊治）

沈某，女，60 岁。

2012 年 2 月 7 日初诊：头晕痛，鼻衄，胃烧灼感。余曾于 1 月 19 日诊其脉，其心血管确有隐患。据现症恐其脑出血，力劝其服药。

脉洪滑急，寸脉尤甚。舌尖红，苔白腻。

辨证：痰火上冲。

治法：化痰降火。

中医学子早成明医的捷径

处方：

黄芩 10g　　瓜蒌 20g　　浙贝母 10g　　清半夏 10g　　旋覆花 10g

竹茹 15g　　赤芍 10g　　丹皮 12g　　红藤 10g　　代赭石 20g

地龙 6g　　鸡内金 15g　　川牛膝 15g　　柏叶 8g　　桑叶 8g

5剂，水煎服，日1剂。

药后症减，病情稳定，惜未继续服药巩固。

**按：**余曾于春节前为其诊得浑脉，言其症状，十之八九，奈何年少，难得其信，无意服药。2月7日因头晕痛、鼻出血丝来诊，余忆张师教诲：心血管病人血压高不怕，就怕上火，最易发脑出血。余力劝其服药。

方以旋覆花、代赭石、川牛膝急引痰火下行；黄芩、瓜蒌、浙贝母、清半夏、竹茹、地龙化痰蠲邪，治病之本（张德英教授在《痰证论》中谓："黄芩色青带黄，黄则入土，青则入木，故为调治木土之药。痰证为土家之实，宜调治以木，故黄芩善当此任。黄芩味苦性寒，寒则去火而降，苦则泄邪而开，故黄芩有开降痰火之功。"）又《神农本草经》谓黄芩名腐肠，又名空肠，发挥药性，可入大肠泻痰降浊，给邪以出路；瓜蒌，《本经疏证》谓："能裹痹著下溜，主黏腻之结痛"；浙贝母，《本草乘雅半偈》谓："形如聚贝，独贵其母，若用空解，肝肺可施"，故可稀释分解痰涎，禀金降之性，降痰泄浊；半夏，《本草述》谓："半夏得一阴之气而枯，所谓生于阳而成于阴者，故能引阳气入于阴也"，用此导痰火下流于阴而泻，即《内经》半夏秫米汤治失眠之义；竹茹，张德英教授谓："竹茹性刚而直，将军之比；不偏不倚，是为中正，遭遇金秋不改其性，善处湿热之地而固其土者——竹茹禀木气之盛可知……湿热者，土之气，此药既禀胆木之气，自能疏土；痰乃土家之实，此药疏土而降，故善化痰……竹茹中空，直上直下，善通，余临证遇痰浊阻滞之证，每加竹茹，不惟化痰，且以通闭也。"地龙，张师谓："地龙生于黏性土壤之中，性善穿通，喜趋湿热，素以土壤中腐殖质为食。湿热为脾土之气，湿热凝聚则为痰，故地龙长于化痰而祛湿热。"；赤芍、丹皮、红藤活血凉血，开郁散结；辅以柏叶、桑叶以叶入肺，且多丝络，可凉血止血。

4月8日患者来电转告，其果出现脑出血先兆，现输液紧急治疗。愈敬张师岐黄之术造诣之深。

是以记之，与同道共飨，又冀以自勉。

**老师评语：**

西医多将脑出血责之血压高。而愚临床所见：高压逾 200mmHg 有不出血者，故中医认为：病在火之上炎。故当寸脉盛或有鼻衄之人，当慎防脑出血。

张德英

## 例9：前列腺炎（本案为2009级王雄于大三时所诊治）

王某，男，48岁。

2012年7月份初诊：小腹坠胀，睾丸拘急不适，右侧阴囊下坠，龟头疼痛，腰部放射痛，时觉小腹有气攻冲不适，但无排尿异常表现。在河北省某医院诊为慢性前列腺炎，经头孢类抗生素治疗后罔效，反而症状加重。后又延请中医诊治，或从湿热论治，或从肾气虚论治，或用清热解毒法，或用化痰通络法，辗转月余，收效甚微。笔者结合前医经验及患者现主症：小腹坠胀，睾丸拘急不适，右侧阴囊下坠，面色黧黑，情绪抑郁，精神焦虑，综合论治。

脉沉弦。舌质暗淡，苔白。

辨证：水寒木郁。

治法：温肾散寒，疏肝达郁。

方宗：柴胡疏肝散合暖肝煎。

| 柴胡12g | 白芍15g | 炒枳壳10g | 炙甘草6g | 台乌药12g |
| 小茴香10g | 川楝子10g | 香附12g | 川芎10g | 当归15g |
| 巴戟天10g | 肉桂10g | 鹿角霜10g | 吴茱萸10g | 橘核15g（打） |
| 胡芦巴15g |

5剂，水煎服，日1剂。

服上方5剂，症状稍减，思索上方如此温热，但是患者仍无上火表现，定是虚寒无疑，遂于上方之中加入制附子6g，继服5剂，药后效果明显。方证相投，尘埃落定，随后逐渐加大附子用量，每次递增2g，加至12g，服月余，共进40余剂，症减大半，最后配以丸药收功。

**按：**此案慢性前列腺炎病属寒疝，历代医家多从肝肾论治。肝经循两

227

第三章 「小郎中医案」师生互动

胁，抵少腹，绕阴器，故阴部少腹拘急不适，病属肝经为患。肝体阴而用阳，主疏泄而司全身气机，肝为刚脏，易于遏怒，有将军之威。《类证治裁》中言："凡上升之气，自肝而出。肝木性升散，不受遏郁，郁则经气逆，为嗳、为胀、为呕吐、为暴怒胁痛、为胸满不食、为飧泄、为癫疝，皆肝气横决也。"故出现小腹有气攻冲作痛。情绪抑郁、精神焦虑皆为肝气郁结表现。肾为真水，主藏精而司前后二阴，相火内寄其中，则蒸腾气化，万物欣然。《临证指南医案》中言："肝者，将军之官，相火内寄，得真水以涵濡，真气以制伏，木火遂生生之机，本无是症之名也。"

是故睾丸拘急抽搐、面色黧黑、舌质黯淡、苔白、脉沉弦皆为肾阳虚衰，寒湿内盛之象。肝肾相生，乙癸同源，病理上也相互影响，水寒不能生木，寒湿内生，阻滞肝经，肝气郁结，发为寒疝，故其病机为水寒木郁。

既为水寒木郁，"法宜温水木之寒，散肾肝之结，结寒温散，瘕疝自消"（《四圣心源》），故选用柴胡疏肝散以疏肝解郁，行气散结。吴茱萸合肉桂以散肝肾之寒，胡芦巴合鹿角霜、巴戟天直入肾经，温肾壮阳。橘核、乌药直入下焦，散寒开结行气。

本案肝肾同治，方证相合，为何第一次处方无显效，而加入6g附子病情好转？此案病机虽为肝肾同病，然亦有主次之分，水寒为本，木郁为标，故在处方中温肾力度不够，不能温化痼寒，必以回阳救逆之附子方可奏效。

附子其用有二：温肾散寒之力强；通利攻逐之势猛。《本草备要》云："附子大燥回阳，补肾命火，逐风寒湿。"《本草正义》言："附子，本是辛温大热，其性善走，故为通十二经纯阳之要药，外则达皮毛而除表寒，里则达下元而温痼冷，彻内彻外，凡三焦经络，诸脏诸腑，果有真寒，无不可治。"《本草汇言》也高度评价了附子，称其为"回阳气，散阴寒，逐冷痰，通关节之猛药"。

是故《金匮要略》中治疗寒疝亦采用乌头桂枝汤、大乌头煎等方以驱逐寒湿，疗效显著。附子只是乌头的附根尚有如此疗效，故笔者认为乌头、附子之品为治疗寒疝的要药。古语云：用药如用兵，诚如是也。

**老师评语：**

该案书写规范，文笔流畅。病情叙述清楚，四诊能把握要点，辨证准确，治法谨守病机，处方遣药得体，而获佳效。可见作者中医理论扎实，具有较强的临床功力。按语内容引证、论证准确，分析透彻，颇有启发性。

阎艳丽

## 例 10：腹泻案（本案为 2010 级孙敬辉于大四时所诊治）

王某，女，24 岁。

2014 年 6 月 8 日初诊：患者主因情志刺激出现腹泻一周来诊。每日泻十余次，泻时腹痛，泻后痛减，便质稀薄如水样，吹风扇则泻剧，自服参苓白术丸不效。

脉滑洪，右弦。苔腻。

辨证：痰火引木。

治法：化痰平肝。

处方：

| | | | | |
|---|---|---|---|---|
| 云茯苓 15g | 白芍 10g | 薏苡仁 10g | 清半夏 10g | 丹皮 12g |
| 藿香 10g | 石菖蒲 15g | 浙贝母 10g | 沙参 12g | 苏子 12g |
| 焦神曲 10g | 白鲜皮 10g | | | |

5 剂，水煎服。

嘱患者自我调畅情志，上方 5 剂后泻止，大便每日 1～2 次，便质正常，但吹风扇后，腹中仍有不适。上方去云茯苓，改薏苡仁为 12g、沙参为 15g，加赤芍 12g、天竺黄 8g，继服 4 剂，症状基本消失。

**按**：患者平素喜食肥甘，形体丰腴，苔腻、脉滑，乃痰浊为患之征。痰浊乃土家邪实，引木来疏之，故脉见右弦。木来疏土，本是机体自身的一种保护性机能，可以防止痰浊壅塞变生他患。然而患者素体肝脉偏旺，加之情志刺激，肝木疏之太过而成克伐脾土之证，故痛泻不止。《内经》云："风气通于肝"，肝得风气之助更加肆虐，故吹风扇时，痛泻加剧。此病乃因痰浊引起，若一味平肝，不仅会苦寒伤及脾胃，且会使痰浊壅塞体内变生他患。若一味补脾则肝亢无惧，犹如扬汤止沸，不能从根本上解决问题。本证虽与痛泻药方主证相似，但痛泻药方乃肝郁脾虚之泻，化痰之力不足，且该方性偏温燥，与此病之痰火不宜，故宗其大意加减用之。方中以云茯苓、薏苡仁、藿香、石菖蒲、焦神曲厚土耗木；丹皮、白鲜皮、白芍、沙参等金家之品平肝；以清半夏、浙贝母、苏子、石菖蒲等化痰治其本，诸药相合，痰浊得化，肝木得平，脾土得固，故而见效。二诊，加大清化痰火与平肝之力而收功。

**老师评语：**

患者痰蕴体内已久，引动木来疏泄，故治之化痰为主。设若见泄，遂用芩、草，即便通似效，亦非上策；设若见弦，大肆平肝，亦不足取。是故"对症处理"，中医当慎用。

张德英

## 例 11：高血压（本案为 2010 级孙敬辉于大三时所诊治）

董某，女，50 岁。

2013 年 2 月 8 日初诊：高血压已 5～6 年，服西药降压药后血压控制在 150/100mmHg。近来头晕，心前区憋闷，食后觉食不消化，伴恶心呕吐，目觉累，夜间寐时醒，腰膝痛，大便每日 1 次。

脉浑滑洪，左关旺而不畅，右尺弦。中后舌苔黄腻。

辨证：痰火郁木伤水。

治法：化痰调肝肾。

处方：

| | | | | |
|---|---|---|---|---|
| 清半夏 10g | 瓜蒌 20g | 浙贝母 10g | 苏子 10g | 厚朴 12g |
| 桔梗 12g | 赤芍 12g | 丹皮 10g | 枳壳 8g | 苏木 10g |
| 槟榔片 8g | 黄芩 10g | 败酱草 8g | 石菖蒲 10g | 焦神曲 10g |

5 剂，水煎服。

嘱：停服西药，清淡饮食。

2 月 13 日二诊：5 剂后，患者心前区憋闷、胃中食不化、目觉累均明显减轻，血压 146/100mmHg，苔腻减，上方减苏木、桔梗，加夜交藤 10g、红藤 10g、冬瓜皮 6g，继服 5 剂。

2 月 18 日三诊：患者头昏减，胃中已舒，腰痛减，仍时有胸闷，因外出受凉出现咳嗽，咽中黏，脉滑洪弦，苔近净。初诊方减丹皮、厚朴、赤芍、败酱草，加桑叶 8g、知母 8g、藿香 8g，继服 5 剂。

2 月 23 日四诊：咳愈，咽中黏消失，胸闷基本消失，头已清，膝仍不适，血压 120/90mmHg。脉同上，苔净。

处方：

| | | | | |
|---|---|---|---|---|
| 决明子 8g | 白鲜皮 10g | 瓜蒌 20g | 大青叶 8g | 败酱草 8g |
| 丹皮 12g | 石菖蒲 10g | 苏子 12g | 桑叶 8g | 栀子 8g |
| 焦神曲 8g | 藿香 8g | 苏木 8g | 黄芩 10g | 清半夏 10g |

5 剂，水煎服。

药后患者血压 120/90mmHg，无明显不适。上方略作加减，继服 5 剂巩固疗效，嘱患者清淡饮食，余因开学而返校。后暑假回家得知，患者未服西药，血压一直维持在 120/90mmHg 左右。另外，患者原有严重晕车症状，自服药后明显改善，可谓是意外收获。后来，余每次回家，患者均要求为之调理，至今血压未有明显波动。

**按：**浑脉乃痰浊壅阻脉中，气血为之不清，血行因之失度之脉。此乃张德英教授发掘经典而提出的。《素问·脉要精微论》有云："夫脉者，血之府也。长则气治，短则气病……涩则心痛，浑浑革至如涌泉，病进而色弊。"《素问·疟论》亦云："无刺浑浑之脉。"可见，《内经》对浑脉早有论述，只是后世医家未将其作为一部单独的脉象提出而已。张老师认为浑脉之体象，乃脉之至数之间欠其清晰，稍有连绵黏滞之意，混混汩汩，不清不脆，如泥水之流浑而不清也。《素问·经脉别论》言："食气入胃，浊气归心，淫精于脉。"今食入过多，"浊气"上奉亦多，于是脉中浑浊，气血因之流动而不畅。验之西医之理，食入营养过盛，小肠吸收亦多，于是脉中血脂增多，血液黏稠，血管为之壅塞，心脏反射性地升高压力，以使血液流通，高血压由此而成。痰浊生于中土，乃水谷之乖变，为土家之邪。土家邪盛必引起所不胜——木来制约，故脉见左关旺而不畅；尺弦乃痰浊流于下焦，引木来疏土之象。血液浑浊流动不畅，故见心前区憋闷；痰浊中阻，清阳不升，故头昏；土家邪实，故食不化而呕吐；痰浊阻滞，卫气独行于外，不得入于阴，故寐时醒；痰浊伤肾，故腰膝痛。可见，种种病证皆因痰浊为患，故方中以半夏、瓜蒌、浙贝母、苏子、槟榔片等化痰降浊；赤芍、丹皮、苏木、红藤等以活气血；黄芩、败酱草清降痰火；厚朴、枳壳理气化痰；藿香、石菖蒲芳香化浊。诸药相合，共奏化痰活血开郁之功。最终，痰浊得清，血压得以稳定。四诊时，痰浊基本已清，故加入平肝之品，以复肝脉之常。可能正因此平肝之功，才得以收晕车症减轻之效，盖《素问·至真要大论》云"诸风掉眩，皆属于肝"，肝亢得平，其眩自止也。

**老师评语：**

*高血压之治，不在降压，而在明辨病因病机。此案辨之精当，故病得根治，且收意外之功。*

张德英

### 例 12：胃痛案（本案为 2010 级李奇于大三时所诊治）

常某，女，23 岁，河北中医学院学生。

2013 年 9 月 23 日初诊：患者剑突下胃脘处胀痛，近 1 周加重。自幼间断性胃脘不适，时觉脘腹胀闷疼痛，自述因近日天气转凉，胃脘胀痛加重，甚时胀及全腹，夜间更甚，得嗳气或活动后可缓解，得热亦觉舒服。知饿，饿了不吃不难受，吃饱后稍多吃则觉胃脘胀满不舒，自述"饿着更舒服"，嗳气，不能吃凉；大便 1～2 天 1 次，质偏黏，解不净；脐上压痛。寐可。16 岁初潮，末次月经 9 月 15 日，痛经 5 年，每当经前 2～3 天，则始觉小腹胀痛不适，经行 1～2 天时痛甚，之后则疼痛减轻，月经有血块，色偏暗，量可，周期正常；每至经间期，则始觉两侧扁桃体发炎，肿胀，疼痛，逐渐持续加重，约半月，来经之后则此症状自行缓解，周期性反复发作将近 3 年。

脉沉弦涩。舌尖红，苔薄腻。

辨证：瘀阻气滞，寒湿困脾。

治法：活血祛瘀，温化寒湿，行气止痛。

方宗：膈下逐瘀汤。

| | | | | |
|---|---|---|---|---|
| 桃仁 5g | 赤芍 5g | 乌药 5g | 元胡 5g | 牡丹皮 5g |
| 炙甘草 3g | 当归 5g | 川芎 4g | 红花 5g | 枳壳 3g |
| 香附 5g | 干姜 2g | 白豆蔻 2g | 砂仁 2g | 五灵脂 5g（包煎） |

5 剂，水煎服。

9 月 28 日二诊：患者诉药后胃脘胀痛大减，已能吃凉的食物，仅偶觉不适，因未来月经，暂不知痛经及扁桃体肿胀疼痛是否减轻，后未再服药，嘱其平日多加锻炼身体，注意观察月经及扁桃体情况。

**按：**作为一名大三学生，笔者有幸侍诊于刘保和老师。刘老师在《难经》腹诊理论的指导下，结合自己的临床经验，明确提出与之一一对应的经典方，使腹诊理论更加完善具体。（见《刘保和〈西溪书屋夜话录〉讲用与发挥》）心主血脉，主血液在脉道中的正常运行。刘老师指出，脐上压痛主心病，多与全身性的瘀血证候有关，心血瘀阻，则表现为脐上水分穴部位压痛明显，主方以化瘀灵或膈下逐瘀汤。此患者周期性痛经以及扁桃体发炎均与瘀血有关，瘀血阻滞于脐上，使胃气下降受阻，夜睡时血流更加缓慢，以致胃气不能下降，则发为嗳气，且嗳气出方觉舒服。瘀阻气滞，病本为实，故见多食则胃脘胀满不舒；脾胃气机壅塞，津液不得正常输布，聚而为湿，湿停更加重气机郁滞，而见大便质黏不净；内湿与外寒相合，困阻脾胃，损伤中阳，故见胃脘喜温，不能吃凉的食物。血液瘀滞，寒湿阻遏，得气的推动可以缓解，故病人诉活动后不适减轻。故主方以膈下逐瘀汤直达脐上化其瘀血，行气止痛，兼以干姜、砂仁、白豆蔻化湿行气，温阳散寒。

**老师评语：**

本案能将全身症状全盘分析，从瘀论治，是中医整体观的具体运用；能将从师所学，活用于临证之中，是活学善用的表现。"辨证"与"治法"字数相同，对应起来则更显完美。

周计春

## 例 13：便秘案（本案为 2010 级刘签兴于大二时所诊治）

刘某，女，29 岁，已婚。

2012 年 10 月 4 日初诊：大便干结难解 1 个月，加重 1 周。习惯性便秘，大便两日一行，羊粪球样便，有便不净感，脐周胀，月经量少，面部长暗斑，他可。

脉弦细数。舌边尖稍红。

辨证：津亏，燥屎内结。

治法：养阴润燥，通泻燥屎。

处方：

生白术40g　生首乌40g　全当归30g　肉苁蓉20g　　炒枳实15g

生黄芪20g　桃仁10g　　杏仁10g　　郁李仁20g　生大黄6g（同煎）

炙甘草6g　　砂仁10g（后下）

7剂，水煎服。

10月11日二诊：连进7剂，便质变软，加减后生白术用量最高达60g，继服20余剂即愈。

　　按：本例重用生白术以通便，清代陈修园在《神农本草经续》中云："白术之功用在燥，而所以妙处在于多脂。"《本草正义》亦谓白术"富有膏脂，故苦温能燥，亦能滋润津液……万无伤阴之虞。"近代名医魏龙骧解释则更加详细，其云："叶氏有言，脾宜升则健，胃宜降则和，太阴得阳则健，阳明得阴则和，以脾喜刚燥，胃喜阴柔，仲景顾阴治在胃，东垣升阳治在脾。便干结者，阴不足以濡之。然从事滋腻，而脾不运化，脾亦不能为胃行其津液，终属治标。重用白术，运化脾阳，实为治本之图。故余治便秘，概以生白术为主力，少则一二两，重则四五两，便干结者加生地黄以滋之，时或少佐升麻，乃升清降浊之意。至遇便难而不干结，更或稀软者，其苔多呈黑灰而质滑，脉亦多细弱，则属阴结脾约，又当增加肉桂、附子、厚朴、干姜等温化之味，不必通便而便自爽。"再配伍生首乌润燥以加强通便之力，当归、肉苁蓉养血益精，桃仁、杏仁、郁李仁合用加强润肠通便之功，另杏仁肃降肺气，调理全身气机，肺气一降，则全身诸气皆降，大肠气机亦为之通畅，再合以枳壳则大肠肃降之力愈强。生大黄清热凉血，砂仁芳香醒脾，黄芪助六腑通降之气，甘草调和药性。全方药性平和，重用生白术，应之临床，效若桴鼓。

　　**老师评语：**

　　此案按语从脾、胃、气血等方面详尽阐述了所用方药治疗便秘的中医机理，尤其是对君药白术的分析甚为透彻，可见中医功底之深厚。

杜惠兰

## 例14：双颊日晡红热案（本案为 2010 级刘签兴于大四时所诊治）

张某，女，56 岁，已婚。

2014 年 7 月 13 日初诊：患者双颊发红发热两月余。无明显诱因，即出现每日下午 3 点至 5 点自觉双面颊发热发红，形体困顿，精神不佳，乏力懒动，纳呆食减，伴大便微溏，小便正常，睡眠正常。患者绝经 3 年余，曾于两年前出现类似情况，但未医治而自愈。此次发作两个月余，曾间断服用中西药物治疗近 1 个月，疗效甚微，进行西医检查却无任何异常病变。刻诊，患者双面颊部微红如涂丹，用手触碰不觉其热，体温 36.7℃。

脉弦弱，左关稍旺。舌尖红苔薄白。

辨证：肝郁脾虚化火。

治法：疏肝健脾清热。

方药：丹栀逍遥丸（中成药）1 盒，按药品说明服用。

**按：**日晡时分，双颊定时发红发热，此余在学校学习期间未曾听闻之症，然患者为笔者邻居，不好推却，只得凭借中医望、闻、问、切的基本功进行辨证论治。此例患者类似日晡潮热，然"潮热若发则身体、手足、胸腹、各处之热，无不充满"（《皇汉医学》），此例仅觉面部发热发红，实非其类。初诊因患者脉弦弱，左关稍旺，知其有肝体不足，而肝用过亢之嫌，肝主疏泄恶抑郁，肝失疏泄则易向上冲犯，加之患者有纳呆便溏的表现，笔者为稳妥起见，先拟肝郁脾虚化火为治，用丹栀逍遥丸以投石问路。

7 月 18 日二诊：患者服用丹栀逍遥丸后，自觉面颊部红热减轻 1/4，精神状态好转，纳增，大便微溏。

脉弦细略数。舌尖红苔薄白。

辨证：少阳阳明合病。

治法：和解少阳，兼泄热结。

方宗：小柴胡汤。

| 柴胡 9g | 黄芩 10g | 清半夏 12g | 党参 8g | 炙甘草 6g |
|---|---|---|---|---|
| 制大黄 3g | 厚朴 6g | | | |

3剂，水煎服，每日1剂。

**按：**初诊后，笔者对于投石之笔惴惴不安，于是广泛寻求该证之治法，幸在《张氏医通·潮热》条下见载有"若胃气消乏，精神憔悴，饮食减少，日渐尪羸，病虽暂去，而五心常有余热，此属虚证，宜逍遥散、小柴胡等加减"之语，始觉稍有宽慰，所幸初诊之方虚实既明，丹栀逍遥丸虽不甚切合病机，但虽不中，亦不远矣。及余阅及《伤寒论》第104条时，见其言："伤寒十三日，不解，胸胁满而呕，日晡所发潮热，已而微利，此本柴胡证，下之以不得利，今反利者，知医以丸药下之，此非其治也。潮热者，实也。先宜服小柴胡汤以解外，后以柴胡加芒硝汤主之。"适才恍然大悟，本证实为少阳枢机不利，阳明燥实微结。表面上看双颊日晡红热虽与日晡潮热表现不同，然其病机则相同，属于异病同治的范畴。初诊时，笔者过于墨守，未得进一步窥其病机而只开出平和之方，实医生之大忌也。由此可见在中医治疗当中，诚如彭坚所言："方证对应固然重要，但仍然有一定盲目性和局限性。必须了解证候背后的病机、经方所适合的病机，对应才能准确无误。"因此，方、证、病机对应，才能够更理性地运用经方，更全面地拓展经方的运用范畴。至于小柴胡汤加大黄、厚朴者实为引阳明之热下行。

7月21日三诊：患者服第1剂后即觉面颊红热大减，服完第2、3剂后，已无任何不适感。嘱患者注意饮食和情志调摄，防止复发。

**按：**病机与方药相当，始有桴鼓相应之妙，其效之信，诚如古人所言，如风来吹云，明乎若见苍天，豁然而畅。

**心得：**此例患者经历3次诊治的过程，也是笔者的3次心路历程的写照。从舞文弄墨、咬文嚼字的书面学习到大刀阔斧、真刀实枪的临证实习，对于每一位医生来说都是一次蜕变，只有打牢中医的基本功，并不断地去学习经典才能有所提高，才能成为一名明医。

**老师评语：**

诚如作者所云，此案例记载了作者不断学习、思索的过程。对于初学者来讲，遇到特殊病例，除仔细审核辨证、治法无误外，认真学习前贤经验至关重要。这种点滴经验的积累，会成就日后的名医。

杜惠兰

## 例 15：痛经案（本案为 2010 级唐怀战于大二时所诊治）

王某，女，22 岁，未婚，河北中医学院学生。

2012 年 12 月 27 日初诊：近两月，痛经加重，经前经时明显，经后减轻，乳房不胀，腰骶两侧酸痛。末次月经 12 月 6 日，3 ～ 5 天经净，经量少，色暗红，血块多。伴有冬季四肢不温，小腹冷凉，右少腹胀。近半年欲减肥，食少，亦不欲食。初潮痛经较甚，需杜冷丁以暂缓，后时轻时重。小便可，大便或溏。

脉左弦右细两尺旺。舌暗红，有齿痕，略胖大，中后苔腻。

辨证：寒凝经脉。

治法：温经通脉，化瘀止痛。

方宗：桃红四物汤。

| | | | | |
|---|---|---|---|---|
| 桃仁 10g | 红花 10g | 川芎 6g | 当归 12g | 桂枝 10g |
| 甘草 10g | 乌药 10g | 五灵脂 10g | 元胡 10g | 红藤 30g |
| 小茴香 10g | 党参 10g | 藿香 8g | 生姜 3 片 | 蒲黄 10g（包煎） |
| 川牛膝 15g | 怀牛膝 15g | 赤芍 15g | 白芍 15g | |

7 剂，水煎服。

2013 年 1 月 3 日二诊：7 剂后痛减，经量不多，血块见多，小腹凉稍减，右少腹仍胀。上方加王不留行 30g、路路通 10g。

3 剂，水煎服。

1 月 6 日三诊：服用 3 剂后，症皆减。以六君子汤为底方，嘱服 14 剂。

1 月 21 日四诊：服两周后，食欲好转，腻苔减。四诊用二诊方继服 1 周。

随访：服上方后症渐消，经量见多，血块仍多。二诊方和三诊方略加减连服 3 个周期，症愈。至今未见痛经。

**按**：痛经的基本病机有"不通则痛，不荣则痛"。辨证当首分虚实两端。该患者两者皆有，但以实邪为主。经前经时疼痛加重，经时色暗量少有血块，经后疼痛减轻，舌暗乃因气血运行不畅瘀阻不通所致，脉象左弦乃主寒凝气滞血瘀，右细则主血少不能濡养经脉，加之寒凝则脉凝泣不通表现得更为明显，两尺脉旺而不藏则有瘀阻于下焦而气滞瘀阻不通。辨病的核心为脉，再合有瘀血指征，小腹冷凉之虚寒，法当温阳化瘀，故用桃红四物汤为底方，合失笑散、金铃子散以活血化瘀，行气止痛，兼用桂枝、小茴香、乌药以温经通脉，祛小腹之寒，用牛膝以引血下行兼补肝肾。更以党参、藿香、姜、枣顾护中焦，亦助发挥药力。同时该症以痛为主，故增用失笑散以化瘀止痛，金铃子散以行气止痛，且取芍药甘草汤之义，以酸甘化阴，滋阴血以缓急止痛，尤为精当。二诊行气疏肝力小，增王不留行、路路通以行气除胀。三诊因减肥，食少而伤其脾胃，参舌脉，以六君子汤加减调补脾胃。又因脾胃为后天之本，气血生化之源。脾健则化源生血以补血少。女子血足方称健康，补脾胃也是除痛经之根。

该病宗经前宜泻宜通、经时宜平宜畅、经后宜补宜调。即经前有邪实，借助行经时排邪；经时，让月经尽可能排出，以防余留之物恋邪，可用活血化瘀之品，但须注意化瘀之力宜平不宜过猛；经后多补其不足，仍以辨证施治为主，有其证用其药，对于有邪实，亦损其有余。故在经前经时以活血化瘀为主，经后用六君子汤善后，连调几个周期自然痊愈。

**老师评语：**

作者根据月经周期的不同而分别施治，足见对痛经的中医发生机制了解透彻，对该例患者的辨证也较准确，用药基本得当，所以取得佳效。只是所选方药写为"桃红四物汤加减"，不若改为"少腹逐瘀汤加减"更对病机。

杜惠兰

## 例16：闭经案（本案为2010级唐怀战于大四时所诊治）

齐某，女，20岁，工人，未婚。

2014年7月20日初诊：月经两月未至。经量少，无痛经史，平素月经规则。酷暑工作后，凉水浴，并吹空调，当夜周身不适，未留意。后两月，经未至，尤其腰以下不温，小腹喜按。近日口周痤疮加重，色赤，自觉口中冒火，嗜辛辣，喜冷饮，大便偏干，小便可。

脉滑细急。舌红苔黄。

辨证：寒湿侵腰，化热生火。

治法：清胃泄热，活血化瘀。

方宗：清胃散。

升麻 10g　　连翘 15g　　黄连 6g　　黄芩 10g　　当归 20g

丹皮 15g　　白鲜皮 10g　茯苓 15g　　桂枝 15g　　赤芍 15g

蝉蜕 10g　　僵蚕 10g

7 剂，水煎服。

外用麝香海马追风膏贴于肾俞、神阙、命门。

7 月 27 日二诊：初服 7 剂症减，腰及小腹已温。去外用药，嘱继服上方。

继服 4 剂后，电话告余，月经已至，痤疮不再新生，约 2/3 已减轻。

**按**：初因热迫津渗，玄府开放，感受外来寒湿，致使寒客于血室，月事不得至。如李时珍言"寒湿入营为血痹，女人非孕即无经"。然该患者平素体质壮实，加上饮食因素，易使寒湿化热化火，故查其脉症确有火热上炎的表现。故方以清胃散为底方，用升麻、连翘以清热解毒，更佐蝉蜕、僵蚕，质轻上浮，以透邪外出。同时皮类药以皮达皮，丹皮、白鲜皮性寒凉又能清热泻火，且丹皮色赤，入血合赤芍以活血清血热。黄连、黄芩，色黄入中焦，清热兼以燥湿，当归养血行血，以补血活血；然又因有寒邪余留的表现，取甘草干姜茯苓白术汤之义，用茯苓健脾祛湿，桂枝代干姜以散寒，同时又外用膏药以补桂枝散寒之不足。

该证虽有寒湿之邪，但就诊时已化火化热，故选方用药以清热为主，同时用辛温之品既可防止寒闭血滞，又可稍祛寒湿。寒湿以外用药祛之为主。

**老师评语：**

作者在此分享了一例寒蕴化热、上热下寒、寒热错杂的案例，巧妙运用了内外合治的方法，足以看出作者处理复杂案例的能力。若能再结合妇科理论分析治疗前后月经的变化则更佳。

杜惠兰

## 例 17：湿热下注案（本案为 2010 级唐怀战于大三时所诊治）

许某，女，39 岁，农民。

2013 年 7 月 25 日初诊：平素口臭，口黏，稍食辛辣则右下腹疼痛加重，面色暗，多油污。月经规则，带下量多，质稠色黄，阴痒甚，其气恶臭，家人尤为困扰，近半月上症加重。曾西医治疗两三年不佳，欲放弃治疗。喜饮不渴，平素性情温和，近期易急易怒，尿少尿急，大便黏腻不爽，1～2天一行。

脉滑洪急，右关旺，两尺不藏（旺而有力）。舌红，苔黄厚腻。

辨证：湿热下注（热重于湿）。

治法：清热燥湿止带。

处方：

| 黄连 10g | 黄芩 10g | 黄柏 15g | 川牛膝 10g | 陈皮 10g |
| 茯苓 15g | 苍术 10g | 白鲜皮 10g | 白果 10g | 柴胡 8g |
| 白芍 15g | 地肤子 15g | 芡实 8g | 甘草 10g | 薏苡仁 30g |
| 败酱草 10g | 苦参 6g | 车前子 15g | 土茯苓 15g | |

3剂，水煎服。

初诊服药3剂，阴痒减轻，恶臭已减，他症未见好转，药后胃脘稍不适。二诊加白术 10g、半夏 10g、白芷 8g、附子 6g（先煎30分钟）、神曲 15g、枳实 8g，黄芩增加至 15g，败酱草为 15g、苦参为 10g。3剂后，胃脘未见不适，口黏口臭大减，易急易怒也减，其他症减。上方略作加减，3周后症近愈停药。过年时，告诉余母亲，没有复发。

**按**：该患者为带下病，属黄带。脉症合参，因脾湿下流于下焦，湿郁不得化，又因时气所迫，饮食失调，致郁而化热更重，弥漫中下两焦。初诊合黄连解毒汤、完带汤、四妙散、易黄汤减去其中一些温燥之品。因本证属实热证，脉滑洪急，关尺旺，恐温燥之品助热伤阴，故弃之。故方有苦寒之药清热燥湿，淡渗之药利湿，再佐疏肝之品等。然药后见苦寒伤胃之症，追问症状，知其四肢不温，喜热饮，恶凉食，又因病情日久，故见脾阳虚。再诊其脉见寸关沉取力减。方悟该患者证属寒热错杂，既有湿郁化火、火盛弥漫脘腹的一面，又兼脾阳虚，也有湿热郁阻阳气，不得输布于四肢的一面。故二诊方义不变，治法为寒热共治，辛开苦降，以祛下焦湿热。增加辛温之品，更加苦寒之品，以寒热共调。同时加枳实则取四逆散之输布阳气，四肢得温，疏肝理脾，气机得畅；加附子有薏苡附子败酱散之义，恰治右下腹疼痛；加半夏取泻心汤之义，助开中焦以导湿浊下行，也助淡渗利湿；加白术、神曲以护中焦；白芷可作为风药，风能胜湿，同时能温助中焦以化湿。

**老师评语：**

本案治疗过程体现了"平脉辨证"的思路，反映了跟师李士懋教授所学的思辨体系，是坚持中医特色、坚持辨证论治的体现。合方应用，始于仲景，在本案中得到灵活运用，并据症化裁。大三学生，足资受赞。

处方药味显多，薏苡仁当注明炮制方法，炮附子6g，似不需先煎，芡实属药食同源平和之物，8g小量似没起太大作用。

周计春

## 例18：腹部包块案（本案为2010级杜晶晶于大四时所诊治）

杨某，女，74岁。

2014年4月1日初诊：自诉中下腹疼痛频作8个月余，近3个月加重，痛时痛处起鸡蛋大小包块，按揉痛减或自行缓解，包块随痛消而消。纳食甚少，食欲全无，见食则饱，形体消瘦，大肉尽脱，宛若皮包骨，体重40kg，大便5～10日一行，量少，面晦暗。

脉滑实，土著，木欠畅，双尺欠。苔白厚。

辨证：痰滞侮木。

治法：繁木制土，泻土降浊。

处方：

| | | | | |
|---|---|---|---|---|
| 黄芩15g | 浙贝母10g | 半夏10g | 竹茹15g | 石菖蒲10g |
| 焦神曲12g | 藿香8g | 地龙6g | 苏子10g | 厚朴8g |
| 薤白8g | 生麦芽8g | 枳实10g | | |

3剂，水煎服，日1剂，分早晚两次服。

4月5日二诊：药后症减，疼痛减轻，包块仍偶作，食欲增加，脉仍滑实，苔白厚。上方去生麦芽，加茵陈10g。续服3剂。

4月9日三诊：症状全无，食量大增，脉滑实已不著，苔白厚减。嘱其邪实已去大半，宜调理休养，忌食欲增而突多食。

上方去枳实、薤白，加山药15g。续服3剂。

5月6日，自诉三诊后病已痊愈，但因假期亲朋欢聚而多食，病复发，自行按二诊方服 3 剂而愈。至今病未复发，形体渐丰，面色红润，体重增 8 千克。

**按：** 该患者乃余之邻里，诊遍周围中西医，效皆不佳，知余学医，于清明节前邀余诊治。余自知业医之日尚短，医术尚未精湛，恐误其病情，故嘱其先查肝胆胰 B 超、胃镜，盖患者年事已高，用以排除恶性肿瘤等。待 3 日后假期为之诊治。初诊之日，见其形体消瘦，大肉尽脱，面晦暗，极似阴证虚证，但诊其脉滑实，土著，木欠畅，双尺欠，苔白厚。舍症从脉，诊为痰滞侮木。患者年老，少动而多膏粱，营养过盛超过脾胃运化功能，多余精微化为痰浊，加之年老气本已虚，痰滞壅遏更甚。痰生于中焦，而流窜祸害四旁，该患者以痰滞于本脏，土实侮木为主。痰滞侮木，木失条达，气机郁滞，气行不畅，不通则痛，气机壅遏而泛起包块，按揉后气血调和或肝气自舒而症缓。痰阻于中，故不能纳。纳少无物可化故大便量少、次减。脾为痰所困，无力化谷，形体失于精微充养，日久则形体消瘦。此乃"大实而有赢状"，因实致虚，成虚实夹杂之候。诸医或以虚证，妄投补益，使其壅滞更甚。或以气滞，妄予消导，而未顾其本，疏之暂缓，随即复发。治病理应辨证求本，谨守病机，因人因时而治。时值春令，患者虽老而正气尚足，治以繁木制土，泻土降浊。黄芩色黄而青，中空似腑，有"腐肠"之谓，为胆家正药；竹茹生于潮湿之地，其形笔直，亦为胆家之药。二者协同，共助甲木降浊。生麦芽，春生大麦之芽，升发之性最强，木性最旺，助乙木宣发。三者合而为用，调畅木气，木复疏发之令，痰自不侮之，且木旺又可疏土，化中焦之痰滞，此乃繁木制土之意。藿香，其气芳香，善化湿浊；焦神曲，乃谷物发酵而成，最善化痰食；地龙，食土而排土，松解土壤，湿热雨季其活力反增，生于土中而制于土，为化痰圣药；半夏，正夏而凋，质硬而重，性降，化痰降浊之力尤强。诸药相合共奏泻土降浊之功。三诊时见其症消，舌脉改变，在祛邪基础上，略佐山药，以图补益正气。山药色白皮黄，质润味甘，补益脾肾，乃清补之品，质滑润，补而不滞，为补益圣药。诊 3 次而愈。月余后因多食而复，诚乃《素问》所谓"食复"。病愈宜调养将息，忌妄服补益肥甘，幸而自服二诊方而愈。

私以为今时之人，病多由于食，所谓"病从口入"，肆食膏粱，而运动偏少，入大于需，积于体内而为痰，痰之为病，生于脾土，而祸害四旁，或侮肝木而成月经不调、善太息、噩梦纷繁、烦躁易怒；或害肺金而做咳嗽、咽痛如有异物梗塞、音哑；或上实心火而酿心胸闷痛、血脂血压血糖高等；或下流伤肾水而生腰腿酸痛、头晕耳鸣、记忆力下降等。诸症表现虽异，而其本一也，总由乎痰浊中生，故治今人之病，化痰为首务。

**老师评语：**

病有虚实之分。何以正虚？当究其源。若邪实伤正，虽见正虚，过在邪实，邪不去则正无以复。本证辨之甚准。邪去而正得复。

张德英

### 例19：发热案（本案为2010级高丹于大四时所诊治）

陆某，女，23岁，中医学院学生。

2014年5月2日初诊：自觉发热，体温未升高。自汗，头痛，颈项不舒，恶风，乏困。

脉缓。舌淡红，苔薄白。

证属：伤寒表虚。

治法：解表祛风，调和营卫。

方宗：桂枝加葛根汤。

桂枝10g　　白芍10g　　炙甘草10g　生姜3片　　大枣5枚

葛根8g　　姜黄8g

2剂，水煎服，服药后啜热稀粥，温覆取汗。

病者午饭1小时后服药，汗出休息后，觉头痛大减。嘱晚上睡前再服1剂。

**按：**此证为外感风寒表虚证。主要从三方面理解：

1.《内经》云："阳者，卫外而为固也""凡阴阳之要，阳密乃固……因而和之，是谓圣度。""阳强不能密，阴气乃绝"。风邪袭表，侵袭卫阳，两阳相合，故"阳强"。风邪扰动卫阳，如火苗受风鼓动，而火更旺，阳浮于外而自觉发热。腠理开，故自汗，恶风。以桂枝、甘草辛甘化阳，助卫阳，使卫阳发挥其"温分肉，充皮肤，肥腠理，司开阖"的功能。

2.汗而有源，大枣益气补中，滋脾生津，生姜辛散，二药相合，顾护脾胃，使"脾气散津，上归于肺"。"阴在内，阳之守也，阳在外，阴之使也"。阴为阳功能的物质基础，肺阴充足，则肺的宣发肃降功能正常，既能助阳而卫外，又能使邪随汗泄，祛在表之邪。白芍、甘草酸甘化阴，防止汗出伤阴，使汗而有源。

3. 葛根、姜黄、桂枝三药合用，舒解颈项不舒。颈项不舒是因为足太阳膀胱经主一身之阳气，循行于项背，风寒客于太阳经腧，气血运行不畅所致。葛根解表，引药功专于颈项，桂枝、姜黄行气活血。风寒外解，气血通畅，则病除。

**老师评语：**

典型病证，典型方药，典型服药方法，看似简单，但实属经方实验之例。按语显多，仲景方用的是六经辨证、方证辨证，"言证不言病理，言方不言药理"（岳美中），不必都要以脏腑辨证来解释清楚。

周计春

## 例 20：腹痛（本案为 2010 级张洁涵大三时所诊治）

曹某，男，30 岁。

2013 年 4 月 29 日初诊：上腹部胀，有气，有堵塞感，已 1 个月，平躺时有振水声，下利，每日 2～3 次，排泄前腹痛，颠顶部头胀，头疼，心率快，腰酸，口淡，纳差，不能食凉。西医诊断：小肠功能亢进，曾服用乳酶生、固本益肠片，服用 3 天未效，后服用气滞胃痛颗粒，觉胃口堵塞感减轻，但继续服用未见显著疗效。

右脉沉弦滑数，左脉按之阳弱尺弦。舌红口唇暗。

辨证：肝气不疏，水饮上泛。

治法：益肝，培土制水。

方宗：苓桂术甘汤。

处方：

| 茯苓 15g | 桂枝 12g | 炒白术 10g | 炙甘草 7g | 炒白芍 12g |
| 生地黄 12g | 柴胡 8g | 当归 12g | 泽泻 12g | |

7 剂，水煎服。

师改：脉弦，沉取阳减尺弦。

辨证：上焦阳气虚，阴寒上乘。

治法：培土温肾，以制寒逆。

方宗：真武汤。

处方：

茯苓 15g　　白术 10g　　党参 12g　　白芍 12g　　炮附子 12g（先煎）

7 剂，水煎服。

5 月 6 日二诊：头部症状减轻，仍觉上腹部有气、堵，腰酸，口苦，大便每日 1 次，仍不成形，舌红，口唇暗。脉弦数，沉取阳减尺弦。

上方加郁金 10g、桃仁 12g、红花 12g。7 剂，水煎服。

师改：去脉弦数，去郁金、桃仁、红花，加乌药 9g、吴茱萸 6g。

5 月 13 日三诊：胃部仍觉有气，稍减，头部无不适，腰酸稍减，大便每日 1 次，便稀，晨起即排便，有时排便前腹痛，易饥，饿时不吃东西胃向内抽痛。脉沉取阳减尺弦。

上方加破故纸 7g。7 剂，水煎服。

师改：可。

**按**：此案我根据脉象辨证为肝气不疏，水饮上泛。肝失疏泄，则腹部胀气、下利腹痛，水饮上泛，则颠顶部头胀、头痛、口淡、纳差，处方以苓桂术甘汤培土以制水，配伍白芍、当归、柴胡以助肝升，泽泻利水渗湿。

我辨证错误主要是脉诊错了，于是导致后面的理法方药全部错误。李老师认为此脉是弦脉，沉取阳减尺弦，阳减为上焦阳气虚，尺弦为阴寒上乘，故治法宜培土温肾，选用真武汤进行治疗。

复诊时头部症状减轻，但腹部胀气、腰酸等症未减，并伴有口苦、大便不成形等症。观其口唇暗，虑有瘀血内结，故加桃仁、红花活血化瘀，郁金行气消胀。

李老师认为此唇暗及腹部胀气是由阳虚寒饮上逆所致，治病必求于本，不需要加入郁金等破气之药，防止更伤其已虚之阳，故去郁金、桃仁、红花，加乌药、吴茱萸温肝散寒。

三诊时症状稍减，但脉未变，宜守方继续治疗，因大便稀，便前腹痛，故加破故纸温肾助阳。

**老师评语：**

病虽未痊愈而中断，但已减轻。本案皆据脉以定证，证明确后，法方随之而立，此即平脉辨证思辨体系。

李士懋

### 例21：肺炎案（本案为2010级张洁晗于大四时所诊治）

许某，男，76岁。

2014年3月22日初诊：自我感觉乏力，有时气短，咳嗽少痰，肺部有炎性改变，面色偏暗，小便黄，大便可，纳少，无食欲，晚上易口干，欲饮不解渴，白天嗜睡，有高血压病史，西药控制在120/80mmHg。右肾囊肿，右肾已摘除，2010年检查，诊为巨幼红细胞贫血。2014年3月10日检查结果如下：WBC3.8×$10^9$/L，中性粒细胞1.9×$10^9$/L，淋巴细胞百分比45%，HGB94，RBC2.24×$10^{12}$/L，HCT28.2%，MCV126.3，MCH41.9，RDW-SD73.4，PDW17.1，TBIL40.42，DBIL15.03，I-BIL25.39，A/G1.39，GLU7.8，β2-微球蛋白4.48。

脉沉濡滑数减。舌嫩绛有裂纹。

辨证：脾虚湿盛。

治法：健脾化湿。

方宗：升阳益胃汤。

处方：

| | | | | |
|---|---|---|---|---|
| 党参10g | 黄芪15g | 茯苓15g | 白术10g | 清半夏12g |
| 炙甘草7g | 陈皮3g | 泽泻9g | 防风7g | 羌活7g |
| 独活7g | 柴胡7g | 白芍9g | 当归15g | |

14剂，水煎服。

师改：去舌绛，改党参15g。可。

4月5日二诊：服上方后自觉症状良好，食欲增加，体力增加，气短减轻，由于食用醋导致咳嗽加重，小便已不黄，晚上略口干，现服用叶酸、维生素B$_{12}$，便可，欲继续调理。

脉沉滑数。舌嫩中有裂纹。

辨证：痰热蕴肺。

治法：清热化痰宣肺。

方宗：小陷胸汤。

处方：

| | | | | |
|---|---|---|---|---|
| 黄连 7g | 清半夏 12g | 瓜蒌 15g | 桑白皮 10g | 地骨皮 12g |
| 黄芩 7g | 桔梗 5g | 前胡 7g | 胆南星 12g | 桃仁 12g |
| 红花 12g | | | | |

7 剂，水煎服。

师改：改桔梗为 9g、前胡为 10g。

4 月 12 日三诊：咳嗽减轻十之六七，略有气短，纳可，二便可，口干减轻，已不觉乏力，余无不适，脉沉滑数。舌嫩中有裂纹。上方加枳壳 7g、竹茹 10g。

师：可。

4 月 19 日四诊：已不咳，未见气短，晚上口干，他无不适。

脉左沉滑略盛。右寸按之略减。

方宗：血府逐瘀汤加黄芪。

处方：

| | | | | |
|---|---|---|---|---|
| 生地黄 12g | 桃仁 12g | 红花 12g | 当归 15g | 炙甘草 7g |
| 赤芍 10g | 桔梗 6g | 枳壳 6g | 柴胡 7g | 川芎 7g |
| 怀牛膝 9g | 生黄芪 15g | | | |

师改：上方继服。

4 月 26 日，患者致电，述服药后，于昨日进行血常规检查，各项指标均未见异常，停药观察。随访至今，未见任何不适，嘱其避免过度劳累，均衡饮食，定期复查。

**按：**此案患者患有巨幼红细胞贫血已 4 年，辗转多处诊治，未见明显疗效。今来李老师处诊治，一方面是治疗巨幼红细胞贫血，另一方面是欲调理身体，防止肾囊肿复发。

初诊因脉沉濡滑数减，辨证为脾虚湿盛，脾虚水谷精微不得正常运化，故纳少、无食欲；面色暗、晚上口干、饮不解渴提示有瘀血征象，故在健脾祛湿的同时佐以活血药。

二诊时，患者自述所有症状均有明显改善，仅有咳嗽、口干之症，此时却变方为小陷胸汤。初诊用升阳益胃汤健脾祛湿，效果显著，二诊反用小陷胸汤清热化痰，改用清泻之法，与初诊南辕北辙，何也？关键在于脉！脉变则证变，证变则方变，不可拘泥于前方有效就继服之，恐不惟不解，反生他患。脉沉滑数为痰热内蕴，处方以小陷胸汤加黄芩、胆南星清热化痰，配伍泻白散清泄肺热，桔梗、前胡宣肺止咳。

三诊症状继续减轻，脉未变，仍以原方化裁，加枳壳行气，竹茹化痰。

四诊症状几除，仅遗有晚上口干之症，且面色仍显暗，故笔者欲用血府逐瘀汤活血化瘀法施治，因右寸脉略减，考虑有气虚之象，故加黄芪。但李老师认为，此患者脉象仍未变，应继续守方治疗。服药后，再次检查各项生化指标，已经完全正常。

**老师评语：**

中医有独立的辨证论治体系。临床切忌以西医理论来指导用药。学好西医，对我们认识疾病、判断疾病强弱及判断疗效都大有帮助，但不能抛弃中医的辨证体系。

中医治病首言正气。不论祛邪还是扶正都着眼于正气。此案所用各方，看似平淡，但遵从中医辨治体系，就可化平淡为神奇。只有坚持中医的辨证论治体系，才是真中医。

李士懋

### 例 22：发热案（本案为 2010 级张洁晗于大三时所诊治）

马某，女，24 岁。

2013 年 9 月 12 日初诊：发热 3 天，第一天服用感冒清热颗粒无效，第二天打退烧针后，体温由 39.2°C 降为 36.5°C，第三天再次发热，体温 38.5°C，现精神倦怠，食欲差。

脉沉弦滑躁数。舌略红，苔薄白。

辨证：火郁。

治法：清透郁热。

方宗：新加升降散。

| 僵蚕 12g | 蝉蜕 7g | 姜黄 7g | 大黄 4g | 栀子 7g |

连翘 10g　　淡豆豉 10g

3 剂，水煎服。

服用 1 剂后体温降至 36.7°C，此后一直在正常范围，因周末回家，仅服用 2 剂药，返校后述未再发热。

**按：** 对于此案例，我的印象特别深刻，该患者和我住在同一个宿舍，平素体质较弱，即使没有生病时其脉也始终是偏于无力的。本次发热找我治疗，这次是我为她所诊过的脉中脉的力道最强的一次，但与正常人相比，脉的力道仍然稍逊，所以我一直在犹豫是用升降散还是人参败毒散。反复诊脉三四次，沉取时躁动之象非常明显，由此我考虑此为邪气太盛，正邪交争剧烈，于是选用升降散，先清透其郁热，再予扶正治疗。通过这则案例，我有如下体会：①中医擅长治疗急性病证；②对于是先祛邪还是先扶正的问题，要仔细把握，并结合患者的体质，使祛邪不伤正，扶正不助邪。

**老师评语：**

火郁是涵盖范围非常广泛的一种证。温病只要热邪存在，概属火郁；伤寒之三阴经及三阴热化者，皆多郁热；内外妇儿各科，亦多有火郁证。

中医治病，着眼于证，西医百病，中医都是辨其证，证明确，治法方药随之而出。

火郁证的主要诊断标准为脉沉而躁数，能把握这一脉象，就可治广泛的病。故平脉辨证，也是学习中医的一条捷径，更是中医的正确道路。

李士懋

### 例 23：咳嗽案（本案为 2011 级李志强于大三时所诊治）

耿某，女，21 岁，河北中医学院学生。

2013 年 9 月 24 日初诊：近日咳嗽，有痰，伴有恶风。最近一直觉着累，睡不好觉，晚上梦多，睡醒后不解乏，并且便秘数日。

右脉沉细弱，左脉弦滑数。舌尖略红。

证属：风寒束表，营卫不和，兼具里热。

治法：疏散风寒，调和营卫，兼清里热。

方宗：桂枝汤。

| 桂枝 10g | 白芍 10g | 甘草 6g | 生姜 3 片 | 黄芪 15g |
| 杏仁 6g | 桔梗 10g | 款冬花 10g | 浙贝母 6g | 大黄 3g |

2 剂，水煎服。

2 剂后，大便解得痛快了，不咳嗽了，也不怕风了，乏力不明显了。

**按**：本案是一例外感小病，但仍具有其特殊之处。患者恶风、脉弱具有虚人外感的典型症状，方用桂枝汤内调营卫、外散风寒即可，有何特殊之处呢？关键在于脉象的不一致。患者右脉沉细弱，左脉却是弦滑数之脉，一虚一实，如何理解呢？起初自己也是相当困惑，但在细细询问之后，得知患者有经常便秘的症状，此时便有了豁然之感。年纪轻轻常有便秘，考虑其素有内热，本次外感亦是由内热导致的，所谓"火大招风"，但患者现在主要是表虚外感为主，所以与桂枝汤加黄芪轻补阴阳，调和营卫。用杏仁、桔梗、款冬花、浙贝母宣降肺气，化痰止咳。小量大黄清泄里热，表里双解，故而 2 剂后诸症即愈。

**老师评语：**

本案为经方活用，疗效及分析均可。只是方中可不用黄芪，用原方中之大枣即可。

花金芳

## 例 24：胃痛案（本案为 2011 级李聪于大三时所诊治）

高某，男，21 岁。

2014 年 6 月临近考试时初诊：胃痛数日，易腹泻。问之晨起腹痛后更易腹泻，饮食减少，食欲不佳，面色略有憔悴。

脉滑，左关旺，沉取偏无力。苔白腻。

辨证：痰引木亢。

治法：化痰，理气，调肝。

处方：

| 瓜蒌 20g | 竹茹 13g | 防风 10g | 藿香 12g | 浙贝母 10g（碎） |
| 桔梗 10g | 焦神曲 10g | 苏子 10g | 厚朴 12g | 杏仁 10g |
| 清半夏 10g | 蔻仁 10g | 陈皮 8g | 白术 10g | 石菖蒲 15g |
| 白芍 10g | 枳实 10g | 薏苡仁 10g | | |

5 剂，水煎服。

服 5 剂后，问之症状大减，已经痊愈。

**按：** 脉滑、苔白腻乃痰湿之象，胃痛、腹泻、食欲不佳乃痰湿阻滞中焦。左关旺乃痰湿引木之象，痰湿属土，土实木自来疏泄，因此胃痛。晨起腹痛而泻，乃晨起阳气升发，更助肝气，故腹痛而泻。沉取脉无力，由其腹泻多日，且饮食不好导致。因此，病机为痰滞中焦阻滞气机，引木来克土。所以，法当化痰湿，取清半夏、瓜蒌、浙贝母、石菖蒲、桔梗、苏子等化其痰湿；厚朴、枳实、竹茹等降其浊；又取三仁汤之意，宣上、畅中、渗下更化其湿浊；因其晨起腹痛而泻，考虑其肝脾不和，又取痛泻药方，以调肝理脾。

**老师评语：**

病属痰法，是为土实，土实则引木来疏泄。晨时木旺，遂来疏土。治当化降其痰，痰去而病已。

张德英

## 例 25：腰痛案（本案为 2011 级李聪于大三时所诊治）

刘某，男，23 岁。

2014 年 6 月初诊：自述不任久立，久立则腰痛。鼻干，精力差，头脑不清，记忆力差。易出汗，后背常因出汗湿透。易累，寐差。大便常如酱难解，食可。易怒，口臭，观之面赤，体甚胖。

脉沉滑，肝脉偏盛，尺脉弱。舌后 1/2 苔黄腻。

辨证：痰火郁木，水亏。

治法：化痰降浊，调肝。

处方：

| | | | | |
|---|---|---|---|---|
| 黄芩 10g | 瓜蒌 20g | 清半夏 10g | 竹茹 13g | 浙贝母 10g（打） |
| 麦冬 12g | 桔梗 12g | 石菖蒲 15g | 厚朴 12g | 苏叶 10g |
| 藿香 10g | 焦神曲 10g | 苏子 12g | 石膏 15g | 枳实 10g |
| 白茅根 10g | 大腹皮 10g | 石斛 8g | | |

3 剂，水煎服。

二诊：3 剂后自述无明显变化，上方去白茅根、麦冬、石斛、大腹皮，加槟榔 10g、败酱草 10g、沙参 15g，服 5 剂。

三诊：药后自觉较以前舒畅，大便改善，余症同上，脉滑，肝脉仍有郁象，尺无力。上方去败酱草、石膏，加地龙 6g、三棱 8g、莪术 8g，服 3 剂。后因分离未得三诊服药后情况。

**按：** 学生有幸随张德英老师出诊，受张老师影响甚大，遂大胆为同学用药。脉滑，舌后半苔黄腻，大便如酱，此为痰火之症。不任久立，久立则腰痛，腰者肾之府，痰火为土家之实，伤水则腰痛。肾主骨生髓，脑为髓之海，且肾藏志，痰火伤水则记忆力差。肝者罢极之本，张老师认为"罢极"乃正确判断之意，肝脉郁乃痰火郁木，因此头脑不清，判断力差。汗多是因痰火内郁，迫津外出。津液耗伤多，久之亦可加重肾亏。因此病机为痰火郁木，水亏。法当化痰降浊，方中以清半夏、瓜蒌、浙贝母、黄芩、竹茹、桔梗、苏子、石菖蒲等化痰，以厚朴、竹茹、枳实、大腹皮等降其浊。因痰火为病之本，且补肾药多滋腻而易生痰，因此未补肾，宜痰去净后再补肾。考虑其鼻干明显、汗多，于是加麦冬等，服 3 剂后，无明显变化。考虑是不是补阴药掣肘？是不是加补阴药急于求成了？于是去补阴药，增强化痰、降浊、通腑力度，如加槟榔等，另外，败酱草性凉，能助痰火肃前；沙参张老师言能"利血气，利肺气"以助金降，共奏化土生金之效。又服 5 剂，药后症状改善，自想思路对了，但观其舌脉，可知痰火仍未尽去，遂加地龙、三棱、莪术等仍取化痰之意。

**老师评语：**

医师初涉临床，常受西医"对症治疗"之思路影响，反映于中医，则常常"尺弱则补肾，木亢则平肝"。初用麦冬、石斛或即此类。该生聪明，二诊去之。患者年当三八，少须补肾。三诊甚确。见其不效，"无者求之"，医术进矣。

张德英

## 例 26：口腔溃疡案（本案为 2011 级姜卫茹于大二时所诊治）

李某，女，28 岁。

2013 年 7 月 20 日初诊：反复口腔溃疡半年余。体形瘦高，唇周有疙瘩。大便 2～3 天一行，他可。

脉弦数。舌红苔薄白。

辨证：胃火旺盛。

治法：清胃泻火。

方宗：清胃散。

当归 12g　　生白术 40g　生地黄 12g　黄连 6g　　　丹皮 10g

生甘草 8g　　生石膏 30g（先煎）

5 剂，水煎服。

7 月 25 日二诊：唇周疙瘩已减少，大便正常。上方去生白术，嘱再进 5 剂。

后来电告余自觉痊愈，未再服药。寒假回家询问病情，口腔溃疡未再复发。

**按**：《素问·至真要大论》云："诸痛痒疮，皆属于心。"口腔溃疡属于中医疮的范畴。舌为心之苗，心火旺盛，灼伤口舌。治疗多采用清心降火之法。然本案，病人素体瘦弱，瘦人多火，胃火旺盛则唇周长小疙瘩。脉弦数，胃火旺盛，煎灼阴液，灼伤口舌，故发为溃疡。因其素来胃火旺盛，故溃疡反复发作。予以清胃散，清泻胃火，则溃疡自愈。生地、丹皮清热凉血，黄连清心火，生石膏清胃火，佐以甘草清热，全方清泻心胃之火，故病自愈。

**老师评语：**

本案辨证为"胃火旺盛"，按语中首先说本方非一般病因之"心火"，而是"胃火"，最后方解结论又是"全方清泻心胃之火"，造成矛盾的原因是拘于"药物归经"了。其实归经理论自张元素才有，不必拘泥，更何况黄连可兼清"心""胃"之火。

徐灵胎有精辟论述可参考："盖人之气血，无所不通，而药性之寒热温凉，有毒无毒，其性亦一定不移，入于人身，其功能亦无所不到，岂有其药只入某经之理？即如参之类，无所不补；砒鸩之类，无所不毒，并不专于一处也……故不知经络而用药，其失也泛，必无捷效；执经络而用药，其失也泥，反能致害。"

周计春

## 例27：酒后内伤案（本案为 2011 级梁宁于大三时所诊治）

申某，男，23 岁，河北中医学院学生。

2014 年 8 月 5 日初诊：前两天喝啤酒后，自感喝水或汤后水不沿食管向下走而是在胸骨部向左扩散，口干，喝水不能缓解，向后做扩胸运动，则左胸部如运动后受伤样疼痛。

脉沉弦细，双寸不足。舌可。

辨证：上焦阳虚，寒饮内停，兼清阳不升。

治法：温阳化饮兼升提清阳。

治疗：艾灸加针刺加放血。

| 三阴交右 | 足三里右 | 天枢 2 | 膻中 |
|---|---|---|---|
| 合谷左 | 中脘 | 百会 | 胸骨部压痛处 2 |

并在所有穴位上艾灸。在胸骨压痛处放血。

灸足三里、三阴交、合谷、百会治疗口干效果明显。灸膻中穴治疗"漏水"效果明显。治疗结束，口干基本消失，"漏水"消失，疼痛消失。嘱其继续灸膻中和胸部疼痛局部三四次，现在已经痊愈。

**按：** 脉沉弦细，双寸不足，可以看出上焦阳虚有寒饮，寒饮阻碍气机，"不通则痛"，故会出现疼痛。寒饮为有形实邪堵于胸骨压痛处，阻碍津液正常运行路径，机体不得不另外开辟新的道路，故感觉从胸骨压痛处向左侧"流动"，正常津液不能上乘故口干，但是喝水不能缓解。从灸膻中及胸骨压痛处，"漏水"缓解甚至消失，可以看出用艾灸补胸中宗气，亦可以温心阳，还可以温化寒饮之邪。局部压痛处放血，疼痛消失，则可以知道放血可以驱邪，该邪气不一定是瘀血，亦可以是其他的邪气，因为局部放血可以改善局部血液循环，局部血液循环加快可以驱邪外出。针足三里、三阴交、合谷、百会起到健脾、滋阴、益气、升提的作用，与此同时加上艾灸增强它们的效果，故在灸后，口干的症状缓解甚至消失。

我感觉可以根据脉象结合其他三诊来辨证，将穴位及其疗法当药物用。只要分清虚实、寒热，就可选用补法、泻法，其实泻血可以当驱邪药物来用，艾灸可以当做补药来用，如果辨证准确，可以取得很好的即时效果，而且省去了抓药熬药的时间，可以为病人很快地减轻痛苦。

**老师评语:**

本案例辨证准确,选择治法及穴位符合辨证的证型,能够运用艾灸、毫针及刺络放血的综合针灸方法,所以取得较好的疗效。按语能针对病因、病机对本病进行分析。是一篇较好的临床实习的病案总结。

贾春生

## 例 28:纳差案(本案为 2011 级万青云于大三时所诊治)

牛某,女,两周半。

2014 年 6 月 5 日初诊:食欲欠佳,但喜饮,脾气略急,好动,咳时可闻喉中痰鸣音较重,曾感冒两周,现已无大碍。

脉弦细弱。舌红润,苔薄白。

辨证:脾气虚弱,肝失疏泄。

治法:健脾益气,疏肝柔肝。

方宗:资生汤合四逆散。

| | | | | |
|---|---|---|---|---|
| 生山药 10g | 鸡内金 6g | 柴胡 4g | 白芍 6g | 炒枳壳 4g |
| 陈皮 5g | 法半夏 3g | 生白术 4g | 茯苓 5g | 炒莱菔子 4g |
| 生甘草 3g | 黄芩 4g | | | |

3 剂,水煎服。

**按:**该患者是一名两周半岁儿童,主症食欲低,所开之方以资生汤合四逆散为底方并用,兼见六君子汤、小柴胡汤,主以顾护脾胃,服药后上述症状皆有减轻。患儿年龄较小,后天之本正在建立当中,脾胃功能尚不完善,不可不顾护。故取张锡纯资生汤中生山药、生白术、鸡内金三味药。"生白术以健脾之阳,脾土健壮,自能助胃;生山药以资胃之阴,胃汁充足,自能纳食;鸡内金善化有形郁积"。可以以此健脾益气,补益后天之本,以后天资先天,强壮人体正气,正气足则邪不可干。亦取四逆散之柴胡疏肝,芍药柔肝。儿童脾气秉性顽劣与否,多责于肝,肝为将军之官,脾气急者肝旺,此应疏肝柔肝。再以炒枳壳、炒莱菔子、法半夏、陈皮化痰,四君子汤健脾益气,去人参恐小儿不耐人参大补之性,不益反害之。加黄芩与柴胡共奏和解表里之功。

**老师评语：**

该案系对纳差患儿的诊治。辨证准确，治法得当，处方遣药得体。按语中充分阐述了所用方药的理论依据，分析透彻。

阎艳丽

## 例 29：类风湿性关节炎（本案为 2011 级管凤丽于大三时所诊治）

王某，女，52 岁。

2014 年 1 月 20 日初诊：类风湿性关节炎，指关节痛，未变形，后背冷痛，腿痛难忍，遇寒加重，痛剧时不能行走。绝经 1 年，烘热汗出。他可。

脉弦细减。舌可。

辨证：寒湿痹阻。

治法：温阳祛湿，通络。

处方：

| | | | | |
|---|---|---|---|---|
| 仙灵脾 15g | 山茱萸 30g | 熟地黄 15g | 独活 12g | 桑寄生 15g |
| 石楠叶 12g | 老鹳草 12g | 桂枝 8g | 鸡血藤 15g | 威灵仙 12g |
| 甘松 10g | 苏木 10g | 百合 15g | 莲子 12g | 浮小麦 30g |

5 剂，水煎服。

并嘱用药渣再煮，用毛巾沾取药汤热敷患处。

1 月 25 日二诊：疼痛减轻十分之七，烘热汗出亦好转，上方加防己 10g、黄芪 15g，5 剂，水煎服。

患者共服 15 剂，自觉已不疼痛，偶着凉疼痛，但较前轻，停药。

**按：** 该患者患类风湿性关节炎，疼痛难忍，遇风寒加剧，乃寒湿痹阻经络所致。《素问·痹论》云："风寒湿三气杂至，合而为痹也。"故针对风、寒、湿三种邪气，用仙灵脾、桂枝温阳散寒通经络；肾主骨生髓，故用山茱萸、熟地黄益肾填精，且用山茱萸 30g 乃仿李老师采用张锡纯治腿痛经验；独活、寄生、石楠叶、老鹳草以祛风除湿、养血通络；甘松配苏木共奏祛湿通脉止痛的功效，针对关节疼痛效佳。

**老师评语：**

本案治类风湿疗效显著，按语亦可。但有云："寒风痛重。"方中若能加入温经散寒药如附子、细辛之类，常可提高疗效。

花金芳

## 例30：湿滞脾胃案（本案为2011级姜卫茹于大二时所诊治）

贾某，女，48岁。

2013年7月20日初诊：纳差，不欲饮食，食多则胃胀。便溏，烘热汗出，腰痛，他可。

脉弦濡滑减。舌苔厚腻。

辨证：湿滞脾胃。

治法：燥湿健脾。

方宗：平胃散。

苍术12g　　厚朴10g　　浮小麦30g　鸡内金10g　　陈皮10g

白术12g　　薏苡仁15g　神曲10g　　桑寄生10g　　茯苓12g

3剂，水煎服。

第二天告知：服药一天后，夜间口干甚，饮水不解。诊其脉弦濡滑减。虑其方药燥湿之品所用太多，伤其津液，故将苍术减为10g，加甘草10g。

7月23日二诊：纳可，便溏痊愈，烘热汗出减，腰痛，寐差。舌苔白厚，脉弦滑减。上方去厚朴，加狗脊10g，7剂，水煎服。

8月5日，告知，腰痛减，他症除。

**按：** 此案例为湿滞脾胃，脾喜燥恶湿，脾主运化，故湿困脾则不欲饮食，腹胀，予以平胃散加减治疗。然余初涉杏林，用药偏颇，幸无大碍。虑其为更年期，烘热汗出，腰痛，为肝肾亏虚。故予浮小麦止汗，用桑寄生、狗脊以补肾，强壮腰膝。此案虽有小波折，但其对证，故服用有效，其腰痛，因未再服药，故未见成效。

**老师评语：**

本案辨为湿滞脾胃，较为妥当，用药亦较对证，故疗效显著。初学者先治一些较为简单病人，往往疗效显著。一可提高学习中医之兴趣，亦可增加临证之信心。

花金芳

## 例 31：胃胀案（本案为 2011 级金燊懿于大三时所诊治）

姚某，女，35 岁，已婚，江西省高安市人。

2014 年 2 月 5 日初诊：胃胀，嗳酸腐气，肚脐周围痛，大便 2～3 天未行。有饥饿感，但稍吃多就难受。喜吃凉物。平素因为工作繁忙，时常不按时吃饭，前几日突有此症状。

脉沉弦细无力。舌质可，苔有裂纹。腹诊：脐左压痛。

辨证：肝胃气滞。

治法：疏肝和胃。

方宗：四逆散合小柴胡汤。

| 柴胡 10g | 枳实 10g | 白芍 10g | 黄芩 5g | 麦芽 15g |
| 黄连 5g | 陈皮 10g | 炙甘草 6g | 生半夏 10g | 生大黄 3g（后下） |

3 剂，水煎服。

2 月 8 日二诊：自诉仅服上方 1 剂后就感觉胃部前所未有的舒服。诸症消失，为巩固疗效，嘱其再继服上方 5 剂。并嘱其平时多注意饮食习惯，按时就餐，以免病发。

**按：** 因为此病人是突发症状，且病程较短，故投药之后，效果较明显。饮食不规律导致脾胃气机不畅，肝木又乘机乘之，胃气不降，反随肝气上逆，故胃部觉胀，嗳酸腐气。脾胃气滞，故稍吃一些则觉胀。按刘保和教授之腹诊法，脐左压痛，乃是肝气之郁滞。参其舌脉，符合四逆散之主症，所以用之。四逆散疏肝和胃，于此症甚是合拍。小柴胡汤也可调畅胆胃，所以加减用之疗效颇佳。因为患者脾胃之气不虚，故去人参、姜、枣。加黄连亦有半夏泻心汤之意。饮食不节，食积内停，故加麦芽、陈皮消食化积。大便不畅，用少量生大黄以通大便。

**老师评语：**

本案方证按语均可。但《金匮要略·腹满寒疝宿食病脉证治第十》中有云："按之心下满痛者，此为实也，当下之，宜大柴胡汤。"本案病例与此符合。以上意见仅供参考。

花金芳

## 例 32：失眠案（本案为 2011 级王玥于大三时所诊治）

梁某，女，47 岁，石家庄人。

2014 年 8 月 1 日初诊：自诉失眠半年，夜卧则思虑纷繁，心烦不寐，心悸偶作，常 2～3 个小时方可入睡，浅睡易醒，醒后再难入睡。夜咽干，干咳频作，需饮温水润之。平素纳可，便干。

脉寸浮数按之有力，关尺沉细。舌边尖红，少苔。

辨证：阴血亏虚，心火旺。

治法：补养阴血，泻心火。

方宗：黄连阿胶汤。

黄连 6g　　黄芩 6g　　　白芍 10g　　柏子仁 15g　阿胶 10g（烊化）
麦冬 10g　　生地黄 10g　鸡子黄 1 枚（兑服）　　　酸枣仁 15g( 打碎)
3 剂，水煎服。每日 1 剂，分 2 次服。

8 月 4 日二诊：自诉服药 3 剂后，已有睡意，1 个小时左右可以入睡，夜卧不醒。夜咳减少，大便已转正常。上方加夜交藤 10g，继服 3 剂。后来诊，睡眠大有好转，夜咳、心悸已无，大便正常。继服 3 剂巩固。

**按：**此病辨证要点在脉象，属李士懋教授阴阳脉诊范畴。阳脉浮数按之有力，为实热证，乃心火亢盛之象；关尺沉细，为肝肾阴血虚象。"实则泻之，虚则补之"，方用黄连阿胶汤。

黄连阿胶汤出自《伤寒论》第 303 条，主治"少阴病，得之二三日，心中烦，不得卧"。足少阴肾、手少阴心，水火互资互助，即"心肾相交，水火既济"。肝肾阴虚，则水不济火而心火亢盛，出现心慌、心悸、怔忡、不寐心烦等症；心火亢盛，则更易损伤阴血。此为心肾不交之证。

患者心烦、心悸、辗转不眠、舌边尖红以及寸部浮数，提示其心火亢盛之实证；而干咳、咽干、大便干以及关尺脉细弱则提示阴血亏虚，涉及上中下三焦。故治当滋补阴血，清泻心火。而思虑纷繁乃是阴虚魂不归舍之意，提示心阴血有所耗损，同时阴脉为弱，故不可过于寒凉直折戕伐。

方用黄连，苦寒入心经清泻君火，黄芩入肝胆清泻相火，二者合用共治患者上焦之火盛。白芍酸寒滋阴养血柔肝，阿胶养血，酸枣仁养心安神，鸡子黄归心肾经，滋阴润燥，同时鸡子黄可引药入心经。另加生地黄加强滋阴的力度，合麦冬共奏金水相生之用，同时又因肺与大肠相表里，故咳嗽轻、便干除。柏子仁非但养心安神，亦可润肠通便。在二诊中加入夜交藤（即首乌藤），既有养血安神之功，又因其走窜之性，取交通心肾之用。

然于首方之中加入肉桂，因闻其有"引火归原"之功，故少取加之，冀以引心火下行。然而加后牙痛发作，去之则止，则其"引火归原"之论须详辨。若对肉桂"引火归原"不能详辨而用于上焦热盛等实热之证，希望以其去把火"引"下，则无异于火上浇油。"引火归原"之火，是虚浮之火，张景岳云："若使命门阴盛，则元阳畏避，而龙火无藏身之地，故散游不归，而为烦热格阳等病。"《医碥》斥责滥用"引火归原"之说，曰："桂附引火归原，此为下寒上热者言之，若水涸火炎之证，上下皆热，治宜六味之类，补水制火，今日医者动用桂、附，动云引火，不知引归何处，杀人如麻，可叹也"。阳虚阴寒之证，以肉桂散其阴霾，故浮越之火可下；交泰丸证，是肉桂引肾水上济，又可反佐黄连防止冰遏，或有下焦肾阳虚表现，非见有用一味肉桂引火下行之效。故肉桂之用，是以温为通，以升为降，而无直接肃降之功，可见用药不能犯了本本主义，应结合临床实际，据证详辨。

**老师评语：**

该案系对失眠患者的诊治，病情交待清楚，辨证立法得当，治疗过程详尽。按语中阐述了辨证要点、择方用药的依据，论理较为深刻，特别是就"引火归原"的问题阐发了个人见解，有一定的启发性。

阎艳丽

### 例33：痤疮案（本案为2011级王成鑫于大二时所诊治）

王某，女，24岁。

2013年8月9日初诊：半年来脸部渐生痤疮，红肿但无痒痛，无脓液，额部与脸颊部明显。口渴。常心烦失眠，昼无精神。月经周期可，量少，小腹部有挛急隐痛感。

脉沉弦细稍数。舌质红嫩，有齿痕，苔白腻。

辨证：血虚不荣，脾虚湿阻。

治法：健脾养血，利湿清热。

方宗：当归芍药散。

当归 15g　　白芍 15g　　赤芍 10g　　川芎 10g　　白术 12g

茯苓 12g　　泽泻 9g　　　葛根 15g　　丹参 15g　　黄芪 12g

炙甘草 12g

7 剂，水煎服。

8 月 17 日二诊：7 剂后痤疮红肿减轻，睡眠好转，精力渐充，口渴与小腹部挛急隐痛感消失，诸症减轻，继以上方去泽泻，并减量葛根为 10g，再进 10 剂。

8 月 27 日三诊：再来则痤疮仅剩一二，又二诊方 10 剂调理，后至痊愈。

**按：** 痤疮一症当首明寒热。此人之痤疮，综合考虑脉与舌，热象还是有的，但更重要的是要搞清楚虚实，是实热还是虚热？舌质嫩有齿痕，脉沉弦细，又月事渐少，乃虚象无疑。该患者当因血亏而阴分不足，阴虚生热，积郁内扰，以导致失眠、痤疮。机体血少不荣，经筋络脉失去濡养而见绌急，小腹部则可有挛急隐痛感。患者口渴，究之不外乎血津不能荣舌一端。然血虚从何而来？探本溯源，究竟是脾胃不足，后天生化无力时久，血生化乏源，是以血亏。故治病求本，当健脾利湿，补血活血，兼清虚热。处方当归芍药散加味，方中当归、白芍和血养阴，加赤芍合川芎辅助当归、白芍而取行血散瘀之效；茯苓、白术、黄芪、甘草入中焦而培中健脾祛湿，是以从本源上化生气血，而治病求本。后天运化充足，气血生化有源而能荣养周身。伍葛根以升脾（胃）之清，使津液上荣于口，同时达于面部；丹参养血、活血、凉血，既有益于除烦安神，又可行散头面痤疮之郁结，全方以甘温培中为主，而辅以清凉散瘀之法，可奏期效。

**老师评语：**

中医最讲因人制宜，圆机活法，本案不落俗套，不被一般规律所束缚，是值得称赞的。证型中"不荣"多指气虚血弱，失于荣养，而从症状及用药来看，"血瘀"更明显。

周计春

## 例34：腹泻案（本案为2011级王成鑫于大三时所诊治）

王某，女，63岁。

2013年12月17日初诊：一日腹泻3～4次，终日觉腹部胀满，时有肠鸣音，里急后重不明显，只觉痛而不甚。冬月常四肢凉而喜温。上述诸症于情绪抑郁时加重。面色少华，眼底血色不充。腹部对寒热不敏感，后背时觉凉，背寒如掌大。

脉沉细。舌质淡胖，苔白。

辨证：脾虚肝郁，气血不足。

治法：健脾疏肝，益气养血。

方宗：四逆散合当归芍药散。

| | | | | |
|---|---|---|---|---|
| 柴胡12g | 白芍12g | 枳实12g | 炙甘草8g | 当归12g |
| 川芎10g | 茯苓12g | 苍术12g | 白术12g | 泽泻10g |
| 党参12g | 黄芪12g | | | |

3剂，水煎服。

药后症愈。

**按：**患者因腹泻来咨询，参考舌脉，是属脾虚为本，后天运化无力，升清不足而为泻。考其腹胀同时尚有胀满、肠鸣音，是运化无力，痰湿内生而阻滞气机，运化不畅，停滞肠腹间。与此同时，患者有明显的血虚之象，血少不能荣，则见面色少华；血少载气无力，不达四末，遇寒则凝，得温可舒，则见四肢凉状而温时减。此证是脾虚而致气血双亏，此虚证为本。抑郁时重，乃土虚木陷，木土失和，脾虚而肝郁，肝失疏泄，条达未畅。腹部对寒热不敏，是由于阳亏而未甚。然背后凉如掌大，此正如《金匮要略》中言"夫心下有留饮，其人背寒如掌大"。综合脉症，乃脾虚肝郁，寒湿中阻，气血双亏，治当健脾疏肝，化湿利饮，气血双调。四逆散出自《伤寒论》第318条："少阴病，四逆，其人或咳，或悸，或小便不利，或腹中痛，或泄利下重者，四逆散主之。"方中柴胡行气解郁，和畅气机；枳实行气散结；芍药和血养阴，缓急止痛；甘草缓急和中；其伍以人参、黄芪、白术可收调和肝脾之功。当归芍药散中当归、白芍等可补血活血以治血亏，并能通行血滞而行气血达于四末。处方中苍术、白术同用是为增强燥湿健脾之功，茯苓、泽泻可通水气，两方合用加味而奏期效。

**老师评语：**

从本方辨证和用药来看，证以"肝郁脾虚血虚"为主，应用逍遥散为底方更好理解，处方实际是逍遥散加强了补脾作用。

周计春

### 例 35：咳嗽案（本案为 2011 级王成鑫于大二时所诊治）

王某，女，67 岁。

2013 年 1 月 21 日初诊：自述近 1 个星期来感冒。起初发热恶寒，咽干咳嗽，西医诊断为支气管肺炎，后经西医治疗，发热恶寒已无。现觉口苦甚，所食皆苦。常恶心欲呕，咳嗽频频，咳甚时可呕出胆汁样物质，咳至胸痛亦无休止，两胁下满痛，故怀疑复发胆囊炎，触诊胸部觉两胁下硬，无痛感。

脉弦细数。舌红，苔薄白。

辨证：少阳郁火，津亏。

治法：和解少阳兼以清热养津。

方宗：小柴胡汤。

| 柴胡 15g | 黄芩 15g | 清半夏 10g | 西洋参 12g | 炙甘草 8g |
| 生姜 6g | 丹参 12g | 郁金 12g | 天花粉 15g | 生石膏 30g |

大枣 4 枚

3 剂，水煎服。

1 月 25 日二诊：3 剂后口苦与咳嗽大减，两胁下觉舒畅，心情释然，方药对证，故原方减石膏为 18g，继服 5 剂而愈。

**按：**患者由感冒初起，经治疗后表证已无，以口苦咳嗽前来咨询，整体上观察，综合两胁下满痛等，病至少阳非常明显，但此处的咳嗽是值得注意的。这样的咳嗽情况就必须放到整体的病态反应上去理解，而不能只停留在表证或为西医检查所局限。随病情发展至少阳阶段，胆火郁滞上炎，肝胆同病，而致木金失和，咳嗽同样可以出现。《伤寒论》第 96 条曰："伤寒五六日，中风，往来寒热，胸胁苦满，嘿嘿不欲饮食，心烦喜呕……或咳者，小柴胡汤主之。"由此可见咳嗽论治之一斑，于少阳病的阶段不要忘记。此外在确立少阳小柴胡基本病机下，观察患者热象明显，同时津液受损，故见咽中干、口渴欲饮、脉数等，故加石膏、天花粉清热生津。触诊两胁下硬是郁结较重，故又加丹参、郁金主入肝胆调畅气血。

**老师评语：**

本案能用六经辨证的思路论治疾病，可见在《伤寒论》的学习上下过功夫。然而，本案自始至终以"咳嗽"为主症讨论，建议病例名称改成"咳嗽"。

周计春

## 例36：咳嗽案（本案为2012级张旭于大二时所诊治）

张某，男，44岁。

2014年2月25日初诊：患者是本家叔叔，因咳嗽月余，吃饭易呛，在附近诊所以镇咳止咳治疗，疗效不佳，于是前往我家中询问治疗办法，因刚学中医1年有余，缺乏信心，所以建议吃中成药试试看。患者咽痒，咽痛，咳嗽频繁，不能控制，且时口苦，口舌干燥。咳嗽已有一个多月，近日咳则胸痛，自觉晨起遇冷加重，略有恶寒，但发热较重，自觉呼气较热，有痰不易咳出，恶心干呕已有十余年，吃饭易呛，吸烟饮酒则上述症状有所加重。

脉滑数。舌红，苔略黄，少津。

辨证：外邪袭肺，肺热咳嗽。

治法：解表，宣肺泄热。

处方：连花清瘟胶囊合羚羊清肺丸。

连花清瘟胶囊3盒，羚羊清肺丸2盒。嘱其饮食忌油腻、辛辣，遵照药物说明服用即可。

3月5日二诊：在校电话回访，咳嗽明显减轻，一日偶尔咳几声，吃饭偶尔还呛。已经没有恶寒发热症状，嘱其再吃羚羊清肺丸1盒以巩固疗效。

**按：** 该患者咳嗽是因肺感邪气，失于宣肃所致。略有恶寒，发热较重，可见其外有表邪未尽，又因肺胃有热，迁延日久，灼伤津液，故而见咽痛，口苦，口舌干燥，自觉有痰却不易咳出。肺气上逆而咳，胃气失于和降，故恶心，吃饭易呛。吸烟饮酒加重是因为烟酒属辛辣温热之品，易于助热。故取连花清瘟胶囊中"麻杏石甘"之用以宣肺解表，内清肺胃之热。另取羚羊清肺丸以奏清肺利咽、清热止咳之功，成药中的浙贝母、麦冬、天冬、天花粉、地黄、玄参、石斛等有清热生津之用，可防诸药之辛温升散而助热伤津之弊，桑白皮、枇杷叶可泄肺热。邪热得以清泄，阴津得以滋补，则诸症减轻。后自己反思，之所以用成药能取得较好的疗效，是患者病时较长，"丸者缓也"与病证相应，但细想成药中有些药不能完全对应病证，只能做到大法与证相应，而且有些疾病成药的药力怕有所不及，故在临床中宜配合其他疗法一起使用。

**老师评语：**

中成药和汤只是使用药型不同，辨证论治的过程是完全一样的，使用中成药需要中医"理法方药"的知识一点不少。正确使用中成药能解决很多问题，医生用汤多，除了汤配伍灵活外，还在于好多医生不了解中成药，不太会选用。

拿连花清瘟胶囊来说，张国立在广告中都讲到"汇聚三朝名方"，包含了张仲景的麻杏石甘汤、吴鞠通的银翘散和吴有性治温疫"下不嫌早"的大黄，三方合用，共奏清瘟解毒、宣肺泄热之功。

使用中成药的根本点就是"对证不对病"和"对证不对症"，所以连花清瘟胶囊的说明书写的是"用于治疗流行性感冒属热毒袭肺证"。

我在学校开设的选修课《中成药漫谈》，就是为了使学生树立正确的使用中成药的理念，了解更多的中成药文化。

周计春

## 例37：咳嗽案（本案为2012级马照新于大二时所诊治）

某男，76岁。

2014年1月30日初诊：多年咳嗽痰多。病史：数年前生病，经医院治疗后，持续咳嗽多痰。现痰质清稀，咳嗽不甚，痰量尤以夜间、早晨增多，半夜常因咳痰而醒。饮食正常，易疲劳，二便正常，

脉沉滑濡。舌淡，苔白，有水湿感。

辨证：肺脾两虚。

治法：培土生金。

方宗：参苓白术散。

党参 10g　　茯苓 10g　　炒白术 15g　　炒扁豆 8g　　陈皮 6g

山药 10g　　桔梗 10g　　黄芪 10g　　清半夏 8g　　紫菀 8g

砂仁 8g　　薏苡仁 10g　　款冬花 8g　　炙甘草 5g

5 剂，水煎服。

2 月 5 日二诊：服药后，病人自觉病情明显减轻，痰量大减，守上方，党参、黄芪、薏苡仁、桔梗均用至 15g，半夏加至 10g，继服 5 剂。后问之，病愈。

**按：**观其脉症，此人为寒痰咳嗽。《素问·咳论》曰："其寒饮食入胃，从肺脉上至于肺则肺寒……此皆聚于胃，关于肺，使人多涕唾而面浮肿气逆也。"由此可见，该病之所成关乎肺胃二脏，故采用培土生金之法。《金匮要略》曰："病痰饮者，当以温药和之"，《素问·阴阳应象大论》曰："寒气生浊，热气生清"，痰浊之成，多伴有阳气的不足，对于其治疗则应温阳化湿，故选用参苓白术散健脾化湿，加温化寒痰之品，以助化痰之力。二诊因其证未变，故仍守原方，初诊时因顾虑病人病程较长，故用量较轻，以防身体难以适应。因见一诊效果良好，无任何不适，故加大温阳化湿之力。

**老师评语：**

本案看似简单，却是坚持中医理论的具体体现，见咳不仅治肺，见痰不只化痰，而是从"生痰之源"的脾与"贮痰之器"的肺相关考虑，采用培土生金的方法为主，兼用化痰之法，法证一贯，故而取效。但要注意桔梗用量过大易致恶心呕吐。

周计春

### 例 38：外感风寒案（本案为 2012 级马照新于大二所诊治）

王某，女，73 岁。

2014 年 2 月 10 日初诊：病人数日前感风寒，后经医院治疗，虽有减轻，但缠绵不愈，故来诊。现病人神疲乏力，畏寒明显，常自汗出，项痛甚，难以转动，周身疼痛，饮水可，不欲食，二便正常。

脉沉濡弱。舌淡，苔白腻。

辨证：太阳中风。

治法：发汗解肌。

方宗：桂枝加葛根汤。

| 桂枝 9g | 白芍 9g | 炙甘草 6g | 大枣 4 枚 | 生姜 6 片 |
|---|---|---|---|---|
| 葛根 9g | 苍术 12g | 党参 15g | | |

3 剂，水煎服。

2 月 14 日二诊：外感已解，但仍觉乏力，不欲饮食，嘱其服补中益气丸进行调理。

**按:**《伤寒论》第 14 条曰:"太阳病，项背强几几，反汗出恶风者，桂枝加葛根汤主之。"因其年龄较大，且拖延时间较长，导致病人阳气耗伤，而湿邪内生，见身体疼痛，故加苍术燥湿，同时兼见阳虚之表现，故加党参以补益其气。二诊病虽已解，但正气尚未恢复，故用药调理之。

**老师评语:**

本案是经方实验记录，是学习《伤寒论》的活学活用。案中待推敲之处：①确定表证的因素有发病时间、恶寒和脉象等。既按表证论治，案中症状应当是"恶寒"；②按语中"同时兼见阳虚之表现"，应改成"气虚之表现"才和后面用药相符；三，现在看来，可以考虑用黄芪桂枝五物汤替代两次的处方。

周计春

# 附录：扁鹊医学社 13 年掠影

## 一、扁鹊医学社简介

1997 年，河北医科大学钟华峰同学创办读书会，其中设有医学社、文学社和纵横社三个社团。2001 年 11 月，医学社与读书会分离，并正式更名为"扁鹊医学社"。

医学社常规活动以中医四大经典为主要学习内容，下设"古文化小组""脉学小组""针灸推拿小组""中药小组"等。常规学术活动以大家集体参与为主，兴趣活动则以小组的形式展开。医学社一般情况于每年十月份主办"中医论坛"，并出版论坛杂志，该活动已成为全校学生社团中影响力最大的学术活动，现已成功举办十一届。

## 二、组织形式

**名誉社长：**李士懋

**学术顾问：**李士懋、田淑霄、刘保和、阎艳丽、张德英、花金芳、杜惠兰、吕志杰、董尚朴、方朝义、牛兵占、李春香、靳红微、王四平、周计春等

**指导老师：**王志民、卢翠荣、宿娜等

**社团管理：**

1.社长 2 名，负责主持社内日常活动，组织学术讨论，坚持社团宗旨，保证社团沿着正确、健康的方向发展。

2.财务保管员 2 名，保管社内财务，保证有限资源的合理利用。

3. 图书管理员 2 名，保管社内图书，做好图书借阅记录并及时整理相关书籍。

4. 邮箱管理 1 名，负责邮件的收发整理。

5. 每年 3 月选拔新社员，招新工作本着优中选优的原则，严把质量关，吸收优秀的新生入社。

## 三、日常活动

### 1. 常规学术活动

活动内容以经典课程为主，基础课程为辅，兴趣小组为补充。活动形式或由社员共同探讨学习，或请专业老师答疑解惑，或由高年级向低年级同学传授心得体会。

社团举办了各种兴趣小组，如脉学小组、针灸小组、推拿小组等，各个小组以同学们的喜好自愿报名，以小组为单位共同活动，探讨研究对本专题感兴趣的问题，从而在不耽误学习基础知识的同时，发展了自己的兴趣爱好。

社团提倡"早上临床，多上临床"。社员把握老师、专家在学校周边诊所坐诊的机会，积极联系，抽出课余时间，向他们学习。在随诊的过程中，可以学习问诊、脉诊等，甚至在老师指导下开处方，不懂的问题随时进行请教。

**附：常规活动表**

大一下学期——《黄帝内经》　　　大二上学期——《中药学》

大二下学期——《方剂学》　　　　大三全学年——《伤寒论》

### 2. 校园活动

扁鹊医学社社员积极参加"挑战杯"河北省大学生课外学术科技作品竞赛，获得丰硕成果：如崔雅坤、柳诗意的作品《论小柴胡汤解郁》，获得河北省三等奖；刘签兴、李晓洁的作品《杜惠兰教授治疗不孕症的学术思想》，获得校级一等奖、河北省三等奖；扁鹊医学社每学期邀请学校老师及知名教授进行学术讲座，如名誉社长李士懋教授、指导老师刘保和教授、张德英教授等，从而增进了老师和同学们的交流，拓宽了同学们学习中医的思路；每年扁鹊医学社会参加由校内中药学社举办（现在由药学院举办）的中药展活动，给同学们介绍中药知识，并开展校内的义诊活动；扁鹊医学社还积极参加由校团委主办的"社团风采月"活动。

3. 社会实践活动

扁鹊医学社社员在日常课外时间参加"国医进社区""国医进农村"等青年志愿者服务活动，锻炼自我，增长才干；扁鹊医学社每年暑假都会组织社员去安国认识药材，观其形，尝其味，更深刻地认知药材的优劣及功效；扁鹊医学社社员利用课余时间跟随老师出门诊，学习老师的看病思路和临床经验，并将自己的课堂知识与临床相结合。

## 四、中医论坛

"中医论坛"是扁鹊医学社活跃校园学术氛围、提高学生学术水平的重要活动，至今已成功举办了十一届。如第十一届中医论坛，校党委副书记刘超颖老师为论坛致辞，国医大师李士懋教授莅临论坛现场，参与点评及讲话。另外，牛兵占、董尚朴、周爱民、靳红微、张德英、王四平、周计春、韩红伟等老师都到现场参加点评。每次论坛开幕，现场都座无虚席。

同学们宣讲的论文，均是自己独立撰写完成，或阐发中医理论，或记录中医临床治验，或谈及传统文化。虽然是一己之见，但却是作者点滴心得。对所有提交给论坛的论文，经过同学们初评之后，选出十多篇质量较高的稿件，递交给评审老师，由老师们打分评语，最终选出四篇优秀论文，在"中医论坛"现场与大家见面。作者宣讲自己的论文，评委老师负责现场点评，然后公布获奖作者并颁发奖品，最后结集校内出版。

## 五、德行兼修

医学社一直以来将医德修养作为社员的重点学习内容，将"大医"作为每个社员的奋斗目标。除开设经典讨论活动外，还开设《道德经》《心经》《论语》等古文化兴趣小组，修心养德，并在每年吸纳新社员时，将品德作为一项重要参考内容。

建社 13 年来，医学社毕业社员 97 人。据不完全统计，截至 2009 级，扁鹊医学社社员获得硕士学位的比例为 77.2%，获得博士学位的比例为 22.2%。有的进入各级医院参加工作，有的自己创办中医诊所，大家都在各地践行着"为中医而奋斗"的社训。

# 跋

泱泱华夏五千载，精诚大医万代传，神医扁鹊今犹在，国医学子勇争先。

河北中医学院"扁鹊医学社"成立已十余个春秋，正所谓"十年磨一剑"。国医大师李士懋教授等多位教师阅历丰富、造诣深厚、言传身教、诲人不倦；扁鹊医学社历届学子勤耕苦读、励志图强、鸿鹄之志、勇攀高峰，培育了大医精诚与医者仁心同在之国医人才，实现了高尚医德与精湛医术并举之育人效果。

**巩固专业思想，为传承岐黄之术奠定基础**。扁鹊医学社始于读书社，立志传承国医之成员，研读名家经典、讨论病例医案、主动跟师学习、提早临床实践，体悟为医之道，为此扁鹊医学社应运而生，有志学子齐聚社团，邀请德高望重的中医教授、专家讲座交流，指导活动，导师和易以思，学生孜孜以求，学术氛围日益浓厚，社团影响力和凝聚力不断壮大。

**指明前进方向，为成就杏林明医铺就基石**。中医属象思维体系，初学者难免彷徨，扁鹊医学社似浩瀚医海之航灯，目标明确，规划科学，方法得当，特色鲜明，"读经典、拜名师、早临床"，将临床跟师学习和日常自主学习相结合，循序渐进、厚积薄发，社团活动井然有序，中医论坛亮点频出，杏林求真，医德修养不断加强，医术水平不断提升。

**发挥榜样力量，为探索成才之路树立典范**。扁鹊医学社的同学们坚持理论与实践相结合，在跟师出诊过程中，目睹了中医之神奇疗效，感悟了中医之精妙，同时，利用所学为他人诊病，病愈后患者喜形于色、深表谢意，此举强化了学生的学习兴趣，坚定了学习信念，把握了学习方法，彰显了学习实效。社里多人获国家奖学金、励志奖学金，并获张伯礼专项奖学金，屡次在挑战杯科技作品竞赛中获奖，在省级以上专业期刊杂志报纸上公开发表论文数十篇，取得了可喜的成绩。激励着更多的中医学子热爱中医、传承中医、发展中医、投身中医事业，也为中医人才培养模式的改革提供了初步的经验成果。

**十余载春华秋实，十余载硕果累累。**扁鹊医学社巩固中医思想，注重人文关怀，探索育人之路，践行明医之道，为传统中医药事业的发展培养了众多德才兼备的后人。我们坚信在李士懋等老师的倾力指导下，扁鹊医学社一定能承前人之志，启后世之风，兴中医之业，革故鼎新，继往开来，在传统医学的浩瀚海洋中乘风破浪，扬帆远航，引吭高歌，大放异彩。

河北中医学院宣传部部长　王志民

河北中医学院团委副书记　卢翠荣